KB150600

내향과

나비효과

초판 1쇄 인쇄_ 2017년 7월 17일 | **초판 1쇄 발행_** 2017년 7월 24일
지은이_ 정영현, 박서영, 한의현 | **엮은이_** 이경옥
펴낸이_ 오광수 외 1인 | **펴낸곳_** 꿈과희망
디자인·편집_ 김창숙, 박희진 | **마케팅_** 김진용
주소_ 서울시 용산구 백범로 90길 74, 대우이안 오피스텔 103동 1005호
전화_ 02)2681-2832 | **팩스_** 02)943-0935 | **출판등록_** 제2016-000036호
e-mail_ jinsungok@empal.com
ISBN_979-11-6186-004-6   43810

나비효과

정영현·박서영·한의현 지음 | 이경옥 엮음

꿈과희망

발간을 축하하며

국수중학교 인문학 책쓰기 동아리에서 어느덧 세 번째 책이 나오게 되었네요. 계속 참가하여 글을 쓴 몇몇 학생들의 놀라운 발전에 큰 박수를 보냅니다.

종로의 대형서점을 찾아가서 자료도 구하고 회원들과 많은 토론을 하며 서로 도움도 받고, 자신이 표현하고픈 주제를 선택해 온 마음, 온 힘을 쏟아서 만든 소중한 창작물이 마침내 책으로 나왔군요. 축하합니다.

동아리 활동이 반드시 작가가 되기 위한 과정은 아니지만, 기성 작가의 수준에 버금가는 몇몇 학생들의 시적 능력은 앞으로 여러분의 진로를 결정함에 중요한 계기가 되리라 믿습니다.

단순한 추억남기기가 아닌 자기 성찰의 글쓰기를 계속하면서 한편으로 뛰어난 본인들의 재능도 이어가시길 바랍니다.

빠듯한 예산으로 많은 부수의 책을 출판하진 못하지만 학생들과 함께 책이 나올 수 있도록 3년 동안 온 정성을 다하신 이경옥 국어선생님 정말 수고하셨습니다.

교사 김용준

● 목차 ●

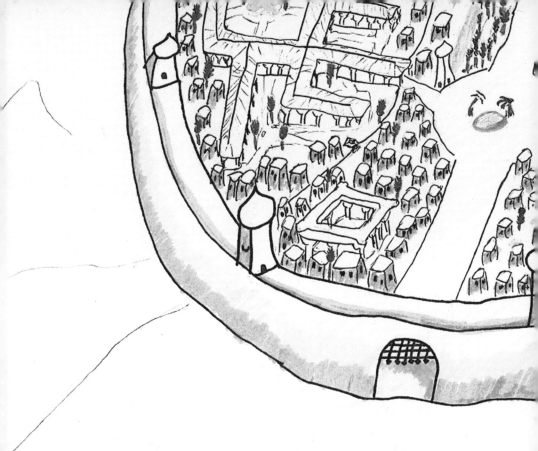

샹그릴라

정영현

작가 정영현

2001년 9월 12일 출생, 현재 양평에 거주중인 중학교 3학년이다. 예비 고1이라는 부담 때문에 어깨가 무거워질 때도 있지만 새로운 이야기를 구상하거나, 재밌는 이야기를 듣는 것을 인생의 낙으로 살아간다. 이야기에 대한 입력은 정상인데 출력은 버벅 대는 고장난 컴퓨터라 스스로를 자조하고 있으며, 언젠가 고성능 스토리를 출력해낼 수 있을 날을 고대하고 있다. 지금까지 코드네임G(2014), 아토(2015) 등을 만들었으며 자신만의 샹그릴라를 찾아 헤맨 끝에 샹그릴라(2016)을 만들게 되었다.
하지만 아무래도 길을 잘못 들었다는 느낌을 지울 수 없어 길을 되짚어 나와 새로운 샹그릴라를 찾아다니는 중이다.

어느 밤 차가운 별들의 시내를 건너시면
그 푸른빛을 여기 띄워 주시고
행여 별빛 따라 가다 바달 만나도,
부디 거길 건너지는 마세요.

_박은옥 바다로 가는 시내버스 2012 '꿈꾸는 여행자' 중에서

1장

　금방 한 바탕 모래바람이 휩쓸고 지나간 도시는 쥐새끼 하나 보이지 않았다. 그러나 얼마 후, 용감한 몇몇 사내들이 창문을 열고 사막의 무법자가 지나갔는지 확인하였다. 그들은 한참을 손가락에 침을 묻혀 내밀어 보고, 창틀도 한번 쓱 쓸어보기도 하더니 마침내 건물 안에서 기다리고 있는 가족에게 안전하다는 신호를 보냈다. 그제야 사람들은 문을 열고 밖으로 나오기 시작했고, 한 명, 두 명이 나오기 시작하자 너도나도 따라 나오면서 금세 거리는 언제 모래바람이 지나갔냐는 듯 북적거리기 시작했다. 동시에 도시는 장사꾼들이 호객 행위 하는 소리, 아이들이 공놀이 하는 소리, 그리고 술집에서 요란하게 떠드는 소리로 금세 가득 메워졌다. 방금 막 모래바람을 뚫고 도시에 도착한 '청견대상'의 칭우는 순식간에 완전히 다른 풍경이 되어버리는 그 모습을 입을 딱 벌리고 지켜봤다.

　"자식, 놀랐냐?"

　카라반 일행의 대장이 말했다.

　"예……. 놀랐습니다. 어떻게 저렇게 빨리, 아무 일 없었다는 듯이 태세를 바꿀 수 있는 거죠?"

　"그게 이 사람들의 삶인 거지. 너도 앞으로 많이 다니다 보면 적응하게 될 거다."

　카라반 대장이 거드름을 피우듯 말했다. 아마 속으론 그런 말을 했다는 사실에 무진장 자랑스러워 할 것이리라.

　"어이, 칭우. 얼굴이 환한 거 보니까 그래도 고향이 가까워진 건 아나보다?"

　강국(康國, 오늘날의 사마르칸트)사람인 아흐메드가 싱글거리며 말했다. 그 말에 칭우는 무슨 소리냐는 듯 얼굴을 찡그렸다.

"예? 고향이라뇨? 아직 한참 남은 거 아니었나요?"

칭우가 어리둥절해 하며 말하자 아흐메드는 의기양양한 표정을 지었다.

"애 좀 보게, 한참 남기는. 이제 여기서 한 두 도시 정도 더 거치면 둔황이 나오고, 둔황에서 시안까지는……. 뭐, 너도 잘 알겠지? 아무튼 이제 이것들 팔아서 돈 벌 일만 남았다 이 말이다."

아흐메드가 낙타 몇 마리 위에 잔뜩 얹혀 있는 짐 꾸러미들을 툭툭 치며 말했다. 하지만 칭우는 듣고 있지 않았다. 고향. 2년에 걸친 카라반 생활 끝에 드디어 고향에 가게 되는 것이다. 칭우는 입을 헤 벌리고 회상에 잠겼다.

칭우의 아버지는 카라반이었다. 한 번 물건을 팔러 가면 2~3년은 기본이요, 5년씩 걸릴 때도 있었다. 그래서 칭우도 아버지에 관한 추억은 그리 많지 않다. 하지만 칭우의 아버지는, 여행에서 돌아올 때마다 꼭 칭우를 포함한 일곱 형제들과 어머니에게 선물을 사 왔고, 돌아온 날 밤이면 자식들에게 자신이 여행했던 수많은 나라들의 이야기를 들려주곤 했다. 자주 볼 수는 없었지만, 칭우는 그런 아버지가 좋았다. 그러다 칭우가 17살 되던 해, 아버지는 여태껏 받은 선물 중 가장 엄청난 선물을 칭우에게 주었다. 대진국(大秦國, 옛 동로마 제국) 산 유리로 두른 옥으로 만든 목걸이였다. 칭우는 선물이 너무 마음에 들어 온 집안을 방방 뛰어다녔고, 아버지와 어머니, 그리고 칭우의 형들은 그 모습을 흐뭇하게 지켜보았다. 행복은, 영원할 것처럼 느껴졌다.

그러나 바로 다음날, 둘째 형과 함께 시내에 물건을 팔러 나갔던 아버지가 돌아오지 않았다. 해가 떨어질 때까지도 돌아오지 않자 칭우와 첫째, 셋째 형이 찾으러 가야 하나 걱정을 하던 중, 피칠갑을 한 둘째 형이 집안으로 들어왔다.

칭우와 형들은 둘째 형의 이야기를 듣고 얼굴이 하얘져서 집 밖으로 달려 나갔다. 칭우는 아직 어리다는 이유로, 반쯤 멍해 있는 둘째 형과 아무것도 모르고 자고 있는 막내 동생과 함께 집에 남았다. 칭우도 칭우의 어머니도 다시 형들은 잘 돌아 올 런지 걱정을 시작하였을 무렵, 하나같이 어두운 얼굴을 하고 형들이 돌아왔다. 형들이 말하길, 아버지가 누군가에게 살해당했다고 했다. 어머니는 털썩 주저앉아 울기 시작했고 첫째 형과 셋째 형이 어머니를 달래기 시작했다. 넷째 형이 아직 도저히 믿을 수 없다는 눈을 하고 있는 나에게 조심스레 말했다.

"다행히 시신은 수습했어. 장례는 치러드릴 수 있을 것 같다. 칭우, 너도 이제 꽤 컸으니까 장례식에는 되도록 참여하도록 해. 나도 충격적이지만 너도 얼마나 놀랐을지……."

넷째 형은 거기까지 말하고 차마 더 말하지 못하겠는지 입술을 깨물었다. 우울하고 외로운, 쓸쓸한 밤이었다. 장례식은 며칠 후에 시작됐다. 수많은 사람들이 아버지의 장례식에 조문을 왔다. 칭우는 아버지의 관이 땅 밑으로 묻히고, 사람들의 곡소리도 점차 사라져 갈 무렵 마음속으로 다짐했다. 사막에 뼈를 묻고 죽을지라도 자신은 아버지와 같은 길을 가겠노라고. 그리고 절대 이 결심을 후회하지 않으리라고.

도시 안은 생각보다 더 왁자지껄하고 활기찼다.

"쌉니다, 싸요! 닭 한 마리에 10악체(오스만 제국 초창기부터 1687년까지 통용되던 은화. 1327년경 1악체는 은 1.154그램, 출처-네이버블로그 '한국 안에 작은 터키')!"

"서역에서 들어온 천경(天鏡)이 하나에 40악체! 부인에게 완벽한 선물을 준비해 보세요!"

잡상인들이 시끄럽게 호객 행위를 하는 소리에 귀가 다 먹먹해질 지경이었다. 칭우는 작열하는 햇빛을 막기 위해 손 그늘을 펼치면서도 그걸로는 모자라다는 듯이 눈을 찡그리며 대장에게 소리쳐 물었다.

"여기! 원래! 이럽니까?!"

대장이 칭우와 마찬가지로 눈을 찡그리며 대답했다.

"그럼! 당연하지! 그래도 저잣거리라 이런 거니까 왕성 쪽으로 가까워지면 좀 나아질 거다!"

대장은 그렇게 소리를 지르고는 숨이 차는지 한동안 헉헉거렸고, 그걸 본 아흐메드는 장난기가 발동했는지 익살스런 표정으로 대장을 놀렸다.

"대장! 정말 톈산산맥(타클라마칸 사막을 위 아래로 감싸는 산맥 중 위쪽 산맥) 꼭대기에 올라갔다 온 거 맞아요? 이럴 때 보면 순 거짓말 같다니까!"

아쉽게도, 주위가 시끄러워 어쩔 수 없이 소리쳐야 했기에 그의 익살스런 말투는 묻어나지 못했지만 자존심 덩어리인 대장을 자극하기엔 충분했다.

"뭐! 이 자식아! 내가 지금 다 늙어빠져서 이 모양이지 한창 때는 혼자서 노국에도 갔다 왔다고!"

대장은 그 말을 시작으로 자신이 얼마나 높이까지 올라갔다 왔고, 얼마나 낮은 곳까지 잠수해 봤는지 고래고래 소리를 지르기 시작했다. 얼마나 시끄럽게 소리를 질러대는지 칭우와 일행들의 귀를 괴롭히며 시끄럽게 장사를 하던 상인들도 일순 기가 죽어 말을 멈추고 대장을 쳐다봤다. 그런 대장의 모습을 보면서 아흐메드는 뭐가 그리 재밌는지 싱글싱글거렸다. 칭우는 대장의 소음 공해를 피하기 위해 양 손가락으로 귀를 막고는─별로 도움이 되지는 않았지만─매일같이 반복되는 둘의 촌극에 익숙해진 웃음으로 피식 웃으며 그들에게서 시선을 돌렸다.

어느새 시끌벅적한 소음은 사라지고 꽤 고급의 회반죽 집들이 나타나기 시작했다. 칭우는 아직도 소리를 지르고 있는 대장과 아흐메드에게 소리쳤다.

"대장. 이제 그만 소리 질러도 될 것 같은데요?"

그 말에 대장은 언제 그랬냐는 듯 뚝 자랑을 멈추고는 무안한 듯 헛기침을 몇 번 했으며, 대장의 옆에서 나란히 낙타를 몰고 있던 아흐메드는 드디어 참지 못하고 웃음을 터트리고 말았다.

"푸하하하! 대장은 항상 한바탕 자랑질 하고 나면 무안해 한다니까? 그럴 거면 애초에 창피할 짓을 하지를 마요."

"시, 시꺼 임마! 그, 그보다 물건들에 이상은 없겠지?"

아흐메드가 낄낄거리며 웃자 대장은 얼굴을 붉히며 응수하고는 화제를 돌리려 뒤쪽에 따라오던 일행들에게 질문했다. 물론, 그들의 입가에도 미처 지우지 못한 웃음이 만연해 있었다.

"네! 물론이죠, 대장. 갈사에서 가져온 옥이랑, 대진에서 가져온 유리랑 다 있습니다요."

교역품들을 실은 낙타 곁에서 가던 일행이 대답하자 대장은 그래도 안심이 안 된다는 듯 한마디 했다.

"그래도 다시 한 번 봐. 혹시라도 도중에 흘렸거나 도둑맞은 물건이 있으면 그것만큼 비극도 없을 테니까. 근데 너희들 왜 다 웃고 있냐? 지금 우스워?"

대장이 짐짓 근엄한 목소리로 말해 보았지만, 다른 일행들은 눈 하나 꿈쩍하지 않았다.

"에이, 대장 또 겁주려고 한다. 하나도 안 무서우니까 그만 좀 하라니까요?"

옆에서 아흐메드가 또 놀리자 대장은 붉으락푸르락 해서는 고함쳤다.

"뭐? 니들 나 없으면 아무것도 못해! 알어? 나 아니면 누가 여기까지 카라반을 이끌 수 있겠냐!"

하지만 그 말이 일행들을 더 자극했는지 여기저기서 아까보다 더욱 많은 웃음이 터져 나왔다. 대장은 결국 열불이 났는지 옆에 있던 칭우를 끌어들였다.

"야, 칭우! 우리 청견대상의 막내로서, 타인의 의견이 섞이지 않은 순수한 네 감상을 말해봐라. 내가 웃기냐?"

칭우는 잠시 고민하는 듯했다. 모든 일행들의 관심이 칭우에게 집중됐다. 과연 칭우는 분위기를 끊을 것인가? 불쌍한 대장을 그래도 조금 추켜세워 줄 것인가? 그러나 칭우는 금방 고민을 끝마치고는 익살스런 표정을 지으며 말했다.

"대장은 늘 저희한테 큰 웃음을 주죠. 항상 감사하게 생각하고 있습니다."

가장 어린 막내의 재치있는 한 마디에 일행들은 결국 모두 웃음보가 터져버리고 말았다. 쉴 새 없이 웃어제끼는 일행들의 웃음소리 사이로 대장이 몇 번 반박해 보려 했지만 금방 실패로 돌아가곤 했다. 마침내 대장은 모두에게 소리쳤다.

"이놈들, 너희들 시안에 돌아가면 한 푼도 못 받을 줄 알아!"

그러자 상인들 사이에서 아아아 하는 소리가 흘러나왔다. 하지만 아무도 웃음을 멈추지는 않았다.

"에이, 우리 멋지고 용맹한 대장께서 왜 이러실까? 장난이잖아요, 장난. 응? 사람이 웃고 살아야지."

"시끄러! 니네 시안 가면 쥐뿔도 없어! 내가 다 가질 거야!"

아흐메드가 낄낄거리며 달래도 대장은 좀처럼 진정하지 않았다. 하지만 아무도 심각해 하거나 걱정하지 않았다. 모두 그저 웃기 바빴다. 다들 알고 있었기 때문이었다. 대장도 하루만 지나면 다 잊어버린다는 것을. 칭우도 다른 상인들과 함께 유쾌하게 웃었다. 주위의 사람들이 지나가며 한 번씩 이쪽을 돌아보고는 피식 웃으며 지나갔다.

이것이 청견대상의 힘이다. 긴장되는 상황이 생길 때마다 청견대상의 상인들은 농담과 장난으로 그 긴장감을 해소하곤 했다. 물론, 그 타깃은 거의 항상 가장 순진하고 착한 우리 대장이었다. '어쩌면 대장도 일행들의 사기를 북돋아 주기 위해 일부러 당해주는 걸지도 몰라.' 칭우는 몇 번 그렇게 생각한 적이 있었다. 하지만 대장의 순진함은 너무나 완벽했기 때문에 일부러 순진한 척을 했으리라고는 전혀 의심되지 않았다. 만약 대장이 정말 연기하는 것이라면 연극에 배우로 출연해도 될 것이다. 칭우는 강국에서 보았던 대진의 연기자들처럼 토가를 걸치고 도르래에 매달려 내려오는 대장의 모습을 상상하고는 웃음을 터트렸다. 아무리 생각해도 어울리지 않았다.

하지만 그것이 청견대상의 모든 것은 아니었다. 대장은 정말 진지해야 할 상황이 오면 뛰어난 지휘력으로 모두에게 적절한 일을 맡겼고, 아흐메드는 진지할 때는 정말 누구보다 진지해져서 냉철하게 상황을 판단하곤 했다. 또 나머지 상인들은 그들과 서로를 티끌만큼도 의심하지 않고 따라주었다. 한 마디로 청견대상은 익살과 신뢰, 실력을 모두 갖추고 있는 카라반인 것이다. 그런 수많은 강점들 덕분일까, 청견대상은 고작 낙타 1연(20마리)밖에 끌고 다니지 못하는 소규모 대상이면서도 시안에서 열 손가락 안에 꼽힐 정도의, 말하자면 강소대상이었다. 사실 일행이 소규모가 된 것에는 언제든지 5파(200마리)

씩 되는 낙타를 끌고 다닐 힘이 있으면서도 '소수정예'를 고집하는 대장의 성격도 한 몫 했다.

아버지가 죽고 나서 칭우는 그처럼 되고 싶다는 생각에 무턱대고 아버지가 일하던 청견대상의 본부에 쳐들어갔다. 갑자기 난입해온 청년이 뜬금없이 교역로 상인이 되고 싶다고 했을 때의 대장과 아흐메드의 표정은 아직도 잊혀지질 않았다. 처음 몇 번 그들은 거절했지만 칭우가 끈질기게 찾아와 부탁하자 결국 칭우를 받아주었다. 처음 몇 달 동안은 온갖 서류 정리, 청소, 시안 내에서의 교역품 판매에 따라가는 짐꾼 등을 담당했지만, 약 1년 전 처음으로 칭우는 당을 벗어나 강국까지 갔고, 이제 시안으로 돌아오는 길이었던 것이다. 장장 1년이라는 시간 끝에 고향으로 돌아갈 수 있게 됐다는 사실에 칭우는 발끝부터 설렘이 찌릿 하고 몰려옴을 느꼈다. 갈 때도 웃으며 배웅하던 어머니와, 장난기 많은 형들, 이제 막 성인이 된 막내 동생까지, 가족들의 얼굴과 그들 앞에서 서역에서 들여온 물건들을 자랑하는 자신의 모습, 가족들이 놀라며 감탄하는 모습이 차례차례 머릿속을 스쳐 지나갔다.

'우와! 이게 다 뭐야? 우리 동생이 언제 이렇게 컸지?'

'형! 내 선물도 사 왔어? 이따가 셋째 형이랑 곡주 한 잔 하러 갈 건데 돌아온 김에 같이 갈래?'

'칭우야, 정말 네 아버지 생각이 나는구나. 네가 자랑스럽다.'

칭우 머릿속의 가족들이 너도나도 한 마디씩 하자 칭우는 금세 헤벌레해져서 칭우는 가족들의 말에 대답하는 자신의 모습을 상상했다.

'어머니, 정말 많은 것을 보고 느끼고 왔습니다. 이제 저도 아버지처럼 고비에서 말을 타고 대진국의 바다를 넘어 보고 싶습니다.'

멋들어지게 대답하고, 자신이 가져온 물건들을 보며 탄성을 내지르는 가족들의 모습을 상상하며, 대장과 아흐메드, 다른 일행들이 이상하게 쳐다보거나 말거나 칭우는 그렇게 한참을 키득거렸다.

얼마간의 시간이 지난 후, 일행은 드디어 왕의 궁전에 도달했다. 강국에 갈 때는 험한 산이 가득한 천산북로로만 가서 화려한 모습들은 통 보지 못했던 칭우는 석국(石國, 오늘날의 타슈켄트)에서 본 궁궐 이후 두 번째로 본 궁궐의 위용에 입을 딱 벌렸다.

"여긴 그래도 천산남로의 오아시스 도시들 중 꽤 큰 편에 속하니까 궁궐이 있는 것도 당연하지. 자, 그럼 들어가 볼까?"

대장이 일행들을 이끌고 대문을 넘어 경비병들에게 말을 걸러 가자 칭우는 벌린 입을 닫고 대장을 따라가려 했다. 하지만, 아흐메드가 칭우의 앞을 가로막았다.

"어허, 어딜 가시나?"

"예? 왕을 알현하러 가는 거 아닙니까? 저도 들어가야지요."

하지만 아흐메드는 칭우 앞에 손가락을 흔들어 보이며 장난스런 목소리로 말했다.

"저번에 강국의 궁궐 앞에서 내가 뭐라고 했더라?"

그 말에 칭우는 고개를 푹 숙였다.

"그래도, 저도 경험은 한번 해봐야 예법이든 뭐든 알거 아닙니까. 들어가는 봐야지요."

"자자, 시안으로 돌아가서 이번 일 마무리하고 내년에 대진국에 갈 때는 들어가게 해줄게. 막내니까 우선 경험을 쌓아야지."

칭우가 웅얼거리며 항변하려 하자 아흐메드는 딱하다 느꼈는지 주머니를 뒤적이다가 자그마한 악체 꾸러미를 던져 주었다. 칭우는 돈을 어정쩡하게 손으로 받으면서도 뜻하지 않은 불로소득에 아흐메드를 멍하니 바라보고 있었다. 그 모습이 사뭇 우스운지 아흐메드는 미소를 지었다.

"그 정도 돈이면 웬만큼 먹고 놀 수 있을 거다. 아까 보니까 술집이 하나 있는 것 같던데, 가서 좀 쉬다 와. 우리는 카라반사라이에 있을 테니까 다 놀면 찾아오고."

칭우는 얼떨떨한 표정으로 고개를 끄덕거렸다. 여태 대상 일행을 따라오면서 수많은 도시를 들러 봤지만 이렇게 명백한 자유시간이 주어진 것은 처음인지라 당황스러운 것일 것이리라.

"고, 고맙습니다! 다녀오겠습니다!"

칭우는 더듬거리며 말을 마치고는 곧바로 신나 뛰어가기 시작했다.

"아아 맞다! 오른쪽 길로 가면 술집이고 우리 사라이는 왼쪽이……. 허, 벌써 사라졌네. 알아서 잘 가겠지 뭐."

말을 미처 귓속에 담을 새도 없이 달려가는 칭우의 등에 대고 힘껏 소리치던 아흐메드는 이미 칭우가 시야에서 한껏 벗어나 버리자 그렇게 말을 흐리며 중얼거렸다.

'크, 젊구만. 나도 저런 때가 있었던 것 같은데 대체 언제였는지.'

외박 나간 자식 걱정하는 어머니의 마음으로 돌아서면서도 칭우가 기뻐하는 것에 흐뭇한지 아흐메드는 속으로 생각했다. 왠지 옛 추억 속으로 빠져드는 순간이었다.

칭우는 달렸다. 숨이 턱까지 차오르고 이마에 땀을 삐질삐질 흘리면서도, 모처럼 주어진 시간을 만끽하며 칭우는 신명나게 달렸다. 때로는 공중에 주먹을 날리며 소리를 질러 사람들이 광대 보듯 쳐다봐도 칭우는 개의치 않았다. 지금 그의 머릿속에는 난생 처음 맛보는 이국의 도시에서의 자유시간이라는 설렘으로 가득 차 있었다. 여태껏 들렀던 도시에서 칭우는, 환율 계산이나 전산 작업, 회계 장부 관리 등 갖가지 일들로 사라이에 틀어박혀 있어야 했다. 그 때문에 칭우는 항상 크고 작은 욕구불만에 시달리고 있었다. 그것이 드디어 오늘 터져버리고야 만 것이다. 칭우는 머릿속으로 오른 손엔 술병을, 왼 손에는 술잔을 들고 지금껏 겪은 모험담을 장황하게 늘어놓는 자신의 모습과 감탄하는 청중들의 모습을 상상했다.

'그래, 이런 일들을 초석으로 다지는 거야. 더 많이 모험을 하고 더 많은 일을 겪어서 위대한 칭우의 전설을 남겨야지. 크, 얼마나 멋진 일인가.'

칭우는 또다시 발동한 망상증에 바보처럼 헤헤 웃으면서도 달리는 속도를 늦추지 않았다. 사실 칭우가 제대로 길을 가지 못하면 어쩌나 하는 아흐메드의 걱정은 쓸데없는 것이었다. 물론, 이제까지의 덜렁끼 있는 칭우의 행동을 보면 충분히 들 수 있는 생각이지만, 이번만은 달랐다. 시끄러운 시장통을 지나오면서 모퉁이 뒤쪽으로 언뜻 봤던 술집을 기억하고 있었기에, 칭우는 쉬이 길을 찾아갈 수 있었다. 다행히 칭우의 기억은 그를 배신하지 않아 얼마 후 칭우는 모퉁이 돌아 조용한 골목에 있던 술집에 도착했고, 언뜻언뜻 음악소리가 새어 나오는 술집의 나무문 앞에 멈춰서 헐떡거리며 숨을 골랐다. 한참을 쿵쾅대는 가슴을 진정시킨 후, 칭우는 결의의 숨을 한 번 내쉬고는 힘차게 나무문을 열어젖히고 들어갔다. 곧이어 문이 끼익 소리를 내며 닫히고, 칭우가 사라진 골목길에는 다시 적막만이 가득 찼다. 그리고 사막의 하늘을 가로지르는 기나긴 여행을 이제 막 끝마치려는 태양빛만이, 그 적막의 틈새를 비추고 있었다.

같은 시각, 검은모래단의 단장인 카예르 리첸도 성벽 너머로 사라지려는 노을빛을 바라보고 있었다. 떨어지는 태양을 볼 때면 그는 항상 아버지가 생각났다. 이미 그의 손으로 죽여 버린 아버지는 선대 검은모래단 단장이었다. 카예르는 그의 밑에서 막 걸음마를 뗐을 때부터 조직의 규율을 배웠다. '아무것도 금기시되지 않는다.' 이것이 검은모래단의 신조였다. 사람을 죽이는 것도, 도둑질하는 것도, 사기를 치는 것도. 무엇하나 금기가 아니었다. 누구나 지금의 단장이 마음에 들지 않으면 죽여도 상관없었고, 옆에 있는 동료가 마음에 들지 않으면 죽여도 상관없었다. 때문에 조직 소유의 건물 지하에서는 매일같이 돈을 건 혈투가 벌어졌고, 과열된 분위기에 실제 살인이 일어나는 일도 허다했다. 하지만 그렇게 무법지대인 검은모래단이 아직까지 유지된 이유는 힘과 위계질서가 뚜렷하기 때문이었다. 당장 현재 단장인 카예르만 해도 자신의 아버지를 자기 손으로 암살했을 뿐더러 자신도 수많은 암살위협을 받고 있었다. 그럼에도 단원들은 카예르를 리더로 믿고 따랐다. 그것은 그 수많은 암살시도가 모조리 실패로 돌아갔고 당연히 암살자들도 카예르의 손에 살해

당했기 때문이다. 힘을 입증한 자는 인정한다. 인정하고 싶지 않으면 자신의 힘이 상대보다 크다는 것을 입증해라. 그것이 검은모래단이었다.

얼마간 생각에 잠겼던 것일까. 어느새 태양은 사막의 지평선에 끄트머리만 걸쳐서 마치 어둠이 깔려 검게 변한 모래 위로 얕게 깔린 붉은 모래 같았다.

"카예르님! 또 아가씨가 사라졌습니다!"

'하아아아'

카예르는 깊은 한숨을 내쉬었다. 그리고 이어진 한참의 정적 동안 단원인 듯 보이는 급보를 전하러 달려온 사내는 그런 카예르가 혹시 화를 주체 못하고 칼을 뽑아 자신을 내치지 않을까 긴장에 몸을 움츠렸다. 하지만 그에게는 다행히도 카예르는 화가 많이 나 있지 않았다. 오히려 그는 조금 지쳐 있었다. 일주일에 한 번 꼴로 벌어지는 이 웃기지도 않은 사건과 매번 그에 화를 내는 자신에 대해.

"알았다. 너희 선에서 적당히 찾아서 데려와. 기한은 나흘 주지."

잔뜩 긴장해 있던 사내는 의외로 단장이 유순하게 말하자 살짝 놀란 듯 보였다. 하지만 곧 정신을 가다듬고는 오른 손으로 가슴께를 치며 말했다.

"알겠습니다, 단장! 바리 루카스트 에틸레디!"

"바리 루카스트 에틸레디."

단장이 지친 말투로 직접 화답하자 단원은 얼굴이 환해져서 성큼거리며 문을 나갔다.

'신입인가, 저렇게 물러서야 제대로 살아남는지 원. 뭐, 3개월쯤 뒤면 이미 죽어 있겠지.'

멀어져가는 단원을 보며 카예르는 그렇게 생각했다. 오직 약육강식. 아무것도 금기하지 않는다. 그것이 교역로의 악마라 불리는 길드의 신조였다. 어느새 태양은 완전히 검게 변한 모래 뒤로 숨어 보이지 않았다.

술집 안은 매캐한 양초기름 냄새와 술 냄새가 어두컴컴한 술집 안을 휘감고 있었다. 그 분위기와 왁자지껄한 사람들의 말소리, 주문소리에 휩쓸려 칭우는 잠시 동안 멍 하니 있었다. 시안의 저잣거리에 형들과 갔던 술집과는 뭔가 분위기가 달랐다. 칭우는 그렇게 생각했다. 정신 차리자, 일단 칭우는 사람이 너무 많지도 않고 그렇다고 그의 이야기를 들어줄 관객들이 너무 적지도 않은 테이블을 물색하기 시작했다. 이윽고 칭우는 상인으로 보이는 남자와 부인으로 보이는 여자가 앉아 호쾌하게 웃으며 술을 마시고 있는 테이블로 다가가 앉았다. 한참 요즘 물건이 잘 팔리네 안 팔리네 얘기를 나누던 남녀는 새로 합류한 청년이 흥미로운지 시선을 돌렸다. 칭우는 그들의 시선속의 호기심, 흥미를 느끼며 속으로 쾌재를 불렀다. 곧이어 통통한 몸집에 안 맞게 종종거리며 술집주인이 테이블 쪽으로 주문을 받으러 왔다.

"그래, 뭐 드릴까?"

"음, 대추야자주랑 적당히 배 채울 만한 음식 하나 주세요."

"예, 알겠습니다."

주인이 종종걸음 치며 주방 쪽으로 사라지자 칭우의 예상대로 남자가 말을 걸어왔다.

"요새 못 보던 친구인데? 여행자이신가?"

칭우는 만연히 미소 짓고 싶었지만 애써 쿨한 척 하며 대답했다.

"예, 카라반 청견대상의 칭우입니다. 일을 마치고 시안으로 돌아가는 길입니다."

"흠, 그렇구만. 뭐, 시안으로 돌아간댔으니 여행도 막바지겠군? 즐기다 가게. 여기 이 오아시스와 태양 펌은 하지라 시에서 이 낙타젖술을 잘 만들기로 유명한 곳이거든."

남자는 자기 앞에 놓인 하얀색 술을 한번 슬쩍 들어 보인 다음에 잔을 입으로 가져가 한 모금 홀짝였다. 그러고는 옆에 있는 칭우의 존재를 어느새 잊어버리기라도 한 듯 옆 사람과 아까의 얘기를 이어나갔다. 어, 이게 아닌데. 칭우는 생각했다.

"저, 저기……. 제가 여행한 곳 같은 건 안 궁금하신가요?"

적잖이 당황한 칭우가 무심코 마음속에 있던 말을 꺼내버리자 남자는 귀찮다는 표정으로 손사래를 치며 대답했다.

"아, 대상놈들 얘기가 다 똑같지 뭐. 대진국 어디에 어디 바다에 가봤다, 그렇게 물이 많은 건 난생 처음 봤다. 처음에는 평생 이런 모래만 가득 찬 도시에 살아왔으니 좀 흥미가 동하더니 이놈이고 저놈이고 다 그놈의 바다, 바다, 바다. 어우, 이젠 질렸어. 안 가봐도 이미 본 것처럼 생생하다고."

"예? 바다요?"

칭우가 놀라며 반문하자 사내는 더 놀라며 뭐 이런 놈이 다 있냐는 듯 쳐다봤다.

"자네 설마 바다가 뭔지 모르는 건 아니겠지?"

사내가 반신반의한 물음을 던지자 불쌍한 칭우는 그만 당황해버렸다. 물론 칭우도 바다가 뭔지는 알고 있었다. 아버지의 대상길 여행 이야기에서 여러 번 바다에 대해 들어보았고 비단 아버지에게 들은 이야기가 아니더라도 여기저기서 바다에 관한 이야기를 들어본 적이 있었다. 물이 아주, 장안 시내 전체를 합친 것보다도 많다고 했고, 특유의 짭쪼름한 냄새가 코를 자극한다고 했다. 평생 시안에서 살아왔던 칭우로서는 도저히 상상이 되지 않는 풍경이었다. 그래서 칭우도 바다를 동경했다. 그런데 여기 대상들은 하나같이 '바다'를 보았다고? 믿기지 않았다. 한두 명이라면 몰라도 전부라니. 칭우는 그래도 자신이 처음치고 꽤 많은 길을 여행해 본 대상이라 믿어 의심치 않았지만 지금 그 환상이 다 깨어지고 말았다. 칭우는 그런 복잡한 생각들에 파묻혀 도저히 입을 열수가 없었다. 바보처럼 버버거리고 있는 칭우를 보며 사내는 코웃음 쳤다.

"허, 바다도 본 적 없는 놈이 재미난 얘기가 있겠어? 기껏해야 낙타 똥냄새 풀풀 풍기는 뻔하고 지루한 얘기나 늘어놓겠지. 그런 건 사양이다."

남자는 그렇게 내뱉듯이 말하고는 몸을 돌려 상대와의 대화에 다시 열중했다. 이미 칭우는 그의 시야에서 사라진 듯했다. 칭우는 거기 멍하니 허공을 응시하며 앉아 있었다. 꽤나 많은 경험을 겪었다 생각했건만 아직 우물 안 개구리였다는 사실이 분했고, 또 멋모르고 자랑해댔던 자신이 부끄러웠다. 칭우는 복잡한 감정에 사로잡혀 피가 안 통하도록 주먹을 꽉 쥐었다.

"자, 대추야자주 나왔습니다."

주인장이 노르스름한 술이 담긴 잔을 자신의 앞에 내려놓는 것도 모른 채 칭우는 그러고 있었다. 주인장이 이상한 놈이라는 눈빛으로 슬쩍 흘겨보고 물러가자마자 고개 숙인 칭우의 눈에서 눈물 몇 방울이 또르르 떨어졌다.

'젠장, 뭐하는 거야. 애도 아니고. 고작 이딴 거에 눈물이나 보이다니.'

그렇게 생각하며 칭우는 슥 눈물을 훔쳤지만 그럼에도 더욱 멈추지 않고 흘러내리는 눈물을 막을 수는 없었다. 아무도 눈물 흘리는 스무 살쯤 된 청년을 눈여겨보지 않았지만 왠지 부끄럽고 애 같아 보인다고 느낀 칭우는 결국 자리를 박차고 일어났다. 여전히 아무도 신경 쓰지 않았지만 칭우는 잰걸음으로 서둘러 문을 나섰다.

"어이! 돈은 내고 가야지! 야 임마!"

주인장이 소리를 지르는 것도 듣지 못하고 칭우는 문을 나서자 마자 달리기 시작했다. 해는 이미 떨어져 푸르스름해진 하늘 안에서 사막의 모래바람 속에 잠시 뒷문으로 몸을 피해 있던 별들이 하나둘씩 고개를 빼꼼 내밀기 시작했지만 칭우는 보지 못하고 달렸다. 칭우는 아무것도 보지 못했고 아무것도 듣지 못했고 아무것도 느끼지 못했다. 뺨을 훑고 지나가는 바람들이 칭우에게 자괴감을 밀려다 주었다. 칭우는 이를 악 물고 자신을 괴롭히는 감정들에게서 벗어나려 애쓰며 힘주어 달리기 시작했다.

얼마나 달렸을까, 숨이 턱까지 차올라 천천히 속도를 줄여 멈춰선 칭우는 헉헉 거리며 숨을 고르기 시작했다. 사막의 차가운 밤공기와 은은한 달빛이 칭우의 땀방울을 금세 말려주었지만 동시에 칭우의 체온을 뺏어가기 시작했다. 달릴 때는 느끼지 못 했던 한기가 밀려오자 칭우는 팔로 몸을 감싸고 열기를 유지하려 애쓰며 여기가 어딘지 파악하기 위해 주위를 두리번거렸다. 자그마한 정원 같은 느낌의 광장이었다. 중앙에는 오아시스에서 끌어온 듯 보이는 작은 연못이 있었고, 연못 주위에는 야자나무가, 길가에는 곧게 뻗은 포플러

나무가 가득 심겨져 있었다. 칭우는 연못 앞에 놓인 조그만 벤치를 발견하고
는 그쪽으로 걸어갔다. 벤치에 털썩 걸터앉은 칭우는 조금씩 냉정을 되찾으
며 자신이 지금 처한 상황에 대해 생각해 보았다. 일단, 술집에서부터 길이 꺾
이면 꺾인 대로 곧으면 곧은 대로 무작정 달려왔기 때문에 여기가 어딘지는
알 턱이 없었다. 심지어 이정표 하나조차 보이지 않았다. 칭우는 절망을 느끼
며 아흐메드씨가 알려준 사라이의 위치를 떠올리려 애썼지만 제대로 기억나
지도 않았을 뿐더러 애초에 왕성을 기준으로 설명된 길이니 왕성에 직접 가지
않는 이상 떠올린다 해도 지금 상황에 적용할 수 있을 리 만무했다. 게다가,
칭우는 이 장소가 왕성에서 얼마나 떨어져 있는지조차 몰랐다.

'일행들은 지금쯤 뭐하고 있으려나. 내가 어디 있는지 찾고 있을까?'

하지만 곧 칭우는 그 생각을 머리에서 지워버렸다. 대장과 아흐메드는 아마
알아서 들어오겠거니 하고 두 발 뻗고 자고 있을 것이다. 코까지 골아대며 자
고 있는 두 사람의 모습을 상상하자 칭우의 마음속에서 괘씸함이 일어났다.

'그래, 까짓거, 길 찾아서 들어가면 되지. 내가 그 인간들 얼굴에 꼭 잉크를
칠하고 말테다.'

그렇게 전의를 불태워 보았지만 여전히 돌아갈 길이 막막한 것은 변함없었다.

'하……. 마땅한 방법이 없네. 지나가는 사람이라도 있으면 붙잡고 물어보기라
도 하겠지만 벌써 달이 선명하게 떴는데 나와 있는 사람이 있을 리가……. 어?'

그때, 웬 여인이 칭우의 눈에 들어왔다. 칭우는 잘못 본 건가 싶어 눈을 부벼
보았지만, 틀림없이 여인이 있다. 사내도 아니고 여인이 밤길에 돌아다니 어
떻게 된 사람 아닐까 잠깐 생각해 보았지만 가만히 서서 달을 바라보고 있는
모습이 아무래도 미친 사람 같지는 않았다. 아니 잠깐, 그런 게 미친 사람인
가? 칭우는 잡생각을 최대한 눌러버리며 천천히 여인에게 다가갔다. 가까이
다가가면서 칭우의 미친 사람이 아닐까 하는 의심은 거의 사그라들었다. 가
까이 다가가서 본 여인의 모습은 꽤나 아름다웠다. 그녀는 하늘하늘한 아랍
풍의 비취색 옷을 입고 있었다. 까맣고 긴 흑발이 옷 위로 흩뿌려 있었고 약간
파사국(페르시아)의 피가 섞인 듯한 까무잡잡한 얼굴이 어두운 밤 배경에 녹아

들듯이 섞여 있었다. 칭우는 잠시 할 말도 잊어버리고는 넋을 잃고 여인을 쳐다보았다. 달빛에 비친 여인의 모습이 칭우의 눈에는 너무 아름답게 보였다.

'아니, 지금 내가 이러고 있을 때가 아니지.'

칭우는 최대한 그녀가 놀라지 않도록 조심스레 말을 꺼냈다.

"저……."

칭우의 말에 돌아본 여인의 눈은 언젠가 보았던 사파이어 같은 푸른색이었다. 이제 정말로 칭우의 심장이 쿵쿵거리며 뛰기 시작했다.

"무슨 일이신가요?"

여인이 묻자 제대로 떨어지지 않는 입을 열려 무진장 애를 써서 결국 말을 뱉어냈다.

"혹시 여기 카라반사라이가 어디 있는지 아시나요?"

고작 한 마디 했는데도 무슨 고백이라도 한 양 칭우의 볼은 빨개져 있었다. 그런 칭우를 이상하다는 듯 고개를 갸웃하며 그녀는 입을 열었다.

"사라이라면 여기서 남쪽으로 쭉 가시면 나와요. 상단 일행이신가봐요? 어쩌다 밤에 길을 잃으셨나요?"

그녀가 순진한 말투로 묻자 칭우는 또 당황해 버려서는 말을 더듬기 시작했다.

"예? 에……. 예? 아 예! 일이 있었던 것 같은지도 모르겠습니다! 잘 모르겠습니다! 어쨌든 감사합니다아아아!"

그런 의미를 알 수 없는 말을 내뱉으면서 뒷걸음질 치기 시작한 칭우는 결국 말이 다 끝나자마자 여인이 알려준 방향으로 다시 미친 듯이 뛰어가기 시작했다. 멀어져가는 칭우를 보고 여전히 이해하지 못하겠다는 듯 고개를 한 번 갸웃거린 여인은 고개를 들어 다시 달을 바라봤다. 사막에 피어오른 오아시스 같은 그녀의 두 눈이 달빛을 받아 영롱하게 반짝거리기 시작했다.

얼마간을 달려가다가 칭우는 뒤를 흘긋 돌아보았다. 여인이 보이지 않자 칭우는 조그맣게 안도의 한숨을 내쉬며 걸음을 늦췄다.

'바보 같으니라고, 거기서 그냥 그렇게 도망쳐버리면 날 뭐라고 생각하겠어?'

칭우는 스스로에게 되뇌었다. 찬바람이 불어와 칭우의 후회된 생각들에 부채질했다.

'아니지. 애초에 나를 뭐라 생각하든 내가 무슨 상관인데? 뭐 계속 만날 사이도 아니고.'

칭우는 그렇게 생각하면서도 창피함이 밀려오는지 얼굴이 빨개짐을 느꼈다. 몇 번 복잡한 생각이 떠올라 끙끙대던 칭우는 결국 빨리 달려서 사라이에 도착해 쉬는 것이 낫겠다 판단하고는 크게 한 번 숨을 들이마셨다. 오늘 하루는 이상하게 달리는 일이 많다 생각하며 칭우는 다시 밤바람을 가르고 달려가기 시작했다.

어느새 술집을 나올 때의 분노는 온데간데없이 사라져 있었다.

칭우가 사라이로 돌아왔을 때는 벌써 한밤중이었다. 칭우는 빨리 안으로 들어가 따뜻한 모닥불 앞에 누워 자기를 기대하며 문을 두드렸다.

'끼이이익'

문이 열리고 어려 보이는 안내인 소년이 나타났다. 13살쯤 됐을까? 사라이에는 온갖 상단들이 들른다. 청견대상 같은 정상적인 상단도 있지만 상단이 아니라 거의 범죄자 집단 같은 사람들도 많다. 칭우는 어릴 때부터 이런 험한 장소에서 일해 왔을 아이에게 일순 불쌍한 마음이 들었다. 그런 칭우의 마음을 아는지 모르는지 소년은 싱글싱글 웃고 있었다.

"어서 오세요. 무슨 일로 오셨나요?"

아직 웃음을 잃지 않은 걸 보니 많이 힘들지는 않은가보다. 칭우는 저도 모르게 다행이라고 생각했다.

"상단 '청견대상'의 일행인데, 안에 있니?"

"잠시만요."

칭우가 질문하자 소년은 소매를 뒤지기 시작했다. 쉽게 찾지 못하겠는지 뒷주머니, 앞주머니를 한참을 뒤진 끝에 드디어 소년은 꼬깃꼬깃 접힌 종이를 꺼내 힘겹게 펼쳤다.

"에……. 상단 청견대상. 네, 오늘 묵고 계신 상단 맞습니다. 들어가시지요."

소년이 옆으로 비켜서자 칭우는 한 번 고개를 숙여주고는 안으로 들어갔다. 안은 역시 도시 한 가운데에 있는 사라이라 사막에 있는 사라이보다 한층 왁자지껄했다. 곳곳에 술에 취해 뻗어 있는 사람들이 보였고 중앙에서 한창 상단들 간 정보교환과 소규모 바자르(시장)이 열리고 있었다.

"자! 석국 최고의 보석 세공사가 만든 흑요석 귀걸이입니다. 보고 가세요, 보고 가세요. 특별히 은돈 3개! 3개에 드리고 있습니다."

아흐메드씨가 호객행위를 하고 있는 게 보였다. 옆에서는 대장은 술을 마시고 있는지 보이지 않았고 나머지 대상들이 궁시렁 거리며 상자를 옮기고 진열하고 있었다. 몇몇 상인들이 멈춰 서서 구경하다 가기도 했고, 몇몇은 사기도 했다. 칭우가 그쪽으로 걸음을 옮기자 곧 아흐메드씨가 칭우를 발견하고 소리 질렀다.

"여! 칭우! 잘 놀다 왔냐?"

"뭐, 그럭저럭요."

칭우가 아무렇게나 대답하고 숙소에 들어가려 하자 아흐메드가 칭우를 붙잡았다.

"야야, 어디가? 안 그래도 여기서 장부관리 좀 해줄 사람이 필요했는데 마침 잘 됐다. 여기 앉아서 이것 좀 써. 일단 지금 팔린 게 흑요석 귀걸이 상자 4개, 대진국산 유리구슬 상자 2개 샀고……."

칭우가 미처 수락하고 앉기도 전에 아흐메드가 목록을 쭉 불러 내리자 칭우가 억울하다는 듯 따졌다.

"아니, 왜 저한테 그러세요. 피곤한데 올라가 좀 쉬면 안 됩니까? 어차피 벌만큼 벌었잖아요?"

"얘 좀 보게, 그럼 너한테 맡기지 장부관리를 누구한테 맡겨? 애초에 네가 회계를 잘 하니까 우리가 뽑은 거 아니냐. 게다가 대장이란 놈은 지금 술 퍼먹고 팔씨름이나 하고 있고……."

아흐메드가 그렇게 말하며 손가락으로 한 곳을 가리키자 아흐메드가 가리킨 곳으로 시선을 옮겼다. 얼굴이 시뻘개진 대장이, 덩치가 거의 대장과 비슷할 정도로 큰 사람과 팔씨름을 하고 있었다. 주위에는 구경꾼들이 모여 무슨 소린지도 모를 괴성을 지르며 응원하고 있었다. 두 사람의 팔은 한 동안 허공에서 미동도 않고 단단히 붙들려 있더니 일순간 대장의 팔이 휙 움직여 상대의 손을 테이블에 내리꽂고 말았다. 쾅 소리가 마치 천둥소리처럼 사리이 전체에 울려 퍼졌다.

'저런, 손 아니면 테이블이 부서졌을 것 같은데.'

아까의 쾅 소리 못지않게 크게 울려 퍼지는 환호성 소리 사이로 칭우는 그렇게 생각했다. 대장은 의기양양하게 일어서서 상대에게 뭐라뭐라 말하는 것 같았다. 하지만 환호성 소리에 묻혀 제대로 들리질 않았다. 칭우는 다시 아흐메드를 바라보았다. 아흐메드는 마치 술 먹고 집에 들어온 남편을 보는 아내 같은 표정을 짓고 있었다.

"가서 말리시지 그래요?"

칭우가 묻자 아흐메드가 여전히 분노를 삭이는 듯한 표정으로 대장에게서 시선을 떼지 않으며 대답했다.

"너 미쳤냐? 저기 껴들었다간 시안에 도착하지도 못할 거다. 온몸의 뼈가 하나하나 조각나버릴 걸?"

칭우는 고개를 끄덕거리고는 말없이 빈자리를 찾아 앉고는 좀 전에 아흐메드가 말했던 목록들을 적어내리기 시작했다.

달이 하늘을 꽤 많이 가로지르고 더 이상 놀아줄 사람이 없자 대장이 테이블에 엎드려 곯아떨어졌을 무렵, 아흐메드가 상자를 정리하며 칭우에게 말했다.

"사람들도 다 들어갔고, 이쯤 하면 될 것 같다. 슬슬 들어가야지. 어이, 칭우! 총 결과가 어떻게 되나?"

꾸벅꾸벅 졸고 있던 칭우는 그 말에 놀라 깨어나며 장부를 뒤적거리기 시작했다.

"에……. 일단 판매량이 흑요석 귀걸이 6상자, 불상 3개, 순금 향로 1개. 총합해서 은돈 20개, 금돈 5개. 생각보다 많이 못 팔았네요. 구매량은 대진국산 유리구슬 3상자, 토번국산 불상 1개, 코끼리 조각상 1개. 이건 대체 왜 산 거죠? 아무튼 총 은돈 13개, 금돈 2개. 다 합해서 은돈 7개, 금돈 3개 흑자. 이 급히 준비해서 팔기 시작한 것 치고 꽤 성공했네요?"

칭우의 말에 아흐메드가 자랑스럽다는 듯 고개를 끄덕이며 대답했다.

"암, 내가 누군데. 토번국 어부한테 물고기도 팔아본 게 이 아흐메드라고."

그렇게 말하고 아흐메드는 세상모르고 드르렁거리며 자고 있는 대장을 째려 봤다.

"휴, 저것이 원수지 저것이 원수야. 저 덩치를 누가 옮기냐고. 남을 배려하는 마음이 눈곱만큼도 없어요 아주."

투덜대는 아흐메드의 말에서 오래된 부부를 떠올린 칭우는 슬며시 미소 지었다.

"자, 어쨌든 저는 장부도 정리했고, 이 상자들 제가 창고에 갖다 놓을 테니까 아흐메드씨랑 다른 분들이 수고해 주세요."

칭우는 빠르게 말을 마치고는 아흐메드가 뭐라 할 새도 없이 상자를 들고 유유히 창고로 빠져나가버렸다. 뒤에서 아흐메드가 이놈이나 저놈이나 그게 그 거라며 다시 투덜거리는 소리가 들리는 듯했지만 멀어짐에 따라 거의 들리지 않게 되었다.

창고에서 돌아와서 나머지 짐을 옮기려 했을 때는 이미 아흐메드와 다른 상인들이 대장을 옮긴 건지 임시 바자르가 열렸던 자리에는 적막만이 가득했다. 칭우는 여유도 생긴 겸 해서 옮겨야 할 상자 하나에 걸터앉아 하늘을 올려다보았다. 달이 언제나처럼 은은하게 빛나고 있었다.

'그때 그 사람은 왜 달을 올려다보면서 슬픈 표정을 짓고 있던 걸까?'

문득 떠오르는 생각을 지워보려고 애쓰며 칭우는 고개를 가로저었다.

'그냥 어쩌다 우연히 마주친 것뿐이야. 무슨 운명의 만남이라도 되는 양 생각하지 말라고.'

칭우는 그렇게 자신에게 말했다. 그럼에도 계속 마주쳤던 그녀가 생각나는 것은 어쩔 수 없는 일이었다.

2장

"어이, 칭우. 벌써 아침이야."

"으으으음……."

"어이, 칭우! 아침이라고!"

"예, 일어날게요. 일어나……."

아흐메드는 그러면서도 금방 다시 곯아떨어져 누워 있는 칭우를 보며 생각했다.

'정말, 태평한 녀석이라니까. 가끔은 나도 저 녀석을 닮고 싶군.'

"난 모르겠다. 알아서 내려와. 대신 늦게 오면 아침식사는 없다."

아흐메드는 협박에 내심 칭우가 벌떡 일어나 주지 않을까 기대해 보았지만 칭우는 그런 그의 마음을 아는지 모르는지 이전과 다름없는 자세로 잠을 자고 있었다. 아흐메드는 한숨을 푹 내쉬며 생각했다.

'뭐, 어제 늦게까지 일했으니까. 피곤하기도 하겠지. 그나저나, 대장은 일어났나? 어우, 그 덩치를 또 언제 깨워.'

아흐메드는 끔찍한 생각에 몸서리를 치며 뭔가 힘없는 발걸음으로 방문을 열고 나섰다. 어느새 완전히 창문 너머로 들어온 아침햇살과 거리의 활기찬 소음이 그의 등을 두드리고 있었다.

칭우는 오랜만에 침대에서 자 상쾌해진 몸을 만끽하며 계단을 반쯤 뛰다시피 걸어 내려왔다.

"좋은 아침입니다. 다들 잘 주무셨나 봐요. 어? 그런데 아침은요?"

칭우가 순진무구한 얼굴로 그렇게 묻자 대장이 토번국(吐藩國서, 오늘날의 티베트)

에서 들여온 듯한 차를 마시며 온화한 표정으로 말했다.

"그런 거 없다."

"예에에에?"

칭우가 놀라며 묻자 대장은 여전히 불상 같은 미소를 지우지 않으며 말했다.

"벌써 진시(辰時, 약 8시)다. 칭우. 나도 늦게 일어나서 못 먹었지만 넌 나보다 일각(약 15분)쯤 더 늦은 것 같은데?"

허탈함에 털썩 의자에 주저앉은 칭우와 이미 해탈한 표정으로 차를 마시는 대장을 보며 아흐메드는 기가 차다는 표정을 지었다.

"그러니까 한두 번도 아니고 깨우면 좀 일어나란 말이다. 어? 아 몰라. 이번엔 진짜 아침 안 줄 거야. 어차피 여기 나머지 상단들도 거의 나갔고, 부엌 아무도 안 쓰거든? 혹여나 가서 얻어먹을 생각일랑 말고. 가다가 주전부리라도 사 먹든지 말든지 맘대로 해."

"그러라는구나, 칭우."

"대장도 해당되는 말입니다!"

대장이 차를 홀짝이며 무심하게 대답하자 아흐메드는 그런 대장이 더 괘씸한지 한 마디 쏘아붙였다. 주저리주저리 아흐메드가 불평을 늘어놓는 가운데 갑자기 칭우가 대장에게 질문했다.

"그런데 대장, 차는 어디서 났어요? 아흐메드씨가 주진 않았을 거고,"

"그리고 보니까 그러네. 대장 그거 어디서 났어요?"

아흐메드도 화를 내려다 칭우의 말을 듣고 똑같은 궁금증이 생겼는지 대장에게 물었다. 그러자 대장이 둘의 얼굴을 한 번씩 슥 보고는 찻잔을 슬쩍 들어 보이며 대답했다.

"이거? 미리 쟁여 둔 거야. 아무래도 또 이런 일이 있을 것 같아서."

칭우와 아흐메드가 입을 딱 벌리고 쳐다보는 가운데 대장은 유유자적하게 덩치에 안 어울리는 작은 찻잔을 홀짝거렸다.

"오오, 여기 바자르는 의외로 크네요?"

칭우가 주위를 두리번거리며 감탄하자 아흐메드가 아들을 보며 흐뭇해 하는 아버지의 눈으로 칭우를 바라보며 대답했다. 모르는 사람이 보면 아무리 봐도 부자지간처럼 보일 것이었다.

"여기는 무역업으로 먹고사는 도시니까. 우리가 강국으로 가는 길에 들렀던 도시들은 텐산산맥과 붙어 있으니 산맥에서 흘러나온 물 때문에 농업이 용이해서 굳이 무역을 할 필요는 없지만, 여기 이 도시는 오아시스 도시니까 말이다. 오아시스에서 찔끔찔끔 나오는 물로 농사를 지어서는 이 도시에 사는 사람들이 다 못 먹거든. 그러니까 바자르와 사라이 등을 크게 만들어 상단들이 자주 들르게 하고 상인들이 가져온 물품들을 사고팔면서 수익을 얻는 거지. 아까도 느꼈겠지만 여기 도시는 강국 말고 다른 도시들보다 사라이의 질이 꽤 좋았지?"

"음, 확실히 그러네요."

칭우는 고개를 주억거리며 대답하고는 사막 곳곳에서 들렀던 다른 사라이들에 대해 생각해 보았다. 어떤 것은 초원에 덩그러니 사라이 하나만 세워져 있어 오랫동안 관리가 안 된 탓에 마치 지하 감옥 같았고, 모래에 파묻혀 아예 들어갈 수 없었던 적이나 사라이 자체가 무너져버려 밖에서 야영을 해야 했던 적도 있었다. 그런 시설들에 비하면 이 도시의 사라이는 황궁 수준이었다.

"그러고 보니 대장은요?"

칭우가 묻자 아흐메드가 상단의 자리가 어딘지 찾으려 고개를 두리번거리면서 대답했다.

"어, 대장은 정보수집도 하고 다른 장소에서 장사도 해볼 겸 첫날 지나갔던 길거리로 갔다. 아마 점심 먹고 우리랑 교대하러 돌아 올 거야. 아, 저기가 우리 자리다."

드디어 자리를 찾았는지 아흐메드가 손가락으로 한 곳을 가리켰다. 꽤 큰 자리였다. 안쪽으로 짐을 놓을 수 있는 공간이 한 평쯤 되는 방이 있었고 우리가 장사를 할 큰 방은 두 평쯤 되는 것처럼 보였다. 칭우는 꽤 큰 자리를 얻게 된 것에 큰 만족감을 느끼며 얼른 안으로 들어가 양손에 한 가득 들고 있던 짐을 안쪽 방에 내려놓았다. 아흐메드와 다른 상인들도 하나둘씩 들어와 짐을 놓고 나갔다. 칭우는 짐들이 다 창고에 들어갔는지 확인하고는 손을 탁탁 털며 밖으로 나왔다. 그때, 칭우의 눈에 상품대에 놓여 있는 팻말이 눈에 들어왔다. 칭우는 호기심이 생겨 팻말을 집어 들고 읽어보았다. 아니, 읽어보려 했다.

'끄응……. 무슨 말이지 이게. 여기서 쓰는 말은 아닌 것 같은데. 아, 아흐메드 씨한테 물어보면 알까?'

"아흐메드 씨! 이거 어디 말인지 아세요? 여기서 쓰는 문자는 아닌 것 같은데 말이죠."

칭우가 팻말을 아흐메드에게 건네며 묻자 아흐메드는 꽤 오랫동안 유심히 글자를 보다 말했다.

"글쎄, 나도 모르겠는 걸. 대진국 말인가? 왜 그게 여기 써 있지?"

아흐메드가 고개를 갸웃 하자 칭우가 놀란 듯 말했다

"아흐메드 씨도 모르는 문자가 있어요? 아흐메드 씨는 왜나라 말도 알고 돌궐 말도 할 줄 알잖아요?"

그러자 아흐메드가 장난스레 칭우를 한 대 툭 치며 말했다.

"욘석아, 당연히 나도 모르는 말이 있지. 아직 대진국 너머로는 가 보지도 못했고. 그런데 진짜 이상하네. 대진국 말을 배운 지 얼마 안 되긴 했지만 아무리 봐도 그쪽 글자 같지는 않은데?"

아흐메드는 생각에 잠긴 듯 잠시 수염을 쓰다듬으며 팻말을 바라봤다. 칭우는 평소답지 않게 진지한 그의 모습을 보고 뭔가 불길한 생각이 들어 말을 꺼내려 했다. 그때, 아흐메드가 팻말을 획 던지면서 평소의 장난스러운 말투로 말했다.

"뭐, 별 신경쓰지 마라. 아마 '여기가 청견대상 자리입니다.' 나 뭐 그런 거겠지. 아무렴 어떠냐? 여기 자리는 확실히 빌려둔 거니까 걱정하지 말고. 자, 일이나 시작하자!"

아흐메드가 손뼉을 한 번 치며 시작을 알렸다. 모두가 각자의 자리로 가 맡은 일을 시작했다.

수많은 손님들이 들렀다 가고 창고의 상자들이 반 조금 넘게 남았을 즈음, 대장과 나머지 상단이 돌아왔다.

"흐어어, 대장. 너무 배고파요. 뭐 아무거나 없어요?"

칭우가 다 죽어가는 목소리로 말하자 대장이 그럴 줄 알았다는 듯 웃으며 주머니를 뒤적거렸다.

"음, 어디 보자. 여기 있었는데? 아하. 이거다."

그 말과 함께 대장이 품속에서 꺼낸 것은 색색깔의 토피사탕이었다. 칭우는 마치 금이라도 되는 양 귀중하게 그것을 받아들고는 하나 꺼내서 입에 넣었다.

"아으으으, 달다. 아흐메드 씨 이거 드셔보셨어요?"

칭우가 그렇게 말하며 기지개를 켜고 있는 아흐메드에게 사탕을 내밀자 아흐메드는 낼름 하나를 집어먹었다.

"오오! 맛있네. 다들! 대장이 군것질거리 가져왔어."

그 말에 안 그래도 배고팠던 사람들이 굶주린 늑대처럼 아흐메드의 곁으로 몰려들었다. 칭우는 그들의 마음이 짐짓 이해가 간다는 듯 고개를 끄덕거렸다.

"이거 근데 진짜 맛있네요? 여태 먹어봤던 토피들 중에 최고인 것 같아요. 어디서 산 거예요?"

칭우가 묻자 대장이 주머니에서 토피 한 봉지를 더 꺼내며 말했다.

"이 도시에서 제일로 유명한 집이라길래 좀 사 왔지. 확실히 유명한데 이유가 있긴 한가 보군."

대장이 입에다 토피를 하나 집어넣었다. 칭우는 잠시 저 조그만 것이 대장이 몸을 움직이는데 도움이 될까 하는 생각을 했다. 잠시 이어지려던 망상을 끊은 것은 뜻밖의 사람이었다.

"웨, 쿨럭 쿨럭 웬놈이냐!"

대장이 먹던 토피를 한 번에 꿀꺽 삼켜버리고는 말했다. 칭우도 대장의 말에 뒤를 돌아보았다.

와장창! 하고 뭔가 깨지는 소리가 들려왔다. 마치 파사국 여성인 양 온몸을 검은 천으로 둘둘싸맨 사람들이 칼을 들고 진열대에 놓여 있던 불상이며 보석, 유리구슬 등을 때려 부수고 있었다.

"지금 뭐하는 겁니까!"

아흐메드가 격앙된 목소리로 말하자 호리호리한 몸을 한 사람이 그를 노려 보며 말했다.

"여긴 우리 검은모래단이 먼저 선점해 놓은 자리다. 멋대로 남의 집에 들어 와 장사를 하는 놈들 물건은 존중해 줄 필요 없다고 보는데?"

사내는 그렇게 쏘아붙이고는 말을 듣기 위해 멈춰 있던 나머지 일행들에게 눈짓했다. 곧 옆에서 대기하던 일행들은 고개를 끄덕 하고는 손에 들고 있던 도끼며 망치를 높이 들어올렸다. 그 순간.

"검은모래단이라. 교역로의 악마라 불리는 너희들이 뭐 장사할 건덕지가 있 다는 거지? 아, 상단들에게서 훔쳐낸 물건들인가?"

대장이 낮게 빈정대듯 말하자 도끼를 내려치려던 사내들이 멈칫하고는 대장 을 돌아보았다. 동시에, 검은모래단이라는 말에 움찔하여 아흐메드와 상인들 도 그들을 노려보기 시작했다. 그들이 무기를 손으로 옮겨가며 곧장이라도 덤벼들 듯한 자세를 취하자 대장인 듯 보이는 사내가 오른손을 들어 멈췄다.

"그래. 우리에 대한 평판이 좋지 않다는 것쯤은 알고 있다. 하지만."

남자는 그렇게 말하고는 품에서 단도를 하나 꺼내 가판대에 던졌다. 탁 하는 소리를 내며 단도의 도신이 절반쯤 판자 속으로 박혀 들어갔다.

"너무 편견을 가지고 보시는 것 아닌가? 우리도 장사 정돈 할 수 있잖아? 안 그래?"

사내가 뒤쪽에 놓인 상자들을 가리키며 말하자 그것이 신호라도 된 듯 뒤에 주르륵 늘어서 있던 사내들이 킥킥거리기 시작했다.

칭우는 더 이상 참을 수 없다고 느끼고는 앞으로 한 발자국 나섰다.

"글쎄요, 저희로서는 당신들 조직의 악명도 그렇고, 당신들의 말을 믿기 힘 든데요."

사내는 느닷없이 나타난 들려온 말소리에 움찔 하며 돌아보았다. 칭우는 대 장의 얼굴을 똑바로 보며 말을 이었다.

"뭐, 가장 확실한 방법은 저희가 직접 검증하는 것이겠죠."

칭우는 그렇게 말하고는 대답을 기다리지도 않고 도끼를 들고 있는 사내들을 지나 뒤쪽에 놓여 있는 상자로 다가갔다. 청견대상의 상인들도, 검은모래단의 사내들도, 모두 이 갑작스런 행동에 당황하여 아무 말도 못 하고 있었다. 심지어 도끼를 들고 있는 사내들은 칭우가 지나가게 길을 비켜주기도 했다. 그걸 보고 호리호리한 사내가 소리쳤다.

"멍청아! 뭐하는 거야! 막아!"

그러자 물러서던 사내들은 정신을 차린 듯 험상궂은 표정을 지우며 도끼를 고쳐 잡았다. 하지만 칭우는 차갑게 그 사내들을 노려보며 말했다.

"이보세요. 당신들이 정말 평범하게 장사를 하려는 것인지 아닌지 저희가 알아야 예약에 대한 정보가 잘못되었는지 알아볼 것 아닙니까. 오히려 자신들의 악명을 더 높이려 하는군요? 게다가."

칭우는 말을 잠시 끊고는 주위를 가리켰다.

"여긴 눈과 귀가 많습니다."

칭우는 그렇게 내뱉고는 앞에 놓인 상자를 열어보았다. 안에는 흰색 도자기와 유리를 깎아 만든 조각상 같은 것들이 들어 있었다. 칭우는 그중 하나를 집어 햇살에 비춰보기도 하면서 면밀히 살폈다. 그러고는 툭 내뱉었다.

"가짜군요."

"뭐, 뭐야! 그건 우리가 직접 대진국에서 공수해 온 물건이다!"

그러자 칭우는 조각상에는 이미 흥미를 잃은 듯 다른 물건들을 뒤져보며 말했다.

"방금 그 조각상은 허리 부분에 장식이 떼어나간 흔적이 보였습니다. 구도로 보건데 그 자리에도 팔이 들어갔을 것이고, 팔이 4개가 된다면 대진국에서 말하는 신과는 모습이 많이 달라지게 되죠. 게다가 유리의 순도도 불투명하더군요. 파사국(波斯國, 페르시아로 오늘날의 이란)에서 만든 모조품이 틀림없습니다. 그리고 이 도자기들."

칭우는 푸른색 도자기를 하나 꺼내들었다. 그러고는 바닥이 사람들을 향하도록 도자기를 돌렸다.

"여기 바닥에 칼로 긁어낸 흔적이 있습니다. 미처 떼어내지 못 한 밀랍 자국도 보이는 군요. 보라색 밀랍. 상품에 이런 인장을 찍는 상단은 갈사의 상단인 '화각상' 밖에 없죠."

칭우는 도자기를 슬며시 상자 안으로 집어넣었다.

"어떻게 할까요? 원하신다면 자리를 내 드리죠. 그러고는 그 길로 궁궐에 당신들을 신고하러 가겠습니다."

사내는 그 말에 움찔 하며 당황한 표정과 분한 표정을 번갈아 짓더니 가판대에 꽂혀 있던 단도를 뽑아 들고는 사내들에게 손짓했다.

"카악, 젠장. 재수도 더럽게 없군. 가자."

사내들이 시장 저 멀리 사라지고 나자 칭우는 청견대사의 가판대로 다시 들어왔다. 시장 곳곳에서 박수와 웃음소리들이 터져 나왔다.

"자식, 한 건 했네."

"아악!"

아흐메드가 칭우의 머리를 쥐어박자 칭우가 짧은 비명을 내뱉었다. 다른 상인들이 그 모습을 보며 웃는 가운데 아흐메드가 문득 의아한 듯 물었다.

"그런데 칭우. 너 원래 감정도 잘 했었냐?"

"에이, 교역 다니다 보니 그냥 잔뼈가 굵은 거죠 뭐."

그러자 아흐메드가 다시 칭우의 머리를 쥐어박으며 말했다.

"이 녀석아, 너 다닌 정도로 잔뼈가 굵으면 내 뼈는 이미 코끼리 뼈 정도 됐겠다."

상인들의 웃음소리가 다시 들리고 칭우는 멋쩍은 듯 뒤통수를 긁었다.

대장은 뒤에서 조용히 듣고 있다가 그런 칭우를 보며 미소를 띠웠다. 갑자기 칭우를 처음 만났을 때의 일들이 생각났다.

"저도 여기서 일하고 싶습니다!"

갑자기 상단 건물에 쳐들어와 느닷없는 말을 내뱉는 소년을 대장은 미친놈 보듯 쳐다봤다.

"잘못 찾아온 것 같은데? 시정잡배 놈들은 나가서 저쪽 골목으로 돌아가면 나올 거다."

대장은 장부를 넘기며 무심히 대답했다. 그러자 소년은 당황한 듯 고개를 들고는 눈을 끔뻑 거렸다

"예, 예?"

"관심 없다는 말이다. 지금 딱히 증원이 필요한 상황도 아니고."

대장이 여전히 가혹하리만치 무심하게 말했다. 불쌍한 녀석은 이제 완전히 당황해서 어쩔 줄 모르는 듯 그냥 어버버 거리고 있었다. 보다 못한 아흐메드가 옆에서 한 마디 했다.

"대장, 아직 애잖아요. 그렇게까지 말 할 필요 있어요?"

대장이 여전히 보던 장부에서 눈을 떼지 않으며 말했다.

"그냥 가라. 다른 데 알아봐."

그 말에 소년은 잠시 침묵했다. 아무 소리도 들리지 않자 대장이 아직 소년이 거기 있는 것을 흘긋 보고는 목소리를 진중하게 깔며 말했다.

"돌아가라니까. 계속 거기 있으면 장부에 집중을 못 하잖냐."

그러자 소년은 갑자기 자리를 박차고 일어났다. 대장은 흠칫 해서 다시 소년을 보았다. 소년의 푸른 눈이 그를 똑바로 응시하고 있었다.

"내일 다시 오겠습니다. 안녕히 계십시오."

그렇게 말하고 소년은 뒤를 돌아 문을 열고 나갔다.

"거 참 대장도 너무하네. 이제 막 애 티를 벗은 거 같은 애한테 왜 그렇게 심하게 굴어요? 역시 대장은 애들을 무서워하는 거라니깐."

소년이 나가자마자 아흐메드가 능글능글한 말투로 넌지시 대장을 놀렸다. 대장은 역시나 아흐메드의 기대를 저버리지 않고 거구의 덩치에도 불구하고 마치 소녀처럼 얼굴을 붉혔다.

"시, 시끄러! 무서워하는 거 아니라니까. 그냥, 여태 상단에 들어오고 싶다고 와서 징징대던 애들이랑은 뭔가 다른 거 같은 느낌이……. 아니야. 어차피 저 녀석도 한두 번쯤 더 오고 말겠지. 애들이 다 그렇지 뭐."

대장은 다시 장부로 눈을 돌렸다. 아흐메드도 뭔가 생각할 것이 있는 듯 가만히 앉아만 있었다.

대장의 예상을 깨고 소년은 다음 날도, 그 다음 날도, 그 다음 다음 날도 계속해서 찾아왔다. 어떤 때는 아흐메드가 거절하고, 어떤 때는 대장이 거절하고, 어떤 때는 둘 다 외출했다 돌아올 때 어둠 속에서 기다리고 있던 소년을 보고 식겁해 기절할 뻔하기도 했다. 그렇게 소년이 찾아오기 시작한 지 약 3주쯤 됐을 무렵, 결국 대장과 아흐메드는 완전히 손을 들어버리고 말았다.

"그래, 뭐 얘기나 한 번 들어보자. 왜 하고 많은 상단 중에서 우리 상단인데? 더 크고 세력 넓은 '화련'이나 '공루' 뭐 그런데 가면 되잖아?"

대장의 말에 소년은 다시 고개를 숙이고는 얼마간을 입을 닫고 있었다. 대장은 갑자기 소년이 말이 없자 당황했다.

'뭐지, 잘못 건드렸나? 아니 애초에 그거 물어본 게 그렇게 큰 잘못인가?'

대장이 먼저 말을 꺼내야 하나, 고민하고 있을 때 드디어 소년이 입을 열었다.

"……저희 아버지께서 여기 상단에서 일하셨습니다. 혹시 아히르라고 아시는지요?"

그 말에 대장과 아흐메드 모두 놀라 소년을 바라보았다. 시안 사람 같지 않은 파란 눈. 틀림없이 그와 닮아 있었다.

"어, 대장. 아히르한테 이렇게 어린 자식이 있었나?"

아흐메드가 당황해 하며 말하자 대장이 여전히 소년에게서 눈을 떼지 않으며 힘이 빠진 듯 앉아 있던 의자에 몸을 푹 기대었다.

"우리가 마지막으로 봤을 때 막내가 열다섯이라 했으니, 이 정도 나잇대 애도 있겠지. 그나저나 아히르라. 허, 2년 만에 듣는군. 무정한 사람 같으니, 딱 한 번 상단 일을 좀 쉬겠다고 해서 갔다 왔더니만 그새 극락으로 가버리다니."

대장은 그렇게 말하고는 갑자기 몸을 일으켜 옆 책상에 놓여 있던 찻잔을 집어 들었다. 그러고는 조금씩 홀짝거리기 시작했다. 한참의 정적이 흐르고, 드디어 대장이 말을 꺼냈다.

"옛 동료의 아들이라고는 해도 그냥 받아줄 수는 없다. 우리 청견대상의 신

조는 '소수정예'다. 뭐라도 잘 하는 게 있나?"

대장이 그렇게 말하자 소년은 잠시 고민하는 것 같았다. 그러더니 입을 열고 대답했다.

"어릴 때부터 셈을 잘 하긴 했습니다."

"허, 셈이라. 그래. 여기 내가 계속 골머리 썩고 있던 장부가 있다. 이번에 파사국에서 돌아와 근 한 달 동안 쓴 수입, 지출 표이지. 총 이득이 얼만지 계산해 봐라."

대장이 그렇게 말하며 장부를 던지자 소년은 어설프게 종이를 받았다. 그러고는 종이를 넘기며 장부를 훑기 시작했다. 대장은 과연 얼마나 걸릴까 생각하며 의자에 다시 몸을 기댔다. 옆에 있던 아흐메드도 흥미가 동한 듯 테이블에 놓인 자신의 차를 입으로 가져가 한 번 홀짝였다. 바로 그때.

"총 수입이 48251전, 지출이 29839전으로 18412전 흑자네요."

'푸읽'

아흐메드가 마시던 차를 뿜어내는 소리였다. 그는 자신의 입에 들어갔다 나온 차가 담긴 찻잔을 조심스레 테이블에 올리고는 입을 닦고 말했다.

"지, 지금 다 계산 한 거라고?"

아흐메드가 말까지 더듬으며 말하자 소년은 티끌 하나 묻지 않은 듯한 맑은 파란 눈으로 고개를 갸웃하며 대장과 아흐메드 둘을 바라보았다. 얼빠진 표정으로 멍하니 있던 대장도 드디어 입을 열었다.

"이, 일단은 들어와서 일 해봐. 좀 더 지켜보고 완전히 상단에 낄지 결정하지. 내일부터 나와라. 할 일은 내일 알려주지."

"감사합니다! 저도 아버지처럼 세계를 여행해 보는 게 꿈이었습니다. 드디어 그 꿈을 이룰 수 있게 해주셔서 정말 감사합니다!"

소년이 몇 번이나 고개를 숙이며 인사하자 대장이 손사레를 치며 말했다.

"아직 정해진 건 아니다. 네가 하는 거 보고 완전히 상단에 넣을지 결정할 테니까, 너무 설레발치지 마라. 그럼, 이만 가봐."

"네! 다시 한 번 정말 감사합니다!"

소년은 드르륵 하며 문을 열고는 다시 한 번 인사하고 밖을 나갔다. 문이 닫히자마자 기쁨의 고함소리가 들려왔다. 대장은 그 소리를 들으며 슬쩍 미소 지었다.

"대장, 어째 금덩이를 하나 건진 것 같은데요?"

아흐메드가 막 차를 다 마시고 내려놓는 대장을 보며 말했다. 그 말에 대장도 말없이 고개를 끄덕였다.

'금덩이인지 돌덩이인지는 시간이 지나봐야 알겠지. 어쨌든 아직 감정되지 않은 광물을 얻은 것만으로도 꽤 큰 수확인 걸.'

소년이 나가고서부터 미소를 지우지 않고 있는 대장을 아흐메드는 의아한 눈빛으로 바라봤다.

'그땐 그래도 조금 긴가민가했었는데, 갈수록 아히르 이 친구가 정말 가면서 선물 하나 남겨주고 간 건가 싶었지.'

"대장! 끝나고 술집에서 한 잔 하는 거 어떻습니까! 예? 다들 기분도 좋은데."

대장의 회상을 깨고 아흐메드가 소리쳐왔다. 대장은 싱긋 웃더니 예의 그 순진한 표정으로 대답했다.

"그래. 칭우가 한 건 했는데, 게다가 다들 이 도시 와서 제대로 즐긴 날이 없었잖아? 오늘은 한 번 마셔 보자구!"

대장이 쾌활하게 소리 지르자, 다들 환호성으로 대답했다.

일행들이 먼저 저녁을 먹으러 간 사이 남아서 장부를 정리하던 칭우가 일행들이 있는 술집에 도착한 것은 달이 막 모습을 드러내기 시작했을 때였다. 칭우는 낡아 곧 떨어질 듯 끼익거리는 문을 열고 왁자지껄한 술집 안으로 들어갔다. 따뜻한 불빛의 향기와 술냄새가 칭우를 휘감았다. 칭우는 그 모든 것들을 흡수하려는 양 숨을 한껏 들이마셨다. 그러고는 깊고 행복한 한숨을 내쉬었다.

'하아아아······.'

실로 오랜만에 가져보는 상단 일행들과의 만찬이었다. 강국에서 출발한 뒤로 수많은 밤들을 꺼질락말락하는 모닥불 가에 앉아 벌벌 떨며 딱딱한 빵을 먹던 때의 기억들의 칭우를 스치고 지나갔다. 영 좋지 못한 기억에 몸서리 치고는 칭우는 오늘 밤을 제대로 즐기겠다고 다짐했다. 둔황에 도착하기 전까지는 이런 사치를 다시 누릴 날이 없으리란 예감이 칭우의 마음 속 어딘가에서 울려 퍼졌다. 이런저런 생각들을 마음 한 귀퉁이에 몰아넣으며 칭우는 아흐메드와 대장 일행을 찾으려 고개를 두리번거렸다. 그때, 왠지 모르게 굳어서 술만 깔짝거리고 있는 일행의 모습이 칭우의 눈에 들어왔다. 어느새 아흐메드가 그를 눈치챘는지 고개를 돌려 칭우에게 인사했다.

"여어, 칭우. 여기야. 생각보다 정리가 일찍 끝났나보네?"

칭우는 아흐메드 옆의 의자를 끌어 앉으며 말했다.

"예, 양은 많은데 생각보다 내용이 간단해서 말이죠. 판 물건들도 종류가 다양하지도 않았고요."

한 상인이 주인장에게 술잔을 받아서는 칭우에게 내밀었다. 칭우는 술잔을 받아들며 뭔가 분위기가 이상했음을 눈치챘다. 자세히 아흐메드 뿐만 아니라 다른 상인들 모두 하나같이 표정이 굳어 있었다. 칭우는 궁금증을 참지 못하고 물었다.

"그런데 모처럼 온 술집인데 다들 왜 그렇게 굳어 있어요? 그러고 보니 대장은?"

아흐메드가 여전히 굳은 얼굴로 목이 타는지 술을 한입 홀짝였다.

"칭우야. 혹시 저기 앉아 있는 저 사람 아니?"

아흐메드가 한쪽을 가리키자 칭우도 따라 그쪽을 쳐다보았다. 그리고 곧 칭우는 고개를 돌린 걸 후회했다.

"와하하! 그래서 내가 말이야, 이 대진국 수도에서 파사국 국경까지 하루 만에 달려서 갔다고! 가는 길에 산적 떼들을 만났는데 아 글쎄 이것들이······."

대장이 테이블에 앉아 자신의 무용담을 늘어놓고 있었다. 하지만 그가 앉아 있는 테이블에는 대장 외에는 아무도 앉아 있질 않았다. 즉, 대장은 혼자서 떠들어대고 있었다. 그는 마치 옆에 정말로 사람들이 자신의 무용담을 듣기라도 하듯 신이 나서 말했다. 그의 앞에는 얼마나 마셔댄 건지 술잔 대여섯 개가 켜켜이 쌓여 있었고, 심지어 바닥에 몇 개가 더 나뒹굴고 있었다. 대부분의 사람들은 돈을 계산하러 갈 때나 나갈 때 대장을 흘긋 쳐다보고는 미친놈이다 생각하고는 웃으면서 지나갔다. 몇몇은 갈 곳 없는 경험 많은 거지인 줄 알고 대장 앞에 동전을 몇 푼 뿌리기도 했다. 칭우는 금세 창피함이 그에게 밀려옴을 느꼈다. 그제야 다른 상인들의 굳은 얼굴이 이해가 된 칭우는 아흐메드의 말에 한숨과 '아, 난 왜 저 사람을 알고 있어야 하는가.' 라는 마음을 뒤섞인 대답을 했다.

"아뇨, 모르는데요. 어디 멀리 여행 다녀온 거지인가 보죠, 뭐."

아흐메드도 마찬가지로 한숨을 쉬며 말했다.

"그래. 어떤 놈들일진 몰라도 저 거지한테 일행이 있다면 정말 그들만큼 불쌍한 사람들이 따로 없을 거야. 특히 자기가 다 계산하겠다고 나름 고급 술집을 잡은 '그 거지' 대신 밥값을 계산하게 생긴 '어떤 사람'은 더더욱."

아흐메드는 '어떤 사람'과 '그 거지'라는 말에 유달리 힘주어 말했다. 그러고는 마치 대장이 자신을 알아채고 무용담을 멈추기라도 하리라고 기대하는 것처럼 대장을 째려보았다. 물론, 대장은 아무것도 모르고 계속 떠들어대고 있었다. 아흐메드는 결국 포기하고 고개를 돌렸다. 그러고는 예의 그 장난기 많은 웃음을 금세 얼굴에 되찾아놓았다.

"자, 그럼 저기 있는 어떤 놈은 우리가 모르는 사람이니까, 너무 괴로워하지들 말고 일단 다들 즐깁시다!"

아흐메드가 그렇게 말하며 술잔을 치켜올리자 다들 조금씩이지만 얼굴에 미소를 되찾으며 술잔을 높이 들었다.

그후로 한참 동안을 칭우는 먹고, 마시고, 떠들어댔다. 꽤 오래 전에 대장은 잠이 들어 있었고, 한참을 즐겁게 떠들던 상인들도 하나 둘씩 곯아떨어지기 시작했다. 칭우는 자신의 앞에 놓인 대추야자주를 한 모금 더 들이켰다. 화한 술 냄새와 달콤한 대추야자 향기가 그의 입안을 가득 메웠다. 칭우는 고개를 돌려 아흐메드를 바라보았다. 몇몇 아직 정신이 남아 서로 이야기하고 있는 상인들처럼 아흐메드도 제정신을 유지하고 있었다. 술기운 때문인지, 칭우는 뜬금없이 자신이 아흐메드에 대해 아무것도 모른다는 것을 깨달았다. 그리고 역시 술기운 때문인지, 칭우가 미처 다시 생각해 볼 겨를도 없이 칭우의 입에서 질문이 튀어나왔다.

"아흐메드 씨. 그러고 보니 아흐메드 씨는 청견대상에 들어오기 전에는 뭐 했어요?"

아흐메드가 고개를 돌려 칭우를 바라보았다. 칭우는 어쩐지 그의 눈 속에 조그마한 우수가 느껴지는 것 같았다. 아흐메드는 회상에 잠기듯 술집 천장을 바라보았다.

"글쎄, 내가 처음 상단에 들어왔을 때가 너랑 비슷할 나잇대니까, 15년쯤 전이려나."

"에엑? 아흐메드 씨 생각보다 젊네요? 난 적어도 40대 후반인 줄 알았는데."

칭우가 눈을 동그랗게 뜨며 반문하자 아흐메드가 장난스레 칭우를 툭 쳤다.

"이거 왜 이래. 내가 그 정도로 삭지는 않았다. 그나저나, 세월 참 빠르군."

그렇게 말하며 아흐메드가 다시 세상물정 모르고 자고 있는 대장을 째려봤다. 대장은 악몽이라도 꾸고 있는지 얼굴을 잔뜩 찌푸리고 알아들을 수 없는 말을 중얼거리고 있었다.

"대장이랑 예전부터 아는 사이였어요?"

"그랬지. 난 어렸을 때부터 고아였어. 갈사의 길거리에서 나고 자랐지. 덕분에 뭐, 이런 저런 놈들이랑 얽히면서 손재주도 좀 좋아졌고. 아, 물론 지금은 더 이상 그런 짓은 하지 않지만 말이다."

아흐메드는 거기까지 말하고는 잠시 헛기침을 하느라 말을 끊었다. 칭우의 눈에는 아흐메드의 얼굴이 살짝 붉어진 것 같았다. 하지만 그는 술기운 때문이려니 하고 대수롭지 않게 넘어갔다.

"어쨌든 그렇게 근근이 살아가다 열아홉 살쯤인가? 친구 놈이 말하길 도시에 꽤 이름 있는 상단이 들어왔는데, 걔네들 주머니에 손 좀 담가보면 괜찮은 물건들이 나올 거라고 하더군. 그래서 상단 일행을 따라가서 가장 멍청하고 만만해 보이는 애 주머니를 슬쩍 하려고 했지. 근데 이 녀석이 생각보다 멍청하질 않은 거야. 단숨에 제압당해서 사람들에게 둘러싸였지. 아, 이제 죽었구나 싶더라고."

깨어 있는 몇몇 상인들도 그들도 처음 듣는 이야기인지 무슨 이야기인지 귀를 기울이기 시작했다.

"근데, 아까 그 멍청해 보이던 녀석이 그러더군. 훔쳐간 돈이 총 300악체인데 돈은 그대로 줄 테니까 훔쳐간 액수의 날짜만큼 상단에서 일해 보라고. 나를 잡아다 경비대에 넘기지 않은 사실이 너무 놀라워서 얼떨결에 그 자리에서 계약서에 지장까지 찍어버렸지."

거기까지 말하고 아흐메드는 술잔을 한 모금 들이켰다.

"누가 알았겠냐. 300일이 다 지나고도 그 몇 배가 넘는 시간이 지나도록 날 살려준 그 멍청한 녀석과 상단에서 일하리라고는. 아무도 상상도 못했겠지."

아흐메드는 그렇게 말하고는 추억에 젖은 듯한 술잔을 들여다봤다. 마치 그 안에 그의 지나간 과거가 담겨 있기라도 한 것처럼.

"그럼, 그 멍청해 보였던 소년이……."

내가 조심스레 추측하며 말을 흐리자 아흐메드가 고개를 끄덕이며 대답했다.

"그래. 저기 누워서 주무시고 계신 저 녀석이다."

칭우는 아흐메드 쪽으로 쭉 기울였던 몸을 다시 의자 쪽으로 돌려 놀라움에 가득 차 털썩 앉았다. 그리고 약간의 정적이 흘렀다. 아마 칭우 말고도 대장을 흘긋거리고 있는 다른 상인들도 멋대로 상상한 아흐메드의 이야기 속 대장과 볼품없이 늘어져 있는 대장을 비교해 보고 있을 것이다. 정적을 깨고 처음 말을 꺼낸 것은 아흐메드였다.

"자! 다들 뻗어 있는 것 같으니 오늘은 이쯤 하고, 다들 정리해서 사라이에 돌아가자고. 늦으면 사라이의 하인들도 다 자러가서 문이 잠길지도 모르니까 말이야. 그리고 대장은……."

아흐메드는 그렇게 말을 흐리고는 잠시 생각하는 듯한 표정에 잠겼다. 그러고는 주머니를 뒤적여 반쯤 자고 있는 주인장에게 말을 걸었다. 칭우가 얼핏 듣기로는 대장을 잠시 여기 테이블에서 자도록 했다가 사라이로 돌아와 달라고 말 좀 전해달라는 이야기 같았다. 처음에 주인장은 귀찮아하는 듯하다가 아흐메드가 하나씩 하나씩 금화 악체를 테이블 위에 올리기 시작하자 점점 얼굴이 밝아졌다. 결국 아흐메드는 협상을 성사시킨 사절마냥 의기양양한 미소를 지으며 술에 취해 잠든 사람을 부축하고, 업으면서 나갈 준비를 하고 있는 우리에게로 다가왔다.

"아흐메드 씨, 돈 그렇게 막 써도 되요? 보니까 700~800악체는 되 보이던데."

칭우가 걱정스런 목소리로 말하자 아흐메드가 예의 익살스런 목소리로 말했다.

"괜찮아. 저 덩치를 끌고 사라이까지 낑낑대며 가는 것보다는 백배는 나으니까. 어쨌든, 슬슬 나가자."

밖으로 나가자 차갑고도 상쾌한 밤바람이 일행들을 덮쳤다. 몇몇 술 취한 사람들은 그것이 신호인 양 뭐라 중얼거리며 깨어나기 시작했다. 몇몇 상인들은 술도 좀 깰 겸 산책 좀 하다 들어가겠다고 했고 칭우도 자신도 거리를 좀 거닐다 들어가겠다고 했다. 아흐메드의 얼굴에 살짝 걱정하는 기색이 비쳤으나, 이내 평소의 얼굴로 돌아왔다. 일행들을 믿고 있는 것이리라. 그렇게 아흐메드와 몇몇 상인들은 하품을 하며 사라이로, 다른 상인들은 숙취를 호소하며 한쪽 거리로 갔고 칭우도 혼자 떨어져 나와 거리를 거닐기 시작했다.

칭우는 달빛이 뺨에 닿아 빛나는 것을 느끼며 아흐메드의 이야기에 대해 생각해 보았다.

대장과 아흐메드가 그렇게 만났다니. 전혀 생각지도 못한 이야기였다. 당시 갓 청견대상에 들어온 아흐메드에게 대장은 어떤 존재였을까? 믿고 의지할 친구? 어쩌면 처음 얼마 동안은 기대어 있을 아버지로 느꼈을지도 모른다.

'아버지'

문득 칭우는 아버지 생각이 났다. 온화한 미소, 까끌까끌하지만 늘 이상하게 감촉이 좋았던 수염. 강직하면서도 자신감 넘치는 목소리. 아버지가 보고 싶었다. 칭우는 아버지에 대해 생각하자 갑자기 외로운 느낌이 들어 괜시리 밤하늘을 올려다보았다. 검은 하늘 한가득 별들이 총총히 떠 있었다. 언젠가 만났던 투르크 친구가 말했었다. 사람들은 죽으면 육신의 무게를 버리고 하늘로 날아가 별이 된다고. 그리고 사랑하는 가족과 친구들이 그들의 앞길을 잘살아갈 수 있도록 지켜봐 주고 있는 거라고. 아버지도 저기 어딘가에 있는 걸까? 차갑게 불어오는 바람 때문인지 칭우는 외로움을 달랠 길이 없어 쓸쓸함에 별들 사이를 헤집으며 아버지를 찾아보았다.

'아버지는 생전에 북쪽으로도 여행을 가보고 싶다고 하셨으니까 저 별일 거야. 아니, 가장 오래 머물렀고 애착이 깊던 파사국 방향의 저 별인가? 어쩌면 그냥 내 머리 바로 위에 있는 저 별일지도 몰라. ……끙'

하지만 사막의 모래알만큼이나 총총히 흩뿌려져 있는 별들 사이에서 아버지를 찾아낸다는 것은 불가능에 가까웠을 뿐더러, 칭우는 어떤 별이 아버지인지, 심지어 아버지가 정말 저기 있긴 한 건지조차 알 수 없었다. 왠지 허탈함이 들어 칭우는 피식 웃었다. 그러다가 칭우는 자기 눈에 눈물이 맺혀 있다는 사실을 알아챘다. 칭우는 누가 볼새라 서둘러 눈물을 닦아내며 중얼거렸다.

"하, 나도 참. 7살 먹은 어린애도 아니고. 아무도 보는 사람 없으니 다행이군."

"슬픈 생각이 들면 그냥 울어요."

칭우는 뒤에서 목소리가 들리자 깜짝 놀라서 발을 헛디뎌 넘어져버리고 말았다. 바보가 된 것 같은 기분을 느끼며 칭우는 천천히 일어섰다. 아까의 그 목소리가 다시 말했다.

"괜찮아요?"

칭우는 손을 들어 괜찮다고 표시해 보이고는 목소리의 주인에게로 고개를 돌렸다. 파사국 사람 같은 파란 눈, 거무스름한 피부, 달빛을 받아 빛나는 호

숫가의 물 같은 파란 옷 어제 봤던 그 여자였다.

"어…… . 어, 이 밤에 여, 여긴 어쩐 일로?"

칭우는 당황해서 자기도 모르게 아무 말이나 막 뱉어버렸다. 그녀는 예의 그 멍한 표정으로 이해가 안 간다는 듯 고개를 갸웃해 보였다.

"그러는 당신은 이 밤에 무슨 일이신가요?"

"어…… . 그, 그게 그러니까…… . 음…… ."

칭우는 완전히 당황해서 말을 더듬기 시작했다. 여인은 그 모습이 퍽 우스운지 슬쩍 미소 지었다.

"잠깐 괜찮으시다면 제 말동무 좀 해주실 수 있으실까요?"

그녀는 그렇게 말하고는 대답을 기다리지도 않고 벤치에 앉아 칭우를 뚫어져라 쳐다봤다. 칭우는 등에 도적떼를 마주했을 때보다 더한 식은땀이 흘러내리는 것을 느끼며 벤치에 앉았다. 그리고 그들은 곧 이런저런 이야기를 나누기 시작했다. 별들이 자리를 바꿔 움직이기 시작한 것이 눈에 환히 들어올 만큼 시간이 지났을 때, 칭우는 그녀에 대해 몇몇 사실들을 알게 되었다. 그녀는 자신의 이름이 리아나이고, 집에서 몰래 빠져나와 칭우와 마찬가지로 산책을 하고 있다고 했다. 짧다면 짧고 길다면 긴 시간이었지만, 칭우는 왠지 갈수록 이 여인이 오랜 친구처럼 편안하게 느껴지기 시작했다.

"그래서, 카라반이시군요?"

리아나가 말했다. 칭우는 멋쩍은 듯 뒤통수를 긁으며 답했다.

"네, 뭐. 그렇죠."

그러자 리아나는 갑자기 눈을 반짝반짝 빛내며 하늘을 올려다 보았다.

"부럽네요."

"네?"

"어디든 갈 수 있다는 게 부러워요."

"아, 뭐 딱히 어디든은 아니지만요. 기본적으로 상단이 다니는 곳으로 돈 따라 물건 따라 다녀야 하는 처지인지라."

칭우가 스스로를 살짝 비관하는 듯한 말을 하자 리아나가 고개를 가로저었다.

"그래도 여러 곳을 여행할 수 있는 거잖아요. 가보지 못한 도시, 전혀 새로운 만남. 결과야 어떻게 되든 한 곳에만 틀어박혀 쓸쓸하게 늙어가는 것 보다는 낫겠지요."

칭우는 눈을 동그랗게 뜨고 지금 무슨 소릴 하는 건가 싶은 눈으로 그녀를 바라보았다. 하지만 그녀는 그런 그의 시선을 눈치채지 못한 것 같았다. 잠깐의 정적이 흐르고, 리아나가 자리에서 일어났다.

"오늘 감사했어요. 오랜만에 맘 터놓고 말 할 수 있어서 좋았어요."

그렇게 말하고는 그녀는 일어나서 달이 떠 있는 방향으로 걸어가기 시작했다. 칭우는 딱히 무슨 말을 해야 할지 몰라서 가만히 앉아서 그녀를 바라보고 있었다. 몇 걸음쯤 걸어가더니 그녀가 갑자기 발을 멈췄다. 그러고는 칭우를 바라보며 말했다.

"혹시 괜찮으시다면 내일도 이 시간쯤 여기서 볼 수 있을까요? 칭우 당신과 얘기하다 보면 꽤 위안이 되는 것 같아요."

순진한 얼굴로 말하는 리아나를 바라보는 칭우의 얼굴이 환해졌다.

칭우가 콧노래를 부르며 사라이로 돌아왔을 때 이미 사라이 안의 불은 거의 꺼져 있었다. 칭우는 당혹감을 느끼며 문을 두드렸다. 아무런 대답이 없었다. 다시 한 번 세게 두드렸다. 그러자 졸린 듯한 눈을 한 소년이 문을 열어 주었다.

"하아암……. 어느 상단이세요?"

소년이 약간은 짜증난 듯한 목소리로 물었다. 칭우는 미안한 마음이 들었다. 낮 동안의 일에도 충분히 지쳤을 텐데 달콤한 밤잠을 뺏은 것이리라.

"미안, 늦게 들어와서. 청견대상의 칭우야. 어젯밤에도 있었으니까 목록에 이름이 있을 거야."

"잠시만요."

소년은 그렇게 중얼거리고는 느릿한 동작으로 명단을 꺼내 넘겨보았다. 그러고는 종이를 덮고 말했다.

"네, 확인됐습니다. 들어오세요."

소년이 한 쪽으로 비켜서자 칭우는 다시 한 번 미안하다는 말을 했다. 소년은 별일 아니라는 듯 어깨를 한 번 으쓱 하고는 문을 닫고 잠갔다. 칭우는 소년이 하품을 하며 자신의 방으로 들어가는 것을 보고 피곤한 몸을 자신의 방으로 이끌었다. 잠시 후, 방에 도착한 칭우는 열쇠로 문을 열고 들어갔다. 안에는 같은 방을 쓰는 다른 상인들이 누워 자고 있었다. 칭우는 그들이 깨지 않도록 조심하며 어둠속에서 자신의 자리를 찾아 누웠다. 신기하게도, 그렇게 피곤할 때는 언제고 막상 누우니 잠이 오질 않았다. 칭우는 달빛을 받으며 한참을 뒤척였다. 그러다 어느새 자신도 모르는 사이 잠이 들어버리고 말았다.

3장

'후우우욱'

칭우는 숨을 크게 들이마셨다. 모래 한 알 안 섞인 기분 좋은 바람이었다. 온
몸을 휘감고 나오는 바람을 느끼며 칭우의 기분도 덩달아 상쾌해졌다. 칭우
는 휘파람을 불며 아직 해가 채 뜨지 않은 오전의 여유를 만끽했다. 오늘은 이
도시에서 보내는 마지막 날이라 상단이 하루 쉰다고 했기 때문에 낮에 리아나
를 만나기로 했다. 다른 어떤 도시보다 이 도시는 특이했다. 난생 처음 보는
여자와 친해져서 이야기를 나누질 않나, 웬 깡패 같은 놈들이 장사를 방해하
질 않나. 사건 사고가 끊이질 않았다. 강국에서도, 둔황에서도, 다른 어떤 도
시에서도 이렇게 많은 일들이 일어나진 않았다. 칭우는 그렇기에 이 도시가
꽤나 마음에 들었다. 휘파람을 불며 걷는 사이에 벌써 약속장소가 눈에 다가
왔다. 칭우는 저 멀리서 어렴풋이 그녀를 발견하고는 가벼운 발걸음으로 달
려갔다.

오전과 오후의 대부분을 이것저것 도시를 구경하며 다니다 마무리를 위해
들어온 술집 안은 여전히 매캐한 촛불연기와 술 냄새, 수많은 사람들의 이야
기소리로 가득 차 있었다. 칭우는 앞에 놓인 술잔에 손가락을 얹고 빙빙 돌리
다가 문득 고개를 들어 리아나를 보았다. 그녀는 생각에 잠겼었는지 굳은 얼
굴을 하고 있다가 칭우의 시선을 느끼고는 생긋 웃어보였다. 칭우는 마주 미
소 지으며 술잔을 한 모금 들이켰다.

"그러고 보니 궁금한 게 있어요. 칭우."

칭우가 술잔을 내려놓고 입가를 한 번 슥 훑자 리아나가 기다렸다는 듯이 말을 꺼냈다. 칭우는 내심 의아함을 느꼈다. 리아나는 질문을 잘 하지 않는 편이었다. 리아나는 다른 나라에서 겪었던 일들, 보고, 들었던 일들을 들려달라고 했고 칭우는 신나서 떠드는. 보통의 대화는 그런 식이었다.

"뭔데요?"

칭우가 말하자 리아나는 몸을 슬쩍 앞으로 기울이며 칭우의 눈을 바라보았다. 칭우는 왠지 부담스러운 듯한 느낌이 들어 술잔을 다시 들어올렸다.

"당신은 왜 여행을 시작하게 됐나요?"

다시 한 모금, 쌉쌀하면서도 달콤한 느낌들을 목구멍으로 넘기고 술잔을 내려놓으면서 칭우는 잠시 생각했다.

"뭐, 간단하게 생각하면 굳이 청견대상에 들어가려 애를 쓰고 여행길에 나선 건 아버지 영향이 크겠죠. 어쩌면, 아버지의 뒤를 잇겠다. 그런 생각을 한 걸지도 모르고요."

"아버지요?"

리아나가 고개를 갸우뚱 하며 반문하자 칭우는 웃음이 나오려는 것을 참으며 대답했다.

"예, 저희 아버지도 청견대상에서 일 하셨거든요. 어렸을 때는 아버지가 가져오신 물건들이 마냥 신기했어요. 토번에서 가져온 이상한 목각인형이나, 유리로 만든 귀한 옥 같은 거요. 아, 한 번 보실래요?"

칭우는 손을 목 뒤로 뻗어 아버지가 주셨던 목걸이를 풀었다. 그러고는 테이블 위에 올려놨다. 푸른 옥에 투명한 유리가 둘러져 은은하게 촛불 빛을 반사하고 있었다.

"아버지가 돌아가시기 전 제게 주신 선물이에요. 이 목걸이를 받을 때까지만 해도 아버지가 다시 집에 돌아오셨다는 것에 마냥 기뻐하기만 했는데. 설마 다음날에 그렇게 시체로 발견되실 줄은……. 리아나 씨? 왜 그러세요?"

추억에 잠기려던 칭우는 순간 리아나의 얼굴이 창백하게 일그러져 있는 것을 보았다. 하지만 칭우가 무슨 일이냐 묻자 곧 리아나의 얼굴은 원래대로 돌아왔고 칭우는 잘못 봤겠거니 하고 이야기를 계속했다.

"어쨌든 제가 상단에 들어온 것은 아버지의 영향이 클 테지요. 하지만, 그것 때문만은 아닌 것 같은 느낌이 들어요."

"그럼 무엇 때문일까요?"

"글쎄요. 음……."

칭우는 그러고는 팔짱을 끼고 다시 잠시 생각에 잠겼다. 리아나는 한 손을 턱에 괴고는 그런 칭우를 지긋이 바라보았다. 하지만 리아나의 표정에는 아까 그녀의 머릿속을 가시처럼 파고들었던 한 생각이 아직도 박혀 약간의 불안이 묻어나와 있었다. 칭우는 눈을 감고 있었기에 보지 못했지만.

"에이, 너무 어렵네요."

칭우가 머리를 긁적이며 그렇게 말하자 리아나는 어느새 표정에서 불안을 싹 지우고는 웃음을 흘렸다. 칭우도 멋쩍은 듯 웃으며 다시 술을 한 모금 들이켰다.

"다만 그게 다인 것 같지는 않아요. 흠……. 그냥 아버지처럼 방랑벽이 있는 것 아닐까요?"

칭우가 해맑게 웃으며 말하자 리아나도 덩달아 웃었다. 어두운 술집에 잠깐이지만 화사한 기운이 감돌았다.

"어쨌든 저는 계속 상단 일을 할 거예요. 일이 맘에 들기도 하고, 아버지처럼 살고 싶은 맘도 있고. 그리고 아직 가보고 싶은 곳이 있거든요."

창문너머로 어느새 붉게 물들어 가고 있는 도시를 바라보며 칭우가 다시 말을 꺼냈다. 리아나도 칭우를 따라 고개를 돌렸다. 석양빛에 붉게 물든 도시는 마치 화톳불가의 옛이야기 같은 평온하고 따뜻한 느낌을 주었다. 이전에는 아무렇지 않게 느껴졌던 노을 지는 모습도, 석양을 따라 서쪽으로, 서쪽으로 여행을 계속하고 나니 어느샌가 이렇게 아름답게 보이는 것. 그게 석양의 마력이 아닐까. 칭우는 생각했다.

"어디가 가보고 싶은데요?"

리아나가 창문 너머에서 눈을 떼지 않으며 묻자 칭우는 리아나를 돌아보았다. 석양빛이 리아나의 푸른 눈동자에 비춰 신비한 색깔이 어우러지며 빛났다. 칭우는 그 눈을 바라보며 말했다.

"바다가 보고 싶네요."

"바다요?"

"예. 바다."

두 사람은 그렇게 각기 다른 곳에 눈을 고정한 채 대화를 이어나갔다.

"저는 나름 제가 경험 있는 여행자라고 생각했거든요. 하지만 한 번도 바다를 본 적은 없었어요. 늘 누군가에게서 듣기만 했지. 그저 아주 물이 많고, 깊고, 끝조차 보이지 않을 정도로 넓어서 보고 있자면 뭔가 허탈해진다는. 그런 것밖에 모르죠. 하하, 우습죠?"

리아나는 아무 말도 하지 않았다. 무안해진 칭우는 눈을 돌려 발끝을 바라보았다. 그렇게 잠시 정적. 그리고 칭우가 말을 꺼냈다.

"그러고 보니 나도 묻고 싶은 게 하나 있어요."

그러자 리아나가 창문 밖에서 눈을 떼고는 칭우를 보았다.

"뭔데요?"

리아나가 천진한 목소리로 묻자 막상 칭우는 이런 질문을 해도 되는 것일까 고민했다. 하지만 곧 마음을 굳히고는 말을 꺼냈다.

"리아나 씨는 왜 저와 이야기하시는 거예요?"

순간 둘이 앉은 테이블에 정적이 흘렀다. 리아나는 그저 멀뚱히 칭우를 쳐다보기만 했고 칭우는 뭔가 부연설명을 할 필요가 있다 느꼈는지 말을 이었다.

"그도 그럴 것이, 도시에는 저보다 쟁쟁한 상단의 여행자들이 많잖아요? 왜 굳이 이제 막 일을 시작한 풋내기 같은 저인 거예요?"

다시 정적이 흘렀다. 칭우는 이제 더 이상 덧붙일 말 없다는 듯이 리아나의 눈을 마주했고 결국 리아나가 입을 열었다.

"글쎄요."

리아나는 잠시 생각하는 표정을 지었다. 그러고는 대답하려고 입을 열었다. 그때.

"뭐, 이 자식아?"

콰당! 테이블이 넘어지는 소리가 들렸다. 칭우는 소리를 따라 고개를 돌렸다. 테이블과 술잔이 엉망으로 나동그라져 있었고, 대머리에 체구가 좋은 사내가 한 사내의 멱살을 부여잡고 있었다.

"왜, 왜 이러세요!"

– 생략 –

"이 새끼가 어디서 참견질이야!"

사내는 그렇게 외치며 품속에서 시퍼런 나이프를 하나 꺼내들었다. 칭우는 예상치 못한 전개에 당황해 하며 슬금슬금 물러나기 시작했다.

"아니, 저기 형씨. 카, 칼까지 꺼내들 상황은 아, 아닌 것 같지 않나?"

"닥쳐! 어차피 방금 그 돈 못 받아 가면 길드에 돌아가서 모가지가 따일 거라고! 어차피 이렇게 된 거 길동무라도 하나 만들고 가야겠다."

사내는 발악하듯 외치고는 곧 칭우에게 달려들었다. 칭우는 재빨리 정신을 차리고는 사내의 공격을 피하기 위해 몸을 잔뜩 긴장시켰다. 그때.

"멈추세요."

곧 바로 터질 듯한 긴장감 속을 뚫고 리아나의 목소리가 낭랑하게 울려 퍼졌다. 칭우도, 사내도 싸움거릴 구경하던 구경꾼들도 뭔가에 짓눌린 듯 리아나를 바라보았다.

"리아나 씨?"

칭우가 의아한 목소리로 조용히 말했다. 그러나 리아나는 칭우를 보고 있지 않았다. 칭우는 리아나의 시선을 따라 고개를 뒤로 돌렸다. 그리고 창백하게 질린 사내의 얼굴을 마주했다.

'뎅그렁'

사내의 손에서 칼이 떨어졌다. 방금 전까지만도 서슬 퍼렇게 소리를 지르며 달려들던 사내가 시체라도 본 듯한 얼굴을 하고 있었다. 구경하던 다른 사람들도 이 예상치 못한 전개에 술렁거리기 시작했다.

"아, 아가씨!"

불안한 술렁임이 멎고 칭우를 포함한 모두가 일제히 리아나를 돌아보았다. 아가씨라고? 모두의 얼굴엔 그런 의문이 쓰여 있었다. 칭우도 다른 사람들과 마찬가지로 의아한 눈길을 리아나에게 보냈다. 리아나는 그런 칭우의 눈을 의식하고는 잠시 움찔 하며 망설이는 듯했지만 곧 결의를 한 듯한 표정으로 사내에게 말했다.

"그래요. 아마 카예르가 나를 찾으라는 지시를 내렸겠죠."

"하, 하지만 대체……."

사내가 겨우 충격에서 벗어나 말을 꺼내려고 했지만 곧바로 리아나가 말을 가로챘다.

"여태 그렇게 숨어 있었으면서 왜 갑자기 모습을 드러낸 것이냐고 묻고 싶은 것이겠죠."

리아나는 그렇게 말하며 칭우를 바라보았다.

"하지만 제게도 그래야 할 만한 이유가 있었어요."

리아나가 칭우를 똑바로 응시하며 말하자 칭우는 리아나의 눈동자 속을 제대로 들여다볼 수 있게 되었다. 어렴풋한 미소를 띠고 있는 입술을 부정하듯 리아나의 눈동자 속에는 슬픔이 들어차 있었다.

"아가씨. 하지만 카예르님께서 아가씨를 찾으십니다. 만약 제가 아가씨를 모셔가지 못 한다면 저도……."

정적을 깨고 불안한 목소리가 들려왔다. 리아나는 고개를 돌려 사내를 응시하더니 살짝 한숨을 쉬었다.

리아나가 천천히 그 남자에게 다가가자 사내는 마치 사신이라도 다가오는 것처럼 공포스런 표정을 지으면서 천천히 뒷걸음질 쳤다. 그러다 결국 쾅당! 소리를 내며 술병에 걸려 넘어지면서도 사내는 바닥을 벅벅 긁으면서 리아나를 피해 도망쳤다. 이윽고 사내는 벽에 닿아 더 이상 물러날 수 없자 겁에 질린 눈으로 주위를 두리번거렸지만 사람들은 그를 도와줄 생각이 전혀 없는 듯했다. 어느새 리아나가 고개를 숙이고 사내의 귀에 입을 가져다 대자 사내는 움찔하는 표정을 지었다. 그리고 리아나가 사내의 귀에 대고 뭐라고 속삭이자 사내의 얼굴이 아까 전보다 더욱 새하얘졌다. 리아나가 몸을 일으키고, 사내는 리아나를 겁에 질린 눈으로 바라보다가 밖으로 뛰쳐나가 버렸다. 남자가 문을 쾅 닫고 나가자 주위의 모든 시선은 리아나에게 집중됐다. 하지만 리아나는 그걸 아는지 모르는지 칭우에게 천천히 다가왔다.

"어, 어떻게? 당신은 대체 누구죠?"

칭우의 당황한 목소리가 들려오자 리아나는 슬픈 눈으로 칭우를 보았다.

"미안해요. 소란을 피워서. 일단 장소를 옮겨서 설명 드리죠. 여긴 보는 눈이 너무 많군요."

리아나가 몸을 돌려 걸어 나가자 무슨 말을 하는지 들으려고 모여 있던 사람들이 썰물처럼 비켜섰다. 칭우는 도저히 정리가 되지 않는 머릿속을 추스르고 리아나를 따라 밖으로 나섰다.

해는 이미 성벽을 뒤로 숨어버렸고, 사막 밤의 쌀쌀한 바람들이 하나 둘씩 고개를 내밀고 거리를 휘저으며 놀고 있었다. 칭우는 앞서 나가 멈춰서 있던 리아나의 곁에 다가가 물었다.

"도대체 어떻게 된 거죠? 그 사내는 왜⋯⋯."

칭우가 말을 흐리자 리아나는 작은 한숨을 폭 쉬고는 하늘을 올려다보았다.

"일단 다른 곳으로 가죠. 거기서 설명 드리겠습니다."

칭우는 물어보고 싶은 것이 너무도 많았지만 리아나가 곧 걸음을 걷기 시작했기 때문에 어쩔 수 없이 리아나의 곁에 서서 걸었다. 둘은 그렇게 한참을 말없이 걸었다. 싸늘한 적막에 하나 둘씩 집 안으로 들어가는 사람들의 모습이 겹쳐 분위기는 컴컴하기 그지없었다. 해가 자신이 뿌린 따뜻한 온기들을 거의 다 걷어 갔을 무렵, 둘은 작은 연못에 도착해 벤치에 앉았다. 잠깐의 침묵이 흐르고, 리아나가 먼저 말을 꺼냈다.

"많이 놀라셨죠? 죄송해요."

"아, 아뇨. 괜찮습니다. 상단 일 하면 그런 놈들은 가끔 만나거든요."

"아니, 저 때문에요."

"아……. 하하……. 그렇군요."

다시 짧은 적막이 흐르고, 이번에는 칭우가 말을 꺼냈다.

"그런데 리아나씨는 그 사람과 아는 사이인 것 같더군요?"

그러자 리아나는 잠깐 손을 꼼지락거리며 머뭇머뭇 하더니 내키지 않는 듯 말했다.

"예. 그 남자는 검은모래단이라는 조직의 일원입니다."

리아나는 거기까지 말하고 마치 힘겨운 연설이라도 한 듯 말을 쉬었다.

'검은모래단이라고?'

칭우는 생각했다. 그의 머릿속에 복잡하게 얽혀 있던 문제들이 하나 둘씩 정리되기는커녕 더 복잡하게 꼬여버리는 느낌이었다.

'검은모래단이라면 저번에 시장에서 깽판을 쳤던 그 녀석들 아닌가? 교역로의 악마라는 무시무시한 별명까지 갖고 있던데. 그런 조직의 남자랑 리아나씨가 대체 무슨 연관이 있는 거지?'

칭우가 생각하는 사이 리아나가 다시 말을 이었다.

"……그리고 저는 그 단장의 여동생이구요."

그 말을 듣는 순간 칭우는 머릿속의 실타래들이 풀려나 늘어서는 느낌과 맥이 탁 풀리는 느낌을 동시에 받았다.

"그랬군요……."

칭우가 저도 모르게 중얼거리자 리아나가 의아한 목소리로 물었다.

"칭우 씨는 제가 무섭지 않나요?"

"예, 예?"

갑작스런 질문에 당황한 칭우는 리아나의 말이 채 끝나기도 전에 대답해 버렸고 리아나는 더욱 의아한 표정을 지었다.

"다른 사람들은 제가 그런 조직의 일원이라는 그것도 단장의 여동생이라는 사실을 알면 소리를 지르거나 살려달라고 사정을 하던데 칭우 씨는 그러지 않네요?"

리아나가 더 자세히 이야기하자 칭우는 뭔가 당혹스러운 느낌이 들었다.

"아, 하긴 교역로의 악마라 불리는 그 검은모래단이면……."

칭우는 무의식중에 그렇게 말하다가 자기 입을 틀어막았고, 리아나는 그런 칭우를 이상하게 쳐다보았다.

"아, 그러니까 제 말은……. 뭐, 그럴 수도 있겠지요. 하지만 저는 별로 그런 기분이 들지 않는데요?"

그러자 리아나는 더 알 수 없다는 표정을 지었다.

"왜죠? 전 지금 마음만 먹으면 칭우 씨를 이 자리에서 죽일 수도 있어요. 그러고는 아무도 모르게 시체까지 처리해 버리겠죠."

칭우는 순간 오금이 저려오는 것을 느꼈다. 하지만 칭우는 지금이라도 자리에서 벌떡 일어나 살려달라고 외치며 도망가고 싶은 기분을 애써 억눌렀다.

"왜지요?"

리아나의 말이 이어지자 칭우도 똑같은 의문이 들었다. 왜일까? 리아나는 무서운 사람이다. 어쩌면 이 자리에서 정말로 짧은 인생을 끝마칠지도 모른다. 하지만 그럼에도 공포를 억누르고 그녀와 대화하고 싶은 기분이 드는 건 왜일까? 해답은, 생각보다 간단히 나왔다.

"그야 리아나 씨는 나를 죽이지 않았으니까요."

칭우의 대답이 예상치 못한 것이었는지 리아나는 고개를 갸우뚱 했고 그 모습이 우스워 칭우는 작게 웃음을 터트리고 말았다.

"하하. 아까 말했죠? 마음만 먹으면 당장이라도 죽일 수 있을 거라고. 하지만 리아나 씨와 그렇게 많은 시간을 보냈는데 저는 아직도 살아 있잖아요? 그 말은 당신이 저를 죽이지 않을 거란 뜻이겠죠."

칭우는 그렇게 말하고는 리아나의 반응을 살폈다. 리아나는 뭔가를 곰곰이 생각하고 있는 듯했다.

"그렇다면 제가 이렇게 하면 어떨까요?"

어느 순간 리아나의 손에는 단도가 역수로 들려 있었다. 그리고 단도의 칼날은 바로 칭우의 목 앞을 향해 있었다. 하지만 대체 무엇 때문인지 칭우는 자신의 목을 금방이라도 그어버릴 것 같은 칼날에 두려움을 느끼면서도 리아나에게는 더 이상 두려움이 느껴지지 않았다. 오히려, 웃음이 나올 것 같았다.

"흠⋯⋯. 글쎄요. 보통 사람이라면 이 시점에서 비명을 지르며 도망을 치겠죠."

칭우는 하늘을 올려다보며 말했다. 태양의 붉은빛은 이제 완전히 사라져 멀리서 떠오른 희미한 달빛의 푸른 커튼이 하늘을 천천히 드리워오고 있었다. 칭우는 천천히 고개를 돌려 리아나의 눈을 바라보았다. 저런 눈이 어떻게 사람을 죽일 수 있을까 싶을 정도로 순진하고 맑은 눈이었다.

"하지만, 저는 그러고 싶지 않네요. 이유는⋯⋯. 솔직히 잘 모르겠어요."

칭우는 그렇게 말하고는 잠시 뜸을 들였다. 리아나의 반응을 보고 싶었기 때문이었다. 하지만 리아나는 미동조차 하지 않고 칭우를 바라보고 있었다.

"어쨌든 리아나 씨는 그 검은모래단이라는 조직이 별로 맘에 들지 않는 것 같다는 생각이 들었어요."

그 말에 리아나는 단도를 쥐고 있던 손에 힘을 조금 풀었다.

"그걸⋯⋯ 어떻게?"

"음, 아까 사내가 당신을 보고 놀란 것은 당신이 여기에 있을 줄 몰랐다는 뜻이겠죠? 하지만 제가 알기로 조직의, 그것도 엄청 거대한 살인 조직의 수뇌부쯤 되는 사람이면 저와 술집에 앉아 한가로이 술을 마시고 있진 않겠죠. 게다가, 당신은 그 사내에게 개입하는 일을 내키지 않아하는 것 같더군요. 제가 맞나요?"

리아나는 이제 단도를 들고 있던 손을 완전히 내렸다. 그리고 잠시 침묵이 흐른 후, 칭우가 다시 리아나의 손을 봤을 때 단도는 어느새 사라져 있었다.

"맞아요."

어떠한 감정도 담겨 있지 않은 듯한 목소리로 리아나가 내뱉었다. 칭우는 설명을 요구하는 눈빛으로 리아나를 바라보았다.

"우리 조직의 신조가 뭔지 아세요? '무엇이든 허용된다.'에요. 때문에 조직 내에서는 단 하루도 피가 튀지 않는 날이 없어요. 모두들 서로의 자리를 차지하려고 애쓰죠. 전, 그게 싫었어요. 오빠인 카예르는 아버지의 뒤를 이어 단장이 되었지만 전 그저 평범한 암살자일 뿐이에요."

여기까지 말하고 리아나는 잠시 숨을 들이켰다. 둘의 뒤 연못에서는 졸졸졸 물 흐르는 소리가 울려 퍼져왔다.

"오빠의 명령으로 사람을 죽일 때는 정말 기분이 안 좋았어요. 내 품에서 내가 꽂은 단도에 피를 흘리며 살려달라고 애원하는 사람의 눈을 감길 때 그 기분은, 차마 말도 하기 싫어요."

항상 순진한 듯한 느낌을 주는 리아나에게 거의 처음으로 감정이 드러났다. 리아나는 짧게 몸을 한 번 부르르 떨었다.

"그래서 도망쳤어요. 금방 다시 잡혀 들어갔지만, 오빠도 그러려니 하고 넘어가고, 다른 조직원들은 단장의 여동생이라는 이유만으로 저를 두려워했어요. 다시 도망쳤죠. 그러다 다시 잡히고. 몇 번이나 반복하면서 깨닫게 된 거 같아요. 도망칠 수 없다는 것을."

가장 무거운 본론이 나왔을 때 으레 그렇듯이 칭우와 리아나 사이에는 무거운 침묵이 흘렀다. 하늘에는 달빛이 연못을 비추면서 은은한 불빛 커튼들을 뿜어내기 시작했다. 초승달빛이 어우러진 침묵을 깨고, 이번에도 리아나가 입을 열었다.

"오늘은, 고마웠어요. 저는 이만 돌아가도록 할게요."

"저, 하지만……."

칭우가 당황하여 말하자 일어서던 리아나가 칭우를 돌아보았다.

"왜요?"

"지금 딱히 어디 갈 데도 없으실 텐데……."

그러자 리아나는 예의 그 멀뚱한 표정에 살짝 미소를 띠우며 말했다.

"걱정해 줘서 고마워요. 하지만 저도 다 방법이 있으니 걱정하지 않으셔도 됩니다. 그럼, 기회가 될 때 다시 보도록 하죠."

리아나는 그렇게 말하고는 고개를 한 번 꾸벅 하고 거리를 걸어 사라져갔다. 칭우는 달빛이 내린 장막 너머로 리아나가 사라져 갈 때까지 그녀를 계속 바라보고 있었다.

사라이에 도착한 칭우는 조심스레 문을 끼익 열고 들어섰다. 역시나 불은 모두 꺼져 있었고 아흐메드와 대장도 벌써 잠자리에 든 듯 보였다. 칭우는 계단을 올라가 자신의 방으로 들어갔다. 벽난로의 불도 이미 꺼져 있었고, 다른 상인들도 이미 곯아떨어져 있었다. 칭우는 자신의 자리에 복잡한 마음으로 몸을 가눴다. 자리에 눕고서도 칭우는 눈을 뜨고 천장을 바라보며 낮에 있었던 일에 대해 한참을 생각했다. 이런저런 질문들도 떠올랐지만 대부분 말이 되지 않는 것들뿐이었다. 칭우는 결국 포기하고 몸을 한 번 뒤척여 모로 눕고는 몇 번 더 뒤척이다가 잠에 빠져들고 말았다.

4장

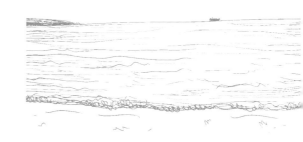

칭우는 막 동쪽 끝 하늘이 점차 하늘색을 띄어갈 무렵 잠에서 깨어났다. 잘 떠지지 않는 눈을 비비고는 기지개를 한 번 켰다. 칭우는 이렇게 일찍 일어난 자신에게 새삼 놀랐다. 아무리 급해도 기상시간은 항상 8시 이후라는 신념을 한참 지켜왔던(물론 의도가 담겨 있진 않았지만) 칭우로서는 이런 새벽에 눈을 뜬 일이 이례적인 것이었다. 칭우는 우선 다른 상인들이 깨어나지 않도록 조심하면서 방을 나섰다.

사라이는 아직 조용했다. 다른 상단들도 오늘의 일과를 위해 아직 휴식을 취하고 있는 듯했다. 아니나 다를까 식당은 아직 열려 있지 않았고, 시종 소년도 잠을 자고 있는 듯했다. 칭우는 사라이 중앙에 서서 두 팔을 벌리고 숨을 힘껏 들이켰다. 상쾌한 기운이 온 몸에 넘쳐흐르는 듯했다. 몸을 한 번 쭉 펴고 칭우는 벤치에 털썩 주저앉았다. 상단은 아마 오늘 아침을 먹으면 바로 출발할 것이다. 기왕 일찍 일어난 거 아침 산책이라도 하면 좋을 것 같다는 생각이 칭우의 머릿속을 스쳤다. 칭우는 결심한 듯 벌떡 일어나 삐걱대는 사라이 대문을 열고 밖으로 향했다.

조용한 사라이와 달리 시내에는 몇몇 부지런한 사람들이 일찍 일어나 분주히 돌아다니고 있었다. 칭우는 도로를 따라 뒷짐을 지고 천천히 걸었다. 터벅터벅 신발로 땅바닥을 디디며 느껴지는 둔탁한 느낌이 기분 좋았다. 칭우는 폴짝 뛰기도 하고, 한 번 돌기도 하면서 이른 아침의 기쁨을 만끽했다. 참을 수 없는 즐거움에 앞으로도 일찍 일어나야겠다고 다짐하던 그때, 칭우의 눈에 저 멀리 익숙한 사람 한 명이 보였다. 마을의 중앙 광장에 리아나와 웬 검은 로브를 입은 남자 둘이 대치하고 있었다. 칭우는 상황이 급박하다는 것을 느끼고 리아나가 있는 쪽으로 황급히 달려갔다. 차가운 바람이 온몸을 스치면서 한기가 느껴질 정도였다. 가까이 다가가 보니 리아나와 사내들은 말싸움을 하고 있는 듯했다.

"그게 말이 되는 소리라고 생각해요?"

"하지만 저희로써도 어쩔 수 없습니다. 아가씨. 카예르님의 명령인 걸요."

칭우가 가까이 다가가니 서서히 말소리가 들려왔다. 리아나가 고개를 가로 젓는 것이 보였다.

"오빠는 오빠고 저는 저입니다. 왜 저에게만 특별대우를 하시는 거죠?"

"하, 하지만……."

사내들은 뭔가 반박하려 했지만 느닷없이 칭우가 나타나 리아나의 옆에 서자 의아한 눈길로 칭우를 바라보았다. 칭우는 사내들을 잠시 노려보다가 리아나의 귀에 대고 속삭였다.

"곤란한 상황인가 보죠?"

리아나는 사내들에게서 눈을 떼지 않으며 고개를 끄덕 했고 사내들은 웬 녀석이 나타나 리아나에게 귓속말을 하자 잡아먹을 듯이 노려보았다.

칭우는 짐짓 고개를 끄덕 하고는 두 팔을 벌리고 앞으로 나섰다.

"여어! 젊은 사람들이 여자 하나를 가지고 그렇게 협박을 하면 쓰……."

칭우가 채 말을 다 끝내기도 전에 쉬익 쉭 하는 소리와 함께 칭우의 옆구리에서 단도가 튀어나와 두 사내의 심장에 정확히 꽂혔다. 사내들은 잠깐 억 하는 소리를 내더니 그대로 도로에 엎어져 버렸다. 칭우는 당황해서 뒤를 돌아보았다. 뒤에서는 리아나가 단도를 소매 속으로 집어넣으며 팔을 내리는 모습이 보였다. 칭우는 불안한 듯 주위를 이리저리 두리번거리다가 소리를 조금 낮춰 말했다.

"죽여 버리면 어떡해요! 사람들이 봤으면 어쩌려고!"

그러자 리아나는 태연한 표정으로 칭우를 바라보며 말했다.

"당신은 못 봤겠지만 저 사람들, 당신이 앞으로 나서자마자 손에 칼을 빼들었어요."

리아나는 그러고는 자신의 말을 증명이라도 하듯 쓰러진 사내들에게 걸어가 소매를 뒤집어 보였다. 정말로 거기에는 단도 하나씩이 서슬 퍼렇게 놓여 있었다. 칭우는 질린 눈으로 리아나와 사내들을 번갈아 쳐다보았다.

"그나마 주위에 사람들이 없어서 망정이지. 근데 이 시체들은 어떻게 하죠?"

리아나는 그 질문에 잠시 생각하는 표정을 짓더니 시체들을 하나씩 들어 연못에 집어던졌다. 그러고는 손을 탁탁 털고는 칭우를 향해 생긋 웃었다.

"이러면 되죠?"

칭우는 어이없는 표정을 지으면서도 자기도 모르게 따라 웃게 되었다. 시체의 남은 흔적들을 지우고 나서 둘은 벤치에 걸터앉았다. 칭우가 먼저 말문을 열었다.

"그래서, 저 사람들도 검은모래단 사람들인가 보죠?"

그 말에 리아나는 한숨을 푹 한 번 쉬었다.

"네. 요즘 들어 부쩍 제 앞에 나타나는 녀석들이 늘어나고 있어요. 아마 오빠가 시켰거나 시키지도 않았는데 괜히 잘 보이려는 머저리들이겠죠."

칭우는 아무 말도 하지 않고 묵묵히 있었다. 리아나는 두 손에 얼굴을 파묻으며 말을 이었다.

"모르겠어요. 그렇게나 제가 오빠에게 중요한 존재인 건지. 그저 암살할 인력이 필요해서인지. 가끔은, 그냥 어디론가 훌쩍 떠났으면 하기도 해요."

칭우는 그 말을 듣고 잠시 고민하는 표정을 지었다. 그러고는 결심을 내린 듯한 얼굴로 말했다.

"리아나 씨."

"예?"

"어쩌면 제가 도와드릴 수 있을지 모릅니다."

리아나는 칭우를 의아한 눈으로 바라보았다. 칭우는 계속 말을 이었다.

"저희 상단과 함께 시안으로 갑시다. 아흐메드 씨도, 대장도 모두 전투로는 잔뼈가 굵은 사람들이니 웬만해서는 리아나 씨가 다치는 일은 없을 거예요."

그 말에 리아나는 입을 닫고 바닥을 바라보았다. 칭우는 괜히 무안해져서 다른 곳을 보며 말했다.

"아니, 뭐. 어디까지나 제안이니까요. 부담스러우시다면 끝까지 주장하고 싶지는……."

"누구냐."

"예?"

칭우는 갑자기 들려온 리아나의 차가운 말에 고개를 돌려 리아나를 바라보았다. 리아나는 칭우를 보고 있지 않았다. 그러고 보니 리아나와 칭우 앞에는 10명 남짓한 흰색 로브를 입은 사내들이 도열해 있었다. 아침 햇살이 사내들의 흰색 로브에 반사되어 칭우의 눈을 찔렀다. 흰색 로브의 남자들은 그저 말없이 둘 앞에 서 있었다. 칭우가 어리둥절해 하고 있는 사이 리아나가 낮은 목소리로 말했다.

"죄송합니다. 생각하느라 저 녀석들이 다가오는 걸 눈치채지 못했어요."

"헛, 본의 아니게 이상한 부탁을 해서……."

칭우가 당황해 하며 똑같이 낮은 목소리로 말하자 리아나가 칭우의 말을 끊고 들어갔다.

"지금은 누가 잘못했는지 따질 때가 아닌 것 같습니다. 저 흰색 로브는 상당히 실력 있는 암살자 녀석들입니다. 저야 죽이지는 않겠지만 칭우씨는……. 위험하겠죠."

칭우는 고개를 끄덕거렸다. 그들이 이렇게 대화를 나누고 있는 동안에도 꼼짝 하지 않고 서 있던 사내들은 마침내 사내들의 인내심이 한계에 다다랐는지 서서히 리아나와 칭우를 향해 다가오기 시작했다.

"어떡하죠?"

칭우가 물었다. 리아나는 사내들에게 눈을 떼지 않으며 대답했다.

"하나 둘 셋 하면 저 쪽에 보이는 빈틈으로 달리는 겁니다. 하나, 둘, 셋."

그 말과 함께 칭우와 리아나는 사내들의 옆쪽으로 빠져나가 달리기 시작했다.

"제길, 잡아!"

뒤쪽으로는 사내 한 명의 다급한 외침이 들렸다. 칭우와 리아나는 어딘지도 모르는 골목길 이곳저곳을 뛰어가기 시작했다. 사내들이 곧 따라오는지 뒤쪽에서도 다급한 발소리가 들려왔다.

"새끼들아! 달려서 언제 따라잡을 건데! 단검이라도 던져!"

"하지만 리아나님이……."

"대장님의 명이다! 단검 몇 방 꽂아 넣었다고 죽기라도 하겠냐!"

사내들이 외치는 소리가 들리자 리아나가 칭우에게 큰 소리로 말했다.

"계속 달리세요. 제가 막겠습니다."

곧 이어 슉슉 하는 소리를 내며 단검들이 날아오기 시작했다. 몇몇은 칭우의 머리 근처를 스쳐 지나갔다. 리아나는 어느새 대거를 꺼내들어 자신에게 날아오는 단검은 피하고 칭우에게 날아드는 단검은 쳐내기 시작했다. 칭우는 무심코 뒤를 돌아봤다 돌부리에 걸려 넘어질 뻔했다. 단검을 튕겨내는 리아나의 모습은 마치 춤을 추는 듯했다. 리아나는 칭우보다 약간 뒤에서 달리면서 귀신같이 등 뒤로 날아드는 단도를 피하고 때때로 뒤를 돌려 칭우의 뒤로 날아드는 단도들을 쳐냈다. 대거가 마치 부채로 변하듯 휘둘리고 나면 팅 소리와 함께 단도는 건물 벽으로 날아가 박혀 있었다. 칭우는 그 모습을 넋을 잃고 보다가 넘어져 버릴 뻔했다. 얼마간을 그렇게 달리고 나자 단도가 다 떨어졌는지 더 이상 날아오지 않았다. 하지만 따라오는 사내들의 발걸음 소리는 멈추지 않았다. 리아나는 이대로 가다간 먼저 지쳐버릴 거라 생각했는지 칭우의 손을 잡아 끌고 한쪽 골목으로 향했다. 그러고는 창고처럼 보이는 건물 안으로 들어가 옥상으로 올라갔다.

"이제 어떻게 하죠?"

리아나가 바닥에 주저앉으며 물었다. 칭우는 헥헥대며 말했다.

"헉, 헉. 사라이로 돌아가는 건 헉. 어떨까요? 거기라면 헉, 헉. 대장과 아흐메드도 있으니까……."

그러자 리아나가 딱 잘라 얘기했다.

"그건 안 돼요. 저들의 정보력은 엄청나다고요. 당신이 말하는 그 두 사람이 아무리 세더라도 저 녀석들은 보통 상단을 습격하는 녀석과는 차원이 다른 전

문 암살자 녀석들이라고요."

"그럼 어쩌죠?"

그 말에 리아나는 생각하는 듯 입을 다물었다. 칭우는 계속 달리느라 숨이 차 헉헉대고 있었지만 리아나는 평온한 듯 보였다. 결국 칭우가 먼저 입을 열었다.

"그러면, 도시 밖으로 빠져나가야 하지 않을까요? 리아나 씨 말대로라면 도시 안 어디에 있든 위험할 것 같은데요."

"하지만, 도시 밖까지도 쫓아올 텐데⋯⋯."

리아나가 말을 흐리며 주저하자 칭우가 단호하게 말했다.

"달리 방법도 없잖아요. 제가 보기엔 그게⋯⋯."

"저깄다!"

흰 로브를 입은 사내들이 외치는 소리가 들려왔다. 칭우와 리아나는 급히 자리에서 일어났다. 곧이어 건물 안쪽에서 탁탁거리는 발소리가 들려오기 시작했다. 리아나는 칭우를 다급하게 바라보며 외쳤다.

"뛰어내리죠."

"예?"

칭우가 미처 뭐라 하기도 전에 리아나는 칭우의 손을 잡고 옥상 끝으로 달려갔다.

"아니 잠깐만요! 거기로 떨어지면 아아악!"

풍덩 하는 소리와 함께 칭우와 리아나는 건물 주위를 흐르던 시내에 빠졌다. 오아시스에서 인위적으로 흘려보낸 듯 보이는 물은 이른 아침의 냉기를 한껏 받아들여 얼음장처럼 차가웠다.

"서둘러요! 금방 쫓아올 거예요!"

리아나가 땅으로 올라와 칭우에게 손을 내밀며 말했다.

"도시 밖으로 빠져나갈 방법은 있는 거예요?"

칭우가 리아나의 손을 잡고 일어나 이를 딱딱 부딪치며 말했다. 리아나는 말 없이 한쪽을 가리켰다. 거기엔 낙타 한 마리가 집 앞 말뚝에 묶여 있는 것이 보였다. 칭우는 리아나를 잠시 쳐다보았지만 달리 방법이 없다는 것을 깨닫고 낙타 쪽으로 향했다. 칭우가 먼저 낙타 위에 올라타자 리아나가 말뚝에 매인 줄을 끊고 낙타 위로 올라탔다. 칭우가 리아나가 올라탄 것을 확인하고 낙타의 고삐를 당기자 낙타가 달리기 시작했다.

"젠장! 낙타를 타고 도망갈 줄이야."

"이봐! 그거 내 낙타라구!"

뒤 쪽에서는 어느새 도착한 사내들의 말소리와 낙타 주인인 듯한 사내의 처절한 절규가 들려왔다. 바로 그때, 느닷없이 단검 하나가 날려와 리아나의 옆구리에 박혔다. 리아나는 잠깐 눈살을 찌푸리더니 단검을 빼 내던졌다.

"이런. 하나 남았었군요."

리아나는 무심하게 말했다. 시원하고 상쾌한 공기가 두 사람을 가로질러 다가왔다. 둘은 곧 바로 도시의 정문으로 향했다.

경우에 따라 검은모래단을 완벽히 따돌리기 위해선 도시 바깥에 오래 머물러야 할지도 모른다는 리아나의 주장에 따라 칭우는 식료품과 물, 간단한 침낭 등을 사 낙타에 실었다.

"그런데 검은모래단 녀석들이 온 도시를 전부 감시할 정도로 영향력이 높은가요?"

칭우가 물었다.

"당연하죠. 여긴 검은모래단의 본거지나 마찬가지에요. 사실 왕도 오빠 앞에선 별 수 없어요."

리아나가 대답했다. 말의 내용과는 다르게 리아나의 말투는 마치 그를 비난하기라도 하듯 신랄했다. 칭우는 어깨를 한 번 으쓱 하고는 도시의 대문 쪽으로 다가갔다. 성의 경비대는 별말 없이 칭우와 리아나를 보내 주었다. 칭우는 잠깐 저 경비병들도 검은모래단이랑 관련 있는 것 아닐까 하는 생각이 들었지만 쓸데없는 불안이라며 머릿속에서 지워버렸다. 성문을 나서니 모래 바닥과 태양빛에서부터 뜨거운 열이 뿜어져 나와 살갗 곳곳으로 스며드는 것이 느껴졌다. 칭우와 리아나는 모래바람과 햇빛을 피하기 위해 얼굴에 두건을 뒤집어썼다. 도시의 정문을 나서고 칭우는 리아나를 돌아보며 말했다.

"일단 나오긴 했는데. 이제 어디로 가죠?"

"일단 오늘 하루 정도는 도시에 좀 멀리 나가 야영을 하도록 하죠. 검은모래단의 감시가 조금 수그러들면 당신 동료들과 연락해서 바로 빠져나가면 될 겁니다."

칭우는 고개를 한 번 끄덕하고는 곧장 낙타를 몰았다. 머리 위에서 뿜어져 나오는 햇살과 그 열기를 한껏 머금은 모래에서 뿜어져 나오는 기운에 정신을 차리기 힘들 정도였다.

"힘들지 않으세요?"

칭우가 문득 생각난 듯 리아나에게 말했다.

"예, 뭐. 견딜 만은 하네요."

뒤쪽에서 리아나의 목소리가 들려왔지만 그리 괜찮은 목소리는 아니었다. 칭우는 잠시 걱정이 되어 잠깐 멈춰 설까 생각했지만 지금 멈추면 열기에 쌓여 금방이라도 쓰러져 버릴 것 같았기에 곧 단념하고 계속해서 낙타를 몰았다. 태양은 어느새 하늘 꼭대기에 걸렸고 저 멀리 도시는 희미한 점으로조차 보이지 않았다. 칭우와 리아나는 얼마 전부터 말없이 묵묵히 나아가고 있었다. 그때 칭우의 뒤쪽에서 약한 신음소리가 들렸다. 칭우는 깜짝 놀라 고개를 돌렸다. 리아나가 허리를 부여잡고 괴로운 표정을 짓고 있었다.

"독이에요. 젠장. 아까 그 단검에 독이 묻어 있었을 줄이야."

리아나가 설명했다. 칭우가 보기에도 리아나의 상태는 그리 좋아 보이지 않았다.

"어쩌죠? 도시로 돌아갈까요?"

칭우가 조심스레 묻자 리아나는 단호하게 답했다.

"아뇨, 지금 도시에 들어가면 당신도 저도 무사하지 못할 거예요."

거기까지 말하고 리아나는 뭔가를 생각하는 듯 말을 멈췄다.

"어차피 큰 독도 아니니 어디선가 조금 쉬면 나아질 것 같아요. 일단 돌아다니면서 폐허 같은 건물을 찾아보도록 하죠."

칭우는 고개를 끄덕 하고는 말했다.

"알겠습니다. 제가 알기로 이 도시가 천산산맥 부근에 있기도 하니 산맥 방향으로 향하면 유적지 같은 장소가 나올 겁니다."

칭우는 그렇게 말하고는 품에서 나침반 하나를 꺼내들었다. 잠시 방향을 가늠하듯 고개를 들어 하늘을 보고, 나침반을 톡톡 치기도 하더니 곧 낙타를 몰아 한쪽으로 나아가기 시작했다.

한참을 나아가니 끝도 보이지 않는 사막의 지평선 너머로 석양이 지고 있었다. 저 멀리에서는 얼마나 큰지 이렇게나 멀리 있는데도 조금씩 그 윤곽을 드러내는 산봉우리가 보였다. 쉴 장소를 찾는 동안 리아나의 상태는 조금씩 악화되어 갔다. 한 번은 리아나가 낙타에서 떨어질 뻔해 칭우가 받쳐주었던 적도 있었다.

점점 거칠어지는 리아나의 숨소리를 들으면서 지금이라도 돌아갈까 하는 생각을 하고 있던 칭우의 눈에 저 멀리 모래에 파묻혀 기둥만 빼꼼 모습을 드러내고 있는 건물의 잔해가 눈에 들어왔다. 칭우는 드디어 쉴 곳을 찾아내었다는 기쁨에 자신의 등에 기대 있는 리아나에게 말했다.

"리아나 씨! 저기 좀 보세요! 드디어 찾았어요!"

하지만 리아나는 그저 고개를 조금 끄덕이는 것으로 답할 뿐이었다. 상태가 심상치 않음을 느낀 칭우는 서둘러 폐허 쪽으로 향했다.

건물은 아마 오래 전에 신전 같은 용도로 사용되었던 것 같았지만, 지금은 반쯤 부러진 기둥에 형체를 알아볼 수 없는 무언가가 조각되어 있었고, 4개의 기둥 중앙에는 지하로 내려가는 통로가 보였다. 칭우는 주저하지 않고 낙타를 적당한 기둥에 묶고 리아나를 들쳐 메 통로로 내려갔다. 건물 내부에는 어두컴컴한 방이 있었다. 한쪽으로는 신전 내부로 들어가는 문인 듯 보이는 것이 있었지만 굳게 닫혀 있었다. 칭우는 불을 밝히기 위해 파사국산 램프를 꺼내 불을 밝히고 침낭에 리아나를 눕혔다. 칭우가 물과 빵을 조금 건네자 리아나는 말을 꺼내진 못했지만 고개를 살짝 끄덕임으로써 감사를 표했다. 칭우도 식량을 꺼내와 잠깐의 식사를 한 뒤에는 리아나의 화색이 조금 좋아져 있었다.

"이제 좀 괜찮아요?"

칭우가 묻자 리아나가 고개를 끄덕이는 것으로 응답했다. 그러더니 곧 이어 얼굴을 찌푸리면서도 힘겹게 입을 열었다.

"네. 죽지는 않을 거예요. 그나저나 놀랍군요. 오빠가 드디어 독을 쓸 생각을 하다니."

담담하게 이야기하는 리아나의 말투 속에는 어떤 감정도 들어 있지 않았다. 칭우는 무슨 말을 해야 할지 몰라서 가만히 있다가 문득 생각난 듯 리아나에게 물었다.

"그러고 보니 당신 오빠와는 어렸을 때부터 관계가 좋지 않았던 건가요?"

날이 점점 어두워지면서 줄어드는 햇빛과 램프에 의해 생겨나는 음영이 리아나의 얼굴에 드리웠다. 순간 저 얼굴에 스친 어둠은 그저 주위의 어둠 때문인 것일까. 칭우는 생각했다.

"카예르와 저도 어렸을 때부터 사이가 좋지 않은 것은 아니었어요. 여느 어린 애들이 그렇듯 같이 놀기도 하고. 아버지는 길드를 이끄는 일로 바빠서 어머니가 저희 둘을 키우셨죠. 평온하고, 행복한 날들이었어요. 하지만 어느 날 돌연 어머니가 돌아가시면서 일들이 틀어지기 시작했죠."

리아나는 힘이 든지 잠깐 말을 멈췄다. 고교한 옛 신전에서 울려 퍼지는 리아나의 목소리는 마치 바람처럼 방 곳곳을 더듬고 스쳐 칭우에게 다가왔다.

"카예르와 저는 곧 아버지에게 맡겨졌어요. 아버지는…… 뭐 그리 좋은 분은 아니었다고 해두죠. 저와 카예르는 아버지 밑에서 '살아남는 기술'을 배웠어요. 전 그게 정말 싫었지만…… 카예르는 금방 적응하더군요. 점점 카예르는 아버지를 닮아갔어요. 차갑고, 무감정하고. 점점 제가 알던 오빠와는 거리가 멀어지더군요. 결국 카예르가 아버지를 살해하면서 오빠는 제가 알던 사람과는 완전히 다른 사람이 되어 있었어요."

리아나의 눈에는 어느새 눈물이 조금 고여 있었다. 평소에 감정을 좀처럼 드러내지 않는 리아나였기에 칭우는 어떻게 대답해야 할지 몰라 잠자코 있을 수밖에 없었다.

"처음에는 그래도 오빠를 도와주려 했어요. 제가 오빠의 말대로 하다 보면 언젠가 잘못됐다는 걸 깨달을 거라 생각했던 거죠. …… 바보같이."

마지막 말은 아주 작은 중얼거림이었기에 칭우는 거의 듣지 못할 뻔했다. 잠깐 다시 침묵이 흐르고, 바깥은 이제 완전히 밤이 되어 가는지 짙은 푸른색으로 물들어 물감을 뿌리듯 칭우와 리아나가 있는 곳 안으로 적셔 들어왔다. 더불어 흘러들어오는 한기에 칭우는 침낭을 끌어 올려 덮었다. 리아나는 계속 말을 이었다.

"사람을 죽이고, 또 죽이고, 또 죽이고…… 카예르는 그럴수록 더 변해갔어요. 아무리 생각해도 더 이상 희망이 없다고 생각한 저는 그때부터 도망다니기 시작했어요. 카예르는 저를 그냥 골칫거리 정도로만 생각했기에 별 간섭은 하지 않았어요. 하지만 인력이 부족하다는 이유로 가끔 찾아와 또 암살을 부탁하긴 했었죠. 아마 그래서 제가 도망쳐도 굳이 찾아낸 것이라 생각해요."

리아나가 말을 끝마치자 왠지 방 안의 어둠이 더 짙어지는 것 같았다.

"일단 쉬어요. 내일은 도시로 돌아가 보죠."

칭우가 말했다. 리아나는 별 말 없이 고개를 끄덕 하고는 침낭 속에 몸을 가눴다. 칭우도 램프를 끄고는 모포를 한껏 끌어올려 덮었다. 불빛이 사라지자마자 사막의 밤에, 그것도 도시가 아닌 이런 낯선 장소에서 맞이하는 밤은 유난히 한기가 가득 드리운 것만 같은 느낌이었다. 그런 느낌 때문인지 칭우는 모포 속에 누워서도 한참을 잠들지 못했다.

'얼떨결에 여기까지 와 버렸고만.'

칭우는 속으로 자조 섞인 웃음을 지었다.

'대진국에도 가 보겠다면서? 바다도 가 본다면서? 도시로 돌아간다 쳐도, 아무 말 없이 사라진 너를 아흐메드 씨나 대장이 받아 주겠어?'

칭우의 머릿속에서 누군가 속삭이는 소리가 들려왔다.

'젠장. 그딴 게 이제 무슨 상관이야.'

그렇게 생각하며 칭우는 곁에 누워 있는 리아나를 바라보았다. 처음 만났을 때처럼 달빛이 눈동자를 비추지 않았음에도, 그 푸른 눈은 여전히 아름다웠다. 어쩌면 이대로 그냥 리아나 씨와 여행하는 것이 더 나은 일 아닐까. 하는 생각이 칭우의 마음 속 어딘가에서 피어올랐다.

'리아나 씨의 독을 치료하려면 어쨌든 도시 안으로 들어가야 되잖아 멍청아. 청견대상은? 네 꿈은?'

목소리가 또 속삭였다. 칭우는 고개를 가로저었다.

'아냐. 지금은 뭔가 마음이 달라. 바다를, 바다를 보고 싶어.'

복잡한 마음에 칭우는 뜬 눈으로 한참을 있었다. 바깥의 바람은 끊임없이 칭우의 심란한 마음을 흔들어 놓고, 마음속의 목소리와 갈등은 더욱 커져가는 가운데, 어디선가 모래를 헤치는 낙타의 발자국소리가 들려왔다. 다른 것은 둔해도 일 년 가량을 상단 일을 해 온 칭우는 도적떼들이 습격할 때의 그 소리만은 똑똑히 알고 있었다. 그런데 도적떼라니? 우리가 여기 있는지 어떻게 알고? 칭우는 그렇게 생각하며 옆의 리아나를 조심스레 건드렸다. 리아나도 이미 깨어 있던 듯 몸을 움직이는 것이 느껴졌다.

"죄송해요. 몸이 말을 안 들어서 힘이 되어 드리진 못할 것 같군요."

리아나가 속삭였다. 칭우는 보일지 안 보일지는 몰랐지만 고개를 가로저으며 말했다.

"아뇨, 쉬시는 게 좋을 겁니다. 기껏해야 좀도둑들일 거고, 제가 잘 해결해 보죠."

그렇게 자신 있게 말하면서도 칭우의 가슴은 미친 듯이 쿵쾅대고 있었지만 칭우는 어떻게든 괜찮은 척해 보였다. 누군지 모를 사람이 거의 방 안으로 들어왔다고 느꼈을 때쯤, 칭우는 램프에 불을 켰다. 방 안을 주홍빛이 가득 물들이고, 불빛에 드러난 사람은 갑작스런 빛에 놀란 기색도 없이 마치 오래 전부터 거기 서 있었다는 듯 서 있었다. 남자는 검은색 로브를 입고 있었고, 온몸

곳곳에 서슬 퍼런 무장들이 보였다. 얼굴엔 수염을 조금 길렀고, 나이는 30대쯤 돼 보이는 사내였다. 사내의 얼굴을 보자 리아나의 얼굴이 새하얘졌다.

"오, 오빠!"

그 말에 칭우도 확 눈을 치켜뜨며 사내를 노려보았다. 리아나의 오빠, 그러니까 카예르라고 불리는 사내는 뒤통수를 긁적이며 말했다.

"여, 오랜만이구나. 근 한 달 만에 만난 것 치고는 반응이 조금 의외스러운데."

칭우는 생각보다 능글맞은 카예르의 말투에 적잖이 당황하여 맞받아칠 타이밍을 놓쳐버리고 말았다.

"그래. 갑자기 왜 내가 직접 나타났나 궁금하겠지."

카예르는 그렇게 말하면서 방 안을 걸어 돌아다니기 시작했다. 뒷짐을 지기도 하면서, 팔짱을 끼기도 하면서. 전혀 긴장감이라고는 보이지 않는 모습에 칭우는 대체 뭘 하려는 거지 하는 생각이 들었다. 고개를 돌려 리아나를 보니 리아나는 입술이 찢어지도록 꽉 깨물고 있었다.

"칭우 씨 도망가요! 제가……. 으윽."

리아나는 일어나 보려 했지만 상처가 깊은지 미처 일어나지 못하고 주저앉아 버렸다. 카예르는 멀찍이서 그 모습을 지켜만 보고 있었다.

"그래. 부하 한 놈이 독을 썼더군. 네 몸이 상할까 봐 여태까지는 쓰지 못하게 했는데 말이야."

카예르는 그렇게 말하고는 품에서 긴 곡도 하나를 꺼내들었다.

"이젠 그런 거 신경 쓰지 않아도 돼서 말이야."

칭우는 본능적으로 좋지 못한 일이 일어날 것 같은 느낌을 받았다. 가만히 있을 수 없다 느낀 칭우는 일어서서 리아나의 앞을 가로 막았다.

"이 자식아! 날 먼저 죽이고……."

칭우가 채 말을 다 끝마치기도 전에 카예르의 손이 보이지 않을 정도로 빠르게 움직였다. 어느새 칭우의 어깨와 허벅지에 단도 두 개가 꽂혀 있었다.

"장외는 빠지시죠."

카예르가 낮게 말했다. 칭우는 한쪽 무릎을 꿇으면서도 카예르의 얼굴을 노려보았다. 차가운 그의 얼굴에는 리아나에게 가끔 보이는 무감정한 표정이 그대로 담겨 있었다. 카예르는 천천히 리아나에게 걸어왔다. 그러고는 리아나의 앞에 무릎 꿇고 있는 칭우를 마치 거추장스러운 것을 치우듯 발로 밀어냈다. 리아나는 어떻게든 비틀거리며 일어나 보려 했지만 결국 쓰러지고 말았다.

"오빠. 대체 왜 이렇게 된 건데. 어? 날이 갈수록 더 심해지고 있어. 어쩌다 그렇게 사람을 죽여 놓고도 죄책감 하나 없는 표정을 지을 수 있게 된 거냐고!"

리아나의 외침에 카예르는 잠시 걸음을 멈췄다. 그러고는 마치 생각하는 듯 가만히 서 있었다.

"그래. 아버지 때문이야. 아버지가 오빠를 이렇게 만든 거라고. 이제 다 잊고, 검은모래단이고 뭐고 다 버리고. 새롭게 시작하면 안 될까?"

카예르를 바라보는 리아나의 눈에는 눈물이 고여 있었다. 하지만 거기에는 그저 단순한 슬픔만이 아닌 희망, 혹시라도 자신의 말을 들어줄지도 모른다는 희망. 그것이 담겨 있었다.

"리아나……."

카예르가 마침내 입을 열었다. 리아나의 얼굴이 조금 환해지는 듯했다. 하지만 카예르는 차갑게 씩 웃고는 칼을 치켜들어 리아나의 배에 꽂아 넣었다.

"안 돼!"

흐윽 하는 짧은 신음소리와 함께 칭우의 비명이 터져 나왔다.

"젠장할! 리아나!"

칭우는 그렇게 외치며 어떻게든 일어나려 다리에 힘을 주어 보았다. 하지만 단도가 박힌 허벅지는 마치 불타는 듯 뜨거웠고, 한 발 한 발을 내디디려고 할 때마다 마치 발바닥에 납덩이가 달린 듯한 기분이 들었다. 휘휘휙 소리가 나며 단도 두 개가 잇달아 날아오고 칭우의 배와 발에 각각 명중했다. 카예르가 손을 거둬들이며 차갑게 말했다.

"가만히 좀 있으라니까."

카예르는 고개를 돌려 리아나를 바라보았다. 리아나는 칼날을 부여잡고 손에 피를 흘리면서도 어떻게든 칼을 빼 보려 했지만 도저히 힘이 부족한지 손에 상처만 더해가고 있을 뿐이었다.

"리아나. 난 이미 너무 멀리까지 와 버렸어. 나에겐 이끌어야 할 길드도 있고, 언제 날 암살하러 올지 감시해야 할 수 많은 단원들도 있어."

카예르는 이제 리아나의 앞에 앉아 있었다. 칭우는 힘을 쥐어짜서 어깨에 박힌 단도 하나를 떼어냈다. 뎅그렁 하는 소리와 함께 단도 하나가 바닥으로 힘없이 떨어졌다. 하지만 카예르는 칭우 쪽에는 눈길도 보내지 않았다.

"리아나. 난 이제 너무 두려워. 밤마다 침실에 누가 있는지 확인하고, 또 확인하고. 어디 나갈 때에도. 내 옆에 있는 녀석들을 항상 의심하고. 하하, 하하 하하."

카예르는 갑자기 소리 내어 웃기 시작했다. 그의 웃음소리가 방 안에서 울려 마치 기괴한 짐승의 울음소리처럼 들려왔다.

"그래. 결국 나는 내 여동생까지 의심하게 된 거지. 길드의 체제에 불만이 많고, 항상 도망치고. 맞아. 그런 여동생이 언제 내 가슴에 비수 하나 꽂아 놓을지 누가 알겠어?"

카예르는 광기에 휩싸여 이야기하고 있었지만 리아나는 이미 고통 속에 정신을 잃어가고 있었기에 그것은 혼자 떠드는 것이나 다름 없었다. 칭우는 단도 두 개를 더 뽑아내고 지친 몸을 추스르고 있었다.

"미안하구나. 용서해다오."

카예르는 그렇게 감정 없이 짧게 내뱉고는 일어섰다.

"그래. 칭우라고 했나? 단도는 그리 깊게 박아두진 않았으니 뼈를 다치진 않았을 거야. 죽거나 불구가 되진 않을 거란 소리지. 내 여동생은 네가 묻어줘라. 뭐, 싫으면 말고."

카예르는 그렇게 내뱉고는 터벅터벅 뒤 돌아서 걸어가기 시작했다. 칭우는 무슨 말이라도 소리지르면서 달려들고 싶었지만 몸이 제대로 말을 듣지 않았다. 기껏해야 리아나 쪽으로 온 힘을 다해 기어가는 것밖에는 할 수가 없었다. 카예르는 어느새 사박사박 거리는 모래 밟는 소리를 내며 저 멀리 사라져 갔다. 칭우는 필사적으로 리아나의 배에 꽂혀 있는 칼을 잡고 온 힘을 다해 뽑아 내었다. 울컥 하며 붉은 피가 흘러나와 리아나의 옷을 적셨다.

"리, 리아나. 미안해요. 나 때문에……. 내가 뭐라도 할 수 있었을 텐데. 아니, 애초에 여기 올 생각을 하지 말았어야 하는 건데……."

칭우가 울먹이며 말하자 리아나가 애써 칭우에게 미소를 지어 보였다.

"괜찮아요. 어차피 도시 안으로 돌아갔어도 똑같았을 거예요. 오히려 시간만 앞당겼을 뿐이었겠죠."

말을 하는 것조차 힘든지 쿨럭 하는 소리와 함께 리아나의 입에서 피가 토해 져 나왔다.

"말 하지 마요. 일단, 일단 응급처치라도……."

칭우가 그렇게 말하며 모포를 찢으려 하자 리아나가 피투성이인 손으로 칭우를 붙잡았다.

"아무래도 나는 이게 끝인 것 같아요. 하하. 그래도 설마 이렇게 끝날 줄은. 상상도 못 했네요. 오빠가 그 정도까지 깊이 바뀌어버렸을 줄이야."

리아나는 힘겹게 말을 내뱉고는 숨을 골랐다. 그러고는 잠시 생각을 하는 듯 하더니 덜덜 떨리는 손으로 목에 걸린 목걸이를 풀어 칭우에게 건네었다. 칭우는 눈물을 흘리며 목걸이를 받아들었다. 칭우가 흘린 눈물이 피 묻은 목걸이에 떨어져 섞여 흘러내렸다.

"함께……. 바다에 가 보고 싶었어요."

쿨럭 하며 리아나가 다시 피를 토했다. 리아나는 힘겹게 다음 말을 이어갔다.

"만약 바다에 가게 된다면, 그 목걸이를 바닷가에 묻어 주겠어요?"

리아나는 그렇게 말하며 웃음 지었다. 하지만 눈물 섞인 그 웃음은 어쩐지 쓸쓸해 보였다. 칭우는 목걸이를 받아들고 하염없이 눈물만 흘렸다. 리아나의 손이 마지막으로 칭우의 손을 한 번 스치고, 힘없이 툭 바닥에 떨어져 버리고 말았다. 완전히 힘이 축 빠져 늘어진 리아나의 죽은 몸을 붙잡고 칭우는 울었다. 마치 오래된 사막의 늙은 늑대처럼, 태양빛에 사라져가는 별빛들처럼, 모래 바람과, 딱딱한 돌들과 저 머나먼 이국 오아시스에 흐르는 낯선 야자수 향기처럼. 어느새 사막의 밤, 바다 같은 밤 너머로 새하얀 태양이 떠오르고 있었다.

  칭우는 자리에서 일어섰다. 그의 앞에는 봉긋이 솟아오른 조그만 모래 더미가 있었다. 너무나도 초라하고 작은 무덤이었기에, 칭우는 더욱 슬픔이 솟구쳐오르는 것 같았다. 칭우는 천천히 일어나 하늘을 바라보았다. 생명 하나가 꺼지든 말든, 이기적인 태양은 늘 그렇듯이 부지런히 자신의 길을 가고 있었다. 칭우는 마지막으로 무덤을 한 번 바라보고는 기둥에 묶여 있는 낙타에게 다가갔다. 천천히 낙타에 올라탄 칭우는 나침반을 꺼내 들었다. 나침반을 몇 번 톡톡 두드리기도 하고, 흔들어 보기도 한 후에, 칭우는 손에 꼭 쥐고 있던 목걸이를 손에 걸었다. 그러고는 목걸이를 한 번 쓰다듬어 보았다. 금색 테두리로 장식된 오팔 목걸이였다. 칭우는 쓰다듬던 목걸이를 한 번 꽉 쥐고는 낙타를 몰아 남쪽을 향해 가기 시작했다. 점점이 이어지는 발자국을 따라, 향긋한 모래 바람 한 줄기가 그를 스치고 지나갔다.
  …… 바다
  석양이 수평선 너머로 넘어가며 그가 서 있는 바닷가에 한줄기 주홍빛 물감을 칠했다. 나는 어째서 이곳에 온 것일까. 아니, 이젠 그런 것쯤은 아무 상관없으려나. 그는 그렇게 생각하며 바닷가 모래사장에 주저앉아 모래를 움켜쥐었다. 그러고는 목에 걸린 목걸이를 풀어 손에 쥐었다. 언제나 영롱한 초록빛으로 빛나던 목걸이가 지금 태양빛과 바다의 향기를 맡아서인지 더욱 그녀를 생각나게 했다. 그는 북받쳐 오르는 감정을 참을 수가 없어 목걸이를 꼭 쥐고 얼굴을 파묻으며 하염없이 눈물을 흘렸다. 어느새 그의 앞 붉게 빛나는 수평선 너머에서 그녀가 걸어와 그의 앞에 서 있었다. 비록 볼 수는 없었지만 그는 그녀가 자신을 바라보고 있음을 느낄 수 있었다. 하지만 그는 고개를 들지 않았다. 아니, 고개를 들 수 없었다. 지금 그녀를 보면 다시 후회와 먹먹한 외로움, 쓸쓸함, 자괴감들이 그의 무릎을 적시는 버밀리온의 파도처럼 밀려올 것 같아 차마 그녀의 눈을 마주하지 못했다. 한참을 그러고 있으려니 어느샌가 그녀가 다가와 그를 꼭 안았다. 그는 자신의 등을 토닥이는 그녀의 손길을 느끼며 꺽꺽 울었다.

'…….'

그는 그녀를 보지 못했지만 어째서인지 그녀가 무언가 말하고 있다는 것을 느꼈다. 그리고 동시에, 그녀의 말이 자신에게는 들리지 않는다는 것을 깨달았다. 그는 고개를 들어 그녀를 보았다.

'…….'

"뭐라고?"

그가 눈물을 삼키며 물었지만 그녀는 그저 웃으며 입을 벙긋거릴 뿐이었다.

'…….'

"뭐라고 하는 거야. 제발 말을 해."

'…….'

"제발! 그러지 말라고! 차라리 화를 내. 원망하고 비난하라고. 그렇게 가만히 웃으면서 벙긋거리지 말고! 아……. 안 들려. 아무것도 안 들려. 목소리가 들리지 않아. 나는 무엇 때문에 여기에 있는 거지? 나는 왜 그녀를 보고 있는 거지? 나는……. 왜 눈물을 흘리는 거지? 모르겠어. 나에게 말해 줘. 으흐흑 제발……."

그는 그녀를 부여잡고 하염없이 울었다. 어느새 그의 눈물이 한가득 흘러내려 세상을 덮어 사막이 물에 젖고, 가장 높은 봉우리가 물에 잠겨 바다와 땅과 하늘의 구분이 의미 없고 모호해질 때까지. 그는 그저 쉼 없이 울었다.

'…….'

그녀가 무언가 말하려는 것을 느끼며 그는 그녀를 올려다보았다.

"나는……. 나는……. 누구지?"

'…….'

"그래. 그런 건가. 사막이 푸른 이유는 바다와 같겠지. 바다가 노란 이유는 사막과 같을 것이고……. 하, 하하……."

그가 눈물을 멈추자 주위는 어느새 검푸른 심해로 변했다. 방금 전까지 앞에 서 있던 그녀가 어느새 저 멀리서 그를 바라보고 있었다. 그녀의 푸른 눈동자가 심해에 닿아 마치 밀려오는 해류처럼 은은한 기운을 내었다. 그녀가 미소 지었다. 그도 따라 미소를 지었다. 그의 눈가에 한 방울 맺힌 눈물방울을 마지막 햇살이 아스라이 비추고, 그 영롱한 빛 너머 어딘가에서 태양이 뜨고, 달이 지는. 세상에서 가장 아름답고도 신비한 이야기가 그들의 얼굴을 스쳐 비추고 있었다.

에필로그

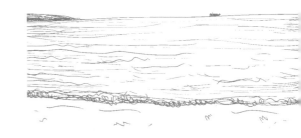

처음 이 글을 생각하게 된 것은 서문에 나온 '박은옥의 꿈꾸는 여행자'를 들으면서부터였다. 노래를 들으며 나는 모래사막 위에 찍힌 낙타 발자국을, 머나먼 이국의 도시 사람들의 희한한 말들을, 거칠고, 때로는 보드랍게 불어오는 모래바람과 해와 달의 콧노래를 생각했다. 마치 내가 사막의 모래바다를 걷고 있다고 느꼈을 때쯤, 내 손은 이미 키보드로 옮겨가고 있었다.

하지만 막상 처음 받은 느낌만큼의 글이 나오질 않았다. 우여곡절 끝에 결국 글이 완성되긴 했지만 마음에 들지 않는 부분이 꽤 많다. 시간이 좀 더 있었으면 좋았을 것을……. 하는 아쉬움이 들면서도, 칭우가 기분이 좋을 때는 덩달아 기분이 좋아지고, 리아나를 안고 울 때는 나도 모르게 슬퍼지는 등, 이제까지 쓴 어느 글보다도 몰입이 되어 썼던 것 같아 뿌듯한 기분이 든다.

뭐, 어쨌든 완성이 됐으니까. 소소하게나마 이 책을 읽는 사람이 내가 '꿈꾸는 여행자'라는 노래를 처음 들었을 때와 같은 느낌이 들기를 바라면서, 이만 줄이려고 한다. 언젠가 사막의 모래바람을 직접 맞아보는 날이 오기를, 설령 그 곳이 칭우의 모험담도, 리아나의 슬픔도 없는 곳일 지라도 작디작은 발걸음 하나만은 멈추지 않기를, 앞으로 펼쳐질 나의 실크로드를 향해 두 손 모아 기원한다.

아토

정영현

들어가는 말

누구나 살아가면서 한번쯤은 선물을 만납니다. 그것은 가족일 수도, 평생의 반려
자일 수도, 어쩌면 그냥 길가에 지나가던 행인일 수도 있습니다. 심지어는 동물이
거나, 식물이거나, 사진이거나. 무엇이던 간에 사람은 인생에서 한번쯤 아토(선물
이란 뜻의 순우리말)를 만납니다. 그런 사람들의 이야기를 써 보고 싶었습니다. 인생
에 한번 한 사람에게 아토가 찾아온 순간을 써 보고 싶었습니다. 노래는 인류에게
주어진 가장 큰 아토 중 하나입니다.
첫 번째 아토꾸러미는 김동률의 '출발'을 모티브로 삼아 새로운 이야기를 구성해
보았고, 두 번째 아토꾸러미는 김광석의 '바람이 불어오는 곳'을 모티브로 삼아
상상력을 발휘해 보았습니다.
비록 저도 아직 아토를 발견하지 못했지만, 이 글을 읽는 분도 언젠가 인생에 찾
아올 아토를 위해 희망을 잃지 않기를 바랍니다.

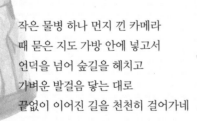

작은 물병 하나 먼지 낀 카메라
때 묻은 지도 가방 안에 넣고서
언덕을 넘어 숲길을 헤치고
가벼운 발걸음 닿는 대로
끝없이 이어진 길을 천천히 걸어가네

_ 김동률 '출발' 중에서

첫 번째 아토 꾸러미

첫 번째 리본

'놈'들이 나를 쫓아오고 있었다. 지금 속도라면 따라 잡히는 건 시간문제인 듯했다. 뒤에서 '놈'들이 다시 괴성을 질렀다. 몇 번 들어본 적은 없지만 들을 때마다 소름이 끼치는 그 소리가 내 귓가에 내리 꽂혔다. 나는 완전히 두려움에 휩싸여 더욱 힘을 주어 내달렸다. 어느새 숨이 턱까지 차 올라왔다. 거의 무아지경에 휩싸여 달리던 내 눈앞에 갈림길이 나타났다. 오른쪽? 왼쪽? 생각할 시간이 없었다. 나는 그저 무작정 발이 가는 대로 달렸고 '놈'들은 그저 무작정 나를 따라오고 있었다. 정신없이 달리는 사이 내 눈에 너무 늦게 작은 돌부리가 들어왔다. 너무 늦게 그걸 알아차린 내 자신이 원망스러웠지만 또 지금 내가 저 돌을 피하기 위해 무슨 짓을 한들 지금 이 상황이 변할 것 같지는 않았다. 나는 눈을 꾹 감았다. 여태껏 이곳까지 오기 위해 노력했던 수많은 시간들이 눈앞에 지나갔다.

'콰당'

나는 축축한 숲의 흙 위에 볼품없이 엎어져 버리고 말았다. 이제 끝이구나 싶은 생각이 드는 한편 또 나도 모르게 슬며시 옅은 웃음이 떠올랐다. 내가 집을 떠나지 않았더라면 지금과 같은 일을 겪어볼 수 있었을까? 언제 숨이 차도록 달려볼 수 있었을까? 뒤에서 조금씩 거뭇거뭇이 보여 오는 '놈'들의 모습에도 나는 그저 웃음만 짓게 되었다.

첫 번째 뚜껑

'둥 둥 둥 둥'

저 멀리 산등성이를 따라 북소리가 들려왔다. 언제 들어도 정겨운 소리, 사람들이 사냥을 마치고 마을로 들어오는 소리였다. 나는 가만히 눈을 감고 북소리를 듣다가 고개를 옆으로 돌려 무덤을 내려다 봤다. 작은 무덤이었다. 흙을 덮은 지 얼마 되지 않은 듯한 무덤 위에 이제 막 조금씩 푸릇푸릇 풀싹들이 올라오고 있었다. 마지막으로 이곳에 왔던 때가 아마 한 달 전이었던 것 같다. 그때만 해도 아무것도 없는 흙덩이였는데 벌써 이렇게 풀들이 돋아나는 것이 신기하기도 하고 아버지가 드디어 미련을 버리고 하늘로 올라가셨나 싶기도 했다. 나는 다시 살짝 고개를 돌려 무덤 앞에 놓여 있는 조그마한 병을 바라보았다. 사람들이 '진로'라고 부르는 일종의 음료였는데 마을에 들른 여행자에게서 구한 옛날 두루마리에 적혀 있는 대로 만든 것이었다. 아무래도 많은 곡식을 필요로 하는데 정작 나오는 양은 얼마 없으니 평범한 마을 사람들은 마실 엄두도 내지 못했고 가끔 촌장님 같은 높으신 분들이나 주로 마셨다. 그런데 이 '진로'를 과하게 마신 사람은 또 헛소리를 하거나 미친 사람처럼 행동하는 등 정상이 아닌 모습을 보였다. 물론 한숨 재우고 나면 다시 정상으로 돌아오곤 했지만, 어쨌든 마을 사람들이나 나나 그런 모습을 보고 축제 때 가끔 나눠주는 이 '진로'를 그 두루마리를 전해준 여행자에게서 들은 대로 이렇게 무덤에 뿌리는 용도로만 사용했다. 죽은 사람이 이 '진로'를 좋아한다나 뭐라나.

'둥 둥 둥 둥'

어느새 북소리는 제법 가까워져 있었다. 사람들이 문을 열고 나와 웅성거리는 소리도 들려왔다. 오늘은 어떤 동물들을 잡아왔을지. 마을 사람들이 먹을 양이 될지. 혹시 우리 가족이 다치진 않았을지. 온갖 걱정과 불안과 기대감이 뒤섞인 소리들이었다. 나는 슬슬 가야 할 때가 온 것 같다고 느끼고 자리를 털고 일어났다. 가기 전에 나는 아버지의 무덤을 다시 한 번 돌아봤다. 작고 초라했고, 조금은 슬퍼 보이기까지 했다. 기왕이면 화장을 하지 않고 그냥 관에 묻어 드릴 걸 하는 생각이 들었다. 나는 아버지에게 마지막으로 작게 인사를 하고 환호성 소리가 들려오는 마을을 향해 산을 내려갔다.

마을은 그야말로 모든 사람들이 흥분 그 자체였다. 대체 얼마나 큰 녀석들을 잡아 왔기에 이렇게 환호성인지 궁금해져서 사람들 사이를 비집고 들어가 그 실체를 본 나도 좀처럼 입을 다물 수가 없었다. 내 눈 앞에는 대체 어떻게 잡았는지도 궁금하거니와 대체 어떻게 옮겨왔는지도 궁금한 커다란 물소 3마리와 토끼 약 10마리, 게다가 사납기로 유명한 멧돼지도 5마리나 있었다. 대체 어떻게 이 많은 녀석들을 잡은 건지 궁금하던 차에 내 눈에 꽃집 장남인 샘이 들고 있는 처음 보는 형태의 무기가 들어왔다. 아무래도 지난주 우리 마을에 찾아온 여행자가 들고 온 옛날 두루마리에 적힌 대로 만든 그 '석궁'이라는 무기가 도움이 된 듯했다. 나뿐만 아니라 마을 사람들도 그 '석궁'이라는 무기에 대해 저마다 한 마디씩 해대고 있었다. 그렇게 한참을 입을 벌리고 사냥감들을 구경하고 있던 나의 귀에 익숙한 목소리가 들려왔다.

"뭐하냐?"

나는 순간 화들짝 놀라 황급히 뒤를 돌아봤다. 빠르게 휙 돌아가는 내 시야에 큰 키와 큰 덩치와는 안 맞게 순박한 미소를 짓고 있는 청년이 들어왔다. 한스였다.

"깜짝이야. 뭐야? 사람 놀래키고."

그러나 내가 볼멘소리로 짜증을 내도 한스는 여전히 싱글싱글 웃으며 서 있었다. 보통 때라면 주춤주춤 미안하다 사과했을 텐데 이 바보에게도 이번에는 뭔가 꿀리지 않는 것이 있는 게 분명했다. 살짝 당황한 나는 머리를 싸매고 고민에 휩싸였다. 뭐지? 도대체 저 바보가 잡고 있는 내 약점이 뭐지? 그러다 듣던 중 반가운 소리가 한스의 입에서 들려왔다.

"너……. 뭐 잊어 먹은 거 없냐?"

나는 도대체 내가 '잊어먹었다는' 것이 무엇인지 궁금해서 미칠 것 같았지만 애써 그 감정을 표정으로 드러내려 하지 않으며 마치 나는 그것이 무엇이던 상관없고 설령 그것을 알더라도 나에게 별 해가 되지 않는다고 굳게 믿는 듯한 표정으로 담담하게 말했다.

"뭔데?"

여전히 한스는 싱글거리고 있었다. 이번에는 승리의 미소였다. 제길, 아무래도 속내를 들킨 것 같았다.

"아, 뭔데 대체. 빨리 보여줘."

나는 결국 패배를 시인하고 한스에게 역정을 냈다. 그러자 한스는 의기양양한 표정으로 오른손에 들고 있던 석궁을 내려놓고 늘 들고 다니는 가죽가방을 뒤지기 시작했다. 작은 닭 뼈, 말라비틀어진 당근 하나, 다 시든 튤립 몇 송이, 비상시에 덧대기 위한 가죽 가방끈, 그리고 무수히 많은 석궁화살들이 쏟아지고 나서야 드디어 가방 안에서 뭔가 영롱한 푸른빛의 무언가가 떨어졌다. 순간 여유있던 내 몸이 굳는 것이 느껴졌다. 더불어, 그런 나의 모습을 본 한스가 회심의 미소를 짓는 것이 눈에 들어왔다. 나는 즉시 그것이 무엇인지 알아챘지만 차마 먼저 손을 뻗지 못했다. 한스가 그것을 잡아 나에게 건네 줄 때까지도 나는 충격에 바닥에 발이 박힌 듯 가만히 서 있었다. 내 눈을 도저히 믿을 수 없었다.

'말도 안 돼. 이 멍청이가? 무식하게 힘만 쎈 우리 동네 한스가?'

"뭐 하냐, 안 받고?"

나는 그 소리를 듣고 퍼뜩 정신을 차려 손을 내밀었다. 한스는 내 손에 그것을 떨어트려 주었다. 나는 한참동안 그 작은 돌멩이를 바라보았다. 파랗고, 영롱했다. 마치 내 손 안에 작은 바다가 들려 있는 것 같았다. 내 기억은 한스가 사냥을 떠나기 전, 그러니까 약 일주일 전으로 돌아갔다.

때는 꽤나 이른 아침, 나는 침대에 누워 휴일 아침의 맑은 공기를 만끽하며 책을 읽고 있었다. 여행자들이 주고 간 책들이 모여 있는 마을 도서관에서 빌려온 것인데, '전쟁'이 발생하기 이전에 사람들이 '보석'이라고 부르던 예쁜 돌멩이들에 대한 정보를 모아놓은 책이었다. 생각보다 흥미진진하고 새로운 내용에 벌써 책의 반쯤을 지나 내가 막 늘 질리도록 봐 오던 피의 빛깔을 닮은 루비에 대한 글을 읽고 있을 때, 문이 벌컥 열렸다.

"야, 뭐하냐?"

한스였다. 도대체 이 인간은 눈이라는 게 없는 건지, 아니면 갖고 있으면서도 쓰지를 않는 건지 사뭇 궁금해지면서 슬며시 짜증이 피어올랐다.

"보면 몰라? 책 읽고 있잖아."

내가 여전히 책에서 눈을 떼지 않으며 무심하게 대답했다.

"참, 너도 이해가 안 된단 말이야. 맨날 집에 틀어박혀서 책이나 읽고…….안 질려? 난 막 어디 가만히 있으면 미쳐버릴 것 같던데."

한스가 개의치 않는 듯 문에 삐딱하게 기대며 넌지시 말했다.

"그래서, 말하려던 게 그거야?"

내가 여전히 무심한 태도로 말하자 한스는 뻘쭘한 듯 뒤통수를 긁으며 말했다.

"뭐……. 그런 건 아니고. 야, 나 이번에 처음으로 마을사냥에 나간다."

한스는 축하와 경외의 눈빛을 바라듯 잔뜩 신이 난 표정으로 말했지만 한스에게는 안타깝게도 지금 나의 관심은 모두 이 책에 기울어져 있었다.

"축하해."

내가 여전히 무심하게 대답하자 한스는 똥 씹은 표정을 지었다.

"뭐? 축하해? 그게 다야? 막 등도 두들겨 주고. 어? 그러고 보니까 너 왜 나한테 형이라고 안 불러? 내가 너보다 4살 많잖아?"

한스가 살짝 화가 난 듯이 말을 뱉어냈다. 하지만 한스에게는 불행히도 나는 한스가 화났다는 사실이 별로 개의치 않았다.

"뭐, 형이라고 그럴까 한스형?"

내 말을 듣자 한스의 얼굴이 비오는 날에 미처 거둬들이지 못한 빨래마냥 일그러졌다.

"야……. 됐다. 그냥 반말해라. 어우, 오글거려서 못 들어주겠네."

한스가 금방이라도 토를 쏟아낼 듯한 목소리로 말했다. 나는 의기양양한 기분을 느끼며 다시 말을 이어나갔다.

"그리고, 마을 사냥 나간다고? 아직 멀쩡히 돌아온다는 보장이 없잖아? 게다가 나가서 아무것도 못하고 오면 그것만큼 슬픈 게 또 어딨어?"

내 말을 듣고 한스는 잠시 충격을 받은 듯 멍해 있었다. 그러다 갑자기 화가 나는 듯 무슨 말인가 하려고 했지만 생각해 보니 다 맞는 말이라고 생각되는지 잠자코 아무 말도 못하고 있었다. 나는 승리감을 느끼며 다시 책으로 눈을 돌렸다.

"그럼……. 내가 사냥 나가서 뭘 해오면 축하해 줄 건데?"

한스가 정적을 깨고 말을 꺼냈다. 나는 점점 빨리 이 인간을 쫓아내고 싶은 마음이 들었다. 나는 책을 펴서 한 페이지를 가리키며 한스에게 말했다.

"여기 이 돌멩이 보이지? 이 파란색 돌멩이."

한스는 내가 들어 올린 책에 그려진 그림을 보고 고개를 끄덕였다.

"어. 그런데 이게 왜?"

한스가 나를 바라보며 물었다. 나는 다시 그림을 가리키며 말했다.

"이게 '사파이어'라는 건데, 사냥 나가서 이거 하나 주워오면 진심으로 축하해 줄게."

지금 생각해도 무리수 같은 말인 건 알지만 그때 내 마음 속은 그저 한스를 빨리 내보내고 싶은 생각으로 가득 차 있었다. 하지만 불쌍하고 아무것도 모르는 한스는 그저 순진하게 대답했다.

"어……. 고작 이 돌멩이 하나 주워오면 되는 거야?"

나는 이 돌멩이가 '고작'이라고 부를 정도의 값어치를 지니지 않는다는 것을 말하고 싶었지만 그저 빨리 한스를 내보내고 싶은 생각이 그 생각의 발목을 잡았다.

"응."

내가 다시 책 속으로 고개를 돌리며 무심하게 대답했다. 한스는 마치 '돌멩이 하나?' 하고 생각하는 하는 듯 멍한 표정을 짓고 있었다.

"뭐야, 쉽네."

나는 더 이상 참을 수가 없었다.

"그래. 쉽지? 그 돌멩이 하나만 가져오면, 마을 사람들 모아서 '우리 한스가 이런 일도 했어요.' 하고 잔치를 열어줄게 아주."

하지만 한스는 그 말을 곧이곧대로 들어버렸다.

"알았어. 진짜 해줘야 된다?"

한스가 마지막으로 나에게 기대 섞인 다짐을 하며 문을 닫고 나갔다. 드디어 훼방꾼이 없어진 해방감에 나는 한숨을 내쉬고 다시 책 속으로 빠져 들어갔다.

그런데 이 멍청이는 정말로 그 보석을 주워온 것이었다! 대체 어디서 이 값비싼 녀석을 찾았는지 짐작조차 가지 않았다.

"이……. 이거 어디서 찾았어?"

내가 떨리는 목소리로 물었다. 한스는 자랑스럽게 대답하려다가 내 떨리는 목소리에 의아한 표정을 지었다.

"뭐야, 왜 떨어? 그나저나 나 잘했지. 너 마을 사람들 모아서 잔치 해 준다는 거 꼭 지켜야 된다. 알았지?"

그러나 거듭된 말에도 내가 아무 대답도 없자 한스는 다시 한 번 다짐을 해 놓고 나에게 인사를 하고 돌아갔다.

그가 돌아간 후에도 나는 한참을 마치 조각상처럼 멍하니 서 있었다. 이 멍청이가 보석을 주워온 건 물론 의도치는 않았지만 결과적으로 잘한 짓이긴 한데, 대체 어떻게 마을 사람들에게 그들에게는 작고 쓸모없는 돌멩이일 뿐인 이 보석의 가치를 이해시켜야 할지 막막하기만 했다. 그렇게 한참을 고민하고 있던 중 멀리서 내 잡생각들을 날려버릴 소리가 들려왔다.

"야! 빨리 안 기어와? 지금 일이 산더미인데! 뭐하고 있어!"

"지금 가요!"

나는 퍼뜩 놀라 허겁지겁 보석을 주머니에 넣고 서둘러 집으로 달려갔다. 달려가는 내 귀 뒤로 수많은 집들이 스쳐지나갔다. 흘끗 봐도 다들 성공적인 사냥을 축하하며 고생하고 돌아온 아들을 맞아주거나 신무기에 대해 이야기하고 있는 듯했다. 흠, 하지만 내가 지금 관심을 가져야 할 부분은 저런 게 아니지. 나는 더욱 속도를 내어 달렸다. 집에 도착해 문을 열어보니 비릿한 피 냄새가 내 코를 자극했다. 치료는 벌써 끝나가는 중이었다. 나는 살금살금 걸어서 내 방문 앞까지 다가갔다.

"이제 왔냐?"

고개도 들지 않고 말하는 어머니의 목소리에 나는 순간 얼어버렸다. 나는 방으로 몰래 들어가려던 생각을 단념하고 어머니에게로 갔다.

"예, 한스 좀 만나고 오느라."

어머니는 여전히 환자의 상처에 붕대를 감으며 얘기하셨다.

"한스? 근데 뭐 하느라 그렇게 늦었냐? 둘이 쎄쎄쎄라도 했어? 아님 데이트라도 했냐?"

어머니에게 치료를 받고 있던 골목가게 셋째 아들인 존이 킥킥하고 조그맣게 웃었다. 나는 잠시 그에게 눈을 부라리고는 헤헤 하고 멋쩍은 듯 웃으며 다시 방으로 들어가려 시도했다.

"어디 가냐?"

이런, 어머니는 또 어느새 귀신같이 알아채시고 나를 부르셨다.

"이리 와서 이것 좀 잡아봐라."

어머니가 약을 바르고 있던 환자 앞의 붕대를 내밀며 내게 말하셨다.

"에이, 저 피 못 만지는 거 알면서……."

내가 말끝을 흐리며 피하자 어머니는 드디어 상처에서 눈을 떼고는 단호하게 나를 바라보며 말하셨다.

"물론 나도 안다. 나도 아는데, 어차피 네가 가업을 이어야 하지 않겠냐. 니 아버지 돌아가시고 늘 내 옆에서 네가 아버지 대신 도와줬잖냐. 너도 이제 정식으로 가업을 이을 때가 됐다고 본다. 이 말이 무슨 뜻인지는 알겠지?"

나는 한숨을 쉬었다.

"알죠. 잘 알죠. 하지만 제가 이 일에 정말 맞지 않는다는 건 어머니는 물론이고 마을사람들이 전부 아는 사실이잖아요? 그럼에도 꼭 제가 해야 될까요?

전 아마 이 마을이 생긴 이래로 가장 형편없는 의사가 될 겁니다. 피를 무서워하는 의사라니, 우습잖아요."

어머니는 어느새 무관심한 듯 환자에게로 고개를 떨구고 있었다.

"어쩌겠냐. 그게 우리 사회의 관습인데. 뭐, 안 하고 싶으면 마을을 나가면 되지만, 그러고 싶진 않잖냐? 그냥 받아들여. 나도 뭐 이 일이 하고 싶어서 이러고 있는 줄 아니?"

슬프게도, 어머니의 말은 모두 사실이었다. 나는 다시 깊게 한숨을 내쉬고는 어머니에게 약병을 건네드리고는 붕대를 붙잡았다. 그렇게 한참을 말없이 환자의 상처를 살피던 어머니가 문득 생각난 듯 나에게 말하셨다.

"참, 너 다음 주에 아침 일찍 광장에 가는 거 알지? 늦지 않게 일어나라. 나는 그날 장로님 허리 좀 봐드리러 가야 돼서, 아침밥 차려놓고 가마."

마을 광장에? 다음주에? 내가? 왜?

"제가 왜요? 뭔 날이에요?"

아무것도 모르는 듯 멍한 내 표정에 어머니는 기가 막히다는 듯 말했다.

"아니 이놈 보게, 정신을 어디다 놓고 다니는 거야? 너 다음 주면 열일곱 살이잖냐."

그 말에 나는 그만 잡고 있던 붕대를 놓치고 말았다.

"야!"

어머니가 소리를 질렀지만 들리지 않았다. 내 머릿속에 얼핏 본 성인식의 장면들이 떠올랐다. 비명 지르는 사람, 사지가 절단된 동료를 들고 울면서 나오는 사람, 어디다 놓고 왔는지 팔 하나가 없어진 사람, 온통 피투성이에 곳곳에는 신음소리와 나지막한 비명이 들려오고, 거리는 피로 물들어 빨갛게 변하는…….. 어쨌든 별로 좋은 장면은 아니었다. 그렇게 한참을 멍하니 방황하던 내 정신이 어느새 현실로 돌아왔다.

"이거 맛이 완전히 갔네."

내 눈 앞에 어머니의 얼굴이 보였다. 박수도 쳐보고 손가락도 튕기고 열심히 손도 휘젓고 있는 그 모습에 나도 모르게 웃음이 피식 새어나오고 말았다.

"이게, 지금 웃어? 그게 그렇게 충격적이었냐? 근데 충격일 게 또 뭐있냐? 어차피 네 나이 또래 남자애들은 다 하는 일인데."

나는 멍한 얼굴로 내 방으로 걸어갔다. 문을 여는데 어머니의 목소리가 들려왔다.

"야! 어디 가냐! 아직 안 끝났어!"

나는 아무 생각도 없이 방안으로 들어서서 문을 닫고는 털썩 하고 침대에 파묻혔다. 머릿속이 온통 혼란스러웠다. 우리 마을에서는 '성인식'이라는 일종의 행사가 존재한다. 우리 마을 어귀에 동굴이 하나 있는데, 그 안에 들어가서 안에 있는 금화를 하나씩 가져오는 것이다. 대체 누가 금화를 거기다 넣어놨는지는 아무도 모른다. 장로님들이 말하기를 '전쟁' 이전부터 거기에 있었다고 한다. 성인식을 하는 사람들은 칼 하나와 횃불만 들고 금화를 주워 나와야 한다. 언뜻 듣기에는 단순하고 쉬워 보이지만 사실 성인식 도중 죽거나 다치는 사람이 전체의 반 이상이 넘는다.(물론, 대부분이 죽지는 않고 다치는 정도에서 그치지만) 그러나 아무도 그 이유를 몰랐다. 동굴 안에 들어갔다 살아 나온 사람들도 몇 없거니와 그들에게 동굴 안에 무엇이 있는지 물어보면 약속이라도 한 듯 하나같이 입을 꾹 닫고서는 아무 말도 하지 않았다. 그 이유는 모르지만 자꾸자꾸 마을의 청년들이 죽어나가는 실정에 몇 년 전부터 이 성인식을 폐지하자는 목소리가 있었지만, 장로들은 '청년들의 자질을 시험할 수 있는 기회'라면서 폐지를 거부하고 있었다. 하지만 실상은 장로들이 직접 진행하지 않았다 뿐이지 거의 학살과 다를 바 없었다. 실제로 우리 마을은 꽤나 커다란 마을이어서 마을 끝에서 마을 끝까지 걸어서 가려면 반나절은 걸어가야 하는 큰 마을이지만 매번 성인식 때 많은 사람들이 죽어나가서 우리 마을의 사람 수는 조금씩 조금씩 눈에 안 보이게 줄어들고 있는 실정이다. 그런데 벌써 내가 그런 미친 짓을 해야만 하는 나이가 되었다는 것이다! 나는 진지하게 내 자신에게 내가 살아 돌아올 가능성에 대해 물어 보았다. 아무리 생각해도 살아 돌아올 가능성은 0%인 것 같았다.

나는 나지막이 한숨을 내쉬었다. 이 마을이 싫었다. 그런 미친 짓을 하고서도 잠자코 넘어가는 대다수의 마을 사람들도 싫었고, 무엇보다도 그런 짓을 어쩔 수 없이 따라야 하는 내 자신의 처지도 싫었다. 장로들이야 뭐, 말할 것도 없고. 다시 한숨을 쉬며 몸을 바로 눕혔다. 벌써 창밖에는 해가 지고 있었다. 검붉게 빛나는 저 노을이 너무 아름다웠다.

'저 너머에는 뭐가 있을까?'

늘 그런 생각이 들었다. 이 지긋지긋한 마을에서 잠깐이라도 벗어나 마을 외의 풍경들을 볼 수 있다면 정말 소원이 없을 것 같았다. 나는 저 산 너머, 해가 뜨는 동쪽의 모습을 멋대로 상상해 보았다. 폭포가 떨어지고, 들판에 한가득 데이지가 피어 있는, 그런 모습을 상상했다. 다시 고개를 돌려 창 밖 마을의 모습을 바라보았다. 아름다웠다. 하지만 너무 잘 짜인 아름다움이었다. 지나치게 고요했고, 지나치게 평화로웠고, 그래서 지나치게 삭막했다. 나는 불완전한 아름다움이 보고 싶었다. 저 산 너머 그런 곳이 꼭 있을 거라고, 그럴 거라고 항상 믿고 있었다. 아니, 분명히 있었다. 평생 그런 아름다운 모습을 한 번도 보지 못하고 죽는다면 그것만큼 억울한 일이 없을 테니까, 그렇게라도 믿고 싶었다. 결국 이런저런 생각에 나는 아침 해가 밝아올 때쯤에야 잠이 들고 말았다.

첫 번째 상자

일어나서 문을 열고 나가니 처음 보는 남자가 수술대 위에 앉아 있었다. 머리를 조금 길게 길러 마치 여자처럼 뒤로 묶어 말총머리를 하고 있었고, 근육질의 팔에는 방금 치료가 끝난 건지 붕대를 감고 있었다. 나는 어리둥절해 하며 살짝 고개를 숙여 인사했다. 남자가 고개를 살짝 숙이며 화답했다.

"상처는 다 꿰맸으니까 걱정 안 하셔도 되고요, 이거 약 가져가셔서 혹시 상처가 덧나거나 피가 새거나 하는 일이 있으면 이걸 살살……. 어, 일어났나?"

부엌에서 어머니가 수프를 들고 나오며 내게 말했다. 나는 한번 고개를 주억거리고는 다시 어머니에게 살짝 인사를 하고 방으로 들어갔다. 아니, 들어가려 시도했다.

"어디 가냐? 점심 안 먹냐?"

어머니가 나를 불러 세웠다.

"예? 점심이요?"

내가 당황해 하며 말했다.

"그래, 점심이다 인마. 너 대체 어젯밤에 뭘 했길래……. 에휴, 아니다. 와서 앉아라."

어머니가 설명하던 가운데 손에 들려 있던 뜨끈한 수프는 어느새 식탁 위에로 옮겨져 있었고, 어느 틈엔가 팔에 붕대를 감은 남자도 식탁에 합석해 있었다. 나는 마지못해 방문을 닫고 식탁으로 다가가 의자를 끌어 자리에 앉았다. 잠시 후, 말없이 식사가 시작됐고, 다들 또 말없이 음식을 먹었다. 그렇게 식사소리들만이 이어지던 중 제일 먼저 정적을 깬 건 어머니였다.

"그래서, 북쪽 마을에서 오셨다고요?"

아마도 여행자처럼 보이는 그 남자는 고개를 끄덕이며 대답했다.

"예, 저희 마을은 산이라서, 질리도록 나무 열매랑 고기만 먹었는데 평원에 와서 수프를 먹어보니 참……. 감회가 새롭군요."

어머니는 고개를 끄덕이며 다시 식사에 열중했다. 다시 정적이 이어졌다. 말 없이 후루룩 거리는 소리만이 간간이 들려왔다. 도저히 어색해서 버틸 수가 없었던 내가 결국 다시 정적을 깼다.

"그런데 어쩌다 여기 오게 됐어요?"

남자는 어느새 수프를 끝내고 물을 마시고 있었다. 남자가 컵을 탁 소리 나 게 내려놓으며 대답했다.

"그냥, 어느 순간 우리 마을이 너무 지루해져서 보이더구나. 맨날 같은 나무, 같은 사람, 같은 동물들만 보다 보니 도저히 미치지 않고서야 배길 수 없을 것 같더라고. 그래서 뛰쳐나왔지."

뛰쳐나왔다고? 마을에서? 순간 이 남자가 굉장히 경이로워보였다. 이 사람은 많은 일을 경험하고, 많은 사람과 마을을 만나고, 내가 그토록 바라던 바깥 세상의 모습을 마음껏 봤을 것이다. 미치도록 이 남자가 부러웠다.

"잘 먹었습니다."

남자가 어느새 물마저 다 마시고는 수술대로 걸어갔다. 잠시 욱신한지 팔을 한 번 문지르더니 수술대 밑에 놓여 있는 낡은 가방을 집어 들어 등에 둘러메 었다.

"벌써 가시게요?"

어머니가 내 수프그릇을 치우며 물으셨다. 형식적인 물음이지만 남자는 당황한 듯했다. 아무래도 형식적인 질문이란 것은 우리 마을에서만 통용되는 것인가 보다.

"아, 예. 치료와 식사는 감사했습니다. 그런데 제가 뭐 딱히 드릴 게 없군요. 돈이라고는 저희 마을에서 쓰던 돈밖에 없으니……. 아, 그게 있었지."

남자는 문득 무엇인가 생각난 듯 가방을 뒤적거리기 시작했다. 처음 보는 물 건들이 쏟아져 나왔다. 양쪽에 작은 동그라미들이 점점이 박힌 큰 동그라미 가 두 개 달린 네모난 상자, 온갖 분홍색과 연두색이 칠해져 있는 신발, 그리 고 심지어는 책에서만 보았던 자그만 피스톨 권총까지 쏟아지고 나서야 남자 는 이상한 기계 하나를 꺼내들었다. 남자는 그 물건을 나와 어머니에게 내밀었다. 어머니는 얼떨결에 그 물건을 받아들었다. 나도 호기심이 생겨 더 가까이에 가서 그 기계를 관찰해 보았다. 특이하게 생긴 물건이었다. 온통 밤하늘 같은 검정색의 몸체에 주둥이처럼 원 모양의 기둥이 삐죽 튀어나와 있었다. 대체 어디다 쓰는 건지 원기둥 반대쪽에는 매끈한 유리가 박혀 있었고, 오톨도톨한 돌기들이 한가득 튀어나와 있었다. 기계의 양 옆으로는 들고 다니거나 걸어놓을 수 있게 해 놓은 듯 줄이 연결되어 있었다.

"이게, 뭐죠?"

어머니가 질문했다. 나도 그게 궁금하던 차였다. 남자가 웃으며 우리에게 다가왔다. 그러고는 그 물건을 집어 들더니 원기둥이 우리를 향해 보이도록 하고 눈을 뒷면 유리에 갖다 대었다. 그러고는 위에 달려 있는 조그마한 돌기를 눌렀다. 순간 빛이 번쩍 했다. 나와 어머니 모두 놀라 얼어버렸다. 그렇게 한참을 나와 어머니, 남자는 가만히, 아주 가만히 서 있었다. 잠시 후 지이잉 하는 소리를 내며 그 물건의 밑에서 종이가 뽑혀 나와 바닥에 떨어졌다. 남자는 만족스러운 미소를 지으며 그 요상하게 생긴 빛을 뿜는 기계를 수술대 위에 올려놓고는 바닥에 떨어진 종이를 주웠다. 이때까지도 어머니와 나는 줄곧 얼어붙어 있었다. 남자는 종이를 들고 우리에게 걸어왔다. 호기심이 생긴 나는 종이를 자세히 들여다보았다. 하얀 바탕에 까만 네모만 그려져 있었다. 그림인가 싶었다. 그러나 잠시 후, 까만 네모가 점점 연해지더니 눈을 한껏 찡그리고 있는 어머니와 나의 모습이 거기에 그려져 있는 것이 아닌가! 나는 나도 모르게 '어억?' 하고 신음인지 감탄사인지 모를 소리를 내뱉었다. 어머니도 궁금해졌는지 내 옆으로 오시더니 남자가 들고 있는 종이를 보고는 나와 똑같이 '에엑?' 하고 소리를 냈다. 그 그림은 정말 세밀하게 그려져 있었다. 나는 고개를 들어 남자를 바라보았다. 남자는 뭐가 그리 좋은지 싱글싱글 웃고 있었다.

"이······. 이건 어떻게 한 거죠?"

내가 간신히 입을 열어 질문하자 남자가 종이를 우리에게 내밀며 대답했다. 나는 그 종이를 받아 들고 다시 바라보았다. 누가 그렸는지 정말 사실처럼 그려져 있었다.

"이건 '사진기'라고 전쟁 이전의 사람들이 쓰던 물건입니다. 그림이 아니라, 순간을 기록해서 모습 그대로 뽑아내는 거죠. 여행을 다니다 전쟁 이전의 건물에서 발견했습니다. 가진 게 없으니, 이거라도 드리고 싶군요."

어느 틈에 어머니에게 종이를, 아니 이 남자의 말대로라면 '사진'이라 불리는 그것을 뺏기고 나는 한층 더 경이로운 눈으로 남자를 바라보았다.

"어…… 이 물건은 좀 많이 귀한 것 같은데요?"

내가 머리를 긁적이며 말하자 남자는 꾸준히 미소를 띠며 대답했다.

"괜찮습니다. 평생 한 번도 야채수프를 먹어본 적 없는 산사람이 드리는 선물이라고 해 두죠."

바로 그 '산사람'의 능청스런 말에 나는 나도 모르게 싱긋 웃고 말았다.

"크흠"

어느덧 내 옆으로 다가온 어머니가 한번 헛기침을 하고는 슬며시 내게 '사진기'를 넘기고 여행자에게 질문했다.

"그럼, 앞으로 혹시 어디로 가실 예정이신지?"

여행자는 그 질문에 잠시 곰곰이 생각하는 표정을 지었다.

"글쎄요. 제가 딱히 목적지를 정하고 떠도는 사람은 아니라서 말이죠. 아무래도 남쪽 마을에 가지 않을까 싶습니다. 초원의 수프를 먹어 봤으니 바닷가의 생선도 구경해 봐야지요."

바다, 여행자들이 가져온 이야기에 따르면 바다는 엄청나게 많은 물이 있는 곳이라고 했다. 너무나도 많아서 매년 많은 사람들이 물에 빠져 죽는다고 했다. 솔직히, 성인의 키가 다 들어갈 정도로 깊은 물은 마을 앞의 큰 강 외에는 보지 못했던 나나 마을사람들로서는 바다의 모습을 잘 상상할 수 없었다. 그렇기에 나는 내 멋대로 한번 바다를 그려보았다. 물, 일단 엄청나게 많은 물이 있어야한다. 나는 우리 마을의 물 저장고가 터졌을 때의 일을 떠올려 보았다. 확실히 엄청나게 많은 물이었지만, 여행자들에 따르면 바다는 위에서 아래로 떨어지지 않는다고 했다. 그렇다면 마을 앞의 큰 강은 어떨까.

"얘, 너 또 잡생각 하냐?"

내가 한참을 상상하고 있던 중 어머니가 나를 현실로 끌어내었다. 나는 얼른 고개를 부르르 털고는 정신을 차렸다. 그런 내 모습을 보며 어머니는 고개를 가로저었고 여행자는 재밌다는 듯 미소 지었다.

"하여튼, 저는 이만 가보겠습니다. 치료와 식사 감사했습니다."

여행자는 어머니와 나에게 인사하고는 나에게 웬 종이뭉치를 건네었다.

"참, 이것도 가져가라."

나는 멀뚱히 종이뭉치를 바라보다가 여행자를 올려보았다. 그는 내가 묻고자 하는 것이 무엇인지 금세 깨닫고는 나에게 설명하였다.

"이건 그 사진기의 사용 설명서다. 아마 도움이 될 거다."

여행자는 나에게 그 설명서를 쥐어주고는 인사를 하고 문을 나섰다. 나와 어머니는 여행자가 가고 나서도 한참을 서 있었다. 나는 설명서를 읽느라, 어머니는 사진기를 만져보느라. 그렇게 한참의 시간이 흐른 뒤 어머니가 나에게 사진기를 넘기고는 말했다.

"이건 너 가져라."

나는 어머니를 바라보았다.

"왜요?"

어머니는 그런 나를 보고는 놀란 듯이 말했다.

"얘 좀 봐라, 넌 내가 이걸 주겠다는데 하는 말이 '감사합니다.'가 아니라 '왜요?'냐?"

나는 멋쩍은 듯 뒤통수를 긁었다.

"아무튼, 난 이거 어째 좀 으스스 하다. 딱 정확하게 그려내는 물건이라니. 으, 소름끼쳐. 너 가져라."

나는 볼이 부루퉁해져 말했다.

"뭐야 결국. 좋은 뜻은 아니네요. 아니 어떻게 '소름끼치는' 물건을 아들한테 줄 수가 있지?"

"이놈아, 그럼 우리 집에 너 말고 이거 쓸 만한 사람이 더 있더냐?"

어머니의 일침에 나는 입을 다물게 되었다. 어머니는 그런 나에게 눈을 한번 부라리고는 곧 약품들을 살펴보러 가셨다. 어머니가 가고 나서 나는 조그맣게 한숨을 내쉬었다. 아무래도 말로써 어머니를 이기려면 10년은 더 필요할 것 같았다. 나는 사진기를 들고 내 방에 들어가 침대에 누웠다. 거의 오후쯤에 일어난데다가 여행자와 대화하고 한참을 설명서를 들여다봐서인지 벌써 밤이 지고 있었다. 나는 사진기를 들여다보았다. 설명서에 따르면 '렌즈'라 불리는 그 원통 주둥이에 달린 유리판이 먼저 내 눈길을 사로잡았다. 나는 그 속 너머를 바라보려 애썼다. 하지만 유리 속은 온통 검었다. 마치 이 유리는 다른 물체를 투영해 보여준다는 사실을 부정하듯 저 유리 너머에는 오직 검은색만이 사막처럼 광활하게 펼쳐져 있었다. 나는 더 자세히 들여다보았다. 실눈을 뜨고 더 주의를 기울여 보니 검은 사막 한 가운데에 옅게 무지개 색으로 빛나는 작은 부분이 보였다. 그건 마치, 사막 한가운데에 덩그러니 놓여 있는 오아시스 같았다. 주위의 환경과는 전혀 어울리지 않는, 그 때문에 더욱 다른 사람들을 끌어들이는. 나는 다시 '렌즈'로부터 시야를 멀리해 보았다. 멀리서 바라보니 원통의 주둥이 끝은 마치 어떤 생물의 눈 같았다. 나는 그 영롱한 눈을 다시 들여다보았다.

어느새 나는 검은 사막 위에 떠 있었다. 내 손에는 방금까지 보고 있던 사진기가 들려 있었다. 나는 사진기를 들고 사막의 모습을 찍었다. 버튼을 잘못 누르는 등 여러 번의 실수 끝에 나는 사진을 찍는 버튼을 찾아내는 데 성공했다. '찰칵' 곧이어 '지이잉' 하고 사진기 밑으로 사진이 흘러 나왔다. 자칫 몇 번 놓칠 뻔한 후에 나는 그 사진을 겨우 잡을 수 있었다. 거기에는 검은 사막 한 가운데로 덩그러니 무지갯빛 오아시스가 놓여 있었다. 나는 고개를 내려 바닥을 보았다. 거기에는 오아시스가 있었다. 쓸쓸해 보이기도 하고 메말라 보이기도 한 그 모습이 나는 왠지 모르게 아름다웠다. 나는 사진기를 목에 걸고는 서서히 아래로 내려갔다. 내 볼을 스치고 올라가는 바람을 느끼며 나는 땅바닥에 살포시 내려섰다. 내 맨발바닥 사이로 모래알들이 달라붙었다. 나는 까슬까슬한 그 느낌이 싫지만은 않아서 애써 털어내려 하지 않았다. 내 머리 위로 검은 사막처럼 검은 태양이 빛이 쏟아졌다. 눈을 찡그리고 손 그늘을 만들며 해를 올려다보았다. 어째서인지 잉크보다 검은 하늘에 검은 태양이 떠 있었지만 나는 태양을 볼 수 있었다.

'뭐, 어차피 상상 속인데 말이 안 될 게 뭐가 있겠어?'

나는 그렇게 생각하고는 눈이 아파져 검은 태양에서 눈을 뗐다. 내 눈이 보통의 빛에 적응할 때까지는 꽤 시간이 걸렸다. 어느덧 내 눈이 사막을 제대로 바라볼 수 있게 되었을 때쯤, 나는 주위를 둘러보았다. 온통 검은색이었지만 저 멀리, 딱 하나 검은색이 아닌 곳이 하나 있었다. 그곳은, 무지개 색이었다. 마치 내가 찍었던 오아시스처럼. 나는 그곳을 향해 달려갔다. 몇 번이나 모래에 발이 파묻혀 넘어질 뻔 했지만 나는 괘념치 않고 달려갔다. 어느새 나는 헐떡이는 숨을 고르며 오아시스 앞에 서 있었다. 주위를 둘러보니 나무는 없었지만 확실히 눈앞에 무지갯빛으로 빛나는 물이 보였다. 나는 서둘러 사진기를 꺼내들어 사진을 찍었다. '찰칵' 그리고 '지이잉' 나는 여전히 숨을 헐떡이며 내 손에 들려나온 사진을 바라보았다.

거기에는 아무것도 없었다.

나는 분명히 잘못 봤겠거니 생각하고는 고개를 들어 사진 너머 오아시스를 바라보았다. 그건 여전히 거기에 있었다. 여전히, 무지갯빛으로 빛나며. 나는 다시 사진으로 시선을 옮겨보았다. 거기엔 내 눈앞에 똑똑히 보이는 저것이 찍혀 있지 않았다. 그저 텅 빈 검은 사막뿐이었다. 나는 고개를 갸웃 하고는 사진을 주머니에 집어넣었다. 뭔가 잘못되어도 아주 잘못되었다. 나는 모래가 가득 달라붙은 맨발을 무지갯빛 물속으로 집어넣었다. 그런데, 아무런 느낌도 없었다. 분명 내 발에 물이 느껴져야 하는데 뜨거운 공기 외에는 다른 어떤 것도 느껴지지 않았다. 나는 내 발을 다시 바라봤다. 거기에는 내 발이 담겨져 있어야 할 오아시스가 없었다. 다시 고개를 들었다. 어느새 오아시스가 점점 투명해지더니 어느 순간 내 시야에서 사라져 버렸다. 나는 어리둥절하여 주위를 둘러보았다. 다시 검은 사막뿐이었다. 나는 털썩 주저앉았다. 무릎

이 스르르 떨어지며 모래를 탁 쳤다. 사방으로 작게 모래가 튀었다. 멍한 나의 눈가에 어느새 눈물이 고이기 시작했다. 여태껏 바라보고, 달려온 모든 것이 사실은 허상이었다는 것이 말할 수 없이 허무했고, 허탈했고, 그래서 슬펐다. 내 두 뺨 위로 하염없이 눈물이 흘러내렸다. 그렇게 나는 한참을 멍하니 검은 사막의 한 가운데에 잘못 떨어진 검은 돌멩이처럼 서 있었다. 시간이 얼마나 지났을까. 어느새 검은 해가 검은 지평선 너머로 검은 노을을 만들며 저물어 가고 있었다. 나는 이미 오래전에 말라버린 눈물자국이 가득한 얼굴을 돌렸다. 검게 저무는 해의 반대편으로 검은 달이 떠오르고 있었다. 다시 얼마간의 시간이 흐르고, 온통 검은 공간속 저 멀리에서 아른거리는 불빛이 내 눈에 들어왔다. 나는 잘 보이지 않아 눈을 찡그리며 불빛이 어렴풋이 보인다고 생각되는 쪽을 바라보았다. 저 멀리 희미하지만 밝게 불이 타오르고 있었다. 그 불빛이 왠지 모르게 영롱해서 나는, 천천히 두 다리를 짚고 일어났다. 천천히 일어남에 따라 나는 현실로 돌아오는 듯한 느낌을 받았다. 잊고 있었던 목마름과 배고픔이 한꺼번에 나를 찾아왔다. 나는 꼬르륵 소리가 나는 주린 배를 움켜잡고 천천히 불빛을 향해 발걸음을 떼었다. 한참을 걷고 걸어 어느새 나는, 불빛 바로 앞까지 다가와 있었다. 가까이 가 보니 그 불빛은 누군가가 피워놓은 모닥불이었다. 나는 잠시 멈춰 서 그곳을 둘러보았다. 모닥불 옆 바닥에는 노릇노릇해진 마시멜로를 끼운 꼬챙이가 불을 향해 고개를 내밀고 있었다. 그 바로 옆에는 초록색 의자가 하나 놓여 있었고, 그 위에는 사내가 한 명 앉아 있었다.

"여어, 왔나?"

낮에 보았던 여행자가 초록색 의자에 반쯤 몸을 눕힌 채로 나를 향해 손을 흔들어 보였다. 나는 얼떨떨해 하며 더듬더듬 손을 흔들어 화답했다.

"뭘 그렇게 멍하니 서 있어? 어서 앉아."

여행자가 내 뒤쪽을 가리키며 말했다. 나는 여행자의 손가락 끝을 따라 내 뒤를 돌아보았다. 어느새 그곳에는 여행자가 앉아 있는 의자와 똑같은 파란색의 의자가 놓여 있었다.

'흠, 분명히 의자 같은 건 보지 못했던 것 같은데.'

나는 생각했다. 하긴, 그게 뭐 대수이려나, 어차피 내 상상 속인걸. 나는 털썩 의자에 걸터 앉았다. 퍼석퍼석한 모래바닥과는 다르게 부드럽고 폭신한 질감이 나를 포근히 나를 감싸 안았다. 나는 어느새 고개를 반쯤 위로 젖히고는 졸린 듯한 눈을 반쯤 감고 있었다. 그러는 나를 지켜보던 여행자가 고개를 갸웃하며 물었다.

"그렇게 피곤한가? 하긴, 저기서 여기까지는 거리가 꽤 멀지. 그런데 그런 것 보다 배고픈 게 먼저일 텐데?"

여행자는 말을 마치자마자 모래 틈에 꽂혀 있던 마시멜로를 하나 꺼내 나에게 내밀었다.

"감사합니다."

나는 그렇게 인사하고는 마시멜로를 받아들었다. 천천히 마시멜로를 한 조각 떼어 입 안으로 멀어 넣었다. 조금 뜨거웠지만 그렇기 때문에 더 달콤하고 포근한 그 맛이 더욱 입에 달라붙었다. 나는 작은 행복감을 느끼며 한 번 더 베어 물었다. 내가 들고 있던 마시멜로가 거의 그 끝을 보여 가자 여행자는 아무 말 없이 옆에 있던 수통을 나에게 건네었다. 나는 입안에 들어찬 마시멜로 때문에 고갯짓으로만 살짝 감사를 표하고는 수통을 받아 벌컥벌컥 들이마셨다. 음식과 물이 허기진 내 배에 어느 정도 들어차자 조금 정신이 또렷해지는 것 같았다.

"그래서, 여긴 어쩌다 오게 됐어?"

나는 별 당연한 걸 묻는다는 눈빛으로 여행자를 바라보았다.

"어떻게 왔냐뇨. 여긴 제 상상 속 아닙니까? 당신도 제 상상의 일부이구요."

여행자는 내 말에 미소를 지었다.

"그렇게 대답할 줄 알았다. 사실, 정확히 말하자면 이건 너의 단순한 상상이 아니라 꿈이야. 넌 지금 네 방 침대에 누워 있고. 그렇기 때문에 네가 생판 본 적 없던 사막이나 마시멜로에 대해 알 수 있었던 거지."

'하긴, 침대에 누워 사진기를 보던 중이었으니, 나도 모르게 잠들었을 수도

있지.'

나는 그렇게 생각했다.

여행자는 내가 아무런 말도 하지 않고 생각하는 듯한 얼굴을 하자 대답을 기다리지 않고 계속 말을 이어나갔다.

"하지만 잘 생각해 보자. 네가 이런 꿈을 꾸게 된 데는 분명 이유가 있을 거야. 그렇지?"

나는 고개를 끄덕였다. 언젠가 책에서 봤던가, 꿈은 낮에 봤던 기억이나 느꼈던 감정들이 뒤엉켜 무작위로 상영되는 입체 영화 같은 거라는 이야기가 생각났다.

"그렇다면 네가 이 꿈을 꾸게 된 이유는 무엇일까?"

여행자가 나에게 물어왔다. 나는 곰곰이 생각해 보았다. 흠, 아무래도 모르겠군. 여행자는 그런 내 눈빛을 알아차렸는지 피식 웃었다.

"아무래도 모르겠나보군. 내가 말해 주지. 너는 나를 이 꿈 속에 불러내었어. 무엇 때문에? 답을 찾기 위해서."

"답이라뇨?"

"가장 최근의 가장 큰 고민이 무엇이었지?"

나는 다시 얼굴을 찌푸리며 생각을 해보았다. 이 아저씨도 참, 사람 여러 번 머리 쓰게 만드는군. 어디보자, 성인식 일도 있었고, 한스와 보석 일이랑, 그리고……. 나는 순간 굳어버렸다. 내 머릿속으로 잠시 묻어두고 있던 고민이 튀어나온 것이다. 여행자는 내 표정을 이해하고는 다시 말했다.

"이제 좀 기억이 나나? 나는 원래부터 이 마을의 제도와 사회를 경멸해 왔지. 이해도 하지 못했고. 그래서 '앞으로 나는 어떻게 해야 하나, 계속 원하지도 않는 어머니의 일을 이어야 하나.' 등으로 고민하고 있을 때 지나가던 내가 딱! 해답을 던져 준 거지."

여행자의 '딱!' 하는 말과 그에 따른 우스꽝스러운 손동작에 나는 피식 웃고 말았다.

"그럼 무엇을 고민하나? 너에겐 바깥세상을 보고 싶다는 '꿈'이 있고, 그

'꿈'을 더욱 완벽하게 이룰 수 있는 도구까지 지니고 있어. 원하지 않는 일과 원하는 일중에 선택하라면 무엇을 선택하겠나? 당연히 원하는 일을 선택하겠지? 그럼 그 선택을 믿어, 실행에 옮겨. 원치 않는 일을 하며 인생을 허비하는 건 너무 억울하다는 생각이 들지 않나?"

나는 머리를 한 대 얻어맞은 듯 멍해져 저절로 고개를 숙여버렸다. 나에게는 사진기가 있다. 나갈 수 있는 바깥세상이 있다. 무엇이 문제인가? 다시 고개를 든 내 눈빛이 어느새 희망으로 빛나고 있었다. 아니, 그럴 거라는 확신이 들었다. 어느덧 검은 사막에도 해가 떠오르고 있었다. 이번에는 정상적인 붉은 해였다.

"꿈에서 깨어날 시간이 다가 왔나보군."

햇빛이 비추는 검은 사막의 검던 모래들이 점점 노란색으로 변하고 있었다. 나는 고개를 돌려 옆에 있을 여행자를 바라보았다. 어느새 그는 사라지고 없었다.

나는 번쩍 눈을 떴다. 꿈이었다고는 믿기 힘들 만큼 꽤나 생생한 꿈이었다. 천천히 침대에서 몸을 일으켰다. 하품을 하고는, 천천히 기지개를 켜고 창문 밖을 내다보았다. 밖에는 이제 막 새벽 동이 터 오고 있었다. 떠오르는 해를 보며 꿈속 여행자의 말이 내 마음 속에 떠올랐다.

"원치 않는 일을 하며 인생을 허비하는 것은 너무 억울하지 않겠나?"

나는 그 말이 맞다고 생각했다. 떠오르는 해를 보며 나는 마침내 내가 무엇을 깨달았는지, 무엇을 해야 할지 알게 되었다. 내 입가에 저절로 웃음 한줄기가 피어났다.

나는 조심스레 방문을 끼익 열고 나왔다. 다시 조심스레 끼익 하고 방문을 닫고서 나는 가방 안을 살펴보았다. 작은 물병 하나, 때 묻은 지도, 그리고 몇 개의 사과와 육포, 마지막으로 사진기까지. 이 정도면 숲 하나 건너 있다는 옆 마을까지 가기 충분한 양일 것이다. 나는 가방을 닫고 어머니께 전해드릴 쪽지를 책상 위에 올려놓았다. 떠나기 전, 마지막으로 집안을 돌아보았다. 이 조그만 공간에서 참 많은 일들이 있었지. 나는 추억을 뒤로하고 집을 나섰다.

"헉……. 헉……. 헉……. 헉……."

얼마만큼을 걸어 어느새 나는, 마을 외곽 아버지의 묘가 있는 언덕에 다다랐다. 여기만 지나면 마을 밖이라는 사실이 흥분되기도 하고 조금은 후회되기도 했다. 언덕 꼭대기에 다다르자마자 나는 털썩 주저앉았다. 거친 숨을 몰아쉬고 한스랑 운동이라도 좀 할 걸 하는 후회를 조금 한 후, 나는 내 밑으로 펼쳐진 우리 마을의 전경을 바라보았다. 내가 자라고 정든 이 거리를 난 가끔 그리워하겠지만, 어쨌든 추억은 추억일 뿐이니까. 나는 옆에 놓아둔 가방을 주섬주섬 열어 사진기를 꺼냈다.

"이 녀석이 있으니 추억도 생생한 추억이 되겠군."

나는 작게 중얼거리고는 사진기를 눈가에 가져다 대었다. 그리고 잠시 후 '찰칵!' '지이잉' 경쾌한 소리를 내며 사진이 찍히고는 곧 그에 화답하듯 맑은 소리로 지잉 하며 사진이 뽑혀 나왔다. 나는 사진을 들고 그 안에 찍힌 풍경을 바라보았다. 어쨌든 나는 떠나기로 한 몸이니까. 나는 사진과 사진기를 가방에 집어넣었다. 물건들을 다 챙겨 넣고 나는 정말 마지막으로 마을을 한 번 더 둘러보았다. 슬슬 아침 해가 밝아옴에 따라 마을도 생기를 찾고 있었다. 대장간에서는 벌써 땅땅 쇠 때리는 소리가 들려오고, 광장에도 벌써 몇몇 마을사람들이 지나가며 안부를 묻고 있었다. 너무나도 안정되고 평화로운 모습에 나는 잠깐 그냥 떠나지 말까하고 흔들리게 되었다. 하지만 곧 마음을 고쳐먹으며 생각했다.

'아니야, 내가 원하는 아름다움은 저런 게 아니야. 좀 더 자연스럽고 인위적이지 않은, 나는 그런 걸 찾고 싶어.'

나는 천천히 심호흡을 한번 하고는 뒤로 돌아서 마을 밖으로 빠져나왔다.

첫 번째 아토

'그래. 그냥 무모했던 게지. 마냥 철이 없었으니까. 뭐, 그래도 후회는 안 해. 그 덕분에 이런 일들도 겪을 수 있었으니까. 허, 벌써 11년 전 이야기로군.'

나는 그렇게 생각하고는 끝이구나 하고 지그시 눈을 감았다. '놈'들이 침을 질질 흘리며 모퉁이를 돌아 나타났기 때문이었다. '놈'들은 잠시 두리번거리더니 곧장 나를 발견하고는 그 특유의 비명 같은 울음소리를 질러대며 나에게 달려들었다. 나는 더욱 질끈 눈을 감았다.

1초 후, 2초 후, 3초 후, 어라? 나는 슬그머니 오른쪽 눈을 떴다. 그렇게 미친 듯이 달려들던 '놈'들이 흔적도 없이 사라져 있었다. 마치 증발한 것처럼. 나는 어리둥절해 하며 이 기이하고 이해할 수 없는 행운에 감사해야 할지 의아해야 할지 고민하다가 퍼뜩 정신을 차리고는 '놈'들이 다시 나타나기라도 한 것마냥 뛰어갔다.

"푸하! 헉…… . 헉…… . 헉…… ."

정신없이 달리다 보니 어느새 숲의 끝이 보였다. 나는 잠깐 서서 호흡을 가다듬고는 나무가 끝나는 곳을 향해 발을 내딛었다. 그 앞에 펼쳐진 모습은…… .

내가 여태껏 찾아 헤매던 바로 그 모습이었다. 깎아 지르는 듯한 높은 작은 협곡 사이로 폭포가 떨어지고 떨어진 물줄기는 큰 호수를 만들어 내 앞을 지나고 있었다. 물가 근처, 그러니까 내가 지금 서 있는 들판에는 데이지가 곳곳에 피어 있었고 떨어지는 폭포수 사이로 나를 반기듯 살포기 무지개가 모습을 드러내었다. 나는 잠시 음식을 맛보듯 숨을 크게 들이쉬며 그 아름다움을 음미했다. 그러고는 서둘러 가방을 열어 사진기를 꺼냈다. 11년 동안 찾아 헤매었던 그 모습을 마침내 찾아냈다는 사실에 손은 계속 부들부들 떨렸고 입가에는 자꾸만 웃음이 나왔다. 나는 더듬더듬 가방 속을 더듬어 세월의 흔적이 가득 묻은 사진기를 꺼냈다. 잠시 추억에 젖은 눈으로 그것을 바라보던 나는 사진기를 눈에 가져다 대었다. 그러고는 버튼을 눌렀다.

'찰칵!' '지이잉'

경쾌한 소리를 내며 사진이 흘러나와 내 손에 자리 잡았다. 어느새 떨어지는 폭포 위로 붉은 해가, 여태껏 여기까지 달려온 세월들이, 그동안 바라봐 왔던 추억들이 하나둘씩 저물어 가고 있었다.

바람이 불어오는 곳
그곳으로 가네
그대의 머릿결 같은
나무 아래로
덜컹이는 기차에 기대어
너에게 편지를 쓴다
꿈에 보았던 길
그 길에 서 있네

_ 김광석 '바람이 불어오는 곳' 중에서

두 번째 아토 꾸러미

두 번째 리본

'으으음'

나는 작게 신음을 흘리며 눈을 떴다. 아직 잠이 덜 깬 무거운 몸을 가까스로 일으키며 주위를 둘러봤다. 나는 길 한가운데에 누워 있었다. 양 옆으로 가로 수들이 심겨져 있었고, 하늘엔 뭉게구름이 가득했다. 전형적인 기분 좋은 날씨였다. 하지만 나는 깊게 한숨을 쉬었다. 이게 꿈이라는 사실을 깨달았기 때문이었다. 벌써 며칠째, 같은 꿈을 계속 꿨다. 이 길에서, 끝도 보이지 않는 여기서 애써 끝을 찾아보려 하다가 깨버리는, 어떻게 보면 굉장히 의미도, 쓸데도 없는 꿈이었다. 나는 항상 이 꿈을 꾸던 때처럼 몸을 일으켰다. 등에 묻은 먼지를 탁탁 털어내고 나니 어느새 내 앞에 처음 보는 여성이 서 있었다.

'어? 이건 여태까지의 꿈에는 없는 부분이었는데? 나는 적잖은 의문을 느끼며 그 여자의 얼굴을 자세히 들여다보았다.

"누구세요?"

내가 질문했다. 여자는 아무 대답도 하지 않았다. 아무런 움직임도 취하지 않았다. 나는 그녀의 얼굴을 더 찬찬히 살펴보았다. 그러다 어느 순간 나는 깜짝 놀라 뒤로 물러서고 말았다. 그녀의 얼굴이 없었던 것이다! 분명 아까까지만 해도 얼굴이 있었는데……. 가만, 이 여자의 얼굴이 어떻게 생겼었지? 그런 의문을 느끼며 나는 퍼뜩 잠에서 깨어났다.

두 번째 뚜껑

'에이 씨'

나는 현실에서 눈을 떴다. 밤사이에 대체 무슨 짓을 했는지 나는 침대에서 다리를 올리고 바닥에 떨어져 누워 있었다. 부스스한 머리를 어떻게든 누르려 애쓰며 나는 천천히 일어났다. 당장 눈앞에 개어야 할 이불이 보였지만 에이, 너무 귀찮았다. 나는 잘 안 떠지는 눈을 뜨려는 걸 포기하고는 반쯤 눈을 감고 화장실로 걸어갔다. 세면대에 물을 받아놓고 얼굴을 박았다. 만사 귀찮을 때(거의 대부분의 날들이 그랬지만) 내가 흔히 하는 세수법이었다. 대충 씻고 나와 좀만 더 자려던 나는 순간 중요한 약속이 있다는 것을 깨달았다. 오늘은 드디어 '그분'을 만나는 날이었던 것이다. 나는 왜 이제야 그게 기억났는지 내 뇌의 기억력에 대해 잠시 경탄하며 허둥지둥 다시 화장실로 달려갔다. 세수도 더 꼼꼼히 하고, 샤워도 한 후 산 뒤로 한 번도 바르지 않아 거의 새것 같은 스킨을 바르고 서둘러 옷장에서 옷을 꺼내 입었다. 이 모든 것들이 30분 만에 이뤄졌다. 나는 거울 앞에 서서 내 모습을 바라보았다. 머리는 안 말려서 젖어 있었고, 정장의 와이셔츠는 집어넣지 않아서 밖으로 튀어나온데다가 양말도 짝짝이로 신고 있었다. 나는 다시 화장실로 달려가 드라이기로 머리를 말리고, 양말을 다시 신고, 와이셔츠를 집어넣고 거울 앞에 섰다. 이제 좀 사람다워 보였다. 나는 만족감을 느끼며 핸드폰을 주머니에 쑤셔 넣고는 집을 나섰다. 택시를 타고 약속장소로 가며 나는 지난날들을 돌이켜 보았다.

어렸을 때 나는 고아였다. 여느 고아원의 아이처럼 나도 항상 입가에 슬픔을 머금고 있었다. 보통의 아이들처럼 부모를 보고 미소 지을 수 없다는 것은 나를 포함한 아이들의 마음 한 귀퉁이에 갚아야 할 빚처럼 남아 있었다. 그랬던 내게 다른 아이들처럼 미소 지을 수 있는 행운이 주어진 것은 내가 12살 때였다. 그날도 평소랑 아주 다를 바 없는 날이었다. 내가 고아원 문을 열고 들어섰을 때, 원장님이 나를 부르셨다. 그때 처음 원장실에 들어가 보았다. 거긴 아이들이 머물던 곳과는 많이 다른 곳이었다. 창가에는 라벤더 꽃이, 서재에는 수선화가 놓여 있었고, 방안 전체에 은은한 캐러멜 향이 감돌았다. 우리들이 잠을 자는 춥고, 딱딱한 침대와는 차원이 다른 공간이었다. 무슨 일로 나를 부르신 건지는 몰랐지만, 철없는 마음에 되도록 용건이 길어졌으면 하는 생각을 하게 되었다. 그때, 멍하니 이곳저곳을 둘러보고 있는 나를 원장님이 불러 세웠다.

"그렇게 멍하니 서 있지만 말고, 여기 와서 앉아봐라."

나는 원장님의 날카로운 말투에 살짝 주눅이 들어 테이블 앞 의자에 앉았다. 원장님은 내가 자리에 앉자 테이블 밑의 서랍에서 서류봉투를 꺼내들었다. 그러고는 온통 내가 알 수 없는 소리들을 해대기 시작했다. 기부니, 재산권이니 뭐니 하는. 사실 지금 와서 생각해 보니 뭐라고 떠들어 댔는지 잘 기억도 나지 않았다. 어느새 말을 마친 원장님이 멍한 내 표정을 보고는 한숨을 쉬었다.

"에휴, 하긴 이렇게 말해 봐야 네가 뭘 알겠냐. 간단하게 말해 주지. 너를 입양하고 싶다는 분이 생겼다."

그 말에 나는 환하게 웃게 되었다.

"저…… 정말요?"

"그래. 하지만, 너무 좋아하지는 마라. 그분께서는 너를 도저히 직접 키울 자신이 없다고 양육비만 매달 주기로 했다. 그러니까, 너는 우리 고아원에서 성인이 될 때까지는 계속 지내게 될 거다."

그 말에 내 입가에 웃음이 사라졌다. 여기 계속 있어야 한다니? 대체 그게 무슨 말인가?

이번에는 이해하지 못했다는 내 표정을 읽지 못했는지 원장님이 계속 말을 이어나갔다.

"어쨌든, 이 분은 돈도 꽤 많으시고, 시간도 꽤 많으신 모양이다. 입양은 안 하고 기부 형식으로 양육비만 지원을 하겠다니, 허 참. 내 이 일을 하면서 이런 케이스는 처음이다."

나는 얼추 생각을 정리해 보았다. 그러니까, 어떤 돈 많으신 착한 분이 나를 입양하려고 하는데 도저히 직접 키울 자신은 없으니 매달 양육비만 주는 형식으로 지원해 주겠다? 벌써 이것저것 주워들은 것으로 어떤 상황인지 머리로는 이해할 나이였지만 가슴으로는 이해하기가 힘들었다. 왜? 왜 나를 직접 데려가지 않고? 그래서 나는 이걸 기뻐해야 할지, 슬퍼해야 할지 고민하기 시작했다. 내가 계속 가만히 앉아 있자 결국 원장님이 말을 꺼냈다.

"뭐해? 왜 아직 여기 있어? 나가서 일 봐라."

나는 그 말에 퍼뜩 정신을 차리고는 꾸벅 인사하고 나갔다. 원장실 문을 닫고 나오면서도 나는 이걸 어떻게 받아들여야 할지 고민했다. 결국, 어린 마음으로 나는 그냥 나에게 부모님이 한 분 생긴 거라 믿기로 했다. 멀리 나가 계시는 부모님.(물론 나중에야 안 사실이지만, 그분은 여자셨다.) 그렇게 믿으면 이 일을 좀 더 기쁘게 받아들일 수 있을 것 같았다. 그때부터 나도, 보통의 아이들처럼 미소 지을 수 있게 되었다. 어딘가에 있다는 그분에 대해 생각하며. 내가 자라면서 그분은 많은 지원을 나에게 해주셨다. 학비, 용돈, 교재비, 또 어떻게 아셨는지 생일이나 크리스마스에는 선물을 보내주시기도 하셨다. 가장 기억에 남는 선물은 16살 생일 때 받았던 캐서린 P의 '쿠스크 광 믹'이라는 책이었다. 주 내용은 꽤나 유치하다고도 할 수 있을 소설이었는데, 그때는 그걸 '그분'께서 주셨다는 이유 하나만으로 책이 닳도록 읽었다. 매일 밤 잠들 때마다 '그분'과 마침내 만나는 상상을 했다. 대체 어떻게 생기신 분일지도 내 멋대로 맘속에 그려보기도 했다. 그렇게 항상 '그분'에 대한 호기심과 만나고 싶은 마음을 간직해 오던 어느 날, '그분'께서 만나자는 편지를 보내오셨다. 나는 뛸 듯이 기뻤다. 그토록 기다리던 '그분'과의 만남이었다. 좀처럼 설레는 마음을 감출 수가 없었다. 나는 덜컹거리는 택시 안에서 이런 생각들을 하다가 깜빡 잠이 들어버리고 말았다.

눈을 떴을 때도 아직 택시가 덜컹거리며 어딘가로 가고 있었다.

'내가 얼마나 잔 거지?'

나는 시계를 꺼내 시간을 보았다. 10시? 지금쯤이면 도착해야 정상일 텐데. 나는 뭔가 이상하다는 것을 느끼고는 창밖을 내다보았다. 빌딩과 건물들이 가득해야 정상인데, 내가 탄 택시는 깊은 산길을 달리고 있었다.

"아저씨, 청담동이라니까요? 지금 어디 가시는 거예요?"

내가 물어봤지만 기사아저씨는 그저 거울로 나를 흘끗 쳐다봤을 뿐 대답하지 않았다. 나는 뭔가 아주 크게 잘못되었다 생각하고는 더 크게 말했다.

"아저씨! 지금 어디 가시는 거냐고요! 여긴 대체 어디에요?"

기사 아저씨는 내 말을 듣더니 갑자기 끼익 하고 차를 세웠다. 그리고 곧 덜컹 하고 문이 열렸다. 나는 어리둥절하여 열린 문과 아저씨를 번갈아가며 쳐다보았다. 어느새 기사 아저씨는 창문을 열고는 입에 담배를 한 대 피워 물고 있었다. 나는 일단 내리는 게 좋겠다고 생각하고는 차에서 내렸다. 정말 산길 한가운데였다. 나무들이 워낙 빽빽해서 그 너머에 뭐가 있는지 제대로 보기가 힘들었다. 나는 주위를 더 둘러봤다. 혹시 등산 안내판이나, 그런 게 있다면 그걸 보고 여기가 어딘지 짐작을 할 수 있을 텐데……. 아쉽게도 주변엔 그런 게 보이지 않았다. 순간, 어느새 내 뒤로 다가온 택시기사가 내 입을 막았다.

"아저씨……."

그러고는 내 귀에 조용히 속삭였다.

"가만히 있어."

공포에 질린 나는 내 입을 틀어막은 것이 무엇인지 너무 늦게 봐버렸다. 손수건이었다. 그런데, 뭔가 묻은……. 냄새가……. 정신을 유지하려 애썼지만 너무 힘들었다. 자꾸만 졸음이 쏟아졌다. 오늘은……. 그분을 만나야 되는데……. 나는 곧 정신을 잃고 쓰러졌다.

두 번째 상자

눈을 떴을 때 내 코를 처음 자극한 것은 퀴퀴한 냄새와 짭짤한 바다냄새였다. 아니나 다를까, 어딘가의 지하실이었다. 내가 있는 곳이 자주 기우뚱 기우뚱 거리는 것을 보니 배 안인 것 같았다. 나는 잠시 내 상태를 살폈다. 머리가 어지럽고, 반팔에 반팔 티로는 어림도 없을 정도로 춥다는 것을 빼고는 모든 것이 괜찮았다. 아, 한 가지 더. 손발이 묶여 있다는 점을 빼고는. 일단 움직일 수 없다는 것을 깨달은 후, 나는 주위를 둘러보았다. 내 뒤에는 나를 감시하는 듯한 경비병들이 앉아 있었다. 아무래도 내가 깨어난 것은 눈치채지 못한 듯했다. 나는 조용히 벽과 바닥을 둘러보았다. 온통 콘크리트 벽에 콘크리트 바닥이었다. 딱딱한 느낌에 벽이 사방으로 나를 옥죄어 오기라도 할 듯 답답해왔다. 나는 어떻게든 손에 묶인 결박을 풀어보려 했지만 워낙 단단하게 묶여 있어서 좀처럼 풀리지를 않았다. 몇 번 손을 이리 저리 꺾어보다가 결국 나는 포기하고 말았다. 그때, 어디선가 말소리가 들려왔다.

"알겠지? 이번 일이 당신의 마지막 기회야. 실패하면, 더 이상 지원금 같은 건 없어."

상당히 늙고 쇠한 목소리였다. 아무래도 누군가의 직속상관이거나 좀 '높은' 사람인 것 같았다.

"염려 마십시오. 반드시 성공할 것입니다."

좀 더 날카롭고 젊은 목소리였다. 한 40대 초반쯤? 최대한 당당한 목소리를 내려는 듯했지만 조금씩 불안함이 묻어나왔다.

다시 늙은 남자의 목소리가 들려왔다.

"그래. 맨날 말로만 하지 말고. 크흠. 사실 이번 프로젝트도 별로 기대하지는 않고 있네. 북극 한 가운데라니, 나 원 참. 하필 '그분' 께서 원하시는 일이니……. 대체 '그분' 께서는 무슨 생각으로 이런 멍청한 짓에 투자를 하시는 거지?"

직접 보고 있지는 않지만, 소리만 들어도 나이든 남자가 젊은 남자에게 비아냥거리고 있다는 것이 느껴졌다.

"이…… 이번엔 진짜입니다! 꼭 기대에 상응하는 결과를 보이겠습니다!"

젊은 남자는 자신이 낼 수 있는 최대한 자신감 있는 목소리라고 생각했겠지만 불쌍하게도 불안감이 가득한 듯한 목소리였다. 나이든 남자는 작게 '끄응'하고는 대답했다.

"그건 두고 볼 일이지. 이제 그만 가야겠네. '그분' 께서 기다리시겠군."

그러고는 뚜벅뚜벅 발소리가 멀어져갔다.

"살펴 가십시오!"

젊은 남자가 인사하는 소리가 들렸다. 꽤 오랫동안의 정적, 그리고 잠시 후 저 위에서 헬기가 출발하는 소리가 희미하게 들려왔다. 그 소리가 멀어짐과 동시에 바로 밖에 있던 젊은 남자는 길게 한숨을 쉬었다. 그러고는 조그맣게 중얼거리면서 이쪽으로 걸어왔다. 워낙 조그만 소리여서 대체 뭐라고 하는지 잘 들리지 않았다. 뚜벅, 뚜벅, 뚜벅, 발소리가 점점 가까워지고 '끼익' 하며 지하실 문이 열렸다. 남자가 내려오면서 중얼거리는 소리가 더욱 크게 들려왔다.

"쳇, 지들만 잘났나보지. 결국 자기도 나처럼 똑같이 돈 타먹는 인간이면서 왜 저렇게 유세람? 조만간 때려 치든가 해야지 원."

중얼거리는 소리가 계속 이어지더니 '탁' 하고 전등이 켜졌다. 나는 순간 쏟아지는 밝은 빛에 눈을 찡그렸다. 빛에 눈이 적응된 후 남자의 모습을 더 자세히 볼 수 있었다. 키는 꽤나 작았다. 160정도? 머리는 중간이 반쯤 벗겨졌고 입고 있는 연구복에는 대체 뭐가 묻은 건지 그 정체가 궁금한 빨간 자국들이 곳곳에 묻어 있었다. 남자가 나에게 다가왔다. 나는 본능적으로 슬금슬금 뒤로 물러났다. 의외로, 뒤에 있는 경비병들은 아무런 태도도 취하지 않았다.

"아, 걱정하지 말게. 딱히 자네를 해치려고 이곳으로 데려 온 것은 아닐세. 먼저 내 소개를 하지. 나는 홍민기 박사일세."

남자는 그렇게 말하며 나에게 손을 내밀었다. 나는 뭐하자는 거냐는 눈빛으로 쳐다봤고 박사는 그제서야 자신의 잘못을 깨달았다.

"이런, 미안하군. 요새 내가 워낙에 정신이 없어서 말이지. 흠, 흠. 거기, 이 사람 묶은 것 좀 풀어주게."

박사가 경비병들에게 손짓하며 말했다. 곧 그들이 결박을 풀어주고 다시 뒤로 돌아가 아무 일도 없었다는 듯 아까 그 자세 그대로 앉았다. 나는 피가 통하면서 저려오는 팔목을 문지르며 아직 손을 거두지 않은 박사의 손을 잡고 악수했다.

"여긴…… 어디죠?"

내가 물었다. 박사는 그런 질문이 나올 줄 알았다는 듯 바로 곧바로 대답했다.

"여긴 배 안이네. 정확히 말하면, 북극행 배지. 지금 베링 해협을 지나는 중이네."

박사가 아무 감정 없는 투로 말해서 충격은 조금 늦게 나를 찾아왔다.

"네? 베링 해협이면, 알래스카 근처 아닙니까?"

박사는 아무 말 없이 고개를 끄덕였다. 나는 머릿속이 온통 혼란스러워졌다.

"그럼, 왜 저를 여기로 데려온 거죠?"

내가 묻자 박사는 잠깐 생각하는 듯하더니 전혀 다른 이야기를 꺼냈다.

"그러고 보니, 그 차림새로는 좀 춥겠군. 뒤에 자네, 창고에 가서 방한복 좀 가져오게."

내 뒤에 서 있던 경비병은 고개를 한번 까딱 하고는 내 옆을 지나 계단을 올라갔다.

"자, 아까 뭐라고 물었지? 왜 자네를 여기까지 데려왔냐고? 일단, 목적은 우리의 연구를 위해서지."

박사는 말을 잠깐 쉬고는 계속 이야기를 이어 나갔다.

"그린란드의 신화에 의하면, 1000년에 한번 온통 빙하로 덮인 가장 끝의 북쪽 한가운데에, 지구 내부로 통하는 문이 열린다고 되어 있네. 그들이 적어놓은 시기부터 계산해 보면 딱 지금이지. 어쨌든, 그렇게 지구 내부로 들어가면, 그들의 신인 '바람'을 만날 수 있다고 되어 있네. 헛소리처럼 들리겠지만, 계속 들어주게. 그런데 요즘 이상한 일이 생기고 있다네. 북극 한가운데에 커다란 구멍이 뚫린 것이지. 게다가 그 속이 보이지 않는 곳에서 공기가 새어 나오고 있다고 하네. 우리가 디디고 있는 땅 밑에 새로운 공간이 있을지도 모른다는 뜻이지. 그래서 우리는 그 '문'을 열고 들어가 '바람'에 대한 정보를 모아올 사람이 필요했다네."

나는 박사가 말할 동안 잠자코 듣고만 있었다. 도대체 헛소리로밖에 들리지 않았기 때문이었다. 박사는 내 표정을 알아챘는지 나에게 말했다.

"지금은 물론 미친 노인네의 술주정처럼 들리겠지. 하지만 직접 가서 본다면, 생각이 달라질 걸세."

박사는 그렇게 말하고는 다시 잠깐 말을 멈췄다. 그러고는 나를 바라보며 말했다.

"오늘은 이쯤 설명하면 된 것 같군. 올라가서 우측 통로로 가면 객실이 하나 있을 걸세. 거기 들어가서 좀 쉬게. 들어가 있으면 잠시 후에 저녁이 나올 테니 먹고 한숨 자게. 그럼 머리가 좀 맑아질 거네."

박사는 그렇게 말하고는 계단을 올라가려 몸을 돌렸다.

"잠깐만요."

내가 부르자 박사는 고개를 돌려 나를 쳐다보았다.

"왜 하필 저를 데려 온 거죠?"

박사는 의미심장한 미소를 지었다.

"전설에 나오기를, 어떤 이에 대한 그리움을 희망으로 삼아 살아가는 사람이 문의 열쇠라고 했네. 너처럼 말이지."

나는 뭔가 말을 하려 했지만 말이 나오지 않았다. '너처럼?' '나처럼?' '나처럼'이 뭐지?' 박사는 내가 아무 말도 없자 몸을 돌려 계단을 올라갔다. 이제 이 방 안에는 나와 경비병 한 명만 남아 있었다. 나는 고개를 돌려 뒤에 있는 경비병을 바라보았다.

"저……. 이거 꿈 아니죠?"

경비원은 어깨를 한 번 으쓱 하고는 내 옆을 지나쳐 계단을 올라갔다. 나는 잠시 그런 그의 모습을 멍 하니 바라만 보고 있다가 퍼뜩 정신을 차리고는 앞에 놓인 방한복을 들고 박사가 알려준 내 객실로 향했다.

객실은 꽤나 깔끔했다. 나는 침대에 털썩 앉아 몇 번 풀썩거려 보았다. 잘 느끼기 힘든 부드럽고 푹신한 감촉이었다. 앞에 있는 테이블에는 식사가 차려져 있었다. 다른 무엇보다 일단 배가 고팠던 나는 허겁지겁 음식들을 먹기 시작했다. 한참을 우걱거리며 먹기만 한 후, 나는 침대에 드러누웠다. 밥 먹고 바로 누우면 소 된다는데. 에라, 아무렴 어떠냐. 계속 이런 생활이라면 납치당한 것도 행운인 것처럼 느껴졌다. 나는 어느새 행복감에 잠이 들고 말았다.

그랬던 것이 어느덧 한 달 전이다. 지금과 비교하면? 지금 나는 납치된 것이 내 인생 최대의 불행이라 생각하고 있다. 우리는 두꺼운 털옷에 다시 두꺼운 털옷을 껴입고 거기에 다시 또 두꺼운 털옷을 껴입고 나아가고 있었다. 온통 새하얀 눈과 얼음만이 시야에 들어왔고, 미칠 듯이 불어대는 블리자드는 벌써 대원들 중 3명을 날려버렸다. 이에 대한 대응책으로 우리는 서로의 몸을 밧줄로 묶었다. 이렇게라도 해 두면 날라 가는 사람은 없겠지. 매섭게 휘몰아치는 칼바람 사이로 박사가 소리쳤다.

"거의 다 왔네! 바로 저기야!"

나는 박사가 가리킨 곳으로 시선을 옮겼다. 눈보라 때문에 제대로 보이지는 않았지만, 온통 하얀 이곳에서 어렴풋하게 검은 구덩이의 모습이 보였다. 나와 박사, 그리고 대원들은 그 구덩이를 향해 다시 걸음을 떼기 시작했다. 한참을 눈보라 속을 헤매며 걷다보니, 어느새 구덩이의 가장자리에 도달했다. 나는 구덩이 내부를 내려다보았다. 너무 깊어서 아무것도 보이지 않았다. 나는 박사에게 소리쳤다.

"이제 어쩌죠!"

박사가 대답했다.

"아마 여기 들어가야 될 걸세! 여기다가 와이어를 고정해 놓을테니! 허리에 매 놓고 들어가게! 무슨 일이 생기면 줄을 두 번 잡아당기고! 바로 꺼내 주겠네!"

나는 박사가 볼 수 있을지는 확신이 안 섰지만 고개를 끄덕이고는 허리에 줄을 메었다. 그때였다. 갑자기 강한 바람이 불었다. 나는 바람에 밀려 조금 뒷걸음질 쳤다. 하지만, 조금 걸어간 내 뒤에는 아무것도 없는 구덩이가 기다리고 있었다. 나는 미처 허리에 줄을 메지 못했고, 발을 헛디뎌 구덩이로 떨어졌다. 미친 듯이 비명을 질렀다. 저 밑으로 떨어지면 다시는 살아서 세상을 보지 못할 것 같았다. 게다가, 나는 아직 '그분'과 만나보지도 못했다. 안 돼! 이렇게 죽으면 안 된다고! 떨어지는 내 시야에 마지막으로 들어온 모습은 박사와 대원들이 떨어지는 나를 지켜보고 있는 모습이었다. 하긴, 그들로서도 별 도리가 없겠지. 결국 이 모든 것의 결과가 '실패'가 되어버린 박사님께 잠시 묵념을. 나는 떨어지면서, 비명을 지르면서도, 이런 생각들을 끊임없이 하다가 까딱 까무러치고 말았다.

두 번째 아토

싱그러운 자스민 향기에 나는 조용히 눈을 떴다. 꽤나 맑고 아름다운 주변 풍경과는 대조적으로 나는 볼품없이 아무렇게나 엎어져 있었다. 나는 몸을 천천히 일으켜 세웠다. 팔과 등에 묻은 흙들을 털어내고 나니 그나마 이 아름다운 풍경에 실례되지 않는 것 같았다. 나는 좀 더 주위를 둘러보았다. 나는 길 한가운데에 엎어져 있었다. 내 옆, 그러니까 길 양 옆으로는 가로수들이 심어져 있었고, 길이 아닌 바깥쪽은 온통 푸르른 잔디밭……. 잠깐, 잔디밭? 나는 뭔가 이상하다는 것을 눈치챘다. 방금 전까지 온통 얼음밖에 없는 북극이었는데, 갑자기 웬 가로수랑 잔디밭? 나는 적잖이 당황을 느끼며 눈을 부벼 보았다. 아무래도 꿈은 아니었고, 잘못보고 있는 것은 더더욱 아니었다. 혹시 환각 같은 건 아닐까 했지만 내 정신은 멀쩡했다. 나는 얼마 전에 봤던 영화처럼 머릿속으로 간단한 암산을 해서 이게 진짜인지 환각인지 테스트 해봤다. 아무 무리 없이 할 수 있었다. 이제 나는 더 이상 부인할 수 없었다. 나는 분명히 북극 한가운데에 있었고, 그 한가운데의 풍경은 내가 사진으로 봐 오던 모습과는 분명 차이가 있었다. 수많은 증거들에 입각하여 사실을 인정해버린 나는 문득 일단 이 길 위를 걸어가 보기로 했다. 이 끝에는 분명, 뭔가 답이 있겠지. 나는 작지만 큰 소망을 담아 한 발자국을 내디뎠다.

벌써 몇 시간이나 지났을까, 아무리 걸어가고 또 걸어가도 이 길의 끝은 보이지 않았다. 더 신기한 것은, 꽤나 오랜 시간이 지났음에도 불구하고 하늘에 떠 있는 태양의 모습이 하나도 변하지 않았다는 것이다. 나는 눈을 찡그리고는 손 그늘을 만들며 벌써 19번째 하늘을 올려다보았다. 여전히 해는 그 위치 그대로에 박혀 마치 나를 조롱하듯 미소를 보내고 있었다. 이게 말로만 듣던 백야인 것 같았다. 다행히, 주위에 얼음이나 눈 따위가 없어 온통 하얗게 보이지는 않았지만 더 큰 문제는 시간을 알 수 없다는 것이었다. 도대체 내가 몇 '시간'을 걸은 건지. 혹시 '몇 분' 아니면 '몇 십분'을 걸은 건지, 그럴 리는 없지만 혹시나 내가 '몇 일'을 걸은 건지 알 수가 없으니 그저 답답할 따름이었다. 나는 그렇게 지금 내가 처한 상황에 대해 나즈막히 불평을 하던 중, 문득 어떠한 사실을 떠올리게 되었다. 지금 이 상황, 풍경, 모든 것이 내 꿈과 일치한다는 것이다! 나는 순간 든 이 생각에 소스라치게 놀라 그 자리에 멈춰 서 버렸다. 그런데 한 가지 내 꿈에 나온 것과 다른 점이 있었다. 바로 항상 나오는 '그녀'가 없었다는 것이다. 나는 이때쯤이면 '그녀'가 나올 때도 됐는데 하며 뒤를 돌아보았다. 거기에는 '그녀'가 서 있었다.

나는 다시 온몸에 돌이라도 주입된 듯 경직되고 말았다. 정말 그녀가 거기에 있었던 것이다! 하지만 이번에는 분명히 얼굴이 있었고, 분명히 살아 있었다. 게다가 꿈에서 깨지도 않았다. 내심 이 모든 것이 다시 꿈이고, 거기서 다시 깨어나길 바랐던 나는 적잖이 실망하고 말았다. 내가 계속 뚫어지게 쳐다보는 것이 이상했던지, 그녀가 고개를 갸웃거렸다. 나는 아주 살짝 정신을 차리고 그녀의 얼굴을 찬찬히 훑어봤다. 처음 딱 봤을 때는 20대 같이 보였는데 자세히 보니 얼굴 곳곳에 주름이 보였다. 한 40대? 50대? 많으면 60대 초반까지로 보였다. 전체적인 피부색을 보니 일단 황인이었다. 아무래도 우리나라 사람 같았지만 우리나라 사람이 나 말고 여기 있을 이유가 없을 것 같았다. 하긴, 나 말고 이 세상의 그 누구도 여기 있을 만한 이유가 딱히 없지만. 그런데 길거리를 걷다보면 이태원이 아닌 이상 가장 흔하게 볼 수 있는 황색 피부를 가지고 있으면서 눈동자는 신기하게도 파란 색이었다. 전체적으로 키는 나보다 좀 작은 편이었고(나도 그렇게 키가 큰 편은 아니다.) 흰색 원피스를 입고 있었다.(아마 그것 때문에 실제 나이보다 더 젊어보였으리라) 계속 내가 아무 말도 없자 결국 그녀가 먼저 말을 꺼냈다.

"왜 그렇게 찬찬히 훑어보니?"

나는 멍했던 정신을 마저 흔들어 깨웠다. 불행히도, 아직 내 정신은 그녀의 질문을 온전히 받아들일 상태가 되지 못했다.

"예?"

내가 다시 물었다. 그녀는 내 멍청한 말투에 피식 웃으며 말했다.

"됐다, 됐어. 내가 너한테 뭘 기대하겠니."

"저를…… 아세요?"

내가 여전히 바보처럼 눈을 끔뻑이며 다시 되묻자 그녀는 결국 웃음을 터뜨리고 말았다.

"꺄르르르륵! 어쩜, 편지로밖에 대화해 본 적이 없는데 내가 상상한 모습이랑 똑같니?"

내가 편지를 했다고? 누구랑? 편지라면……. 편지라면……. 편지라면? 나는 순간 전혀 일어날 수 없는 가설을 떠올렸다. 나는 그저 생각으로만 그 가설을 담아두려 했지만, 내 혀가 너무 성미가 급했다.

"혹시 제 후원자님?"

그녀는 아직 아까 전의 웃음이 채 가시지 않은 듯 미소를 지으며 답했다.

"그래, 참 일찍도 알아챈다, 야."

"하지만…… 하지만 여길 어떻게?"

그녀는 내 질문에 한참동안 대답하지 않았다. 대답하는 대신 그녀는 고개를 숙여 길 위에 핀 꽃 한 송이를 바라보았다. 한참을 그저 꽃잎만 바라보고 있던 그녀가 드디어 입을 열었다.

"엄밀히 말하면, 나는 여기 존재하는 게 아냐."

그녀가 몸을 일으키며 말했다.

"네가 날 불러낸 거지. 일종의……. 상상이라고 보면 돼. 하지만 내 모습은 원래 내 모습과 같아. 지구 어딘가에 있는 내 무의식이 잠깐 너의 부름을 받고 여기 나타난 거지. 그래서 아마 너와 나의 대화가 끝나고 이별해야 되는 순간이 오면 원래 세상의 나는 그 대화를 기억하지 못 할 거야."

"하지만……. 어떻게 그런 게 가능하죠?"

내가 물었다. 그녀는 여전히 웃음을 지우지 않은 채 대답했다.

"글쎄, 그럼 북극 한가운데에 잔디밭과 가로수가 있는 건 가능한 일이고?"

나는 나도 모르게 고개를 끄덕이며 수긍하게 되었다. 확실히, 지금 나에게 일어나고 있는 일은 정상이 아니야. 그녀가 계속 말을 이어나갔다.

"참, 그러고 보니 한 번도 내가 이름을 말한 적이 없지? 내 이름은 캐서린 P 야. 네게 준 '쿠스크 광 믹'은 사실 내가 지은 책이지."

나는 아무 말도 하지 않고 고개만 끄덕거렸다. 이 책의 저자가 이 책을 보내 준 사람은 아닐까 하는 상상은 옛날부터 해 봤었다.

"책은 어땠어? 재밌었니?"

그녀가 기대를 가득 품은 듯한 눈을 하고 나에게 물었다. 나는 약간의 부담 스러움을 느끼며 대답했다.

"어……, 예. 재밌었습니다. 몇 번이고 읽었어요."

사실 책 내용 때문이 아니라 후원자님이 보내준 책이라는 것 때문이긴 했 지만.

"그래? 다행이다."

그녀가 웃으며 말했다. 잠깐의 정적이 흘렀다. 얼마간의 불편한 시간이 흐르 던 중, 갑자기 그녀가 말을 꺼냈다.

"일단, 같이 좀 걸을까? 저 끝에 무엇이 있는지 궁금하지 않니?"

나는 고개를 끄덕였다. 확실히, 이 끝에 무엇이 있는지에 관한 것은 나의 호 기심을 자극하기에 충분했다. 나는 그녀와 함께 가로수 가득한 길을 걷기 시 작했다. 엄밀히 말해서, 연인과 걷는 것 같다기보다는 어머니와 함께 걷는 것 같은 느낌이었다. 나는 그동안 살아온 이야기, 당신과 편지를 하면서 내가 남 들보다 더 많은 위로를 받을 수 있었던 이야기 등을 했고, 그녀는 그저 듣기만 했다. 몇 번 고개를 끄덕이기도 하고 감탄하기도 하면서. 그렇게 한참을 걸었 다. 함께 걷는 이가 있으니 시간도 금방 지나가는 것 같았다. 한참을 주저리주 저리 떠들고 있던 나는 문득 고개를 들어 하늘을 올려다보았다. 절대 질 것 같 지 않던 태양이 어느새 저물고 밤하늘에 별들이 떠 있었다.

"예쁘다……."

그녀가 나즈막히 내뱉었다. 나도 고개를 끄덕였다. 구름 한 점 없는 밤하늘 을 가득히 수놓은 별들의 모습은 어린 시절로 묻어두었던 감성을 불러일으키 기에 충분했다. 나는 잠시 가만히 별들을 감상하고 있었다. 그런데, 저 길 끝에서 별보다 더 반짝이는 무엇이 보이기 시작했다. 나는 더 자세히 보려 눈을 찡그려 보았다. 아무래도 무리인 것 같았다. 나는 그녀에게 물었다.

"저기, 저기 있는 저거 보이세요?"

나는 손가락으로 빛이 나는 쪽을 가리켰고 그녀도 내 손가락을 따라 시선을 돌렸다. 그녀도 더 자세히 보려 눈을 찡그렸지만 나와 마찬가지로 아무래도 무리인 것 같았다.

"글쎄, 아무래도 가까이 가 보면 잘 알 수 있지 않을까?"

나는 동의의 뜻으로 고개를 끄덕이며(오늘만 벌써 몇 번째 끄덕이는 건지 모르겠다.) 그녀와 함께 빛이 나는 쪽으로 걸음을 떼기 시작했다. 또다시 한참을 걸었다. 이번에는 그녀도 나도 말이 없었다. 그저 저 끝에는 무엇이 있는지 나름대로의 상상을 해보며 하염없이 걸어가고 있었다. 어느새, 나와 그녀는 길의 끝에 도달했다. 그곳은 마치 제단처럼 생긴 곳이었다. 길이 끝나는 그 지점을 딱 시작으로 계단이 뻗어 있었고, 제단 끝에는 어떤 거대한 유리구슬이 있는 것 같았다. 아무 말도 없었지만 그녀도 나도 같이 묵묵히 계단을 오르기 시작했다. 꽤나 많은 걸음을 내딛고 이마에 슬슬 땀방울이 맺힐 즈음 나와 그녀는 드디어 제단 꼭대기에 도달했다. 거기에는 정말 유리구슬이 떠 있었다. 다만, 엄청나게 컸다. 잠실야구장 정도는 가뿐하게 덮을 수 있을 정도로. 구슬은 뭔가 알 수 없는 힘에 의해 떠 있는 듯했고, 구슬 안은 텅 비어 있었다. 너무 커서 정확히 안쪽을 들여다볼 수는 없었지만, 나는 텅 비어 있다는 생각이 들었다. 가까이 다가가자 구슬에서 바람이 불어오는 게 느껴졌다. 적당히 시원하고 적당이 강한 바람이었다. 누구라도 만나면 겨울이든, 여름이든, 단번에 기분이 좋아질 듯한 바람이었다. 나는 고개를 돌려 그녀를 바라보았다. 뜻밖에도, 그녀는 슬픈 표정을 하고 있었다.

"왜 그러세요?"

내가 물어봤다. 그녀가 나를 돌아봤다.

"이쯤에서, 이별을 해야 될 것 같다."

나는 왜냐고 소리 지르지 않았다. 가지 말라고 애원하지도 않았다. 눈물을 흘리며 보고 싶을 거라고 하지도 않았다. 내 마음속은 그녀를 떠나보내는 것이 아쉬웠지만, 또 한편으로 그건 어쩔 수 없는 거란 생각이 들었다. 하지만, 그래도 궁금한 건 궁금한 거다.

"왜요?"

"넌 이제 박사에게 돌아가야 하잖니. 나는 내 세계로 돌아가야 하고."

"왜요?"

내가 다시 반복했다. 그녀는 피식 웃으며 대답했다. 이번에는 즐거운 '피식'이 아니었다.

"박사가 널 보낸 이유가 뭐였지? 바람의 근원을 찾아서 그것에 대한 증거를 가져오는 거였지. 네 주머니에 카메라가 있을 거다."

나는 주머니를 뒤져봤다. 여태껏 잊고 있었던 일회용 카메라가 나에게 얼굴을 드러냈다.

"그럼……. 이게? 아니, 그것보다. 박사님 일은 어떻게 아셨어요?"

이제 그녀는 씁쓸한 표정을 짓고 있었다.

"그 사람에게 자금을 대 주는 사람이 나거든. 그들은 나를 '그분'이라고 부르더라고."

말투로 보아, 그녀는 '그분'이라는 칭호를 싫어하는 듯했다. 나는 이번에도 놀라지 않았다. 딱히 이유는 없었지만, 이 제단에 선 이후로 놀랄 일에도 놀라지 않고 아쉬워할 일에도 아쉬워하지 않게 되는 것 같았다. 나는 카메라를 들어 올렸다. 그러고는 눈가로 가져가 '찰칵!' 하고는 사진을 찍었다. '지이잉' 하고 사진이 떨어져 내 손바닥 위에 안착했다. 나는 사진과 카메라를 호주머니에 집어넣었다. 그녀가 나를 바라보고 있었다.

"이제……. 작별이네."

"그러네요."

이번에는 나도 아쉬움이 느껴졌다. 하지만, 그건 분명히 슬픔은 아니었다.

"어떻게 나가는지는 아니?"

그녀가 물었다.

"어떻게 나가는데요?"

"같이 손을 잡으면 돼."

나는 왜 손을 잡으면 나갈 수 있는지 의아했지만 질문하지 않았다. 어차피 이곳은 이상한 세계가 아니던가. 그녀가 천천히, 나에게 손을 뻗었다. 나도 그녀에게 손을 뻗으려다가 멈췄다.

"잠깐만요."

그녀가 왜 그러냐는 듯 나를 쳐다보았다.

"다시 돌아가면, 또 만날 수 있을까요?"

슬펐다. 아까의 아쉬움과는 달랐다. 슬펐다. 분명히. 내 눈에 차츰 눈물이 고이기 시작했다. 쌓인 눈물 때문에 시야가 흐려졌다.

"아마, 만날 수 있을 거야. 너와 그날 아침에 만나는 건 실패했지만, 가까운 시일 내에 다시 너에게 편지를 보낼게."

다행히 그녀는 울지 않았다. 그녀마저 울면 정말 내 울음이 터져버릴 것 같았기 때문에 나는 그 사실에 안도했다. 나는 팔로 쓱 눈물을 훔쳤다. 그녀가 나에게로 팔을 내밀었다. 고개를 들어 그녀를 보니, 그녀도 웃고 있었다. 나도 벌게진 눈으로 씨익 웃었다. 나도 손을 내밀었다. 나와 그녀가 손을 맞잡았다. 그녀의 따뜻한 온기가 내 손으로 전해졌다. 마침내 내가, 나에게 바람을 보내주던 사람을 만난 날, 함께 감은 우리들의 눈 옆으로 한줄기 바람이 스쳐 지나갔다.

내방

한의현

작가 프로필

대학 학력 : 없음
수상 경력 : 없음
신춘문예 합격 경력 : 없음
이전 저서 : 없음
학위 : 없음
그래도 걱정 : 없음
이 책이 재미없을 확률 : 없음
읽을 시간도 많이 필요 : 없음
생각도 필요 : 없음
그저 즐겨 주세요.
상상력의 무한한 가능성을.

목차

작가의 말

먼저, 목차를 훑어보고 오셨는가? 목차를 보지 않았다면 서문을 보기 전에 목차를 보고 대강 내용을 예측한 뒤에 서문을 읽어 주기를 바란다.

지금 내가 하려고 하는 이야기는 사건의 무한한 경우의 수에 대한 것이다. 동전이 바닥에 흩뿌려지는 게 중세의 성 안에서일 수도 있고, 달 위에서일 수도 있다. 그리고 그 동전이 일으킬 수 있는 일도 무궁무진하다. 작게는 한 고양이를 놀라게 할 수도 있고. 크게는 전 우주의 완전한 멸망까지도 불러올 수 있다.

나는 이 중에서도 특히 동전이 만들어낼 수 있는 일에 집중해서 이야기하려 한다. 이 책에서는 동전이 일으킬 수 있는 사건 중 아무거나 엄선하여 열 몇 개를 다룰 것이다.

여러분이 목차를 보고 열심히 그것들 사이의 일을 추리했다면, 고맙고도 미안하지만, 그것들은 직렬연결이 아니라 병렬연결이다. 즉 앞의 사건이 뒤의 사건을 일으키는 게 아니라는 말이다. 여러분은 필시 그것들이 한 줄로 연결되었다고 단정하고 추리했겠지. 그렇지만 그것들은 같은 원인에 의해 일어날 수 있는 사건들, 형제 사건들이다.

그렇다고 여러분이 추리한 내용이 전혀 쓸모없다고는 생각하지 말아 주기를 바란다. 그것은 여러분의 상상력을 자극하지 않았는가? 내가 이 책을 통해서 정말 하고 싶은 얘기는, 이 책의 궁극적인 목표는 상상력의 가능성을 보여 주는 것이다. 사건의 가능성이 아니고. 만약 여러분이 목차를 보고 그것들을 연결해 기막힌 스토리를 생각해 냈다면, 상상력의 가능성은 이미 증명된 것이다.

상상의 무한한 가능성을 느끼며, 세상사의 무궁무진한 경우의 수를 감상해 보자.

A의 경우_커터 칼 하나가 팔리다

어느 평범한 상점가의 거리에 동전이 뿌려졌다.

그러나 아무도 당장 주우려 하는 이가 없었다.

한참 시간이 지난 후, 한 노숙자가 지나가다 땅에 흩어진 동전을 발견했다. 그는 동전들을 눈에 보이는 대로 주워 모았다. 만 원은 되어 보이는 양이었다.

동전은 30개가 넘었다. 그 많은 동전들을 가지고 다니기에는 불편했다. 그래서 노숙자는 은행에 가서 동전을 지폐로 바꾸기로 했다.

은행으로 가며 동전을 세어 보니 정확히 만 이천 이백 원이었다. 노숙자는 곧 지폐를 가지고 은행을 나서며 고민했다. 모처럼 생긴 돈을 쓸까, 아껴둘까. 그러나 고민은 잠시였다. 허기를 느낀 그는, 시간을 확인하고는(2시였다.) 일단 배를 채우기로 결정했다. 멀리 가기는 귀찮았기에, 앞에 보이는 편의점에 들어가 삼각 김밥과 컵라면을 샀다.

노숙자의 바로 뒤에 한 대학생이 있었다. 대학생은 노숙자가 삼각 김밥을 사가서 더 남지 않은 것을 보고는 맞은편 편의점으로 가기로 했다. 그러나 삼각 김밥은 그곳에도 남아 있지 않았고, 대학생은 뭔가 (쓸데없기 그지없는) 오기가 생겼다. 반드시 점심으로 삼각 김밥을 먹으리라.

그는 자기의 대학교로 향했다. 대학교는 20분 정도 걸리는 거리였다. 꽤 먼 거리다. 그래서 원래는 대학교에 가는 길에 점심을 해결하고 가려 했지만, 아까 생긴 쓸데없는 오기 때문에 대학교 내부에 있는 매점에서 밥을 먹기로 계획을 변경했다.

가는 길에 길옆 공터에서 아이들이 축구를 하고 있었다. 마침 대학생이 그곳을 지나갈 때 공이 대학생 쪽으로 굴러왔다. 멀리서 공 좀 차 달라고 외치는 아이들이 보였다. 그래서 대학생은 아이들 쪽으로 공을 힘껏 차 주었다.

그러나 너무 힘껏 찬 걸까. 공은 공터의 하늘 위를 UFO마냥 유려하게 가로질렀다. 그리고 공터 건너 개울에 떨어졌다. 대학생은 얼굴이 빨개져서 모른 척 계속 걸었다.(아마 그는 이 일 때문에 앞으로 한 일주일 동안 자다가도 이불을 걷어찰 것이다.)

한편 아이들은 원망의 눈초리로 대학생의 뒤통수를 쏘아보면서 개울 쪽으로 몰려갔다. 공이 물에 떠내려갔다면 저 멀리라도 보일 텐데, 보이지 않는 것을 보면 개울가 수풀에 묻힌 것 같았다. 두 아이가 앞장서서 수풀을 헤쳤다.

한 번 운이 없으면 계속 운이 없다는 법칙이라도 있는 것일까. 한 아이의 발 밑에서 뭔가 물컹한 것이 밟혔다. 뱀이었다. 아이의 발에 밟혀 잔뜩 화가 난 뱀은 인정사정없이 아이의 다리를 물었다. 그리고 쓰러진 아이를 뒤로 하고 그곳을 빠져나왔다.

아이들은 순식간에 공황 상태에 빠졌다. 다행히도 한 아이는 빼고. 그 한 아이 덕분에 재빨리-거의 2분 만에-구급차가 출동했다. 구급차는 물린 아이를 태우고 재빨리 병원으로 갔고, 나머지 아이들도 병원을 향해 뛰어갔다. 이 근처에서 유일한 병원은 도보로 15분 거리에 있었다.

아이들은 머리가 멍한 상태에서 뛰었다. 그래서 이 방향이 아까 대학생이 뛰어간 방향과 같은 방향이라는 것을 눈치채지 못했다. 그렇게 한 5분쯤 뛰었을까, 아이들에게 대학생이 보이기 시작했다. 공황상태인 아이들은 대학생을 알아보지도 못했지만, 대학생 입장에서 생각해 보자. 자기가 공을 잘못 차서 아이들의 공이 실종되었고, 자기는 재빨리 그곳을 빠져나왔다. 그런데 그 아이들이 단체로 자기 쪽으로 뛰어오고 있다. 이 상황해서 해야 하는 행동이 뭘까. 대학생은 그렇게 뒤도 안 돌아보고 뛰었다.

왜 그런 감정이 있잖은가. 이성적으로 생각해 보면 그렇게 심한 일도 아닌데 왠지 몰려드는 막연한 두려움. 대학생도 지금 그것 때문에 뛰고 있었다.

결국 아이들은 대학생을 예정보다 5분 일찍 학교에 도착시켜 주고 병원에 도착했다. 그러나 병원에 도착한 일은 허사. 많은 아이들(+대학생)을 뛰게 했던 장본인은 이미 사라져 있었다. 무사히 치료를 받은 건지 어쩐 건지. 그 아이는 핸드폰도 가지고 있지 않았던지라, 전화를 걸어 볼 수도 없었다.(이 책을 보시는 학부모님께−아이가 초등학교 고학년 혹은 그 이상인데 핸드폰을 사주지 않았다면 사주세요. 이 책과 똑같은 내용이 실제로 일어날 때를 대비해야죠.)

병원에 발로 뛰어올 정도로 행동파인 아이들이니 여기서 할 일은 뻔하다. 그 아이의 집으로 또다시 발로 뛰었다. 그런데 그 아이의 집은 아까 놀던 공원을 기준으로 병원과 정반대쪽에 있었다. 아이들은 자진해서 뛰면서도 이거야 똥개 훈련이나 다름없다는 생각이 들었다.

아까 놀던 공원 앞을 지날 때쯤, 한 아이가 무리에서 나와 공원으로 뛰어 들어갔다. 뱀 때문에 잊고 있던 공을 가지러 가는 것이다. 방금 친구가 병원에 실려 갔다지만 공을 잃을 수는 없잖은가. 다만 뱀이 아직 있을까 두려워 바로 수풀에 들어가지는 못하고, 주변에서 긴 작대기를 하나 찾아 가져왔다. 그걸로 수풀을 헤치자 바로 공이 보였다. 공을 찾자, 아이는 작대기로 자기가 디딜 곳을 짚어 가며 공에 접근했다.

한편 나머지 아이들은 계속해서 달리고 있었다. 현재 위치는 상점가 거리. 이제 목적지까지 약 5분 거리 정도만을 남겨 두고 있었다. 모두들 곧 도착할 거라 생각했지만…….

아까 말하지 않았던가. 한 번 운이 없으면 계속 운이 없다는 법칙에 대해서. 그 법칙은 이번에도 어김없이 잘 적용되었다. 아니, 이번 경우는 아이들의 부주의 때문일지도 모르겠다. 지금 아이들은 그저 자기 앞사람만 보고 달렸다. 그래서 맨 앞사람이 뒷사람들의 안전을 쥐고 있었다. 그런데 그 안전 총책임자가 한눈을 팔며 달리고 있었다. 그러면 다음에 일어날 일은 뻔하다.

마침 느긋한 식사를 마치고 편의점에서 나오는 사람이 있었다. 맨 처음에 대학생에게 쓸데없기 그지없는 오기를 생성해 주었던, 대학생이 그때 그 시간에 아이들이 놀던 곳에 도착하게 했던, 아이들이 공을 잃어버리게 만들었던, 한 아이가 뱀에게 물리게 만들었던, 아이들이 병원까지 갔다가 여기로 돌아오게 만든 장본인. 맨 처음에 등장했던 바로 그 노숙자였다. 안전 총책임자는 그 노숙자와 충돌했다.

그러자 일렬로 따라오던 아이들이 연쇄적으로 충돌하며 도미노와도 같은 장관을 연출했다. 노숙자는 어째 오늘 운수가 좋더니, 이런 변을 당하나 싶었다. 그러나 그 노숙자는, 이 일의 원인을 뒤로 뒤로 파고들어 가면 결국 자신이 원인이라는 것은 이해하지 못할 것이다.

많은 아이들(+노숙자)이 몸 여기저기에 멍이 들고 난리가 났다. 그래서 그중 가장 멀쩡한, 맨 뒤에 있던 아이가 파스를 사러 가야 했다. 그 아이는 마침 앞에 약국이 있는 것을 보고, 운이 아주 없지만은 않다고 생각하며 약국으로 들어갔다. (그러나 이 연쇄 추돌 사고가 일어나지 않았다면 파스를 살 일이나 있었을까?) 한 사람당 큰 멍이 5개씩은 있을 거라 생각하고, 50개짜리 큰 묶음을 샀다. 겉에 포장된 비닐이 잘 뜯기지를 않아서, 바로 옆 편의점에 들어가 커터 칼 하나를 샀다.

그렇게 A의 경우는 발생하였다.

B의 경우 _아이가 손가락을 다치다

어떤 귀족이 마차를 타고 지나가고 있었다. 번지르르한 마차를 본 거지들은 마차에 몰려가 구걸했다. 그러자 귀족은 귀찮은 듯이 동전 한 주먹을 바깥으로 던져 주었다. 밖으로 날아간 동전은 바닥에 떨어져 튀기며 시끄럽게 쟁그랑거리는 소리를 냈다. 그리고 거지들은 일시에 동전을 주우러 달려들었다. 그 와중에 두 거지가 머리를 부딪쳐 둘 다 쓰러지고 말았다.

이들은 가난했지만 의리로 뭉친 의리파들이었다. 동료의 부상을 무시하지는 않았다. 두 거지가 다친 거지 둘을 업어 자신들의 아지트인 다리 밑으로 옮겼다. 겉을 살펴보니 외상은 보이지 않았다.

이런 상황에서 거지들이 할 수 있는 일은 없었다. 외상이 있었다면 외상이라도 치료했겠지만 외상도 없이 의식을 잃었으니 거지들이 뇌수술을 할 수도 없는 노릇이다. 결국 잘 일어나기를 빌고 있을 수밖에 없었다.

한편 거지들이 전부 가자 웃음 짓는 사람들이 있었다. 동네 아이들이었다. 귀족이 거지들에게 뿌려준 돈을 거지들이 다 줍지 않고 가자, 자기들이 차지하려는 것이다. 그 귀족이 큰 부자였는지, 거지들이 동전을 많이 주웠음에도 상당한 금액이 남아 있었다. 아이들은 거지들보다도 더 서둘러 동전을 주웠다. 그런데 동전을 줍는 아이들 중에 귀족 자제가 섞여 있었다. 이 아이가 평민들과 어울리게 된 데에는 사연이 있었다.

어릴 때부터 이 아이는 엄격하게 교육을 받고 자랐다. 밖에 나가 논다는 것은 생각하지도 못했으며, 다른 아이와 노는 것도 자기 아버지와 친분이 있는 귀족이 아들을 데리고 왔을 때뿐이었다. 놀이도 매우 고상한 것으로 한정되어 있어 재미라고는 하나도 없었다.

그런 생활에서 지루함을 절실히 느끼던 그 아이에게, 기회가 찾아왔다. 부모가 업무 때문에 타지로 출장 가게 된 것이다. 그 귀족 부부는 아침부터 집에서 나와 마차를 준비했다. 그리고 부부가 마차를 준비하러 나가는 동시에, 아이도 몰래 집을 나섰다. 집을 나서서 놀고 있는 아이들 무리를 찾아가 말을 걸었다. 귀족 아이는 자신도 놀랄 정도의 속도로 아이들과 친해졌다. 아이들과 같이 다니며 아이들이 하는 것은 뭐든지 같이 했다. 아이들도 귀족 아이를 여느아이와 같이 살갑게 대했다.

그런데 아무래도 귀족 아이는 운이 나쁜 것 같았다. 딱 그때, 귀족 부부가 돌아오고 있었다. 중요한 문서를 두고 간 것이다. 부부는 자신들의 아들과 정면으로 마주쳤다. 그리고 자신들의 아들을 집으로 끌고 갔다. 그리고 정말 엄청나게 혼냈다. 이날 나온 잔소리의 자세한 내용은 생략한다. 보면 볼수록 보수적이라는 생각이 들며 눈살을 찌푸리게 될 테니까.

말로만 혼낸 것이 아니라 종아리도 엄청나게 때렸다. 아주 살이 부르트고 피가 날 정도로 때렸다. 그리고 밖에 못 나가게 방에 가둬 놓고는, 유모에게 하루 세 번 음식만 넣어 주라고 명령하고 다시 출장을 갔다.

그러나 이 귀족 부부가 눈치채지 못한 것이 있었다. 그들은 그 방이 완전히 잠겼다고 생각하겠지만, 창문을 멀쩡히 열어 놓고 왔다. 그렇게 그들 부부가 까맣게 모르는 동안, 그들의 아들은 또 탈출을 감행하고 있었다.

원래 이 '탈옥수'는 어제 하루만 놀고 그 이후에는 얌전히 있을 계획이었으나, 어제 제대로 놀지도 못했는데 그럴 수야 있나. 오늘 나가서 어제 못 논 것까지 다 놀아 주리라. 하고 마음먹고 목적지로 돌진했다. 어제 놀던 곳에 오늘도 아이들이 그대로 있었다. 그곳에 다시 녹아들었다.

부모님과 얘기는 잘 풀렸는지 걱정해 주는 아이도 있었고(대답은 웃음으로 대신했다.) 어제 따로 챙겨놨다며 동전을 쥐어주는 아이도 있었다. 만난 지 하루인데 이 정도라니, 귀족 아이는 가족보다 친구들이 낫다고 느꼈다.

오늘은 어제 못 보던 공도 있었다. 주먹만한 고무공이었다. 어제 주운 돈에서 조금씩 걷어서 샀단다. 나무 방망이도 하나 있었다. 아이들은 그걸로 공놀이를 했다. 아이들이 공격 팀과 수비 팀으로 나눠져 한 회마다 각 팀에서 한 명씩 출전하여 투수 대 타자 대결을 하는 식이었다. 4회에 멋진 타구가 하나 나왔다. 의외로 엄청난 재능을 가지고 있던, 귀족 아이가 친 것이었다. 그런데 공은 너무 멀리 날아가 길가까지 가서 떨어졌다.

마침 길가에 한 청년이 지나가고 있었다. 그 청년은 왕립연구소의 학자를 목표로 공부 중인 청년이었다. 아이들은 그 청년에게 공을 던져 달라고 할 수도 있었으나, 왠지 모를 불안감이 느껴져 직접 주우러 가는 게 낫겠다고 느꼈다 (그것도 아이들 전원이 그렇게 느꼈다). 이때 귀족 아이가 결자해지라며 나서서-기분이 좋아지면 갑자기 모든 일에 의욕이 생긴다는 사실은 다들 경험으로 알고 있을 것이다-자기가 공을 주우러 가겠다고 했다.

공이 거리 한가운데를 가르며 굴러가고 있었다. 아이는 바로 공으로 돌진하려다, 길 옆쪽에서 뭔가가 자기보다 먼저 공으로 돌진하고 있는 것을 발견하고 주춤했다. 말 두 마리가 끄는 마차였다. 이 마차가 정말 공을 목표로 돌진했던 게 맞는 건지, 말 하나가 공을 밟았다. 그런데 다음에 일어난 일이 더 가관이었다.

말이 고작 공 하나 밟았다고 이런 일이 일어날 수 있는 건가 싶을 정도로 심하게 미끄러지더니, 다른 말 쪽으로 넘어졌다. 그러자 넘어지는 말에 치인 다른 말도 넘어졌다. 말 두 마리가 오른쪽으로 넘어지자, 마차도 오른쪽으로 조금씩 기울어지더니 바닥에 널브러진 말과 충돌하자 곧바로 넘어졌다. 마차부는 오른쪽으로 튕겨 나가 비탈을 굴러 개울에 처박혔고, 마차 안에서는 쿠당탕 소리와 함께 비명소리가 들렸다.

여기서 귀족 아이는 흠칫했다. 비명소리에 섞여 들려온 목소리가 많이 들어본 목소리였기 때문이다. 숨어야 한다는 생각밖에 안 들었다. 공이고 뭐고 다 잊고 마차가 오던 쪽의 길로 뛰어갔다.

그쪽 길에는 갈림길이 있었다. 직진하면 큰길-그 귀족의 집이 있는-이 나오고, 좌회전하면 좁은 골목이 나오는데 이 골목은 작은 공터와 이어져 있었다. 아이는 이 골목 쪽으로 도망가는 편이 낫겠다고 생각했다. 그래서 왼쪽으로 급히 방향을 꺾었다. 그런데 오늘 재수가 없는 사람은 마차 안에 타고 있는 사람(눈치챘을지도 모르겠지만 그 귀족 부부이다.)뿐이 아니었나 보다. 하필 그때 골목에서 나오는 사람이 있었다. 두 명의 거지였다. 그중 한 사람은 어제 부상을 입고 쓰러졌던 그 거지로, 다른 거지가 업고 있었다. 귀족 아이는 거지들과 충돌했다.

한편 다른 아이들은 그 (별개의)연쇄추돌사고를 보며 달려오고 있었다. 피해자들을 돕기 위해서였다. 여기서 아이들은 마차 사고 피해자들은 당연하다는 듯이 내버려 두고, 자신들의 친구에게로 달려가는 냉정함을 보여주었다.(하긴 당연하지. 생판 남인데 왜 도와줘?)

귀족 아이가 두 거지에게 깔려 있었다. 귀족 아이와 거지 둘, 총 세 명의 피해자 모두 정신을 차리지 못하고 있었다. 구조하러 온 아이들은, 거지들을 들어내기보다 귀족 아이를 끌어내는 게 더 나을 거라 판단하고 온 힘을 다해 아이를 잡아당겼다.

약 1분여를 용쓴 뒤에야 겨우 귀족 아이를 구조할 수 있었다. 그러다 한 아이가 손가락을 움켜쥐었다. 구조 작업을 할 때는 눈치채지 못했는데, 이제 보니 꽤 큰 상처가 있었다. 아까 귀족 아이 옷자락에 달린 금속 장식에 긁힌 것 같았다.

그렇게 B의 경우는 발생하였다.

C의 경우_아이들이 패싸움을 하다

어느 여름날이었다.

아이들이 계곡에서 한창 물놀이에 열을 올리고 있었다. 다들 얼마 전에 돈을 주워서 물총을 샀다고 신이 나 있었다. 여느 아이들이 그렇듯이 아이들은 산 물총을 바로 써 보고 싶었고, 그래서 바로 계곡에 온 것이었다. 거기서 두 아이가 작당해서 다른 한 아이를 물속에 박았을 때부터 일은 시작되었다.

물속에 박힌 아이는 가까스로 물가로 기어 나와 한참을 캑캑거렸다. 그리고 자신을 물에 박은 두 아이를 쏘아보더니 가 버렸다. 두 아이는 자신들이 너무 심했나 싶었다. 그 다음, 다른 아이들의 행동으로 그 두 아이는 그게 맞단 걸 알게 되었다. 다른 아이들이 경멸과 혐오의 눈빛을 담아 그 두 아이를 째려보고 있었다.

평소에는 항상 같이 장난을 치던 녀석들이 이런 기회만 오면 항상 재빨리 태세를 전환한다. 문제의 두 아이는 아니꼽고 더럽다고 생각했지만 입으로 내지는 못했다. 생각해 보면 자기도 항상 그랬었기 때문이다. 결국 두 아이가 선택할 수 있는 길은 가시방석에 버티고 앉아 있거나, 가시방석을 피해 도망가는 것이었다. 만약 버티고 앉는다면 공기는 더없이 무거울 것이다. 하지만 도망쳐서 엄청난 뒷담화가 오가게 두는 것보다는 그 편이 나았다.

그렇게 약 10여 분 간 공기는 강철이 되었다. 나머지 아이들-그 문제의 두 아이를 제외한-은 이런 상황은 예측하지 못했다. 문제의 두 아이가 자리를 뜨고 자신들은 그 두 아이의 뒷담화나 실컷 하는 시나리오를 생각했던 것이다. 그 아이들은, 이럴 때는 자신들이 먼저 자리를 뜨는 게 상책이라는 걸 경험을 통해서 알고 있었다. 만약 더 버티고 있었다가는 모두가 시간만 버리는 꼴이다.(그런데 이런 경험이 있었으면 왜 같은 실수를 반복했담!) 그래서 아이들은 계곡을 벗어나 다른 곳으로 이동했다.

계곡을 벗어난 아이들은 각자 빛의 속도로 집에 들러 옷을 갈아입은 뒤,(다들 목욕은 생략했다.) 공터로 모였다. 공터에서 할 수 있는 놀이는 많았다. 그러나 어떤 놀이를 하려고 해도 인원이 안 맞았다. 아까 그 문제의 두 명을 부르는 건 또 자존심이 용납하지 않았다. 그래서 계곡에 아무도 없는지 보러 가기로 했다. 만약 아무도 없다면 다시 계곡으로 놀러 갈 심산이다.(그럼 옷을 새로 꺼내 입은 의미는?)

아쉽게도, 문제의 두 아이는 계곡에 그대로 있었다. 둘이서도 잘 놀고 있는 걸 보니 주객이 전도되었다는 생각이 들었다. 그러나 별 수가 없었다. 그 둘한테 다시 놀자고 하는 것은―아까도 말했지만―자존심이 용납하지 않았고, 그렇다고 다른 놀러 갈 데도 없었다. 결국 아이들은 잔소리나 들으러 귀가할 수밖에 없었다.

한편, 처음에 잠깐 얼굴만 비쳤던, 물에 박혔던 아이는 어디로 갔을까? 그 아이는 기분이 울적할 때면 항상 마을 어귀의 산 정상에 올라갔다. 그곳에는, 누가 언제 왜 세웠는지 아무도 모르는 정자가 하나 있었다. 거기에 누워서 기다리다 보면 늘 기분이 좋아졌다. 이번에도 그 아이는 그곳에 가 있었다.

갑자기 등산로 쪽이 시끌벅적해졌다. 산에 올라왔으니 말할 것도 없이 등산객들이었다. 아이는 이곳을 알게 된 이후로 등산객을 한 번도 보지 못해서 이곳을 자신만의 공간으로 생각했는데, 이제 이곳은 모두의 공간이 되었다. 아무래도 다른 곳을 찾아봐야겠다고 아이는 생각했다.

그런데 올라온 두 등산객의 행동이 이상했다. 바닥만 유심히 보고 다니다가 갑자기 바위 하나를 정으로 쪼는 것이 아닌가? 정에 망치질을 하다가도 갑자기 멈추고 다시 바닥을 유심히 살폈다. 아이는 정말 이상한 사람들이라고 생각하며 슬그머니 뒷길로 빠져나가려고 했다.(그 사람들은 바닥만 보고 다녔기에 아이가 있는 것을 눈치채지 못했다.)

뒷길 입구로 들어선 아이는 순간 멈칫했다. 뒤에서 "심봤다!" 하고 크게 외치는 소리가 들렸기 때문이다. 슬그머니 돌아보니 아까의 두 등산객 중 하나가 돌을 치켜들고 있었다. 그걸 보고 호기심이 생겼다. 저깟 돌이 얼마나 대단하다고 저렇게 기뻐하고 있는 거지. 다만 직접 물어볼 용기는 나지 않았다. 그래서 부모님에게 물어보기로 했다.

아이는 뒷길로 재빨리 뛰어가 집으로 갔다. 그런데 하필이면 부모님이 둘 다 집에 안 계셨다. 주말인데 다들 어딜 간 건지. 그냥 아까 그 사람들에게 직접 물어볼까. 하고 집을 나서는데 밖에 아이들이 찾아와 있었다. 이 아이들은 아까 잔소리나 들으러 귀가할 수밖에 없겠다고 결론을 내렸지만, 잊고 있던 한 아이를 떠올림과 동시에 다른 해결책을 찾았다. 해결책은 그 한 아이를 섭외하는 것이었고, 지금 그 계획을 실행하러 온 것이었다.

어느새 만인이 바라는 대상이 된 이 아이는, 이 일을 유리하게 써먹을 생각을 했다. 혼자 가서 물어볼 용기가 나지 않는데 마침 동료가 많이 생긴 것이다. 그래서 이 아이는 자신을 찾아온 아이들에게 조건을 달았다. 그 내용은 말할 것도 없이, 자신이 등산객들에게 호기심을 해결하는 걸 도와주는 것이었다. 그리고 아이들은 그 조건을 받아들였다.

한 타스의 아이들이 먼지구름을 일으키며 비탈길을 뛰어올라갔다. 그 이상한 등산객들이 벌써 가 버렸을 위험성도 있었지만, 다행히도 그 등산객들은 여전히 돌을 쪼고 있었다. 아이들은 그 등산객들을 향해서 돌진하다가 약속이라도 한 듯 일제히 멈췄다.

문제가 하나 생겼다. 그것은 누가 등산객들에게 말을 걸지 하는 문제였다. 아이들 모두 자신이 그 역할을 맡는 것은 피하고 싶었다. 그래서 아이들은 최대한 빨리 다른 사람의 등을 떠밀려고 했다. 이것은 남의 등을 떠밀기 위한 아이들의 대화 내용이다.

 ―오, 네가 해준다고? 고마워! 애들아, 얘가 하겠대!

 ―내가 언제! 너나 해!

 ―싸우지 말고 가위 바위 보로 정하자!

 ―안 내면 진 거 가위 바위 보! (11명의 아이들이 안도하는 소리가 들린다.)

―네가 졌으니까 네가 해!

―싫어!

―그런 게 어디 있어? 졌으면 해야지!

―난 하기 싫다고!(주먹이 등짝에 명중하는 소리가 들린다.)

―왜 때려!(또다시 주먹이 등짝에 명중하는 소리가 들린다.)

―싸우지.(싸움을 말리려고 다가가던 아이가 어쩌다 얻어맞고 자신도 주먹을 날린다.)

그렇게 싸움은 2대 1이 되었고, 1명의 편에 또 하나의 아이가 가세했다. 계속 아이들이 가세하고 가세하고 가세하여 결국엔 모든 아이가 싸움에 참여하게 되었다. 아이들은 본래의 목적은 잊고 눈앞의 적을 때리는 데에만 열중했다.

한편 산 위에서 화석을 채굴하던 화석 연구가들은, 갑자기 아이들이 뛰어올라와 가위 바위 보를 하더니 패싸움을 벌이는 것을 목격했다. 두 화석 연구가는 생각했다.

'정말 이상한 동네로군!'

아무튼 그렇게 C의 경우는 발생하였다.

D의 경우_어른들이 패싸움을 하다

커다란 차가 지나갔다. 그리고 그 뒤를 쨍그랑거리는 시끄러운 소리가 따랐다.

커다란 차는 대량의 동전을 운반하는 중이었다. 그런데 그 담당자의 실수로 차 뒷문이 잠기지 않은 상태로 차가 출발했고, 약간 들떠 있던 뒷문은 차의 진동 때문에 활짝 열렸다. 그와 동시에 동전은 마구잡이로 쏟아졌다.

불행히도 운전사는 헤드폰을 쓰고 운전하고 있었다.(돈을 잃어버리는 문제가 아니라도 교통안전을 위해 이런 습관은 버려야 하는데……) 그래서 동전이 시끄럽게 짤랑거리는 소리를 듣지 못했고, 뭔가 잘못되었다는 것도 눈치채지 못했다. 이제 일은 커졌다.

한 가지 다행인 점은, 얼마 전에 은행에서 돈을 운송하던 차에서 비슷한 사건이 있었다. 그런데 그 차에서 샌 돈에 손댄 사람은 전부 엄중하게 처벌받았다.(게다가 그 일이 없었더라도, 떨어뜨린 돈은 전부 동전이잖아? 한몫 잡을 만큼 동전을 줍다가는 목표량의 반도 줍기 전에 붙잡혀서 끌려가겠다.)

한편, 그 운전사는 목적지에 도착해서야 자신의 실수를 깨달았다. 그래서 부랴부랴 커다란 가방을 가지고 왔던 길을 되짚어갔다. 그 많은 동전을 주워담을 생각을 하니, 그리고 누가 주워가지는 않았을까 걱정하니 앞날이 깜깜했다. 게다가 이 가방에 그 동전을 다 넣을 수는 없을 터. 이 가방이 동전으로 꽉 차면 그 무거운 가방을 들고 돌아와 가방을 비운 뒤, 다시 아까 동전을 줍던 곳으로 가야 할 것이다.(가방을 여러 개 들고 가면 되지 않았냐고? 그 무게를 어떻게 감당하려고.)

한편, 한 선량한 시민이 있었다. 시간도 많고 마음도 넉넉한 그런 사람이었다. 그 사람이 자전거를 타고 가다가 길바닥에 흩뿌려진 동전을 목격하게 되었다. 곡절은 모르겠어도, 이 동전이 누군가에게 큰 문제가 될 거라는 사실은 확실했다. 이렇게 방치된 것을 보니, 동전의 주인이 동전의 수난을 눈치채지 못하고 있는 것 같았다. 정의감으로 가득 찬 이 시민은 동전의 주인을 돕기로 했다.

이 선량한 시민은 운이 매우 좋았다. 마침 메고 있던 배낭 안에 비닐 봉투가 넉넉히 있었던 것이다. 동전이 쭉 이어져 있으니, 동전을 주우며 따라가면 동전의 주인을 만나서 동전을 전해 줄 수 있을 것 같았다. 그렇게 선량한 시민은 인적도 없는 시골길에서 홀로 동전을 주웠다. (얼마나 할 일이 없었으면……)

1시간 정도가 경과했다. 이제 동전으로 이루어진 띠는 약 400m 정도밖에 남지 않은 상태였다. 이제 곧 동전을 줍는 두 사람은 서로 육안으로 인식 가능한 거리에 들어올 것이다. 이때 선량한 시민의 뒤쪽에서 굉음을 내며 오토바이가 달려오더니 선량한 시민이 동전을 담던 비닐봉지를 낚아채 갔다. 그는 이어서 운전사의 가방까지 낚아챈 뒤 유턴해 그곳을 **빠져나갔다.** (이 폭주족은 머리가 매우 좋았다. 자신이 직접 동전을 주워가지 않고 남이 다 주울 때까지 기다렸다가 훔쳐가는 전략적인 움직임 봐라.)

선량한 시민은 재빨리 자전거에 올라타 폭주족의 뒤를 쫓았다. (얼마나 할 일이 없었으면……) 그러나 자전거로 오토바이를 쫓아간다는 건 역부족이었다. 선량한 시민은 체력의 한계를 느끼며 멈추려고 했다. 그런데 그때, 먼 곳에 점으로 보이던 오토바이가 멈췄다. 선량한 시민은 희망을 얻어 남은 힘을 쥐어짜 오토바이에 접근했다.

폭주족은 길가에 오토바이를 대고 돈을 어림하고 있었다. 그 동료로 보이는 남자도 한 명 같이 있었다. 선량한 시민은 그들과 약 50미터 거리에서 멈춰서서 경찰서에 전화를 걸었다.

경찰이 오기도 전에 폭주족들이 자리를 떴다. 그들이 어째 걸어서 가나 했더니 언제부터인지 오토바이가 보이지 않았다. 선량한 시민은 다시 경찰서에 전화를 걸어 그들의 움직임을 실시간으로 보고하며 조심스레 그들의 뒤를 쫓았다. 선량한 시민은, 그들이 걸어서 가는 것을 보니 목적지가 멀지는 않을 거라 생각했다.

과연 10분도 채 지나지 않아 그들이 멈췄다. 은행 앞이었다. 동전을 지폐로 바꾸어 가려는 것 같았다. 마침 그때 경찰이 도착해 주었다. 폭주족들은 은행에 들어가기 직전에 잡혔다. 폭주족들을 경찰서로 이송하려는데, 경찰이 진술해 줄 사람도 필요하다 해서 선량한 시민도 경찰서로 따라갔다. 폭주족이 훔친 가방 안에 핸드폰이 들어 있었는데, 비상연락처가 적혀 있어 전화해 보았더니 그 가방의 주인이 받았다. 그 가방의 주인에게 가방을 찾았으니 경찰서로 오라고 했다.

잠시 후에 가방의 주인이 도착했다. 가방의 주인은 잔뜩 화가 난 모습이었다. 경찰서에 들어와 안을 훑어보더니 다짜고짜 드롭킥을 날렸다. 그런데 거기 선량한 시민이 맞고 말았다. 그는 실수일 거라 생각하고 용서의 말을 하려 했지만, 가방의 주인(운전사)은 계속해서 선량한 시민에게 주먹을 날렸다. 경찰이 떼어놓기 전까지, 선량한 시민은 10여 대를 얻어맞았다. 오해도 아주 큰 오해가 있었나 보다.

평소에 착하고 조용하던 사람이 화나면 더 무섭다던가. 지금 선량한 시민은 단단히 분노해 쉽게 진정될 것 같지 않았다. 쏟아지던 주먹이 멈추자 정신을 차리고 바로 복수의 일격을 날렸다. 그 한 방이 얼마나 맵던지, 운전사의 입술이 터지고 앞니 두 개가 덜렁거렸다. 턱 관절도 약간 나간 것 같았다. 최소한 전치 4주는 나올 것 같았다.

선량한 시민─이제 선량하다고 할 수 있을지 모르겠지만─의 상처도 만만치 않았다. 온몸에 멍이 들고 뼈에 금도 간 것 같았다. 그렇게 간단한 절도사건으로 끝나야 했을 사건은, 훨씬 복잡해지고 커졌다.

일단 공적인 재판으로 가기 전에, 양쪽이 개인적으로 만나서 합의를 보기로 했다. 양쪽 다 가족을 데리고 왔고, 법 쪽을 잘 아는 친척도 같이 왔다. (이것에 대해서는 얘기가 없었는데 양쪽 다 약속이라도 한 듯 법을 잘 아는 친척을 데려왔다.) 그리고 대화를 시작했다.

양쪽 모두 이 일이 커지지 않고 잘 끝났으면 좋겠다고 생각했지만, 서로 협상이 잘 되지를 않았다. 양쪽 다 자신에게만 유리한 쪽으로 일을 끝내려고 한 것이다.(그도 그럴 것이 둘 다 웬만큼 얻어맞았다. 그러니 여기서 맞은 만큼 메우려고 하는 것이다.) 결국 양쪽의 목소리가 점점 커지더니, 말싸움이 되고, 몸싸움이 되고, 큰 패싸움이 되었다.

결국, 운전사가 차 뒷문을 잠그지 않은 일은, 동전을 뿌리는 일이 되었고, 선량한 시민의 개입을 불렀으며, 개입한 시민이 운전사에게 맞는 일을 불러왔고, 큰 패싸움을 일으켰다. 이렇게 자신의 일을 철두철미하게 하지 않으면 이런 위험한 결과를 불러오는 것이니 조심하자.

아, 그리고 이렇게 D의 경우는 발생하였다.

E의 경우_두 마을의 사이가 틀어지다

갑작스레 하늘에서 뭔가가 쏟아졌다. 우박 같았지만 금속성 빛이 돌고, 작고 단단했다. 이 책을 처음부터 읽은 독자라면 그게 무엇인지 짐작할 수 있을 것이다. 그것은 동전이었다.

하늘에서 돈비가 내린다니 부럽다고 생각할 수도 있겠지만, 그 비는 하필 사람들이 가장 야외 활동을 많이 할 한낮에 내렸다. 이걸 머리에 직격으로 맞으면 거의 즉사였다. 특히 숨을 곳이 없는 탁 트인 지형이라면 더할 나위 없이 위험했다. 공원처럼 말이다.

대낮의 공원은 늘 동네 아이들에게 점령되어 있었다. 그것은 오늘도 마찬가지였다. 아이들에게도 예외 없이 사나운 동전비가 내렸다. 숨을 만한 곳은 정말 하나도 없었다. 아이들은 동전 비에 맞는 족족 속수무책으로 쓰러졌다. 동전 비는 10초도 안 되는 짧은 시간 내렸으나, 바깥에 나가 있던 사람 중 쓰러지지 않은 사람은 거의 없었다. 특히, 아이들은 전부 쓰러졌다.

그런데 이 사태에 이상한 점이 있었다. 이 마을 전체가 균등하게 피해를 입었는데, 바로 옆 마을에는 동전 하나 들어가지 않았다는 것이다. 민간인이 이렇게 넓은 범위에 이렇게 많은 양의 동전을 상공에서 떨어뜨릴 수 있을 것 같지는 않았지만, 아무래도 상황이 이러니 바로 옆 마을이 제1용의자가 될 수밖에 없었다.

아무튼 집에 불이 나면 먼저 불을 꺼야지 먼저 방화범을 잡으려고 하면 쓰나. 사람들의 치료가 우선이었다. 그런데 시골 마을이라 큰 병원이 없어 다들 시내로 나가야 했다. 다행인 건 멀쩡한 사람들 중 큰 교회 버스를 운전하는 사람이 있어, 다친 사람들을 전부 태우고도 남아 멀쩡한 사람의 수가 다친 사람보다 월등히 적은 것은 문제가 되지 않았다(만약 이런 버스가 없었으면 소수의 멀쩡한 사람이 다친 사람을 태우고 병원까지 몇 번 왕복해야 했을 것이다).

오늘 이 마을은 텅 비게 되었다. 그런 환경이 빈집털이범에게는 이상향이 아닐 수 없었다. 그래서 오늘 이 마을의 주민들은 재앙을 한 번 더 맞게 되었다. 이상향을 찾아 많은 빈집털이범들이 모여든 것이다. 마을 사람들이 나가 있는 시간은 빈집털이범들이 축제를 즐기기에 충분했고, 이 마을 내의 부동산을 제외한 재산은 반 이하로 줄었다. (부동산은 훔쳐갈 수가 없으니까.)

한편, 한나절이나 뒤에 병원에서 사람들이 돌아왔다. 돌아온 사람들은 집에 들어가는 순간부터 경악했다. 보통의 빈집털이범이라면 겉으로는 티가 안 나게 필요한 것만 쏙 빼 갈 텐데, 이 빈집털이범들은 보란 듯이 모든 곳을 어질러 놓았다. 그래서 마을 사람들은 더 분노할 수밖에 없었다. 그런데 여기도 이상한 점이 있었다. 꽤 많은 수의 발자국—빈집털이범들의 것으로 추정되는—이 모두 옆 마을 쪽에서 온 것이었다. 그런데 마을의 경계를 기준으로 옆 마을 쪽에는 그 발자국이 전혀 없었다.

마을에서 대표로 한 사람이 옆 마을에서 정보를 캐내러 가기로 했다. 그 정보가 무엇이었는고 하면, 옆 마을도 도둑에게 피해를 입었나 하는 것이었다. 그런데 한 집 한 집 일일이 물어 봐도 도둑이 든 집은 하나도 없었다. 정탐꾼이 돌아와 캐낸 정보를 마을 사람들에게 알리자, 마을 사람들은 또다시 분노했다. 만약 도둑이 다른 곳에서 와서 옆 마을을 경유한 거라면, 당연히 옆 마을을 먼저 털었을 것이다. 게다가 발자국도 옆 마을의 뒤쪽에는 없었던 걸 보면 옆 마을이 범인인 게 확실하다. 라고 다들 생각했다.

그 단서들을 바탕으로 마을 사람들은 추리를 거듭해 알고 있는 사건의 내용을 구체화시켰다. 거기에 아까의 동전 테러 사건까지 더해져 점점 옆 마을 사람들이 강력히 범인으로 몰리고, 마을 사람들은 더 증거를 찾을 생각은 안 하고 옆 마을 사람들을 추궁할 계획이나 세우고 있었다. 그러나 증거라고는 심증뿐, 물증이 없어 대놓고 심문할 수는 없었다. 그래서 마을 사람들은 큰 술자리를 만들어 옆 마을 사람 몇을 초대해 놓고, 취기가 오를 때쯤 은근슬쩍 돌려서 물어볼 작전을 세웠다.

그런데 큰 술자리를 만들자니 자금이 부족했다. 재산이 반 이상 털린 것이다. 물론 범인만 잡으면 다 되찾을 수 있겠지만, 지금은 당장의 자금이 필요했다. 여기서도 마을 사람들은 묘안을 찾아냈다. 마을에 내린 동전비가 그것이다. 이 동전들을 다 긁어모으면 꽤나 돈이 될 터였다. 그런데 마을 사람들은 동전을 줍다가 마음을 바꾸었다.

동전들은 전부 은화였다. (빈집털이범들이 이 사실을 안다면 매우 배 아파 할 것이다. 동전을 한 닢 한 닢 주워서 어느 세월에 많이 모으냐며 동전은 거들떠도 안 봤거든!) 마을 전역에 거의 10초가량 계속 뿌려졌으니, 그 양도 얼마나 많았겠는가. 덕분에 이 마을 사람들은 도둑맞은 재산보다 훨씬 많은 이득을 볼 수 있게 되었다.

그러나 여기서도 문제가 생겼다. (이 마을 사람들은 늘 문제만 생기는군!) 동전의 임자가 따로 없는 상태에서 무질서하게 동전을 줍다 보니, 동전을 두고 싸움이 벌어졌던 것이다. 시작은 아주 사소한 일에서부터였다.

한 사람이 자기 집 마당 안에 있는 건 다 자기 거라며 마당 안에 있는 사람들에게 나가라고 하고는, 다른 사람들이 반발하자 욕을 했다. 그 뒤 패싸움이 으레 그렇게 시작되듯 말싸움-약간의 신체 충돌-두 사람의 싸움-다른 사람의 개입-패싸움으로 이어졌다. 곧 패싸움 지점을 중심으로 사방 백 리에 이르도록 소리가 울려 퍼지고, 나중에는 그것 때문에 개까지 짖어 대며 가관을 만들었다. 한 사람이 빠질 때쯤 또 한 사람이 참가하며 패싸움은 끊이지 않고 계속되었고, 시끄러운 소리도 밤이 깊도록 계속 울려 퍼졌다.

옆 마을 사람들은 그 소리를 참으려 했지만, 밤까지 계속되자 도저히 잠도 잘 수가 없어서 어쩔 수 없이 따지러 갔다. 그런데 사람들이 너무 흥분해 있었다. 아까 다시 얘기하지 않기로 했던 빈집털이범 사건까지 들먹이며 욕지거리를 했다. 게다가, 당연한 얘기지만 옆 마을 사람들은 범인이 아니었다. (이 마을 사람들은 발자국을 볼 때 흙의 종류에 따라 발자국이 안 찍힐 수 있다는 걸 생각 못 했다. 그리고 빈집털이범이 빈 집을 털지 사람 있는 집을 터나?)

새벽 1시경, 이제는 옆 마을 사람들까지 싸움에 동참했다. 지금 싸움은 패싸움이라 부르기보다는 난투라고 해야겠다. 다들 본래의 목적을 잃고 싸움을 목적으로 하여 보이는 사람은 다 때리고 있었다. (정말 유치원생도 이렇게는 안 싸우겠다.)

그렇게 밤새 싸운 사람들은, 싸울 때는 어떻게 싸웠는지 의문스러울 정도로 몸도 못 가누었다. 그래서 교회 버스 운전사가 다시 한 번 수고해 줘야 했고, 그 사이에 빈집털이범들이 다시 출동해 주워 모은 은화까지 다 털어 갔다. 엄청난 양의 은화는 빈집털이범들이 이 근방이 부자 동네라고 생각하게 했고, 덕분에 옆 마을에까지 빈집털이범들이 찾아갔다. 이 사건 때문에 두 마을 사람들은 서로를 원수로 여기게 되었고, 동전비 사건의 진실은 아직도 밝혀지지 않았다고 한다.

그렇게 E의 경우는 발생하였다.

F의 경우_한 마을이 불타다

어느 추운 크리스마스이브의 밤이었다. 구세군의 빨간 자선냄비가 마을 한 가운데에서 어려운 이웃을 돕기를 권하고 있었다. 그 옆에서는 한 산타의 대리인이 종을 딸랑거리며 서 있었다.

그는 지금 몹시 지루한 상태였다. 이곳에 온 지 벌써 세 시간은 지난 것 같은데, 모인 돈은 고작 동전 열댓 개였다. 사람들이 활발하게 모금을 해준다면 조금이라도 덜 지루할 텐데. 게다가 날씨는 또 지독하게 추웠다. 오래 서 있으려니 피곤하기까지 했다. 이대로 한 시간만 더 있으면 가수면 상태로 냉동 인간이 되기 딱 좋을 것 같았다.

보통 자선냄비에는 사람이 둘씩 붙어서 한 사람이 자리를 비워도 괜찮게 하는 법인데, 그에게는 그런 사람도 붙여 주지 않았다. 그래서 그는 벌써 한 시간째 화장실 가는 걸 참고 있어야 했다. 한 시간이면 슬슬 참는 데도 한계가 올 시간이다. 어차피 모금하는 사람도 없고 해서 그는 그냥 화장실에 다녀오기로 했다. 바로 옆에 은행이 있어 그 화장실로 들어갔다.

지독하게 추운 바깥에 비하면 화장실은 정말 따뜻했고, 세 시간을 서 있던 다리도 쉬게 되니 정말 지상 낙원으로 느끼지 않을 수 없었다. 안 그래도 피곤하던 차에 그런 편안한 환경이 찾아오자 졸음이 쏟아졌다. 결국 그는 변기 위에서 한 시간을 내리 잤다. 밖에서 누군가 계속 노크하는 소리도 그를 깨우지는 못했다.

전화벨 소리에 가까스로 잠이 깬 그는, 시간을 보고는 소스라치게 놀랐다. 전화를 받으니 구세군 상사가 받았다. 그 상사의 말을 듣고 그는 더 놀라고 말았다. 그 상사의 말에 의하면…… 자선냄비가 사라졌다.

그는 헐레벌떡 자선냄비가 있던 자리로 갔다. 과연 자선냄비 삼각대만 땅에 널브러진 채 기다리고 있었고 거기 걸려 있던 자선냄비는 보이지 않았다. 자선냄비만 보이지 않는 게 아니었다. 상사도 보이지 않았다. 자선냄비가 없어진 걸 발견한 걸 보면 여기 있을 거라고 생각했는데, 사방을 둘러봐도 보이지 않았다.

그가 막 그 자리를 떠나려는데 다리에 뭔가 채였다. 내려다보니 상사가 쪼그려 앉아 뭔가 줍고 있었다. 상사가 줍고 있는 물건이 뭔지 보니, 그건 동전이었다. 아까 자선냄비에 들어 있던 것과 양이 같은 걸 보니, 자선냄비에서 쏟아진 것 같았다. 줍지 않고 뭐 하냐는 상사의 독촉에 그는 쪼그려 앉아 동전을 줍기 시작했다.

이상하다. 그 누가 자선냄비를 훔칠 때 굳이 자물쇠를 풀어서 동전은 버리고 냄비만 가지고 갈까. 누군가 훔쳐 간 것은 아닌 것 같았다. 하지만 그렇게 생각하면 왜 냄비가 사라졌는지 알 수 없었다. 그것을 머리가 터지도록 추리하는 구세군들은 남겨 두고, 그냥 직접 보러 가자.

구세군 냄비 근처에서 종을 딸랑이며 어려운 이웃을 돕길 권하는 사람이 사라지자, 구세군 냄비는 혼자 방치되었다. 계속 그렇게 있기만 했으면 좋았으련만, 구세군이 오기 몇 분 전에 이 적막을 깨는 자가 왔다. 그것은 바람이었다. 목성의 대적점을 연상시킬 만큼 강한 바람이었다. 그 바람이 자선냄비를 거칠게 훑고 지나가자, 자선냄비의 삼각대가 기우뚱하더니 자선냄비를 바닥에 내동댕이쳤다. 애초에 잠겨 있지 않던 자선냄비 뚜껑은 시끄럽게 뎅그렁거리며 바닥을 긁었고, 자선냄비의 내용물은 바로 앞에 퍽하고 쏟아졌다. 자선냄비의 몸체는 옆으로 서서 한참을 굴러 길 옆 배수구에 빠졌으며, 자선냄비 삼각대는 아까 봤던 대로 바닥에 널브러져 있었다.

자선냄비의 뚜껑은 멈추지 않고 계속해서 바람을 타고 날았다. 바람이 막다른 골목을 만나자 돌개바람이 되어 주변의 모든 것을 무서운 힘으로 들어올렸다. 이때 자선냄비 뚜껑은 한 집의 지붕 위에 올라갔다. 그리고 바람은 다시 자선냄비 뚜껑을 태우고 아까와 반대 방향으로 질주했다.

한편, 구세군들은 손이 언데다 털장갑 때문에 동전을 줍는 데 애먹고 있었다. 그렇다고 장갑을 벗기는 싫었다. 손이 너무 시릴 테니까. 그래서 계속 쪼그려 앉아 동전과 씨름하고 있었다. 그때 날아갔던 냄비 뚜껑이 돌아왔다. 사람의 눈높이보다 위에서 바람을 타고 신나게 날고 있었다. 여기서 바람이 심술이 발동했는지, 세게 불어 대던 숨을 갑자기 뚝 멈췄다. 자선냄비 뚜껑은 상공에서 자유낙하 했고, 세 시간을 못 버티고 자신을 버리고 떠난 구세군의 뒤통수를 강타했다.

여기서 골드버그 장치 같은 연쇄반응이 시작되었다. 구세군은 앞으로 픽 쓰러졌다. 그러는 통에 아까 쓰러졌던 자선냄비 삼각대의 떠 있던 한쪽 끝이 빠른 속도로 떨어지는 구세군의 얼굴에 깔렸다. 그러자 시소처럼 반대쪽 끝이 튀어 올랐고, 운 없는 행인의 턱을 강타했다. 그 행인은 뒤에서 줄지어 오고 있던 중학생들 쪽으로 쓰러졌고, 덕분에 학생들도 도미노처럼 쓰러졌다. 그리고 그 도미노의 끝에서는 한 아저씨가 담배를 피려고 성냥을 켜고 있었다. 그 아저씨가 쓰러짐과 동시에 불붙은 성냥은 허공을 가로질러 LPG가스 통에 착지했고(도시가스를 설치해 뒀다면 이 시는 이런 비극을 맞지는 않았을 텐데!), 그 가스통은 정말 악마를 연상시키는 불꽃을 만들어내며 터졌다. 그 악마 같은 불은 뒤에 있던 죄 없는 목조주택을 집어삼켰고, 커진 불은 사방의 가스통을 터뜨려 몇의 악마를 더 만들어 내며 사방으로 퍼졌다.

오늘도 근무태만은 큰 참사로 이어졌고, 이 참사는 수많은 사상자를 내며 언론에 오르내렸다. 그러나 이 사건의 진짜 이유를 아는 언론은 하나도 없었다.

슬프게도, F의 경우는 발생하였다.

G의 경우_군대가 출동하다

한 양반이 행차하고 있었다. 가마의 화려함, 따르는 하인의 수, 관복의 색으로 보아 최소한 참판 벼슬은 하고 있는 듯했다. 관복을 다 갖추고 손에는 두루마리를 들었으니 입궐하는 게 확실했다. 마지막으로, 가마가 굉장히 급히 달리고 있는 것을 보니 중대하거나 급한 일로 생각되었다.

가마는 양쪽으로 심하게 물결무늬를 그리며 달려갔다. 가마가 그런 식으로 달리니 치이는 이도 있었다. 그러나 가마는 아랑곳하지 않고 달렸다. 어느새 시전 거리에 들어선 가마는, 사방으로 물건 가판대에 부딪히며 물건을 엎었다. 한 상점의 가판대 위에는 돈 통도 놓여 있었는데, 거기에 가마가 부딪히자 돈 통은 수직으로 비상했다. 그리고 다시 수직으로 떨어져 길바닥에 화려하게 돈을 흩뿌렸다.

그 주인은 혼비백산하여 서둘러 돈을 되찾으려 했으나, 돈이 흩뿌려진 순간부터 남은 개수는 줄고 있었다. 어떤 자는 돈이 착지하기도 전에 공중에서 돈을 잡아내기도 하고, 어떤 자는 공기놀이를 하듯이 손놀림 한 번에 닷 냥을 쓸어 가는 등 다들 개인기를 뽐내며 돈을 후려 가고 있었다. 주인은 허둥지둥 손을 놀려 최대한 돈을 사수하며, 애타게 소리만 질러 댈 수밖에 없었다.

잠시 후에 사태는 진정이 되고, 상인은 되찾은 돈을 세었다. 슬프게도, 되찾은 돈은 처음의 반의반도 되지 않았다. 이거야 자진모리장단으로 신명나게 신문고를 두드려 왕을 호출해 억울함을 호소하지 않고는 안 되겠다 싶었다. 그래서 오늘의 장사는 접고(사실 그렇게 큰 손해도 아니었는데. 차라리 장사를 계속해서 손해를 메우는 게 낫겠다.) 신문고로 향했다.

신문고에는 백성들의 줄이 길게 늘어서 있었다. 상인은 저 인파들의 대다수는 퇴짜를 맞을 거라고 생각했다. 신문고는 원래 관청에서 억울함을 해결하지 못한 백성이 최후의 호소로 사용하라는 취지에서 만들어진 거니까. 그러나 자신도 그 퇴짜 대상에 들어간다는 것은 생각하지 못했다. 그래서 계속 기다렸다.

오늘은 평소와 달리 한 관리가 신문고 바로 옆에 앉아서 사람들의 사연을 듣고 있었다. 원래는 신문고를 치면 임금이 직접 사연을 듣고 해결해 주지만, 오늘은 사람이 비정상적으로 많았다. 그래서 관리를 보내 사연을 적어 오게 한 후, 나중에 그것을 보고 해결하려는 것이었다. 관리는 나무상자 위에 앉아 귀찮은 얼굴로 사연을 듣고는, 대다수의 사람은 돌려보내고 가끔은 종이에 사연을 적었다. 그 광경을 보며, 상인은 자기 예상이 맞았다고 생각했다. 그리고 사람들이 참 한심하다고 생각했다.

먼저, 사소한 문제면 해결해 주지 않을 것이다. 또, 중요한 문제라도 사헌부에서 먼저 판결을 들었던 것이 아니면 그냥 돌려보낼 것이다. 그런데 그것을 알면서도 왜 쓸데없이 줄을 서서 신문고가 필요한 사람까지 가로막는 것인가. 그러나 상인은 중요한 것을 놓치고 있었다. 어떤 사람이 신문고에서 퇴짜를 맞는지 그렇게 잘 알고 있으면서, 자기는 쏙 빼고 생각하는 것이다.

한나절이 지나고, 드디어 상인의 차례가 왔다. 상인은 자초지종을 설명했다. 물론 퇴짜였다. 당연한 일이었으나, 상인은 분노했다. 그래서 신문고 앞에서 깽판을 쳤다. 백성들의 억울함을 들어주기 위한 신문고에서 백성을 퇴짜 놓다니 이게 뭐 하는 짓이냐는 억지를 쓰면서 말이다. 그렇지만 듣고 있던 모두들 그를 편들었다. 그래서 용기를 얻은 그는 무리수를 뒀다.

"여러분, 우리가 우리 손으로 나라를 바꿉시다!"

상인이 그렇게 외치자, 군중이 그에게 주목했다. 그는 말을 이어나갔다.

"겉으로만 우리를 위하는 척하는 조정을 더는 두고만 보지 맙시다! 신문고만 보더라도 우리의 억울함을 해결해 준답시고 만들어 놓고, 오히려 억울함을 늘리고만 있지 않습니까. 전쟁으로 나라의 군사력이 대폭 약해진 지금이 기회입니다. 우리가 똘똘 뭉쳐 들고일어납시다!"

그러자 사람들이 함성을 지르며 호응했다. 신문고 옆에 앉아 있던 관리는 어쩔 줄 몰라 하며 어떻게든 이 사태를 수습하려고 했다. 그러나 사람들의 호응을 얻어 이제 눈에 뵈는 게 없어진 상인은 이렇게 외쳤다.

"일단 조정의 앞잡이인 이 자를 인질로 삼읍시다!"

상인은 사람들이 곧바로 그 관리에게 달려드는 광경을 상상했다. 그러나 다들 우물쭈물거릴 뿐, 나서는 자는 하나도 없었다. 호응은 순간적인 분위기였을 뿐, 다들 진지하게 생각하고 함성을 질렀던 건 아니었다. 상인은 얼굴이 새하얘지고, 관리는 안도했다. 이어서 관리는 도망치는 상인의 뒷덜미를 잡았다. 상인은 반란을 선동했으니, 남은 건 사형뿐이었다.

상인은 이대로 죽을 순 없다고 생각했다. 그래서 뒤쪽으로 몸을 날려 관리에게 몸통 박치기를 시도했다. 관리는 뒤로 넘어지며 상인을 잡은 손을 놓쳤고, 상인은 그 틈에 또다시 사람들을 선동하려 시도했다.

"여러분, 앞으로도 이대로 눌려 살 겁니까? 일 년 농사 수확해서 조세 내고, 환곡 갚으면 남는 거나 있습니까? 그 병아리 눈물만 한 걸로 다음 추수까지 일 년을 버티는 거, 이제 신물 나지 않으십니까?"

이 말은 아까보다 사람들의 피부에 와닿는 말이었다. 사람들은 이제 진심으로 함성을 지르며 진심으로 호응했다. 관리는 이제 위험하겠다 싶어, 일어나자마자 꽁지 빠지게 달아났다. 그러나 이번엔 사람들이 나서서 관리를 쫓았다. 결국 관리는 사람들에게 붙잡혀 상인 앞으로 끌려갔다. 상인은 어느새 대군대의 대장이 되어 있었다.

주변 사람들에게 반란 소식이 퍼지며 사람들은 불어났고, 조정에 이 사실이 알려졌다. 그걸 듣고 왕은 어이가 없었다. 미리 작당 같은 것도 없었는데 한순간에 반란이 일어나다니. 그런데도 벌써 규모가 천 명 가까이 되었다. 이런 말도 안 되는 일이 어떻게 일어날 수 있는 건가. 왕은 퍼뜩 떠오르는 게 있었다.

얼마 전에 전쟁을 겪었기에 지금 국군의 군사력은 약화되어 있었다. 그 사실 때문에 사람들은 반란군이 승리할 수 있을 것이라 생각하고 다들 재빨리 붙었으리라. 왕은 코웃음 쳤다. 상대는 훈련도 되어 있지 않은 평범한 농민들. 수가 천 명이니 정규군 백 명이면 제압될 것이다. 왕은 전령을 보내 훈련도감에서 삼백의 군사를 보내게 했다. 훈련도감 군대가 오기 전까지는 어떻게든 궁궐 호위병으로 막을 수 있을 터였다.

약간의 시간이 지난 후, 훈련대장을 포함한 군사 삼백이 궁으로 출동했다. 적의 수가 위협적인 편도 아니요 적이 정예군도 아니니 궁 앞에서 기다리다가 전면전을 벌이려는 것이었다.

그렇게 G의 경우는 발생하였다.

H의 경우_두 나라가 전쟁을 벌이다

길바닥에 뿌려진 동전이 고무공마냥 사람의 눈높이까지 튀어 올랐다. 그중 하나가 한 남자의 왼눈 가까이 날아들자, 남자는 본능적으로 그쪽 눈을 감았다. 그 모양이 딱 누군가에게 윙크하는 짝이었다. 그런데 동전을 못 보고 그 남자의 눈만 본 여자가 있었다.

그 여자는 남자가 자신에게 작업을 건다고 생각했고, 못 이기는 척 남자에게 말을 걸었다. 그런데 남자는, 모르는 여자가 자신에게 내숭과 애교 섞인 목소리로 말을 걸자 여자가 자신에게 작업을 건다고 생각했다. 시간이 지날수록 그 둘은 서로가 자신에게 맞는 사람이라는 걸 알게 되었고, 결국 몇 개월의 교제를 지나 두 사람은 부부 사이로까지 발전했다. 둘 사이에 자식도 하나 생겼다.

그 아이는 어릴 때부터 총명했다. 하나를 알려 주면 열까지 아는 것뿐이 아니라 아예 수 전체를 통달해 버리는 수준이었다. 그 아이가 두 자릿수 나이를 막 찍었을 때, 그 아이는 이미 박사 논문을 준비하고 있었다. 덕분에 그 아이는 세계의 주목을 받았고, 그런 주목을 당연한 듯이 즐기며 살아왔다.

그 아이는 자랄수록 야심에 찬 아이가 되었다. 우월한 능력을 가졌으니 그만큼 많은 것을 바라는 것이 당연하겠지만, 그 아이의 야심은 갈수록 심각해졌다. 급기야는 세계를 지배하겠다는 마음까지 가졌다. 그 야심을 실현하기 위해, 그 아이는 지금까지 공부하던 분야들을 버리고 법과 정치를 공부하기 시작했다. 그리고 1년 만에 정치의 이론을 마스터했다.

그 아이는 당장이라도 대통령 선거에 출마하고 싶었으나(나가도 될 리가 없었는데 말이지. 이처럼 욕망은 사람의 이성을 흐리게 한다.) 대통령 선거의 나이 제한은 너무나도 멀었다. 아이가 정치를 공부하기 시작했을 때, 대통령 피선거권 취득은 25년이나 남아 있었다. 국회의원도 10년이나 남은 상태였다. 어릴 때 생겼던 반짝 명성도 사라져 가고 있었다.

아이는 하루하루가 천추 같았다. 하루라도 빨리 야망을 실현하고 싶었으나, 기다려야 할 시간이 너무나 길었다. 아무것도 못하고 금 같은 시간을 낭비하자니 너무나 억울하고 아까웠다. 당장 해야 할 일도, 당장 하고 싶은 일도 없었다. 그저 야망의 실현밖에 바라지 않았다. 그러나 야망을 실현하기도 전에 미쳐서 죽어버릴 지경이었다. 뭔가 대책이 필요했다.

아이는 얼마 지나지 않아 할 일을 찾아냈다. 남은 10년의 시간 동안 연줄을 만드는 것이었다. 물론 중학생의 나이로 정치계의 인사를 만난다는 건 쉬운 일이 아니었다. 하지만 그의 비상한 머리는 그것을 해냈다. 그가 정치 쪽의 진로를 생각하고 있는데 도움을 받을 수 있을까 하는 메일을 한 정치인에게 보내자, 그 정치인은 생각보다 쉽게 그것을 수락했다. 아직 사라지지 않은 아이의 반짝 명성 때문이었다.

그 뒤로 아이는 한 달에 둘에서 네 번쯤 '수업'을 들으러 정치인에게 찾아갔고, 그 정치인은 쓸데없는 책임감을 느껴 매번 정치계의 다른 인사를 소개시켜 주었다. 어느 날은 국회의원이었고 어느 날은 차관보였다. 아주 가끔은 장관이나 차관도 왔다. 그 정치인은 장장 3년 동안이나 계속해서 수업을 해주었다. 그리고 그때쯤 아이는 아이라고 부르면 실례일 나이가 되어 있었다.

(이제 청년이 된) '아이'가 3년간의 수업에서 배운 것은 없었다. 아이를 가르치던 정치인은 말솜씨도 지극히 없었으며, 당연한 이야기만 늘어놓았으니까. 그러나 아이의 목적은 애초에 연줄이었기에, 그리고 정치에 대해 배울 것은 없다고 생각했기에 아이는 조금도 실망하지 않았다. 그저 연줄을 얻었다고 기뻐할 뿐이었다.

실제로 아이는 3년 동안 많은 연줄을 만들었다. 그렇게 친밀한 관계는 아니었지만, 도움을 요청하면 흔쾌히 도와줄 사람들이었다. 앞으로 정치계 진출까지 최소 7년이나 남았으니, 보통 사람이었다면 그 긴 시간 동안 연줄을 유지할 수나 있을지 모르겠지만, 아이는 활동을 멈추지 않았다. 가끔씩 빌미를 만들어 그들과 만났다. 그들도 대충 눈치를 챘는지 계속해서 정치권 인사를 소개시켜 주었다. 아이가 정치계에 진출할 수 있는 나이-대학도 졸업할 나이니까 이제 아이라고 부를 빌미도 없겠군-가 되었을 때, 아이는 강력한 뒷배를 확보했다. 겉으로는 그 사실이 드러나지 않았으나, 정치계 내부에서는 널리 알려진 사실이었다.

그 청년(이제 아이라는 호칭 대신 청년이라고 하기로 하자)은 든든한 뒷배를 바탕으로 국회의원 첫 출마에 바로 당선되었다. 정당은 물론 여당. 대통령으로도 무조건 여당 후보가 뽑히는 세상이었으니, 대통령 선거까지 염두에 두고 있던 그에게는 당연한 선택이었다. 그는 그 뒤로도 3번의 선거를 여당에서 출마해 당선되었고, 드디어 대통령에 출마할 기회를 얻었다.

대통령 선거가 있던 해는 그가 43세 때. 그는 그 두 해 전에 마지막 국회의원 임기를 끝마치고 한 해 동안 대선 준비를 해왔다. 그는 대통령에 뽑힐 자신이 있었다. 여당에서는 자신을 밀어주었고, 덕분에 여당 후보로써 대통령 선거에 출마했다. 지금 다른 야당들은 경쟁력도 없었고 그의 명성은 생각보다 끈질기게 생존했다. 모든 조건은 그에게 유리했다.

많은 분들이 반전을 기대했겠지만, 그런 건 없었다. 결국 그는 순탄하게 대통령이 되었다. 그는 대통령이 되고 한 달이 채 지나지 않아 많은 국민의 호응을 얻었다. 왜 이전 대통령들은 못했나 싶을 정도로 쉽게 나라의 질을 향상시켰다. 원화의 가치가 폭등하여 언론들에서 우려의 말도 나왔지만, 물가도 크게 내려가고 국내 총생산도 크게 늘어 걱정할 일은 없었다.

군사 면에서는 특히 눈부신 진보가 있었다. 절대로 전시에 사람이 투입되는 일이 없게 되었다. 모든 것은 원격으로 제어되었고, 원격으로 제어되는 그 무기도 굉장한 과학기술의 집약체였다. 그것도, 비밀리에 개발된 무기였다. 그것을 아는 사람은 그 개발팀과 대통령밖에 없었고, 다른 사람들에게 완전히 숨겨져 있었다.

대통령은 3년 동안 전 세계의 군대가 전부 모여도 이기지 못할 만큼의 강력한 군사력을 마련했다. 이제, 비로소 야망 실현의 때였다. 일단, 위협적인 적을 제거해야 했다. 지금 미국이나 일본보다 더욱 위험한 것은 북한이었다. 다른 강대국을 제압하는 데 정신이 팔려 있을 때, 바로 뒤에서 등에 비수를 꽂아 넣을 수 있을 위치에 있으니까. 다만 반대로 북한을 공격했을 때 다른 나라들의 공공의 적이 될 위험성이 있었다. 그래서 대통령은 전략을 세워 두었다.

단 한방에 북한을 무력화시킬 수 있을 만큼의 위력을 지닌 미사일을 준비한다. 그리고 그것을 인공위성과 함께 발사한다. 우주로 나간 그 미사일은, 지구를 슬슬 돌다가 정확히 북한에 떨어진다. 모든 것은 1년 전부터 계산되어 있었다. 그 미사일은 완벽한 수직으로 떨어질 것이고, 그 미사일의 발원지는 아무도 모를 것이다. 만에 하나 어느 나라의 누군가 눈치채더라도 강대국인 한국에 정면으로 거스르는 발언을 하지는 못할 것이다.

그 계획은 무사히 실행되었다. 그 직후, 그는 바로 함대를 출격시켰다. 눈엣가시가 사라졌으니 일단 강대국들부터 제압한다. 그러면 약소국들은 그 뒤 상당수 항복해올 터. 이제 전쟁은 시작되었다.

처음으로 지목된 나라는 미국이었다. 미국도 잠시 후 군을 출격시켰다. 상공에서 두 군대가 맞붙기 시작했다. 전쟁이 막을 올렸다.

그렇게 H의 경우는 발생하였다.

I의 경우_핵 보유국이 결단을 내리다

한 박물관 직원이 엎어지며 요란하게 동전을 쏟았다.

그 박물관은 2층 카페 크기의 작은 건물로, 1층은 동전박물관이고, 2층은 카페였다. 이번에 그 직원이 옮기던 동전들은 개당 최소 20만 원 이상의 희귀동전들이었는데, 그중 반쯤은 굉장히 낡은 것들이었다. 낡았던 동전들은 전부 귀퉁이가 부러져 나가거나 아예 반 토막이 났고, 최근 아르바이트를 시작했던 그 직원은 잘리고 말았다.

잘린 직원은 터덜터덜 집으로 걸어갔다. 왜 이리 일찍 왔는지 가족들에게 뭐라고 말할지 막막했다. 그런데 길가 공터 옆에 있는 개울에서 비명소리가 들렸다. 어린아이의 비명소리였다. 그리고 그 비명소리는 곧 끊겼다. 그 정도의 비명소리가 갑자기 그냥 끊길 거라고는 생각하기 어려웠다. 그는 정신을 잃었을 거라고 생각하며 그쪽으로 달려갔다.

과연 한 아이가 발목을 움켜잡고 쓰러져 있었다. 그는 구급대에 알리는 게 우선이라고 생각해 먼저 119에 전화하고, 쓰러진 아이를 살폈다. 작은 점점의 상처가 있는데, 뱀에 물린 걸로 보였다. 곧 구급대가 도착했고, 그는 아이와 동승해 병원으로 향했다. 한편 구급차를 몰고 온 사람은, 오늘만 벌써 두 번째라며 개울 앞에 출입금지 표지판이라도 세워야겠다고 투덜댔다.

구급차가 다시 병원으로 돌아가는 길에, 한 번 운이 없으면 계속 운이 없다는 법칙이 한 번 더 적용되었다. 평소에는 다람쥐나 가끔 나오던 마을이었건만, 갑자기 차 앞으로 고라니가 튀어나온 것이다. 구급차 운전사의 노련한 운전 실력으로 다행히 충돌은 면했으나 길가 도랑에 한쪽 바퀴가 깊숙이 빠져서 나오지를 못했다. 처음 신고한 것도 자신이었으니 자신이 책임져야 한다고 생각한 그는 급한 김에 아이를 업고 병원으로 뛰었다.

한편, 다행히도 자기가 아이를 업고 갈 필요가 없어진 운전사는 구급차 바퀴를 빼내려고 애썼다. 차를 밀기도 하고 당기기도 하고 들어 보려고 노력하기도 하며(따라하지 맙시다. 허리 다쳐요.) 30분이 넘게 고생을 했다. 그러나 결국 실패였다. 그 뒤에도 그는 동료들까지 불러서 또 30분을 더 날린 뒤에야 직접 빼내는 것을 포기했다. 동료들의 원성을 뒤로 하고, 그는 견인차 회사에 전화했다.

견인차가 와서 조심스럽게 구급차를 끌었다. 견인차에게도 힘든 일이었는지, 구급차는 견인차가 한참을 용쓴 뒤에야 도랑에서 빠져나갈 수 있었다. 운전사가 차를 살펴보다가 한 마디 짜증스러운 탄식을 발했다. 빠졌던 바퀴에 펑크가 생긴 것이다. 운전사는 이걸로 연속 불운이 끝났기를 바라며, 힘겨워하는 차를 몰고 자동차 정비소로 갔다.

그는 이번에 새로 생긴 자동차 정비소를 이용해 보기로 했다. 그곳은 무엇보다도 병원에서 굉장히 가깝다는 장점이 있었다. 직접 가서 보니, 특이하게도 정비소 바로 옆에 같은 간판의 주유소가 있었다. 정비소 주인이 주유소를 같이 운영하고 있는 것 같았다. 그는 타이어를 때워 달라고 했으나, 그 주인은 타이어를 살펴보더니 말했다. 단순히 펑크만 난 게 아니라 일부분이 완전히 찢어져서 교체를 해야 한다고. 운전사는 자신의 바람이 깨졌음을 느끼며 지갑에서 카드를 꺼냈다.

한 직원이 타이어 창고에서 타이어를 꺼내 왔다. 그런데 걸어올 때부터 불안해 보이더만, 그만 자기 발을 밟고 쓰러지고 말았다. 타이어는 굴러 굴러 주유소까지 닿았고, 하필 주유소에서는 무책임한 직원이 있었다. 주유기 바로 앞에서 담배를 피우고 있었던 것이다. 타이어가 갑자기 다리에 부딪치자 그는 놀라 으악 소리를 내질렀고, 그러는 바람에 입에 물고 있던 담배가 떨어졌다. 그 담뱃불은 곧바로 휘발유에 인화했고, 곧 옆 주유기의 경유까지 인화하며 주유소가 온통 불바다가 되었다. 생각할 틈도 없이 불은 정비소까지 번졌고, 그 안의 사람들-불쌍하고 무책임한 직원 하나를 제외하면-은 부랴부랴 빠져나왔다.

그 불은 순식간에 번져 주변을 통째로 불태웠다. F의 경우에서도 비슷한 일이 있었다지만, 이번 화재는 그와 비교도 안 되는 수준이었다. 대도시의 존재를 위협할 정도였다. 당장 소방대원들이 대거 투입되어 진압에 힘썼으나, 언 발에 오줌 누기도 못 되었다. 바가지로 태평양 물을 전부 퍼내려는 꼴이었다. 화재는 잦아들 기미도 보여주지 않았다.

정부는 군부대까지 동원해 가며 화재 진압을 시도했으나, 벌써 불은 하나의 시를 불태우고 더더욱 기세를 올리고 있었다. 시민들도 직접 강에서 물을 길어 가며 힘을 보탰지만 역부족이었다. 정부는 주변 국가에까지 도움을 요청하기에 이르렀다.

그러나 주변 나라들은 즉답을 주지 않았다. 아무래도 그 정도 규모의 화재라면 도왔다가 자기네 나라에 피해가 가는 것을 염려할 수밖에 없는 수준이었다. 그러나 이대로 내버려 두었다가는 화재가 진압 불가능 수준으로 커질지도 모르고, 그렇게 되면 도움을 줄 수도 없고 안 줄 수도 없게 된다. 도움을 주면 괜한 희생자만 생길 테고, 도움을 주지 않으면 국제 사회에서 비난받을 테니까. 하지만 생각을 해 보면 나중에 지원하는 것보다는 지금 지원하는 게 나을 텐데, 왜인지 그런 생각은 아무도 하지 못했다.

한 사람만 빼고. 그 사람은 미국의 대통령이었다. 그는 이번에 한국에 도움을 주는 게 여러모로─정치적으로나, 국제적으로나, 현실적으로나─낫다는 것을 깨달았다. 그리고 연설을 해서 국민들의 마음을 돌려놓고는, 결국 회의에서 한국을 대규모로 지원하기로 했다.

이렇게 I의 경우는 발생하였다.

(모르는 사람을 위해─미국은 핵보유국이다.)

Z의 경우_지구가 세상에서 사라지다

바닷가의 한 멋들어진 펜션에서 사람들의 환호 소리가 시끄럽게 들려왔다. 잠시 후 동전이 쨍그랑거리는 소리와 함께 사람들이 숨을 죽였다. 그리고 몇 초 후 다시 사람들의 환호가 들렸다. 지금 이 사람들은 단체로 바닷가에 놀러 와서 일종의 이벤트를 진행 중이었다. 이벤트라기에는 내기라는 말이 더 어울리긴 하지만……

그 이벤트의 방식은 이렇다. 20명의 인원 모두 5백 원짜리 동전을 하나씩 낸다. 그리고 0에서 20까지의 숫자가 적힌 제비를 하나씩 뽑는다.(제비가 21개이니 하나 남게 된다.) 그 다음 20개의 5백 원 동전을 동시에 던져서, 앞면이 나온 개수를 센다. 그 개수와 같은 제비를 뽑은 사람이 5백 원짜리 동전을 다 가져가는 방식이다. 이 이벤트를 거듭 진행하다 보면 앞면의 개수가 남은 제비와 같을 때가 있는데, 그럴 때는 그 판에서 나온 동전들이 다음 판의 추가 상금으로 넘어간다. 그때가 가장 사람들의 마음이 간절해지는 때이다.

미리 정해 놓은 규칙이 또 하나 있다. 걸린 돈이 다음 상금으로 넘어가는 경우가 2번 발생하면 그 다음까지만 하고 이벤트를 종료한다.(내기의 금액이 너무 커지는 것을 방지하기 위해서이다.) 그 규칙에 의해 이벤트는 생각보다 훨씬 빨리 끝났다. 다들 삼사십 번은 이벤트가 거듭될 것이라고 생각했지만, 실제로는 20번도 안 하고 끝난 것이다.

이벤트가 끝나고, 굉장히 기쁜 표정을 하고 있는 사람이 있었다. 그 사람은 17번의 회차 중에서 3번이나 돈을 땄다. 무려 2만 1500원이나 번 것이다.(이게 많은 거냐고? 대부분의 사람은 8500원 손해 보거나 1500원만 땄다. 그에 비하면 대단히 많은 것이지!)

그는 돈이 꽁으로 2만 원이나 생겼으니 그 돈으로 생색을 내야겠다고 생각했다. 바닷가 펜션에 놀러 가면 밤에는 불꽃놀이가 정석. 그 불꽃놀이 준비를 자신이 맡기로 했다. 그는 곧 폭죽을 사러 매점으로 향했다.

매점에서 폭죽을 종류별로 다양하게 담아 놓고 보니 그 총액은 5만 원이 조금 넘었으나, 기분이 좋은 상태인 그는 아랑곳하지 않고 그대로 그것을 샀다. 그리고 그것을 앞세우고 펜션으로 들어가, 모두를 끌고 해변으로 향했다. 이제 불꽃놀이를 할 차례였다. 그는 폭죽들을 줄세워 모래에 박아 놓고(폭죽을 들고 쏘면 간혹 폭죽이 뒤쪽으로 발사되어 위험할 수 있다고 합니다. 모두 폭죽은 모래에 박아서 쓰도록 합시다!)불을 붙였다.

갑자기 바다 쪽에서 뭔가 날아왔다. 바다 쪽에서 날아온 물체는 폭죽 하나에 충돌했다. 폭죽이 뒤쪽으로 기울어졌다. 그리고 그대로 발사되었다. 다들 비명을 지르며 흩어졌고, 붉은 덩어리가 하늘을 가르며 굉장히 긴 거리를 날아갔다.

이상하리만치 긴 거리를 비행한 폭죽 발사체는 한 펜션 지붕에 착지하여 화려하게 터졌다. 앞으로도 기울어진 폭죽이 계속해서 발사될 터인데, 아무도 다가가서 방향을 바로잡을 용기를 내지 못했다. 덕분에 기울어진 폭죽은 계속해서 불덩이를 뿜었고, 신묘하게도 날아간 폭죽 발사체들은 전부 같은 펜션의 지붕을 폭격했다.

부실공사인 펜션의 지붕이 무너지며 안에서 사람들의 비명 소리가 들려왔다. 육중한 지붕 파편들은 떨어지며 3층의 바닥을 부수었고, 연쇄적으로 2층의 바닥도 무너져 그 펜션 안에 있던 사람들은 전부 붕괴에 휘말렸다. 맨 처음의 굉음에 바깥을 내다보던 사람들은, 곧 그 붕괴 현장을 목격했고 경악하며 비명을 질렀다.

비명에 또 다른 사람들이 바깥을 내다보다 무너진 펜션을 발견하고, 또 비명을 지르고……. 그런 연쇄반응으로 그 일대에는 지옥을 연상시키는 광란의 비명이 만들어졌다. 우주에 공기만 있었으면 달에서도 그 소리를 들을 수 있었을 것이다. 그런데 상공에서 그 소리에 괴로워하는 이들이 있었다. 그게 누구인지 듣고 놀라지 마시라. 그들은 바로 외계인이었다.

그 외계인들은 진정한 약육강식의 사회를 이루고 살았다. 그래서 어디서 적이 접근하는지 늘 잘 살필 수 있어야 했고, 그것 때문에 시야가 360도 전체를 볼 수 있게 되었다. 뿐만 아니라, 청각도 대단히 발달했다. 잠깐, 청각이 발달했다고? 그렇다. 그 외계인들은 광란의 비명에 속수무책으로 노출되었고, 일부는 갑작스러운 날카롭고 큰 소리에 굉장히 놀랐다. 그런 외계인 중에는, 외계인들이 타고 있는 거대 전함의 조종사도 포함되어 있었다. 그 조종사는 워낙 소리에 민감했던지라 기절해 버렸다. 그리고, 조종이 끊기자 외계인들의 거대 전함도 추락하기 시작했다.

외계인들의 키는 굉장히 컸다. 인간의 10배 수준이었다. 그런 외계인 2천 명을 수용할 수 있는 거대 전함이 얼마나 클지 상상이 가는가? 그 정도 크기의 전함이 상공 1km에서 추락한다면 충격이 얼마나 클까? 한번 계산해 보라. 암산은 무리고 필산을 해야 할 텐데, 종이가 없는 사람을 위해 계산할 공간을 마련해 주겠다. 이 아래에 계산을 하도록 해라.

다 계산했는가? 만약 당신이 계산을 귀찮아하지 않고 다 해치웠다면, 이 정도로 지구가 멸망하지는 않을 것이라는 것을 깨달았을 것이다. 그러나 문제가 있다. 지구에 그 정도 충격이 가해질 때, 외계인들의 전함에도 같은 크기의 충격이 가해질 것이다. 그러면 그 전함은 충분히 부서질 수 있다. 그런 일이 생긴다면 외계인들의 나라로 이런 소식이 날아가겠지. 지구에 보낸 외교 사절단 2천여 명이 전함째로 전멸했습니다. 그러면 지구인보다 10배나 큰 외계인들의 군대가 지구로 곧장 날아올 것이다. 그 다음엔…… 생각만 해도 끔찍하군!

거대 전함이 지구로 떨어지고 있다. 남은 거리 1km, 800m, 700m, 500m, 그때! 조종사의 지혜로운 부관이 재빨리 대응을 했다! 자신은 전함을 조종하지 못했지만,(그럼 어떻게 부관이 된 거지?) 자기 상관의 얼굴에 재빨리 찬물을 뿌려 깨어나게 한 것이다. 외계 전함은 상공 100m에서 다시 날아올랐고, 곧바로 지구를 떠났다. 휴!

다행히도, 그렇게 Z의 경우는 발생하지 않았다.

그러나 조심하자! 외계의 왕은, 지구인들이 외교 사절단에게 소리 공격(지구인에게는 그렇게 끔찍한 소리도 아니었는데……)을 했고, 외교 사절단이 지구를 방문하기 전에 보낸 편지와 예물도 무시했다고 생각할 것이다. 그러니, Z의 경우는 언젠가 발생할지도 모른다!

(외계 외교 사절단이 언제 편지와 예물을 보냈냐고? 바다 쪽에서 날아와 폭죽에 부딪친 뒤 튕겨 나가 바다에 빠졌던 물체가, 그들의 편지와 예물이 분자 압축 방식으로 담겨 있던 주먹만 한 캡슐이었다!)

박서영

목차

박서영 朴書瑩 (15.9세)

2002년 5월 17일 15시 1분 서울에서 출생하고 10년간 살았지만 경상도 표투리를 구사하는 양평 사람이다.

'글로써 세상을 밝히다'라는 자기 이름이 좋은 평범한 듯 이상한 대한민국 열다섯. 무언가를 싫어하는 것을 싫어하는, 아무데나 정을 붙이는 웃기는 버릇을 가지고 있다.

쓸데없이 하고 싶은 게 넘쳐나는데, 심지어 소고집이라 하나도 포기하지 않고 모든 걸 꿈으로 끌어안고서 반삼십을 살고 있다.

언제가 될진 모르지만, 언젠가는 소설가가 될 예정이다.

2004년 (3세) '존과 게임기'

2010년 (9세) '도둑 요정'

2011년 (10세) '무인도에서 사는 법' '탐정처럼 추리하는 법'

2012년 (11세) '동생이 작아졌다'

2013년 (12세) '나의 이야기' '알람소리'

2014년 (13세) '분홍색 인라인' '버스정류장'

2015년 (14세) '여우비' '사과꽃'

2016년 (15세) '스프라이트' '얼룩'

여는 말

이 세상은 수많은 서로 다른 것들이 한데 얽혀 이루어져 있다. 기쁨과 슬픔이, 뜨거움과 차가움이, 어둠과 빛이 같은 공간에 동시에 존재하고 있는 것이다. 그런 면에서 세상은 참 놀랍다. 어느 오후, 가만히 운동장을 내려다보다가 서로 전혀 다른 것들이 같은 공간에 공존한다는 것이 너무나 당연하게 여겨진다는 사실을 깨달은 순간, 나는 그동안 한 번도 생각해 보지 않았던 '세상'이라는 것을 다시 살펴보게 되었다.

다시 본 세상은 그렇게 자연스럽게 어우러져 있지 못했다. 언뜻 보면 함께하는 듯 보이나 결코 섞이지는 못하고 있었다. 물과 기름은 서로 성질이 달라서 함께하지 못한다지만, 사람들을 함께하지 못하게 하는 것은 대체 무엇일까? 내 이야기는 이 세상 속에 존재하는 보이지 않는 경계선으로부터 시작되었다.

이 책에는 세 가지 이야기가 담겨 있다. 다르다는 이유로 평생 자유로이 헤엄쳐 본 적 없는 '인어'와 너무나 아름다운 곳을 발견한 소녀, 그리고 아주 먼 옛날 밝디 밝은 곳에 살던 누군가에 대한 이야기. 나는 이 세 가지 거울을 통해 아름다움과 다름에 대한 모순을 이야기하고 싶었다. 양면성을 가진 공간에 살고 있으면서 단면만을 보려고 하는, 그동안 길들여졌던 그 억지스러운 시각에서 우리 모두 한 번쯤 벗어나보아야 한다고 생각했다. 누군가에게 교훈을 주기에는 나 스스로도 너무나 좁은 시각을 가지고 있기에 조금은 터무니없는 소리로 들릴지도 모르지만, 내 이야기를 읽으며 환상 속에 가려져 있던 조금은 잔인한 경멸에 대해, 다름에 대해, 그리고 차별에 대해 생각해 볼 수 있길 바란다.

이 세 이야기를 묶는 키워드는 바로 '얼룩'이다. 얼룩은 원래 존재하던 바탕에 예상치 않은, 혹은 원하지 않은 무언가가 더해진 것을 말한다. 만일 처음부터 함께 였다면 그것은 얼룩이라고 칭해서는 안 된다. 흰 와이셔츠에 검은 잉크가 떨어지면 '얼룩'이라 부르지만, 처음부터 검은색 땡땡이 무늬가 있었던 티셔츠를 보고는 그 어느 누구도 '얼룩'이 있다 말하지 않는 것처럼. 그것은 '알록달록'이라고 말해야 한다. '얼룩'과 '알록달록'은 엄연히 다르다. 독자들에게 내 이야기가 이 세상은 과연 '얼룩'이 있는 곳인지, 아니면 '알록달록'한 곳인지에 대해 생각해 볼 수 있는 계기가 되었으면 좋겠다. 세상에 만일 얼룩이 있다면, 그것이 무엇인지에 대해서도. 나와 다른 저들이 얼룩인지, 아니면 그러한 내 마음이 얼룩인지에 대해 말이다.

'세상'은 이곳에 존재하는 것들을 한데 묶는 끈이 아니다. 나와 이 글을 읽는 당신과 같이 이곳에 존재하는 것 하나하나가 모여 만든 것이 바로 세상이다. 우리는 같지 않다. 세상에 그 어느 것도 나와 똑같은 것은 없으니. 그러나 같은 땅을 딛고 같은 하늘 아래 존재한다는 것만으로도 '너'는 '우리'가 될 수 있고 그렇게 우리는 같아질 수 있다. 그것이 바로 내가 '우리는 다르지만 그 사실이 결코 중요하지는 않다.'고 말하는 이유이다. 다르지만 또 한편으론 같은 이 웃기는 곳에서, 우리는 그것을 그것 그대로 받아들일 수 있어야 할 것이다.

간만에 멀쩡했던 내 머릿속에 또다시 이상하고 웃기는 생각을 집어넣어준 그날 운동장의 주홍빛 노을과 세 번째 이야기를 떠올리게 해준, 중간고사를 앞둔 날 저녁의 중2 과학문제집 속 빛의 3원색에게 감사의 말을 전한다.

자, 이제 내가 지껄인 이야기들은 잠시 잊어버리고 우리 인간이 동경하는 물, 땅, 그리고 밤하늘의 빛에게로 당신의 머릿속을 내어줄 준비를 하시길. 셋을 세면, 당신은 이제 푸르른 바닷속을 바라보고 있게 될 것이다. 하나, 둘, 셋!

정어리 인간

'결국 이렇게 되고야 말았구나.'

그는 짧게 탄식했다. 그의 몸이 흔들림과 동시에 심장도 흔들리는 것이 느껴졌다.

그를 둘러싼 웅성거림이 점점 멀어져갔다. 눈앞이 뿌옇게 흐려졌다. 점점 몸속의 공기가 사라져 폐가 오그라들어감을, 그는 저리는 듯한 아픔을 통해 느꼈다.

그가 떠나온 곳이 눈 앞에 하나 둘 어른거렸다. 집, 풀과 꽃, 사람들, 그리고 그의 폐 속을 훑고 간 싸늘하리만큼 시원했던 공기들…….

그러나 그는 후회하지 않았다. 도망치지 않았다. 몸부림치지 않았다. 그저 조용히, 아주 가만히 눈을 감았다.

그의 모든 것이 멈추는 순간에도, 그를 둘러싼 웅성거림은 잦아들지 않았다.

인간들은 자신들이 알지 못하는 것에 대한 무한한 동경을 품고 있다. 하늘, 땅 속, 물 속과 같은. 그리하여 아주 오래전부터 인간들은 바닷속 세계를 믿었다. 자신들이 닿을 수 없는 아주 깊은 곳 어딘가에 자신들이 모르는 아름다운 생명체들이 살고 있다고. 그 생명체들은 헤엄을 치나 코로 숨을 쉬고, 걸을 수 없으나 노래를 했다. 인간들이 감탄하는 하얀 진주알을 작은 조약돌마냥 만지며 노는 그들은 바로 '인어'였다.

세월이 많이 흘러 그 세계를 믿지 않는 인간들이 많아지면서, 그들의 세계는 마치 존재하지 않는 것처럼 정의되었다. 보았다는 사람이 있고 알고 있다는 사람이 있음에도 그랬다. 어느덧 인간들은 그 세계를 믿는 자들을 믿지 않는 자와 나누어 '어린이'라 칭하기 시작했다. 그리고 '아직 모르는 게 많아서 그렇다.'며 그것을 믿는 이유를 자기들 멋대로 치부해버렸다.

그러나 믿지 않을지도 모르겠지만, 그곳은 분명히 존재했다. 어디인지는 알 수 없으나, 상반신은 인간, 하반신은 물고기의 모습을 한 반인반수가 사는 곳이 이 세상에는 정말로 존재했다. 태평양일지도, 인도양일지도, 대서양일지도 모르고 어쩌면 모두 다일지도 모르나 어쨌든 그들은 실제로 바닷속에서 헤엄치며 존재하고 있었다.

그곳은 물 속 깊이, 인간이 결코 닿을 수 없는 곳에 있는 땅에 존재했다. 인간들이 발견한 '심해'라는 곳은 그들이 사는 곳에는 비할 바가 못 될 정도로 얕은 편에 속했다. 바닷속 아래로 내려가면 갈수록 점점 일그러지고 흉측하며 기괴한 생물들이 보여지다가, 어느 한 선을 지나면 갑자기 너무나 아름다운 곳이 나타나는데, 그곳이 바로 인어가 사는 곳이었다.

그곳에서는 꽃이 자랄 수 있었다. 분명 물로 가득 차 있는 곳이지만 그곳에는 색색깔의 꽃들이 가득하고 푸르른 풀들과 나무들이 솟아났다. 한 곳에는 밝은 연둣빛의 너른 초원이 있었으며 꼬물거리는 작은 동물들이 그 풀을 뜯어 먹었고, 다른 편에는 초록빛 이파리 대신 온갖 해초와 산호들로 둘러싸여 마치 커다란 반지처럼 보이는 밤색의 나무들과 앙증맞거나 까탈스러워 보이는 형형색색의 꽃들이 바람에 맞춰 춤을 추며 노래하듯 생동했다. 인어들은 그 사이를 유유히 헤엄치다 나뭇가지에 지느러미를 걸치고 앉아 머리칼을 쓰다듬으며 뱃사공들을 홀린다는 아름다운 노래를 불렀다.

인어들은 자신들과 자신들이 사는 곳이 아름답다는 것을 알고 있었다. 아니, 정확히 말하면, 인간들이 자신들에 대한 아름다운 환상을 가지고 있다는 것을 알고 있었다. 그것은 아주 오래전부터 인어들의 유일한 자부심이었으며, 그들이 그렇게 살아가는 이유였다. 우습게도 인어들은 인간들의 눈에 자신들은 아름다워야만 한다는 강박적인 의식을 가지고 있었다.

실은 인어가 사는 모든 곳이 아름다운 것은 아니었다. 인어들도 파고들어보면 결국 인간과 똑같은 삶을 살았다. 그들이 사는 곳에도 폭력과 경멸이 존재했으며 그들의 삶 또한 인간과 다를 바 없이 지쳐있었다. 빈부격차 또한 존재해, 누군가는 커다란 조개껍데기로 문을 만들고 벽마다 빈틈없이 진주와 산호를 박은 성에 사는가 하면, 누군가는 너덜거리는 미역이나 김으로 겨우 몸을 가리고 바닥의 모래를 덮고서 잠을 청했다. 짝 하고 누군가가 따귀를 맞는 소리와 함께 어린 애의 울음소리가 흘러나오는 집이 널려 있었고, 자기 앞에 놓여 있는 산호가 몇 개인지 세지 못하는 인어는 무시를 받았다. 돈이 없는 자 중 예쁜 비늘을 가진 자는 그것을 뽑아 부자에게 파는 일이라도 해 생계를 이어나갔지만, 그것조차 없는 자는 하루에 생선 껍질 한 조각 먹기도 힘들었다. 바닥에 자라는 모든 식물과 바다을 걷는 모든 동물에게 그것을 가진 자가 있어, 함부로 만지거나 먹었다가는 그 주인이 더는 내키지 않을 때까지 뺨을 맞았다.

인어는 행복해 보였지만, 가장 깊은 곳은 인간보다 차가웠다. 아름다운 곳에 살고 있었지만 그 내막은 그렇지 못했다. 눈꺼풀에 웃음을 흘려 차갑고 얼어붙은 눈동자를 감춘 채, 그들은 매일같이 서로에게 상처를 주고 상처를 입었다. 마주보고 웃다가도 가끔씩 미처 감추지 못해 그들의 입술 위에 짧게 떠오르는 서로에 대한 불신은 방금 흘린 웃음보다 더 강하게 자신의 존재를 드러냈다.

그러나 그들은 인간에게 자신들이 아름다워 보이기를 원했다. 인간들이 지금까지 그래왔던 것처럼 자신들을 동경하고, 부러워하고, 궁금해 하길 원했다. 자신들의 미끈거리고 축축한 지느러미가 수면 위에 반짝일 때, 인간들이 자신의 비늘을 보석과 같이 상상하기를 바랐다.

그리하여 그들은 결코 물 밖으로 나가지 않았다. 큰 자부심을 가지고 있는 그들이었지만 그들도 인간들의 상상과 자신들이 무척 다르다는 것 정도는 알고 있었다. 비록 하반신은 물고기이나 상반신은 그래도 인간이었기에 바깥공기가 고픈 때가 없는 것은 아니었으나, 그것을 참아내지 못하는 인어는 아무도 없었다. 가진 것이 자신들의 아름다운 전설을 통해 얻은 자부심 밖에는 없었으니 아마 더 그랬으리라.

시작이 언제였는지도 모를 만큼 오래 전부터 인어는 그렇게 살아왔고 앞으로도 그렇게 살아갈 것이었다. 시간이 흐를수록 땅에는 더 높은 기둥이 솟아오르고 하늘에서는 더 튼튼한 날개가 공기를 가르며 발전하고 또 발전했던 인간과 달리, 인어는 몇 백 년 전에도, 몇 천 년 전에도 지금과 같았다. 그들이 사는 세계에는 암묵적인 법칙이 존재했고, 그 법칙을 깨는 이가 아무도 없었으므로, 이때까지 그래왔던 것과 같이 그들의 세상은 앞으로도 지금과 다를 것이 없을 것만 같아 보였다.

'그'가 나타나기 전에는, 모두가 그럴 것이라 믿어 의심치 않았다.

그곳에는 아주 작은 집이 하나 있었다. 다른 집들과 다를 바 없이 낮은 담과 작은 벽, 작은 창문과 작은 문, 작은 지붕을 가지고 있는 지극히 평범한 집이었다. 여느 집과 마찬가지로 그 시기가 언제인지는 아무도 알지 못하나, 언제부터인가 계속해서 누군가 살아왔던, 그 자리에 오래도록 박혀 있던 작은 돌이었다. 작고 낡았지만 그 주위에는 인어들의 메마른 웃음소리를 머금고 자란 조그마한 꽃들이 듬성듬성 피어 있는, 허름하지만 미워 보이지 않는 집이었다.

그 집에는 한 쌍의 젊은 인어부부가 살았다. 어느 누구도 진심으로 웃지 않는 인어들의 세계에서, 그들은 놀라우리만큼 다정하고 행복하게 살았다. 언제나 웃기만 하는 것은 아니었으나, 웃지 않을 때에도 입가에 살며시 번진 무언가는 남들로 하여금 그들이 웃고 있는 것처럼 착각을 하게 만들었다. 그들은 누군가를 괴롭히지도, 누군가와 다투지도, 누군가를 미워하지도 않았다. 가식적인 웃음만이 의미 없이 떠다니는 인어들의 바다에서, 그들의 깨끗한 웃음은 흑백그림 속 단 하나의 빨간 꽃처럼 다른 것들과 어우러지지 않고 자신의 존재를 드러냈다. 심지어 이웃들이 그들을 두고 '인어가 아닌 인어들'이라고 부를 정도였다. 남들이 비틀리고 수틀린 억지웃음을 지으며 그들에게 남을 험담하려고 할 때면, 그들은 미소 지으며 다만 조용히 한 마디 할 뿐이었다.

"그래요, 당신이 하고픈 대로 생각하세요."

그들은 그렇게 행복하게 살았다. 그들에게 슬픔과 증오란 결코 다가올 수 없는 가상의 감정인 것처럼 보였다. 남들이 보기에 그들은 고난 따위는 없는, 물결처럼 잔잔한 삶을 살고 있는 것 같았다. 그러나 그런 그들에게도 걱정거리가 하나 있었으니, 그것은 바로 '아이'였다.

결혼하여 함께 산 지 15년이 넘었는데도 그들 사이에는 아기가 없었다. 두 사람 금슬이 좋지 않은 것도 아니었고, 두 사람 중 한 사람에게 생리학적으로 문제가 있는 것도 아니었다. 또 그들이 아기를 원치 않는 것은 더더욱 아니었다. 오히려 그들은 아기를 무척이나 가지고 싶어 했다. 자신들의 미소를 닮은 입술과 헤엄칠 때 물살에 맞춰 일렁이는 비늘을 닮은 머리칼을 가진 아이를 품에 안을 수만 있다면 그 작은 집을 잃어도 좋다고 생각할 만큼 그들은 아기를 진심으로 원했다. 하지만 야속하게도 아이는 그들에게 와주지 않았다.

그러나 누가 말했던가. 행운은 그 누구도 얘기치 않은 순간에 찾아온다고. 아내 인어가 비릿한 바닷물을 깊이 들이쉬다가 문득 뱃속에서 무언가 울렁이는 것을 느낀 것은, 아무도 아기에 대해 생각하고 있지 않았던 때였다. 그 어느 누구도, 그들 부부조차도 자신들에게 아기가 생길 거라고 예상치 못한 순간에 아기가 그들에게 찾아온 것이었다. 그렇다. 그는 처음 생겨났을 때부터 예상치 못한 존재였다.

아내 인어는 남편 인어에게 숨 가쁘게 헤엄쳐갔다. 당장 문어할머니에게 가보자고 남편 손을 잡아끌었다. 뱃속에서, 자기 뱃속에서 분명히 조그마한 지느러미의 움직임이 느껴졌다고 흥분해서 말했다. 남편은 무슨 상황인지 인지하기도 전에 아내 손에 이끌려 어느새 문어할머니의 집으로 헤엄치고 있었다. 남편은 그토록 흥분한 아내의 모습을 생전 본 적이 없었다.

문어할머니는 인어 마을에서 가장 나이가 많았다. 나이가 들어 색깔이 거무죽죽해진 전처럼 세게 무언가를 붙잡을 수도 없는 다리를 흐느적거리며, 문어할머니는 항상 인어들에게 해결책을 제시해주고 조언을 해주었다. 문어할머니를 혼란스럽게 만들 수 있는 일은 아무것도 없었다. 그녀는 인어들의 고민에 항상 조용히 미소 지으며 아주 간단한 문제라는 듯 손쉽게 조언을 했다.

그리고 그녀의 말은 언제나 옳았다. 인어들은 그녀를 두고 '스트레가 노나'라고 불렀다.

아내 인어는 남편 손을 잡고 스트레가 노나 앞으로 가서 말했다.

"제 배를 좀 보세요, 스트레가 노나. 제 뱃속에 아이가 있는 것 같아요. 어떤가요? 정말 그런가요, 스트레가 노나?"

스트레가 노나는 아내의 배를 찬찬히 살펴보았다. 그리고 그녀의 배를 쓰다듬고 귀를 대어보고 길고 쪼글쪼글한 다리로 몇 번 톡톡 쳐보더니 가만히 미소 지었다. 그러더니 말했다.

"있기는 있군, 있기는 있어. 그런데 참 이상해."

"네? 뭐가 말이에요?"

"인어들이랑 달라."

"인어들이랑 다르다고요?"

아내 인어가 눈을 동그랗게 뜨고 물었다. 인어 뱃속에 있는 아기인데 인어들이랑 다르다니, 그녀는 이해할 수 없었다.

"대체 무슨 말씀이시죠?"

"반은 물고기고, 반은 사람이야. 그러나 인어는 아니군."

"그럴리가요, 스트레가 노나. 인어들이야말로 반은 물고기이고 반은 사람인 걸요."

아내가 살짝 미소 지으며 말했다. 그녀는 스트레가 노나가 농담을 하고 있다고 생각했다. 어렵사리 얻은 아이에 대한 스트레가 노나 식의 축복인 거라고 생각했다. 사실 그때 그녀는 자기 뱃속에 진짜로 아기가 있다는 기쁨에 심장이 쿵쾅댈 정도로 흥분해 있었다. 너무 흥분해 반쯤 정신을 딴 데 팔아두고 있었던 그녀는 옳은 판단을 할 수 있는 상태가 아니었다.

"아니야, 다르대두. 인어가 아니라 어인이야, 어인."

아내가 까르르 웃었다. 그녀가 스트레가 노나의 팔을 잡고 말했다.

"정말요? 우리 애가 벌써부터 그렇게 특별하군요. 스트레가 노나, 이렇게 특별한 아이를 제가 어떻게 기르면 좋죠?"

스트레가 노나는 그녀의 눈을 빤히 바라보았다. 그녀의 연갈색 눈동자는 기쁨으로 반짝반짝 빛나고 있었다. 스트레가 노나는 그 기쁨이 너무나 커다랗고 강력해서 그 어느 것도 그녀에게서 그것을 지울 수 없다는 것을 알았다.

스트레가 노나는 작게 한숨을 쉬었다.

"눈에 띄지 못하게 해. 남들 눈에 띄지 못하게. 그 아이의 특별함을 물 속에서도, 물 밖에서도 그 어느 누구도 눈치채지 못하게 하게. 파란 아이로 키워. 바닷물에 가려져 아주 파란 아이로."

"네, 스트레가 노나. 잘 알았어요. 파란 아이로 키울게요."

아내 인어는 발갛게 상기된 얼굴로 대답했다. 그러고는 남편 손을 잡고 잔뜩 들떠서 스트레가 노나의 집을 나갔다. 남편은 아직도 이 상황이 믿기지 않는 듯 멍한 얼굴이었다. 집을 나가는 그들의 뒤로, 아내의 활기찬 목소리가 어렴풋이 들려왔다.

"지느러미가 파란 아이려나 봐, 여보."

스트레가 노나는 다시 한 번 한숨을 폭 쉬었다. 그러고는 고개를 절레절레 흔들었다.

"내 말을 들어야만 할 텐데……."

마침내 잔뜩 들뜬 아내 인어의 목소리가 흐려져 사라졌다.

그리고 스트레가 노나의 말은 단 한 번도 틀린 적이 없었다.

그로부터 열 달 간, 그들은 더할 나위 없이 행복했다. 그들은 낮에는 아기가 만일 여자라면 납작한 젖가슴을 가려줄 흠이 없고 매끄러운 조개껍데기를 모으고, 밤에는 나뭇가지에 뾰족한 상어 이빨을 꼼꼼히 묶어 아기가 만일 남자라면 그에게 들려줄 창을 만들었다. 그리고 조금씩 불러오는 아내 인어의 배에 대고 밤낮으로 소근거렸다.

"아가, 너는 파란 아이지. 예쁜 우리 아기. 우리는 너를 기다려."

그러면 뱃속에서 조그맣게 무언가 생동하며 그녀의 배를 콕콕 찔렀다. 그들은 아기가 보내오는 그 작은 신호 하나만으로도 너무나 행복했다. 그 신호가

지느러미의 뾰족함에서 점점 살덩어리의 뭉툭함과 비슷하게 변해갔지만, 아내는 신경 쓰지 않았다. 똑똑하고 특별한 자기 아이가 벌써 다른 애들과는 다르게 손을 쓸 줄 아는가보다고 생각할 뿐이었다.

그리고 아홉 달 하고 열흘째 되는 날, 그녀는 한밤중에 배가 찢어지는 듯한 고통에 잠에서 깨었다. 어느 누구도 아직 아기를 맞을 준비가 되어 있지 않았지만, 아기는 마음이 급했다. 빨리 그 좁은 공간에서 나가고 싶어 다급하게 이리저리 몸을 뒤척였다. 아내 인어의 배는 있는 힘껏 차대는 한 쌍의 살덩어리로 인해 마치 해일처럼 요동치고 있었다.

그녀의 입에서 날카로운 비명이 터져 나왔다. 그녀는 자기가 소리를 지르고 있는 줄도 몰랐다. 아무것도 들리지 않았다. 아무것도 보이지 않았다. 꼭 아주 새까맣고 커다란 구덩이 속에 파묻혀 누군가에게 발길질을 당하는 것 같았다. 그녀는 너무나 두려웠다. 그 누구도 그녀에게 아기가 보내는 신호가 이토록 과격하다고 이야기해 준 적이 없었다.

그녀는 남편 인어의 이름을 목 놓아 불렀다. 곧 남편 인어가 놀라서 헤엄쳐 왔다. 그는 배를 움켜쥐고 주저앉아 있는 그녀를 보고 무척이나 당황했다. 스트레가 노나는 아기를 낳을 때 아내가 아파하며 소리 지를 거라고는커녕 그 비슷한 이야기도 하지 않았었던 것이다.

"왜 그래? 무슨 일이야?"

"아기가…… 아기가 내 배를 차요."

"뭐라고?"

남편 인어는 놀라지 않을 수 없었다. 아기가 배를 차다니! 이 바다에 처음 인어가 헤엄치기 시작한 몇 만 년 전부터 그 어떤 아기도 엄마의 배를 때리며 세상 밖으로 나온 적은 없었다. 그 어떤 엄마도 아기와 만나는 것을 고통스러워한 적은 없었다.

인어들의 분만은 결코 소란스럽지 않았다. 모든 아기 인어들은 예정된 날에 딱 맞추어 엄마에게 신호를 보냈다. 그 신호란 엄마 배를 부술 듯이 걷어차거나 찢을 듯이 밀어내는 것과는 전혀 다른 것이었다. 아기 인어들은 조그마한 손가락으로 그림을 그리듯 엄마의 배를 조심스럽게 간질이다가 시간이 조금 지나면 지느러미를 세워 엄마의 배를 콕콕 하고 찔렀다. 그러면 엄마들은 아가가 세상 밖으로 나올 때가 됐음을 알아차리고 스스로 산파를 불렀다. 산파는 해초와 나뭇가지들로 엮은 바구니에 아기와 엄마에게 필요한 것들을 담아서 왔다. 그리고 귀잠이라는 약초를 달인 물을 산모에게 먹였다. 귀잠 물을 먹은 산모는 얼마 지나지 않아 아주 깊이 잠이 들었다. 그 잠은 다른 잠과는 조금 달랐으니, 귀잠 물을 먹고 잠든 산모는 그 어떤 아픔도 느끼지 못하고 그 어떤 시끄러운 소리도 듣지 못했다. 주위에 어떤 일이 일어나도 결코 일어나지 않고 꼭 죽은 것처럼 잠을 잤다. 그러면 산파는 아주 조심스럽게 산모의 배를 갈라 아기를 꺼냈다. 그리고 깨끗한 미역을 깔아 아기를 뉘였다. 산모가 다시 깨어날 때쯤이면 배는 다시 원래대로 닫혀 있고 아기는 곤히 잠든 채 엄마 곁에 누워 있었다.

그러나 지금 아내 인어를 보라! 그녀는 뱃속 아기가 자신을 차고 있다고 말하고 있다. 간지럽다거나 따끔하다는 것이 아니라 아프다고 소리치고 있다.

남편 인어는 울고 싶은 심정이었다.

곧이어 그는 스트레가 노나를 떠올렸다. 인어가 이 바다에서 숨을 쉰 지 몇만 년이라는 긴 세월이 흘렀는데, 그 세월 동안 단 하나의 인어도 엄마 배를 조금 세게 찌른 적이 없었을까 하고 생각했다. 그리고 그런 인어가 있었다면, 분명 스트레가 노나는 그럴 때는 어떻게 해야 하는지 알고 계실 거라고 믿어 의심치 않았다. 아니, 그렇게 믿고 싶었다. 그렇게 믿어야만 했다.

남편 인어는 아내 인어의 어깨를 잡고 한 자 한 자 눌러 말했다.

"내가 스트레가 노나에게 다녀올게. 여기서 아주 조금만 혼자 기다리고 있어. 괜찮지? 아무 일도 없을 거야. 최대한 빨리 다녀올게."

그러고는 대답도 듣지 않고 서둘러 헤엄쳐 나갔다.

바다는 어둡다 못해 새카맸다. 거리에는 멸치 한 마리도 헤엄치고 있지 않았다. 아무 소리도 들리지 않았다. 무섭도록 고요했다.

무거운 고요함이 주는 중압감에 남편 인어의 심장이 쿵쾅쿵쾅하는 소리와 함께 몸 밖으로 튀어나올 듯 팔딱대며 뛰었다. 그의 심장은 뭔가 잘못되고 있다는 것을 본능적으로 느끼고 있었다. 그러나 그는 심장의 외침을 무시했다. 자꾸만 자신을 불안하게 만드는 그 몸부림을 애써 모른 척하며, 그는 스트레가 노나의 집만을 생각하고 지느러미를 세차게 움직였다.

드디어 스트레가 노나의 집이 눈 앞에 나타나자, 남편 인어는 전속력을 다해 마치 적군에게 돌진하는 병사처럼 그 집을 향해 헤엄쳤다. 그러고는 문고리를 힘껏 잡아 비틀었다. 생선 가시를 얼기설기 끼워 만든 문이 힘없이 떨어져 나가 부서졌다.

스트레가 노나는 집 안에 있었다.

"스트레가 노나! 제발 도와주세요! 제 아내가 위험해요. 제 아기가 위험합니다!"

남편 인어가 다급하게 소리쳤다.

스트레가 노나는 전혀 놀란 기색이 없었다. 오히려 아주 태연했다. 꼭 자신을 찾아올 것을 이미 알고 있었던 듯했다.

스트레가 노나는 가만히 고개를 들어 남편 인어를 바라보았다. 그러고는 조용한 눈빛으로 천천히 몸을 일으켰다.

"스트레가 노나! 제발 빨리 와 주세요!"

남편 인어가 몸이 달아 소리쳤다.

스트레가 노나의 몸짓은 꼭 그 말을 전혀 듣지 못한 것처럼 여전히 변함없이 차분했다. 심지어 약간은 여유로워 보일 정도였다.

남편 인어의 애 닳는 숨소리에도 아랑곳하지 않고 널어놓은 미역들 중 깨끗한 것을 골라내던 스트레가 노나가 문득 고개를 들어 말했다.

"자네, 산파를 불렀나?"

"네?"

남편 인어가 놀라서 되물었다. 지금껏 무시를 하다가 갑자기 말을 거는 스트레가 노나의 행동에 당황한 그의 목소리가 마치 낡은 자물쇠에서 나는 소리처럼 갈라져 나왔다.

"산파를 불렀느냐고."

스트레가 노나가 긴 다리를 뻗어 무언가를 챙기면서 남편 인어를 똑바로 쳐다보고 다시 말했다. 남편 인어는 스트레가 노나의 눈에서 곧게 뻗어 나오는 무언지 모를 힘을 느꼈다. 그 힘은 남편 인어의 다급하고 흥분된 마음을 마치 찬 물을 끼얹은 듯 가라앉게 만들었다.

남편 인어가 말했다.

"아니요, 아직……. 지금 당장 부르겠습니다."

"아니, 부르지 말게."

"예?"

"자네 귀에 소금이 끼었나? 산파를 부르지 말게."

"네, 그건 들었지만…… 왜 부르지 말라고 하시는 겁니까?"

남편 인어가 어리둥절하게 물었다. 그로서는 스트레가 노나의 지금 태도와 행동을 전혀 이해할 수가 없었다.

스트레가 노나가 당연하다는 듯 말했다.

"산파를 불러봤자 어차피 그들도 어떻게 해야 하는지 모를 테니까."

그녀는 벌써 준비를 마친 듯 바구니를 들고 이어 말했다.

"자, 앞장서게."

그들은 서둘러 남편 인어의 집으로 헤엄쳐 갔다. 방금까지만 해도 태연해 보였던 스트레가 노나도 이제는 초조한 표정이었다. 남편 인어는 혹시 스트레가 노나도 어떻게 해야 하는지 모르는 건 아닐지 걱정스러웠다.

드디어 그 조그마한 집에 다다르자, 스트레가 노나는 문을 열기 직전 문고리를 붙잡고 고개를 돌려 남편 인어를 쳐다보았다. 스트레가 노나의 표정은 너무나 진지해서 조금은 비장해 보이기까지 했다. 안에서는 희미하게 아내 인어의 앓는 소리가 들려오고 있었다.

스트레가 노나가 말했다.

"자, 잘 듣게. 지금부터 자네는 아마 자네 눈을 믿을 수 없는 광경을 보게 될 거야. 그래도 놀라지 않겠다면 들어오게. 만일 고함을 지를 거라면, 하등 도움이 안 될 테니 그냥 이 밖에서 가만히 기다려. 어떻게 하겠나?"

남편 인어는 침을 꼴깍 삼켰다. 대체 내 아내와 아이에게 무슨 일이 일어나고 있는 건지 불안하기만 했다. 좋지 못한 광경이 펼쳐진다면 그것을 지켜볼 자신은 없었다. 그러나 무슨 일이 일어나고 있는지도 모르고 밖에서 하염없이 기다릴 자신은 더더욱 없었다. 그의 가슴이 옅게 파르르 떨렸다.

남편 인어는 긴장된 목소리로 말했다.

"드, 들어가겠습니다."

"알겠네."

드디어 작은 집의 문이 열렸다. 끼익 하는 소리가 나자마자 문 틈새로 바닥에 주저앉아 배를 움켜쥐고 있는 아내 인어의 모습이 보였다.

남편 인어가 초조하게 소리쳤다.

"스트레가 노나, 어서 도와주세요. 제가 뭘 하면 되죠?"

스트레가 노나는 남편 인어의 말에 대답하지 않고 바구니에서 천천히 커다란 소라에 담긴 귀잠 물을 꺼냈다. 그리고 아내 인어에게 그 물을 몽땅 먹였다.

남편 인어가 놀라서 소리쳤다.

"스트레가 노나! 그렇게 많이 먹이면 깨어나지 못할지도 몰라요!"

그러나 스트레가 노나는 아랑곳하지 않고 계속해서 아내 인어에게 귀잠 물을 마시게 하며 낮은 목소리로 대답했다.

"전혀 그렇지 않아. 돕지 않을 거면 제발 가만히 있게!"

남편 인어는 입을 다물었다.

귀잠 물을 먹은 후에도 한참 동안 배를 붙잡고 끙끙거리던 아내 인어는 곧 천천히 깊은 잠에 빠졌다. 그 사이 스트레가 노나는 바구니에서 빳빳하고 깨끗한 미역을 꺼내 바닥에 깔고, 그 위에 뾰족하고 예리하게 부러뜨린 기다란 조개껍질들을 늘어놓았다.

조개껍질을 보고 무언가 짐작한 남편 인어가 소스라치게 놀라며 물었다.

"스트레가 노나! 설마 배를 가르시려는 건가요?"

"어쩔 수 없다네. 모든 인어는 다 배를 갈라서 아기를 낳아. 그러지 않으면 산모와 아기 모두 죽으니까 이게 유일한 방법이네."

"하지만……."

"난 지금껏 수 백 명의 아이를 낳는 걸 도왔어. 이 바다에서 나보다 칼을 쥐여 줄 때 안심해도 되는 사람은 없네. 그러니 걱정 마."

스트레가 노나가 무게감이 있어 믿음이 가는 목소리로 말했다.

남편 인어는 조용히 그 말에 따랐다. 그리고 가만히 스트레가 노나 옆에 앉아 그녀가 조개껍질을 후리지아 가루로 닦는 것을 도왔다.

아내 인어가 완벽히 깊은 잠에 빠져들고, 모든 조개껍질을 후리지아 가루로 닦았을 때, 스트레가 노나가 말했다.

"자네 정신력이 강하지 않다면, 눈을 감게."

남편 인어는 눈을 질끈 감았다. 그는 자기 아내의 배가 갈라지는 것을 두 눈으로 볼 자신이 없었다.

곧이어 서걱서걱하는 소리가 들리자 남편 인어는 손으로 귀를 막았다. 잠시 뒤, 스트레가 노나가 죽였던 숨을 내쉬었다. 그리고 아기가 첫 숨을 들이키는 소리가 바닷물이 구르는 소리와 함께 들려왔다.

"이제 눈을 뜨게."

스트레가 노나가 말했다. 남편 인어는 조용히 눈을 떴다.

아기는 스트레가 노나의 팔에 가만히 안겨 있었다. 남편 인어는 미역에 둘둘 감겨 있는 그 조그마한 물체를 천천히 들여다보았다.

바로 다음 순간, 그는 아기가 무언가 이상하다는 것을 깨달았다. 비정상적으로 길고 굵은 살덩어리와 이상한 모양으로 붙어 있는 비늘, 그리고…… 마치 물고기의 입 같아 보이는 뾰족한 무언가.

"으악!"

남편 인어는 그만 그대로 기절하고 말았다.

쪽쪽쪽. 아기가 젖을 빠는 소리가 조그만 집을 가득 메웠다. 아기는 아주 건강했다. 태어나자마자 뜬 눈을 초롱초롱하게 빛내며 엄마 젖을 적신 파래 더미를 입에 넣고 힘차게 빨고 있었다. 그러나 아기는 여느 인어 아기들처럼 파래 더미를 손으로 쥐고 있지 않았다. 두 발을 이용해 꼭 쥔 다음 다리를 쳐들어 그것이 입에 닿도록 하는 아주 요상한 자세로 젖을 먹고 있었다.

그 모습을 경멸의 눈초리로 쳐다보며 흐르는 눈물을 훔치던 아내 인어가 결국 소리 내어 흐느끼기 시작했다.

"흐흐흑, 으흐흐흑."

"그만 울게. 아기를 앞에 두고 엄마가 그렇게 울면 쓰나."

스트레가 노나는 아내 인어의 등을 새까만 빨판으로 가만히 쓸어내렸다.

아내 인어가 격렬하게 소리쳤다.

"엄마라고요? 제가 이 아기의 엄마라고요? 아니, 이것을 아기라고 부를 수나 있나요? 이건 아기가 아니에요! 괴물이라고요! 제 뱃속에 저런 흉측한 것이 열 달이나 살고 있었을 리 없어요. 저는 저 괴물을 낳지 않았어요."

말을 마치고 손에 얼굴을 묻은 채 어깨를 들썩이는 아내 인어의 모습은, 자기 자신에게 몸서리를 치는 가여운 지렁이를 생각나게 했다. 나 자신이 징그럽고 끔찍해 어쩔 줄을 모르지만 그로부터 결코 도망칠 수 없는 그 괴로움은 보는 사람을 한없이 안타깝게 만들었다.

스트레가 노나는 깊이 한숨을 쉬었다. 지혜롭고 현명한 그녀였지만 지금으로써는 그녀조차 아내 인어에게 그 어떤 말도 해줄 수 없었다.

아내 인어의 침대 곁에서 젖을 빨고 있는 이 작은 생명체는 인어가 아니었다. 분명 반은 사람이고 반은 물고기이지만 결코 인어는 아니었던 것이다. 그렇다. 스트레가 노나의 말은 단 한 번도 틀린 적이 없었다.

그 생명체는 괴물이었다. 여느 인어들이 물고기의 꼬리지느러미를 가진 대신 이 생명체는 물고기의 눈과 가슴지느러미를 가지고 있었고, 여느 인어들이 인간의 얼굴과 머리카락, 팔과 가슴을 가진 대신 이 생명체는 인간의 다리를 가지고 있었다. 한 마디로, 인어가 아니라 어인이었던 것이다.

"왜 진작 말하지 않으셨어요, 스트레가 노나! 내가 기뻐하며 당신을 찾아간 그때 나에게 말해 주었다면 나는 절대로 이 끔찍한 것을 낳으려고 하지 않았을 거예요!"

아내 인어가 괴로움의 눈물을 흘리며 소리쳤다. 그녀의 눈물이 그녀가 스트레가 노나를 죽을 만큼 원망하고 있음을 말했다. 그리고 그 말 속에는 그녀의 자기 자신에 대한 경멸도 형체를 알 수 없을 정도로 뒤섞여 있었다.

스트레가 노나는 아내 인어를 가만히 바라보며 말했다.

"나는 그때 이야기를 했었네. 자네가 듣지 않았을 뿐이지. 내가 이야기하지 않았나. 그것은 인어가 아니라고……."

그 말에 아내 인어가 번쩍 고개를 들어 스트레가 노나를 바라보았다. 그녀의 얼굴은 온통 눈물로 얼룩져 있었고 탐스럽던 머리카락은 윤기 없이 마구 헝클어져 있었다.

아내 인어가 어깨를 바르르 떨었다. 그녀의 커다란 눈이 후회와 원망으로 가득 차 넘칠 듯 일렁였다. 스트레가 노나는 차마 그 눈을 똑바로 바라볼 수가 없었다.

"아아, 이럴 수가, 이럴 수가!"

아내 인어는 입을 막았던 손을 힘없이 떨어뜨리고는 고개를 숙이고 자신의 은빛 비늘에 하염없이 눈물을 떨어뜨렸다. 방울방울 떨어지지 않고 그녀의 볼을 타고 끝없이 흘러내리는 눈물을 보며, 스트레가 노나는 그녀의 눈물이 바닷물보다도 짤지 모른다고 생각했다.

"어떻게 이런 일이 일어날 수 있죠?"

아내 인어를 가만히 바라보던 남편 인어가 물었다. 그의 얼굴은 아직도 창백했다. 그러나 그는 소름이 끼칠 만큼 차분한 표정이었다. 아내 인어가 자지러지게 소리를 지르던 때보다 그 원인을 알게 된 지금, 오히려 남편 인어는 마음이 안정된 것처럼 보였다.

스트레가 노나는 그런 남편 인어를 물끄러미 바라보았다.

"우리 인어들은 아주 특이한 방식으로 만들어진다네. 남자에게는 인간의 씨가, 여자에게는 물고기의 씨가 있지. 그 씨는 뱃속에서 이리저리 함께 춤을 추다가 꼭 맞는 부분을 찾으면 서로 하나로 붙어버리게 돼. 그래, 아기들이 모양을 맞추고 노는 쪼개진 조개껍질처럼 말이야. 그런데 아주 가끔 꼭 맞는 부분을 찾지 못하는 씨들이 있다네. 씨에 문제가 있는 거지. 그런 씨는 어디에 붙어야 할지 모르고 방황하다가 결국 아무렇게나 붙어버리는데, 그러면 원래 만들어져야 할 모양과 다르게 아기가 만들어지게 되는 거라네. 저 아기처럼 말이야."

남편 인어는 멍하니 스트레가 노나를 쳐다보았다.

"그럼 이 괴물을 정말로 우리가 만들어 냈다는 말인가요?"

"그렇지."

"오, 세상에."

아내 인어는 너무 울어서 창백해진 얼굴로 젖을 빨다 지쳐 잠이 든 '괴물'을 바라보았다. 그녀가 조그만 목소리로 날카롭게 속삭여 물었다.

"그렇다면 저런 아이가 옛날에도 있었을 수도 있었겠네요, 스트레가 노나?"

"전해져 내려오는 바로는, 딱 하나 있었네."

아내 인어가 스트레가 노나 쪽으로 고개를 홱 돌렸다.

"그 아이는 어땠죠?"

스트레가 노나는 잠시 머뭇거렸다. 그러나 그녀는 자신을 쳐다보는 아내 인어의 눈빛에 결국 입을 열 수밖에 없었다.

"그 아이는 사람 얼굴에 물고기 꼬리가 달려 있었다고 하네. 사람 몸통이 없이 얼굴에 꼬리만 달려 있었던 거야. 태어나자마자 먼 바다로 버려졌지. 홍연어도 헤엄쳐 가지 못할 만큼 먼 바다였어. 당연히 살지 못했네. 그리고 그 시체가 물 위로 떠올랐고, 바다 위 생물들이 그것을 발견했다고 전해져 오고 있어. 그들이 그걸 먹어버렸다고도 하고, 그들조차도 너무 징그러워 건드리지 못했다고도 하네. 정확한 건 아무도 모르지."

"하지만 어쨌든 바다 위 생물들 눈에 띄었다는 거군요."

어느새 눈물이 멈춘 아내 인어가 말했다. 마른 눈물 자국이 스며있는 그녀의 창백한 얼굴은 무척이나 차가워보였다.

스트레가 노나가 대답했다.

"그렇지, 어찌됐든 그들 눈에는 띄었어."

"그게 사람이었나요, 스트레가 노나?"

남편 인어가 물었다. 그의 목소리는 여리게 떨리고 있었다. 스트레가 노나는 이 상황에도 자신들의 위신을 잃을까 두려워하는 남편 인어의 어리석음에 혀를 내둘렀다.

"아니, 그땐 바다 위에 사람이 살지 않았었네."

"다행이군요."

"다행이라고요?"

아내 인어가 소리쳤다. 그녀는 자기 남편의 안일한 생각이 도저히 이해되지 않는다는 표정이었다.

그녀가 다시 말했다. 그녀의 목소리는 아주 신경질적이었다.

"다행이라고요? 그것만 그들 눈에 띄지 않으면 다예요? 저 징그러운 것을 봐요. 저 괴물을 보라고요. 이제 우린 저 괴물을 멀리 버릴 수조차 없어요. 평생 저걸 우리 곁에 끼고서 인간들 눈에 띌까 전전긍긍하며 살아야 한다고요. 난 그렇게 못해요. 난 지금 저게 내 집에 누워서 숨을 쉬는 것조차 몸서리가 쳐진다고요!"

말을 마친 아내 인어는 쳐다보는 것조차 역겹다는 듯 그것으로부터 눈을 돌렸다. 남편 인어가 한숨을 푹 쉬었다. 그 한숨은 아내 인어의 말에 동의하는 의미로 내뱉은 것이었다.

자신의 처지가 너무도 어이가 없었던 나머지 아내 인어의 눈에는 다시 한탄의 눈물이 맺히기 시작했다. 그녀는 눈물이 흐르기 전에 서둘러 닦아내며 조용히 혼자 중얼거렸다.

"비늘조차 검은 색이잖아. 파란 아이일 줄 알았는데……."

그 말을 들은 남편 인어의 눈이 번쩍 뜨였다. 그가 손가락을 탁 하고 퉁겼다.

남편 인어가 커다란 목소리로 말했다.

"그래, 파란 아이! 스트레가 노나, 당신이 그러셨죠. 아이가 태어나면 어느 누구의 눈에도 띄지 말도록 파란 아이로 키우라고요."

스트레가 노나가 고개를 끄덕였다.

"그랬었지."

"그 말씀, 이 아이를 숨겨서 기르라는 말씀이셨죠? 인어들도, 인간들도 모르도록이요."

"그렇게 받아들일 수도 있지."

"그거야, 여보. 굳이 멀리 버릴 필요 없어. 옆에 끼고 살 필요는 물론 없고. 가둬놓고 기르는 거야. 아주 파란 집에. 물이 유난히 파랗고 그래서 땅마저 파란 곳에 새파란 집을 지어놓고 그 안에 가두어놓으면 아무도 거기에 집이 있는 줄 모를 거야. 그 집 안에 누군가 있다는 것도 말이야."

남편 인어가 흥분해서 말했다. 그는 자기가 해낸 생각에 상당히 감탄하고 있는 듯했다.

아내 인어의 눈이 번뜩였다. 반짝임이 아닌 번뜩임이었다. 스트레가 노나는 그 눈을 보며 문득, 자기를 찾아와 기뻐하던 아내 인어의 맑고 투명한 눈을 떠올렸다. 지금 그녀의 눈에는 투명함이라곤 찾아볼 수 없었다. 자기가 낳은 것에 대한 조금의 자비도 없는 냉정함과 잔인함만이 남아 있을 뿐이었다.

아내 인어는 자기 남편을 쳐다보며 말했다.

"좋아요. 그거 정말 좋은 생각이네요. 스트레가 노나, 당신도 이렇게 하라고 말씀하신 게 맞죠?"

아내 인어는 고개를 돌려 스트레가 노나를 바라보며 동의를 요구했다. 스트레가 노나는 그들의 말에 동의하지 않았다. 파란 아이로 키우라고 한 말은 그런 뜻으로 한 말이 아니었다. 결코 태어날 아이를 가둬놓으라는 뜻이 아니었다.

그러나 이미 그들의 눈빛에는 냉정함이 깊게 깃들어 있었다. 스트레가 노나는 현명하고 지혜로운 사람이었다. 그녀는 의미 없는 일에 힘을 빼지 않았고, 달라지지 않을 사람에게 이야기하는 수고를 감수하지도 않았다. 그들의 눈빛 속 냉정함은 이미 그들이 마음을 굳혔으며 그들에게 자신이 방금 낳은 존재는 아이도, 생명체도 아닌 그저 '괴물'이라는 것을 적나라하게 보여주고 있었다.

스트레가 노나는 작게 한숨을 쉬며 체념한 듯 고개를 끄덕였다.

아내 인어가 기쁘게 말했다.

"스트레가 노나, 정말 감사해요. 당신은 끝까지 우리에게 큰 도움을 주시는군요."

스트레가 노나는 그 말을 가만히 곱씹으며 자리에서 일어났다. 그러고는 부부에게 조용히 이야기했다.

"당신 부부가 어떻게 행동하든 그건 내가 관여할 수 있는 일이 아니네. 어찌됐건 저 아이는 당신들 아이니까. 하지만 명심하게. 저 아이의 겉모습이 괴물이라고 정신까지 물고기인 것은 아니네. 때로는 오히려 가둬놓는 것이 그것을 먼 곳으로 풀어 놓는 것이라는 걸 잘 기억해 둬야 해."

"네, 잘 알겠어요."

스트레가 노나는 그렇게 그 집을 떠났다. 그리고 그 후로 다시는 그 집에 찾아가지 않았다. 부부는 끝까지 어리석었다. 스트레가 노나가 남긴 마지막 말을, 그들은 전혀 중요하게 생각하지 않았다. 이미 한 번 스트레가 노나의 말은 언제나 옳다는 것을 경험했음에도.

이제 작은 집에는 행복하게 살던 한 쌍의 부부가 없다. 그저 한 쌍의 인어들과 하나의 '인어가 아닌 인어'가 있을 뿐이다.

부부는 정말로 그 작은 괴물을 파랑에 가두었다. 인간들은 물도, 땅도, 하늘도 온통 새파란 곳이 세상 어디에 존재할지 상상하기조차 힘들겠지만, 그들은 그곳을 찾아냈다.

남편 인어는 스트레가 노나가 떠난 바로 그 다음 날부터 파란 곳을 찾기 시작했다. 그는 최대한 인적이 드물고 으스스하며 깊은 곳만을 찾아다녔다. 그래야만 인간들 눈과 인어들 눈을 모두 피할 수 있었으며, 무엇보다 그래야만 파랑이 짙어졌다. 그는 점점 더 진한 파랑을 찾아냈다. 그러나 만족할 수는 없었다. 물이 파란 곳은 땅이 파랗지 않았으며, 땅이 파란 곳은 하늘이 파랗지 않았고, 하늘이 파란 곳은 물이 파랗지 않았다. 그는 점점 멀고 깊은 바다로 헤엄쳐 가게 되었다.

그렇게 파랑을 찾아다닌 지 보름째 되는 날, 남편 인어는 완벽한 파랑을 찾아냈다. 물도, 땅도, 하늘도 파란, 정말 모든 것이 파란 그곳.

그곳은 물과 물이 만나는 곳이었다. 그곳에서는 서쪽에서 오는 물과 동쪽에서 오는 물이 얽히고 남쪽에서 오는 물과 북쪽에서 오는 물이 설키었다. 한 마디로, 아주 깊은 구덩이였다.

그 구덩이는 무척이나 컸다. 가장 깊은 곳에서 약 이백 미터가 떨어진 곳에서부터 서서히 땅이 낮아지기 시작해 어느 한 지점에서 푹 하고 꺼진, 열쇠 구멍 같은 모습이었다. 구덩이의 주변에는 아무것도 없었다. 풀도, 나무도, 꽃도, 물고기도, 그 어느 것도 없었다. 정말 땅과 물 밖에 존재하지 않는 곳이었다. 따라서 매우 조용했다. 숨 죽여 들으면 바닷물이 흐르고 굴러 떨어지고 빙글빙글 도는 소리까지 나지막하게나마 들을 수 있었다.

게다가 그곳은 아주 새파랬다. 구덩이의 깊이가 낮아질수록 점점 물이 파래져, 멀리에서 보면 마치 아주 먼 곳에서부터 파랑이 구덩이로 흘러들어가는 것처럼 보였다. 구덩이의 가장 깊은 곳은 남색에 가까워, 심지어 오래 바라보고 있으면 검정과 혼동이 될 정도였다. 남편 인어는 저 한 가운데에 집을 지어 놓으면 어둠에 가려져 형체도 보이지 않겠다고 생각하며, 왠지 모를 으스스함에 몸을 부르르 떨었다.

남편 인어는 땅을 내려다보았다. 그곳은 땅마저도 파랬다. 물의 파랑이 너무나 진해 땅마저도 물들어 버린 모양이었다. 땅에서 집어올린 모래마저도 파래보였다. 그 파랑은 누군가가 걷어갈 수 없는 것이었다. 결코 다른 색으로 바뀌어버릴 수 없을 것처럼, 그 땅은 파랑이 스며들어 있었다.

남편 인어는 이번엔 위를 올려다보았다. 그리고 하늘마저 짙은 푸르름으로 에워싸여 있자, 입꼬리를 올리며 만족했다. 바다 속에서 머리 위를 올려다보았을 때 눈동자를 뚫고 들어와 온 몸을 휘저어버리는 햇살 대신, 그곳에는 무거운 푸름만이 존재했던 것이다.

남편 인어는 그곳에 존재하는 것이라곤 오직 파랑뿐이라는 사실을 깨닫고 흡족해 했다. 그리고 자기 아내에게 돌아와 자신이 완벽한 파랑을 찾아냈노라고 자랑스럽게 이야기했다.

아내 인어는 그곳이 자기 집과 멀리 떨어져 있다는 사실에 만족했다. 그리고 먹고 남은 물고기 비늘 옆에 아무렇게나 놓아둔 '괴물'을 바라보며 말했다.

"당장 거기에 집을 지어야겠어요."

그날부터 부부는 하던 일을 모두 내팽개쳐두고 그 파랑으로 가득 찬 곳에 집을 지었다. 아주 아주 파란 집을. 그 누구에게도 알리지 않기 위해 재료를 나르는 것조차 조심하며, 지나가는 갯지렁이 하나조차도 의심하며, 그들은 아무도 모르게 아주 조용히 집을 지어나갔다.

그렇게 여섯 달쯤 지났을까, 집이 완성되었다. 사실 말만 집이었지 얼핏 보면 난파된 배하고나 비슷해 보였다. 물론 크기는 배가 열 배는 더 컸지만 말이다. 조개껍데기와 소라 껍질, 해초, 산호, 모래를 아무렇게나 이어 붙여 만들어놓은 쭈그러진 그 공간은 장정 인어가 세 명만 들어가도 꼼짝달싹할 수 없을 것 같은 모습이었다. 그 와중에 색깔은 푸르러 멀리에서 보면 정말 기괴해 보였다. 마치 아주 커다란 물고기의 번들거리는 퍼런 눈 같았다.

그러나 애초에 아름다움이나 편안함은 그들의 목적이 아니었기에, 부부는 만족했다. 그리고 집이 완성되자마자 '괴물'을 바구니에 쑤셔 넣고 그 집으로 헤엄쳐가 집이라고 부르기도 민망한 그 공간에 바구니채로 던져 넣어 버리고 떠났다.

'괴물'은 그렇게 그 집 안에서 자랐다. 바구니 안에 들어 있던 해초들을 물어뜯으며 버티다가 (물론 부부가 넣어준 것이 아니라 바구니를 만들 때 쓰였던 해초가 떨어져 나온 것이었다.) 몸집이 커져 바구니가 비좁아지자 스스로 바구니에서 기어 나왔다. 그리고 좁은 바닥을 뽈뽈대면서 굴러다니며 벽에 붙어 있는 해초나 바닥의 모래를 주워 먹었다.

부부는 한 달에 한 번씩 괴물을 보러 왔다. 괴물을 돌보아주기 위해서나 괴물이 걱정되어서가 아닌, 혹시 괴물이 그 집에서 도망치지 않았는지 확인하기 위해서였다. 그러면서 그마저도 하기 싫어 얼굴을 말라비틀어진 생선처럼 찌그러뜨렸다. 그들에게는 괴물의 모습을 보는 것만도 고역이요 고문이었으리라. 그도 그럴 것이, 괴물은 몸집이 커질수록 점점 기괴하고 징그러운 모습으로 변해갔던 것이다.

그래도 그들에게도 일말의 양심은 있었던 지라, 그들은 한 번 올 때마다 괴물에게 최소한의 먹을 것을 주고 갔다. 그 덕분에 괴물은 굶어죽거나 배탈이 나지 않고 목숨을 부지할 수 있었다. 어쩌면 차라리 죽는 것이 괴물에게는 더 나았을지도 모르지만 말이다.

괴물은 무럭무럭 잘 자랐다. 머리에 붙은 물고기 비늘이 점점 커지고 물살을 가르느라 힘이 생긴 다리는 점점 탄탄해져갔다. 그와 동시에 그의 모습은 점점 괴기스러워져 갔다. 윤기 없이 번들대는 검은 색 비늘과 우락부락하게 꿈틀대는 다리 근육은 그를 마치 인간과 물고기를 아무렇게나 뭉쳐놓은 것처럼 보이게 했다.

괴물은 말을 할 수가 없었다. 옆에 말을 하는 생명체가 아무도 없어 말을 배울 수도 없었지만, 그보다 그에게는 인간의 입이 없었다. 물고기의 입은 그저 뻐끔뻐끔 움직이며 물방울이 터져 나오는 공허한 소리밖에 내지 못했다.

그러나 그는 대화가 고팠다. 친구가 고팠고 보살핌과 사랑이 고팠으며 외로움이 싫었다. 아무리 생선 머리를 가지고 있었다고 해도 인간의 씨와 섞여 만들어진 존재였기에 괴물은 다른 인어들과 다를 바 없는 정신을 가지고 있었다. 갈망하는 것은 인어들과 같은데, 괴물은 그것을 가질 수 없었다. 괴물은 견딜 수 없이 누군가와 만나고 싶었다.

괴물에게 부부는 선망과 갈망의 존재였다. 괴물은 그들이 자신에게 먹을 것을 주는 것에 감사했다. 그는 그들의 찡그린 얼굴이 무엇을 의미하는지 몰랐다. 부부가 웃는 얼굴을 단 한 번도 보지 못했던 괴물은 그들이 원래 그렇게 생겼으리라 여기고 유일하게 자신을 찾아와주는 그들에게 감사했으며 그들을 좋아했다. 괴물은 그들이 찾아올 때마다 조금 더 오래 자신에게 머물러 너무 일찍 떠나지 않기를 바랐다. 그러나 부부는 아까 말했다시피, 괴물을 바라보는 것조차 견딜 수 없어 했다. 괴물은 먹을 것이 담긴 바구니를 던져주느라 살짝 열린 문 틈새로 보이는 그들의 구겨진 얼굴을 언제나 그리워했다.

그러나 괴물은 결코 바보가 아니었다. 점점 자라나 머리가 커지고 부부가 그에게 다녀가는 횟수가 늘어나면서, 괴물은 부부가 대체 어디에서 오는지에 대한 의문을 품기 시작했다. 지금까지 자기에게 세상의 전부였던 그 파란 공간을 의심하기 시작한 것이다. 어딘가에서 자신에게로 들어오는 존재가 있다면, 그것은 이곳 밖의 세계도 존재한다는 뜻이 되었다. 괴물의 그 세계에 대한 궁금증은 점점 커져만 갔다.

　그리고 그 집에 머문 지 5년째 되는 어느 날, 괴물은 마침내 그 집에서 나가 보기로 결심했다. 더 이상 두렵지도, 걱정스럽지도 않았다. 그저 그 집에서 한 번만이라도 나가보고 싶다는 열망만 남아 있을 뿐이었다. 창문조차 달려 있지 않은 그 일그러진 조개껍질 더미에서, 괴물은 도망치듯 문을 밀고 빠져 나왔다.

　괴물의 눈 앞에 거대한 물길이 펼쳐졌다. 괴물은 처음 보는 커다란 공간에 깜짝 놀라 몸을 움츠렸다. 괴물은 개방됨이 주는 공포심으로 가슴이 쿵덕쿵덕 뛰었다. 언제나 고여 있는 물만 가로질렀던 지느러미는 바닷물이 흐르는 것을 느끼고 파르르 떨렸다. 자신을 짓누를 듯 거대한 푸른빛은 괴물로 하여금 자신도 푸르러지는 듯한 착각을 불러일으켰다.

　괴물은 아주 조심스럽게 지느러미를 내저었다. 물에서 포르르 떨리는 소리가 났다. 괴물은 용기를 내어 이번에는 다리를 움직였다. 몸이 끝없는 푸름 사이로 두둥실 떠올랐다. 괴물은 처음 느껴보는 자유로움에 가슴이 벅차오르는 것을 느꼈다.

　괴물은 계속해서 헤엄쳤다. 자신이 어디로 가고 있는지는 알 수 없었지만 개의치 않았다. 그는 헤엄치고 싶었다. 자신이 떠나온 곳에서 멀리 멀리 도망치고 싶었다. 할 수만 있다면 자신을 집어삼킨 이 광활한 공간의 끝에 닿고 싶었다.

　부부는 아마 괴물이 그 엄청난 거리를 결코 헤엄쳐오지 못할 것이라고 생각했을 것이다. 만일 끝까지 헤엄치려고 하다가 죽는다면 오히려 골치 아픈 짐을 양심의 가책 없이 내려놓을 수 있으니 그렇게 되기를 내심 바랐을지도 모른다. 그러나 괴물은 부부의 생각만큼 약하지 않았다. 한참을 홀로 헤엄치던 괴물은 자기 옆을 지나가는 한 마리의 조그마한 물고기를 만났다. 그리고 잠시 뒤, 자기가 살던 공간처럼 조개껍질로 뒤덮인 것이 수없이 이어져 있는 곳을 맞닥뜨렸다. 괴물은 그 놀라운 광경에 숨을 삼켰다. 그렇다. 괴물은 인어들의 마을에 도착한 것이다.

기쁨은 세상에서 가장 강력한 연료이다. 처음 보는 공간의 아름다움에 매료된 괴물의 마음을 가득 채운 기쁨은 괴물로 하여금 자신의 다리가 지쳤다는 것을 느끼지 못하게 만들었다. 그리고 괴물은 결국 인어들에게 닿았다.

괴물의 눈으로 본 인어 마을은 한 마디로 굉장했다. 괴물은 그 모든 것들을 태어나서 처음 눈에 담아 보았다. 세상에 태어나서 본 색깔이라곤 파랑밖에 없는 괴물에게 알록달록한 꽃들과 무지갯빛으로 빛나는 비늘과 조개껍질, 녹색에 맞춰 흔들리는 해초들은 놀랍다 못해 충격이었다. 괴물은 그곳이 세상에서 가장 아름다운 곳일 거라고 생각했다.

영롱한 빛깔을 바닷물 위에 퍼뜨리며 산들산들 흔들리고 있던 말미잘 곁에서 헤엄치던 흰동가리가 괴물을 보고 소스라치게 놀라 말미잘에게로 숨어들었다. 괴물은 새로운 것을 만난 행복감에 입을 뻐끔거렸다. 괴물이 자신을 잡아먹으려는 줄 알고 놀란 흰동가리는 아예 멀리멀리 도망가 버렸지만, 괴물은 아무래도 좋았다. 괴물은 누군가와 만났다는 사실만으로도 가슴이 터질 듯 행복했다. 물론 괴물은 흰동가리가 자기로부터 도망친 것이라는 사실을 알지 못했다. 모든 것이 처음이었으니 그럴 만도 했다.

괴물은 천천히 헤엄쳐 마을 안으로 들어갔다. 그는 빨간 꽃을 발견했다. 삐죽 튀어나온 입으로 꽃을 툭툭 쳤다. 꽃잎이 물살에 흔들리더니 꽃대에서 툭 하고 떨어져버렸다. 그는 떨어진 꽃을 입으로 집어 꿀꺽 삼켰다. 씁쓰레한 맛이 입안에 퍼졌다. 괴물은 발가락을 꼬부라뜨렸다.

그는 꽃이 떨어지고 홀로 남은 초록빛 꽃대를 보며 생각했다.

'이것은 먹을 것이 못 되는 구나.'

괴물은 배가 고팠다. 항홀함에 취해 느끼지 못했던 허기가 갑자기 밀려들었다. 괴물은 격렬하게 무언가 먹고 싶었다.

괴물은 단 한 번도 살아 있는 것을 먹어 본 적이 없었다. 부부가 가져다 준 바구니 속에는 언제나 해초나 조개 같은 움직이지 않는 것들만이 담겨 있었고, 가끔 들어 있는 물고기도 언제나 죽어 있었다. 게다가 괴물은 해초가 원래 땅에 붙어 있다는 것이나 조개가 원래 살아 움직인다는 것조차 알지 못했다. 땅에 뿌리를 내리고 흐느적대는 미역과 입을 달칵대며 움직이는 조개를 보면서, 괴물은 어디선가 본 듯하지만 먹어서는 안 되는 것이라고 결론 내렸다.

결국 괴물은 자신이 집으로 돌아가야만 먹을 수 있는 것을 얻게 될 것이라고 생각했다. 그러나 떠나온 곳으로 돌아가는 것은 죽기보다 싫었다. 괴물의 두 다리와 지느러미는 본능적으로 고인 물을 거부하고 있었다. 그는 지금처럼 흐르는 물에 몸을 맡기고 싶었다. 결코 돌아가고 싶지 않았다.

그때 괴물의 눈에 인어들의 집들이 들어왔다. 조개껍질과 소라껍질, 해초, 모래……. 그것은 분명 괴물이 떠나온 공간과 무척 닮아 있었다. 같은 것으로 만들어져 있고, 같은 모양새였다. 괴물에게 조개껍질 더미는 주기적으로 먹을 것이 들어오는 공간이었고, 그의 눈에는 인어들의 집도 똑같은 조개껍질 더미였다. 괴물의 눈이 순간 반짝였다. 괴물은 저 안에는 '먹을 수 있는 것'이 있을 것이라고 확신했다.

괴물은 인어의 집으로 가까이 헤엄쳐갔다. 집이 가까워질수록 점점 힘차게 다리를 휘저었다. 괴물의 마음이 다시 뭔지 모를 붉은 무언가로 빼곡히 차오르기 시작했다. 자신이 떠나온 곳과 놀랍도록 닮은 그 조개껍질 더미를 보며, 괴물은 어쩌면 저곳의 내부도 자기와 닮았을지 모른다고 생각했다. 괴물은 그 안에 자기와 같은 존재가 있지는 않을지 기대하고 있었다.

그때였다.

"꺄악!"

멀리서 누군가의 찢어질 듯한 비명소리가 들려왔다. 괴물은 놀라서 고개를 돌렸다. 소리가 난 곳에는 괴물보다 몸집이 절반은 작아 보이는 한 어린 소녀 인어가 손으로 입을 막고 부들부들 떨고 있었다.

괴물은 가슴이 콩닥콩닥 뛰었다.

'무슨 일이 일어난 거지?'

괴물은 본능적으로 몸을 이리저리 돌려 소녀가 소리를 지르게 만든 대상을 찾았다.

"으아악! 세상에!"

이번에는 반대쪽이었다. 소녀의 비명을 듣고 무슨 일인가 보려고 창문으로 고개를 내민 한 늙은 인어가 덜덜 떨리는 눈으로 괴물을 바라보고 있었다. 늙어서 힘이 빠져 누군가를 노려 볼 수도 없을 것 같은 그 눈은 온 힘을 다해 괴물을 경멸의 눈빛으로 바라보고 있었다.

괴물은 무슨 영문인지 알 수가 없었다. 자신을 보며 소리를 지르는 저들은 분명 부부와 닮아 있었다. 그렇다면 부부처럼 자신에게 먹을 것을 주어야 맞는 것이었다. 그러나 저들은 자신을 미워하고 있었다. 괴물은 혹시 저들도 먹을 것이 없어서 자신에게 나누어 주고 싶지 않아하는 걸까, 하고 생각했다.

인어들이 하나둘 창문으로 고개를 빠끔빠끔 내밀고, 길게 늘어선 집의 문이 파도처럼 차례로 열렸다 닫혔다. 점점 거리가 시끄러워지기 시작했다. 문을 연 자들은 하나같이 비명을 지르고, 아기들은 울음을 터뜨렸다. 누군가는 울먹이며 문을 걸어 잠그고, 누군가는 결의에 찬 표정으로 손에 몽둥이를 쥐고는 거리로 나왔다. 괴물은 그저 그들을 바라보고만 있었다. 아무것도 할 수가 없었다. 아무 생각도 들지 않았다.

누군가 아무 미동도 없는 괴물을 가리키며 소리쳤다.

"저 흉측한 것을 내가 직접 잡아오겠소!"

그 자는 말을 마치자마자 혀로 입술을 축이며 방망이를 꼭 쥐고 괴물에게로 다가갔다. 아주 천천히, 보이지도 않을 만큼 미세하게 지느러미를 움직이며……. 그의 눈은 괴물의 눈을 똑바로 응시하고 있었다. 피보다 붉게 얼룩진 그의 눈빛과 마주한 괴물은 태어나서 처음으로 죽음에 대한 공포를 느꼈다. 온 몸의 비늘과 털이 바싹 곤두섰다. 그의 본능이 그에게 말했다. 도망쳐야 한다. 살고 싶으면, 달아나야 한다.

괴물은 그 즉시 뒤도 돌아보지 않고 도망쳤다. 이미 괴물의 몸은 지칠 대로 지쳐 있었지만 살고자 하는 본능은 그를 물살에 태워 멀리 멀리 보내주었다. 세상에서 가장 강한 연료는 기쁨이 아니다. 공포이다.

죽을 둥 살 둥 도망가는 괴물의 뒤로, 인어들의 소리가 들렸다.

"잡아라!"

"저것이 다시는 우리 마을에 오지 못하도록 하자!"

괴물의 눈에 작은 눈물이 또르르 흘러내렸다. 그는 돌아가고 싶지 않았다. 그는, 헤엄치고 싶었다.

"뭐라고요?"

아내 인어는 들고 있던 게딱지를 땅에 떨어뜨렸다. 게딱지가 모래 위에 힘없이 폭삭 하고 내려앉더니 제풀에 깨어져버렸다.

"뭐라고요? 다시 한 번 말씀해 보세요."

"글쎄, 며칠 전에 마을에 아주 괴상한 것이 나타났다니까. 물고기 머리에 이상하게 생긴 살덩어리 두 개가 붙어 있었다는데, 어휴, 생각만 해도 징그러워."

아내 인어는 자신의 귀를 믿을 수가 없었다. 그럴 리가 없다. 그럴 수 있을 리가 없었다. 괴물이 마을에 나타나다니!

그녀의 손이 덜덜 떨렸다. 그녀는 자신의 심장이 그것을 덮은 껍질 아래에서 마치 튕겨져 나갈 듯 미친 듯이 진동하고 있는 것을 느꼈다. 그녀는 애써 손을 들어 올려 가슴을 꼬옥 눌렀다.

그 모습을 본 고래 부인이 고개를 주억거리며 이야기를 이었다.

"그래, 놀랄 만도 하지. 다들 그렇게 흉측한 건 태어나서 처음 보았대. 누구는 바다 위 생물일 거라고 하던데, 그게 말이나 돼? 머리가 물고기였다잖아. 분명 바다 속에 사는 녀석일 텐데, 아무도 뭔지를 모른대. 쫓아가니까 엄청 빠르게 내뺐다나 봐. 다행인지 아닌지 모르겠어. 어디 있는지를 모르니 불안해 죽겠어."

"그, 그러게요……."

아내 인어는 떨리는 목소리를 억지로 내어 겨우 대답했다. 괴물은 살아 있었다. 인어들 손에 잡히지 않은 것이다. 아내 인어는 이것이야 말로 다행인지 불행인지 모르겠다고 생각했다.

아내 인어가 애써 태연한 척하며 물었다.

"인어들이 어디까지 쫓아갔대요?"

"그건 모르겠네. 아마 꽤 멀리까지 간 모양이던데, 고게 무지하게 빨랐다더라. 요리조리 피해서 지치지도 않고 도망가는데, 안 놓칠 수가 없었대. 남자 여럿이서 쫓아간 모양이던데. 본 사람도 꽤 많구. 자기 남편은 못 봤대?"

"네에, 얘기 없더라고요……."

'이 여자 이미 다 알고 물어보는 거 아니야?'

아내 인어는 고래 부인을 의심의 눈초리로 쳐다보았다. 이 여자는 자기와 남편을 제외하면 이 집에 가장 많이 들락거리는 자였다. 게다가 눈치 빠르고 얍삽하기로 소문이 나 있었다. 만일 지금 이 여자가 교묘하게 자신을 떠 보고 있는 것이라면……?

아내 인어는 고개를 이리저리 저었다. 절대로 들켜서는 안 되었다. 자신은 철저히 괴물의 존재를 전혀 모르는 자이어야 했다.

아내 인어는 아무렇지 않은 척하려고 노력하며 말했다.

"오면 꼭 얘기해 줘야겠어요. 거리 다닐 때 조심하라고."

"그래, 꼭 얘기해 줘."

고래 부인이 고개를 몇 번 끄덕였다. 말을 마칠 때마다 고개를 끄덕이는 고래 부인의 버릇이, 아내 인어는 오늘 따라 신경 쓰였다.

아내 인어는 일부러 창밖을 힐끔힐끔 쳐다보았다. 그러고는 시간을 알기 위해 바닷물의 색이 잘 보이도록 만들어둔 장치인 시색을 과장되게 들여다보며 말했다.

"어머, 그러고 보니 이제 남편이 올 시간이네요. 벌써 시간이 이렇게 되었네."

"그래? 벌써?"

고래 부인은 어리둥절한 목소리로 말하며 고개를 갸웃거렸다. 얼핏 보아도 바닷물은 아직 색이 맑았다. 시색 속 물이 어두캄캄해져 밤이란 걸 알리려면 아직 한참은 더 있어야 할 것 같았다.

아내 인어가 다급하게 말했다.

"오늘 남편이 조금 일찍 온다고 해서요. 부인도 이제 집에 돌아가 봐야 하지 않으세요?"

고래 부인이 말했다.

"아, 그럼. 남편 분 오시기 전에 내가 어서 비켜줘야지. 좋은 시간 보내. 저녁 잘 먹고."

"네에, 부인도요."

아내 인어는 억지로 웃어보였다. 머릿속이 둥둥 울려 터져버릴 것 같은데 아무렇지 않은 척하자니 죽을 맛이었다.

고래 부인이 자리에서 일어났다.

"또 올게."

"안녕히 가세요."

아내 인어는 속으로 한숨을 내쉬며 문으로 향하는 고래 부인을 배웅하기 위해 뒤따라갔다. 그때 고래 부인이 집 밖으로 나가려다 문득 뒤를 돌아보았다. 아내 인어는 제 풀에 놀라 눈을 깜박였다.

고래 부인이 말했다.

"그 괴물, 꼭 조심해."

"네에."

고래 부인은 말을 마친 후 집을 나갔다.

문이 닫히자마자 아내 인어는 바닥에 풀썩 주저앉았다. 그녀는 세차게 고개를 저었다. 심장이 입 밖으로 튀어나올 듯이 뛰고 온 몸이 터질 듯이 뜨거워졌다.

"아니야, 그럴 리가 없잖아. 그게 어떻게 이 먼 거리를 헤엄쳐온단 말이야······."

아내 인어는 손바닥으로 이마를 어루만졌다. 이마가 얼음처럼 차가웠다. 아내 인어는 온 몸에 소름이 끼쳤다. 괴물이 집 밖으로 나왔다. 그가 파랑으로부터 도망쳤다. 그는 더 이상 숨어 있지 않다.

"괴물이 인간들 눈에 띄었으면 어쩌지?"

아내 인어는 자리에서 벌떡 일어났다. 그녀는 조바심에 어쩔 줄 몰라 하며 집 안의 물살을 이리저리 가르며 돌아다녔다. 그녀의 눈이 견딜 수 없는 불안감에 붉어져갔다. 커다란 눈에서 차가운 눈물이 한 줄기 흘러내렸다. 그녀는 두려웠다. 자신이 우려하던 일이 현실이 되는 모습이 자꾸만 머릿속에 그려졌다. 쿵쿵대는 심장 때문에 머리가 울렸다.

"빌어먹을 생선대가리……."

그녀가 중얼거렸다. 그녀가 손톱을 깨무는 소리가 까드득 하고 집안에 울려 퍼졌다. 그녀의 눈물은 어느새 괴물에 대한 증오로 가득 차 있었다.

탁 탁 탁. 소라 껍데기를 돌로 내리치는 소리가 집 안의 모든 벽에 이리저리 튕겨 다녔다. 남편 인어와 아내 인어가 마주 앉아 소라 껍데기를 깨고 있었다. 그리고 그들의 발치에는 달아나지 못하도록 온갖 해초로 발이 꽁꽁 묶인 괴물이 답답해 하며 풀썩대고 있었다.

"망할!"

찡그린 표정으로 소라를 대충 꽝꽝 두들기던 남편 인어가 들고 있던 소라 껍데기를 내팽개치며 말했다.

"왜 던져요?"

아내 인어는 남편 인어가 던진 소라 껍데기를 주워 바구니에 다시 담았다.

남편 인어가 짜증이 가득한 목소리로 화를 내듯 대답했다.

"결국 이 꼴도 보기 싫은 걸 다시 우리 집에 들여왔잖아. 이러지 않으려고 그 먼 데까지 가서 집을 지은 건데."

"뭐 어쩌겠어요. 이미 한 번 도망쳤는데 거길 다시 갖다 놓을 수도 없고."

아내 인어는 남편 인어를 쳐다보지도 않은 채 퉁명스럽게 쏘아붙이며 소라 껍데기를 탕탕 내리쳤다. 마치 소라 껍데기를 괴물이라고 생각하고 내려치는 것 같았다.

"에휴……."

남편 인어는 한숨을 내쉬며 여전히 몸을 격렬하게 뒤척이고 있는 괴물을 바라보았다. 문득 몇 주 전의 일이 머릿속에 떠올랐다.

그날 저녁, 고래 부인이 떠난 뒤 집에 돌아온 남편에게 아내 인어는 괴물이 파랑으로부터 도망쳤다는 사실을 숨 가쁘게 전달했다. 남편 인어는 너무 놀라서 뒤로 넘어갈 뻔했다. 괴물이 그 집에서 빠져나왔다는 것도 충격이었지만, 자신도 여러 번이나 쉬어가며 가곤 했던 그 먼 거리를 아직 어린 괴물이 헤엄쳐왔다는 사실이 놀라울 따름이었다. 놀라서 입을 다물지 못하는 남편 인어를 아내 인어는 초조하게 재촉했다.

"뭐해요, 어서 빨리 나가서 괴물을 찾아 봐요!"

부부는 그 길로 곧장 집을 나서 마을을 샅샅이 뒤지고 다녔다. 그러나 마을 남자들이 다 함께 찾다가도 포기한 괴물을 둘이서 찾기란 여간 어려운 일이 아니었다. 하지만 부부는 포기하지 않았다. 그리고 며칠 뒤, 남편 인어는 꽃과 나무들 사이에서 높지 않은 높이에 동동 떠 있는 괴물을 발견했다. 괴물은 제대로 먹거나 쉬지 못했는지 눈이 반쯤 풀리고 몸에 힘이 하나도 없는 상태였다.

그러나 부부는 괴물에게 자비를 베풀 여유가 없었다. 괴물에게 힘이 남아 있건 말건 괴물이 괴롭건 말건 부부에게 그것은 아무런 의미가 없었다. 남편 인어는 일말의 고민도 없이 준비해간 탱탱한 미역으로 괴물의 발을 꽁꽁 묶었고, 힘이 다 빠진 상태에서도 필사적으로 발버둥치는 괴물을 질질 끌고 집으로 돌아왔다.

그러나 막상 집으로 돌아와서 생각해 보니 괴물을 처리할 수 있는 방법이 아무것도 없었다. 또다시 인어들 눈에 띌지도 모르는데 괴물을 풀어줄 수도 없는 노릇이었고, 이미 한 번 도망친 괴물을 다시 파란 집으로 돌려보내는 것도 위험했다. 그렇다고 자기 집에 들여놓자니 볼 때마다 소름이 돋아서 견딜 수가 없었다. 하지만 아무리 고민해 보아도 마땅한 방법이 없었다. 결국 부부는 어쩔 수 없이 괴물을 자신들의 집 마룻바닥에 내려놓을 수밖에 없었다.

부부는 밤마다 마주앉아서 괴물을 어떻게 처리하면 좋을지 논의했지만, 결론이 나지 않았다. 심지어 함께 15년 동안 살면서도 단 한 번도 싸워본 적이 없던 두 사람이 말다툼을 하기까지 했다. 정말 답답한 노릇이었다.

남편 인어는 괴물을 볼 때마다 속 깊은 곳에서부터 짜증이 치솟아서 자신의 모든 신체를 조이는 듯한 느낌이 들었다. 서둘러 이 흉측한 것의 책임으로부터 벗어나고 싶었다. 남편 인어는 아내가 껍데기를 깨고 속살을 발라낸 뒤 버린 소라 껍데기 조각을 주워 만지작거렸다. 괴물도 이 소라 껍데기처럼 깨서 없애버릴 수 있다면 얼마나 좋을까, 하고 남편 인어는 생각했다.

한참동안 아무 말이 없던 아내 인어가 조심스럽게 입을 열었다.

"여보, 우리 그냥……."

"응."

"그냥 괴물을 죽여 버리는 거 어때요?"

"뭐라고?"

남편 인어가 소스라치게 놀라 소리쳤다. 남편 인어는 믿을 수 없다는 듯이 아내 인어를 바라보았다. 단 한 번도 누군가를 해친 적도, 해치고 싶다는 의사를 표현한 적도 없던 아내 인어가 누군가를 죽이자고 말하다니! 남편 인어는 아내 인어를 빤히 쳐다보았다. 일부러 힘을 주지 않았지만 매우 강하게 내뿜어져 나오는 그 눈빛은 지금 남편 인어가 어떤 마음인지를 상세히 보여주었다.

아내 인어는 한숨을 내쉬며 고개를 떨구었다.

"그냥 해 본 말이에요. 진짜로 죽이자는 건 아니었어요."

남편 인어는 여전히 그녀를 뚫어져라 쳐다보았다. 아내 인어는 그 눈길이 불편하고 왠지 모르게 짜증이 났다.

"우리 마을 인어들한테라도 말할 수 있다면 얼마나 좋을까요? 마을 인어들과 모두 함께한다면 인간들에게 들키지 않도록 잘 감시할 수 있을 텐데."

아내 인어가 중얼거리듯 말했다. 남편 인어는 몇 번 고개를 끄덕이더니 대답했다.

"그러게 말이야. 하지만 이놈을 보여주자마자 죽이려고 달려들 테니 인어들도 섣불리 믿을 수가 없어."

아내 인어는 고개를 끄덕이며 몸을 부르르 떨었다. 인어들에게 괴물을 보여 줬다가 그들이 괴물을 성급히 죽이고 시체를 물에 흘려보내기라도 한다면, 그 시체가 떠내려가 인간들의 눈에 띄기라도 한다면? 상상도 하기 싫은 일이었다.

아내 인어가 속상한 목소리로 말했다.

"마을에 가둬놓고 감시할 수 있었으면 좋겠어요. 괴물의 일거수일투족을 말 이에요."

아내 인어는 고개를 절레절레 젓기까지 했다. 남편 인어는 다시 한숨을 푹 내쉬었다. 그도 아내 인어와 같은 마음이었다.

남편 인어는 한참동안 심각한 표정으로 인중을 매만지며 곰곰이 생각했다. 얼마나 시간이 흘렀을까, 갑자기 남편 인어가 큰 소리로 손뼉을 짝하고 치더 니 말했다.

"그래, 그거야! 당신은 천재야!"

"네? 그게 무슨 말이에요?"

아내 인어가 당황해서 물었다.

남편 인어가 대답했다.

"생각해 봐. 지금 인어들은 모두 괴물을 붙잡지 못해서 불안해하고 있어. 그 런데 인어들을 불안하게 만든 그 괴물이 지금 우리에게 있잖아. 그러니 우리 가 마을을 위해서 괴물을 포획한 것처럼 하자고. 인어들에게 괴물을 잡았는 데, 이것을 풀어주면 혹시 인간들 눈에 띄어 인간들이 그놈이 진짜 인어라고 믿을지도 모르니까 마을에 가둬놓고 감시하자고 말하는 거야. 인어들은 분명 우리 얘길 들어줄 거야. 어때? 괜찮지 않아?"

심각하게 이야기를 듣던 아내 인어의 얼굴에 씨익 웃음이 피어올랐다. 아내 인어가 가만히 고개를 끄덕이며 웃었다.

"아무도 모를 거예요."

"그럼, 아무도 모르지."

두 부부는 서로 마주보고 낄낄 웃었다. 부부의 속셈을 아는지 모르는지, 마 룻바닥에서는 여전히 괴물의 낑낑대는 소리가 차가운 바닥에 맞부딪혀 울려 퍼지고 있었다.

그날 이후로 괴물은 새로운 곳으로 옮겨졌다. 부부는 즉시 이웃들에게 찾아가 마치 괴물을 처음 보기라도 한 것처럼 격앙된 말투로 자신들이 괴물을 잡았노라고 이야기했다. 그리고 계획한 대로 무척 고민하는 척하면서 자신들의 의견을 제안했다. 마을 안에 작은 공간을 만들어놓고 괴물을 가두고서 감시하는 게 어떻겠느냐고. 인어들은 대부분 부부의 말에 동의했다. 그리고 괴물은 다시 고인 물에 갇혔다. 말만 집이지 사실상 감옥이나 다름없는, 그 점에 대해서는 전과 다를 것이 전혀 없는 그 공간에 말이다.

괴물을 가둔 그 공간은 마을 한 복판 광장에 위치해 있었다. 광장은 중앙이 넓게 탁 트이고 가장자리에 꽃과 나무 같은 형형색색의 식물들이 띄엄띄엄 자라 있었다. 그 빈 자리는 색색깔의 집들이 빼곡히 채웠다. 그리고 그 가운데에는 괴물을 가둘 조그맣고 파아란 도토리 껍질을 뒤집어 엎어놓은 듯한 집이 하나 있었다. 집에는 문이 없었다. 대신 밖에서 안을 들여다볼 수 있는 작은 창문이 하나 뚫려 있었다. 괴물의 상태를 확인하기 위한 구멍이었다. 집 안에는 아무것도 없었다. 그저 아주 파랗기만 할 뿐이었다.

괴물은 그 공간이 싫었다. 예전에 있던 곳보다 더 싫었다. 그 안에 들어가 있으면 마치 자기가 아주 커다란 무언가의 발 밑에 깔려 있는 것 같은 기분이 들었다. 그리고 무엇보다 또 다시 파랑이었다. 괴물은 그 미동도 없이 고여 있는 파랑이 싫었다. 흐르고 구르는 파랑이 진짜 파랑이라는 것을, 괴물은 이미 알아버렸다.

처음 몇 달 간 괴물은 몇 번이나 탈출을 시도했다. 창문으로 나가보려고도 했고, 벽을 갉아 구멍을 만들어보려고도 했다. 그러나 번번이 인어들에게 들통이 났다. 그 광장은 인어 마을의 중심에 위치해 있었다. 따라서 어디론가 가려고 한다면 무조건 그 광장을 지나게 되어 있었고, 광장은 언제나 비어 있지 않았다. 또 집들이 둘러싸고 있었기 때문에 돌아다니는 자가 거의 없는 밤에도 광장을 몰래 지나가는 건 불가능했다. 그 작은 집은 감옥이었다. 그리고 간수는 인어 마을 전체였다. 괴물은 완벽하게 갇혀 있었고, 완벽하게 혼자였다. 그 사실은 괴물의 마음속에 영원히 아물지 않을 커다란 구멍을 뻥 뚫어놓았다. 그 구멍으로는 시리도록 차가운 바람이 지나다녔다. 괴물은 마음이 아팠다.

그러나 한편 인어들은 점점 괴물에게 무뎌져갔다. 처음엔 괴물의 집 주변을 지날 때마다 두려움과 혐오감이 뒤섞인 눈빛으로 경계하던 인어들도 시간이 흐를수록 그곳에 무언가가 갇혀 있는 것을 아무렇지 않게 받아들였다. 꼭 뜨거운 돌에 몸이 달궈져 타들어가는 고통에 몸부림치는 생선처럼 작은 집 안에서 매일같이 쿵쿵거렸던 괴물이 어느 순간부터 오래도록 조용하자, 인어들은 괴물이 이제 다시는 밖으로 나오려 하지 않을 것이라고 생각했다. 그리고 그 집을 마치 뿌리를 내리고 영원히 움직이지 않는 나무처럼 여겼다.

인어들은 언제나 자신들 간의 암묵적인 법칙을 기반으로 살아온 종족이었다. 그리고 괴물은 어느새 그 암묵적인 법칙이 되어가고 있었다. 괴물은 그 마을에 속해진 듯 속해지지 않은 듯, 점점 더 깊은 곳으로 고립되어갔다.

누가 시작했는지는 알 수 없지만, 어느 순간부터 인어들은 괴물을 '정어리 인간'이라고 불렀다. 괴물을 사람도, 물고기도, 인어도 그 어느 것으로도 정당히 인정해 주지 않으려는 인어들의 속마음이 그대로 드러난 이름이었다. 너도 나도 똑같이 절반은 사람이고 절반은 물고기이지만, 너는 결코 나와 같을 수 없다는 일종의 선 긋기였으리라. 인어들은 그렇게 어떻게든 자신들의 정체성을 지키려 필사적으로 애썼다. 어쩌면 인어들이 괴물을 그토록 싫어했던 것은, 괴물의 충격적인 모습이 인어의 정체성에 혼란을 가져왔기 때문인지도 몰랐다. 어쨌든 이유가 뭐가 됐든 간에 인어들은 괴물이 미친 듯이 싫었다. 아마 인어들의 마음이 그렇게 하나로 뭉쳐진 것은 인어가 바다에 태어난 이후 몇만 년의 세월 중 처음 있는 일이었을 것이다.

부부는 괴물을 자신들 집에서 작은 집으로 옮겨 넣은 그날 이후로 단 한 번도 괴물을 보지 않았다. 괴물이 갇힌 집에 뚫려 있는 조그마한 창문을 통해 안을 들여다보는 것조차 하지 않았다. 부부는 너무 오랫동안 괴물에게 시달렸고, 이제는 괴물로부터 완전히 벗어나고 싶었다. 그리고 그들은 실제로 그렇게 했다. 괴물이 자신들에 의해 숨 막힐 듯 좁은 공간에 갇혀 있는 동안, 그들은 괴물을 서서히 잊어갔다. 마치 자신들의 삶에 단 한 번도 존재한 적이 없었던 것처럼.

그 시간 동안 괴물은 언제나 혼자였다. 보이는 것이라곤 온통 기분 나쁘게 파란 동그란 벽면뿐이었다. 그나마 뚫려 있는 창문은 매우 조그마했고 기를 쓰고 내다본다한들 밖에 무엇이 있는지조차 제대로 볼 수 없었다. 괴물은 아무것도 할 수 없는 그 공간에 홀로 남아 멍하니 허공을 바라보며 하릴없이 시간을 보내곤 했다. 괴물은 외로웠다. 그러나 그 밖에 있는 자들과 만나고 싶은 생각은 추호도 없었다. 괴물은 알았다. 그들이 자신을 온 마음을 다해 혐오한다는 사실을, 자신이 존재하는 이곳에 자신을 반겨줄 자는 어느 누구도 없다는 사실을. 괴물은 인어들이 싫었다. 이 마을이 싫었고 이 바다가 싫었다. 더 이상 아무것도 보고 싶지도, 듣고 싶지 않았다. 괴물은 눈과 귀를 막았다. 그리고 자기 안으로 들어가 버렸다. 갑갑한 그 작은 집보다는 오히려 그곳이 더 넓고 편안했다.

그리고 그렇게 시간이 흘렀다. 5년이 지나고, 10년이 지나도 인어들의 세계는 여전히 변함이 없었다. 매일 똑같이 헤엄치고, 똑같이 누군가를 만났으며, 똑같이 울거나 웃었다. 누군가가 죽고 다시 누군가가 태어나도 그들의 삶은 여전히 그랬다. 그건 괴물도 마찬가지였다. 그 작은 집 안에서 괴물은 자신이 변하는 줄도 모른 채 자라났다. 그리고 어느새 괴물은 열다섯 살이 되어 있었다.

그 작은 집에서 10년을 홀로 있는 동안, 괴물은 간직했던 모든 것을 하나씩 버렸다. 바깥에 대한 동경, 색깔의 아름다움에 대한 기억, 흐르는 물에 대한 그리움, 그리고 사랑과 우정에 대한 갈망까지. 괴물의 마음속에 남아 있는 건 이제 거의 없었다. 괴물이 아는 것이라곤 단 세 가지뿐이었다. 외로움과 파랑, 그리고 마지막으로 남아 있는 일말의 희망. 이제는 아프지도 않을 만큼 혼자라는 것에 익숙해졌고, 파랑 외에 다른 색깔은 어릴 적 보았던 기억 속 외에는 그 형체조차 가물거렸지만 괴물은 아직 마지막 끈을 잡고 있었다. 이 세상

어딘가에는 자신을 닮은 것이 있을 거라는 그 믿음은 자신의 모든 것을 옥죄는 그 작은 집으로부터 괴물이 끝내 자기 자신만은 내주지 않도록 만들었다. 괴물은 아직도 밖을 갈망했다. 그러나 바다는 아니었다. 괴물은 물 밖의 세상을 꿈꾸었다. 그곳은 자신을 받아줄 것 같았다. 자신을 내팽개친 인어들을 숨 쉬게 하는 바닷물이 없는 그곳은 자신을 숨 쉴 수 있게 해줄 것 같았다. 괴물은 어서 빨리 어디로든 나가고 싶었다. 더 이상은 갑갑해서 견딜 수 없었다.

그 작은 집은 감옥이었지만, 괴물의 마음까지 그곳에 묶어 두지는 못했다.

그날은 인어들의 잔칫날이었다. 인어들에게는 일 년에 단 하루 동안 다함께 모여 먹고 마시는 날이 있었는데, 그날이면 웅성대기는 하나 언제나 차갑게 느껴지던 마을이 시끌벅적하게 달아올라 모두 흥겹게 즐겼다. 그날만은 어느 누구도 마음을 나쁘게 쓰는 이 없이 모두 흥겨워하기 바빴다. 잔칫날은 일 년 중에 인어들이 진심으로 웃는 유일한 날이었다.

괴물은 인어들이 일 년에 한 번 잔치를 연다는 사실을 알고 있었다. 작은 집 안에서 조용히 듣다보면 바깥에서 무슨 일이 일어나는지 모두 알 수 있었다. 괴물은 잔칫날이 되면 인어들이 모두 미쳐버린다고 생각했다. 자신을 증오하는 차가운 자들이 그토록 뜨겁게 달아오르는 것을 괴물은 견딜 수 없이 혐오했다. 그리고 그들이 그럴 수 있다는 사실을 원망했다. 누군가 자신을 괴롭게 만들었다면, 그자들도 괴로워야 마땅한 것이었다. 그러나 그들은 괴물의 곁에서 대놓고 노래하고 춤추며 즐겼다. 괴물은 그들의 노랫소리가 들릴 때마다 속으로 이를 갈았다. '새하얀 진주는 얼어 죽을.'이라고 생각하면서.

그리고 또다시 잔칫날이 찾아왔다. 며칠 전부터 인어들이 들뜬 목소리로 수군거리며 집 주위를 어수선하게 돌아다니는 것을 느낀 괴물은 다시 또 빌어먹을 그날이 찾아왔음을 짐작했다. 분주한 분위기가 계속되더니 인어들의 커다란 웃음소리가 몇 번 터져 나온 후, 둥둥하고 천천히 북소리가 들리기 시작하자 괴물은 한숨을 쉬며 소리가 들리는 곳으로부터 그냥 돌아 누워버렸다. 10년째 반복하고 있는 일이었다. 자기가 싫다고 멈춰주지도, 자기가 좋다고 계속해 주지도 않을 것을 알기에 괴물은 더 이상 아무 생각도 하지 않았다.

그날 따라 괴물은 이상할 만큼 얌전했다. 평소라면 시끄러운 웃음소리가 싫어 몸서리치며 자신이 할 수 있는 모든 욕을 그들에게 퍼부었을 테지만, (그래봤자 '나처럼 되어버려라.'가 그가 아는 욕의 전부이지만.) 그날은 그러지 않았다. 그는 조용히 인어들의 소리에 귀 기울였다. 그리고 자신이 그들 틈에 있다면 어떨지 상상했다.

그들 틈에 있다면……. 얼음장 같은 바람이 불어와 괴물의 마음속을 또다시 훑고 지나갔다. 괴물은 도대체 무엇이 문제인지 곰곰이 생각했다. 나는 도대체 왜 저들과 함께이지 못한 것일까. 대체 내가 저들과 다른 것이 무엇일까.

괴물은 그들과 다른 것이 아무것도 없었다. 적어도 그의 생각에는 그랬다. 다른 것이라곤 그들은 자신을 혐오하지만 자신은 자기 자신을 혐오하지 않는다는 것뿐이었다. 그러나 인어들은 자신을 그들과 같다고 생각하지 않는다는 걸 괴물은 너무나 잘 알고 있었다. 그들이 그렇다면 그런 것이었다. 괴물에게는 그걸 거스를만한 힘이 없었다.

그날따라 괴물은 더 외로웠다. 자신과 꼭 닮은 존재를 찾고 싶었다. 어디에 있는지 알 수만 있다면 자신의 몸이 다 부서진대도 헤엄쳐갈 수 있을 것 같았다. 그러나 이 바다에는 그런 존재가 없었다. 바다가 얼마나 넓은지는 알 수 없었지만 적어도 그의 숨결이 닿은 바닷물에서는 그런 존재를 찾을 수 없었다. 괴물은 한숨을 내쉬었다.

그때 그의 머릿속에 한 단어가 반짝하고 떠올랐다. '물 위.'

언젠가 괴물은 인어들이 창문으로 안에 있는 자신을 힐끔힐끔 들여다보며 하던 이야기를 들은 적이 있었다. 물 밖에 대한 이야기였는데, 그곳에 있는 무언가에게 괴물이 들킨다면 모든 게 끝장난다며 몸서리치고 있었다. 괴물은 그날 자신이 갇혀 있는 이유를 처음 알았다. 자신은 물 밖에 나가면 안 된다. 그리고 그곳에 있는 무언가의 눈에 띄어서는 안 된다. 그렇지 않으면 모든 게 끝장난다.

괴물은 그것을 이해할 수 없었다. 대체 물 밖에 무엇이 있으며 왜 그것이 자신을 알면 안 되는 것인지 수도 없이 묻고 싶었다. 자신의 어디가 대체 어떻게 잘못되었기에 누군가가 자신을 보는 것조차 문제가 되는 것인지 아무리 생각해도 알 수 없었다.

그때였다. 그 기억을 다시 떠올리던 괴물은 갑자기 누군가 자신의 온 몸에 얼음물을 한꺼번에 부어버리는 듯한 느낌이 들었다. 소름이 오싹 돋으면서 머리끝부터 발끝까지 찌르르한 느낌이 훑고 지나갔다. 물 밖의 무언가. 괴물은 자리에서 벌떡 일어났다. 문득 자기 자신이 갑자기 한심하게 느껴졌다. 그 무언가가 자신과 닮은 존재일지도 모른다는 생각을 여태껏 하지 못하고 있었다. 괴물은 그 집을 걷어차 부숴버리고 싶은 충동을 느꼈다. 서둘러 물 밖으로 나가고 싶었다. 아니, 나가야 했다. 그곳에서 괴물은 자신의 존재를 찾아야 했다.

괴물은 흥분해서 가빠라진 숨소리를 애써 죽이며 바깥의 소리에 조용히 귀를 기울였다. 무슨 소리인지 알 수 없을 만큼 모든 소리들이 뒤엉켜 시끌벅적했다. 인어들은 여전히 정신없이 놀고 있었다. 괴물은 지금 이 순간 어느 누구도 자신의 집에 눈길을 두지 않으리라는 것을 확신할 수 있었다.

괴물은 발바닥으로 둥근 벽면을 탁탁 하고 조심스럽게 두들겼다. 아주 어릴 때 도망치려고 뚫다가 들켜 인어들이 다시 막아버렸던 구멍이 하나 있었다. 그 부분을 찾아야 했다. 괴물은 서로 꼭꼭 맞물려 있는 다른 곳과 달리 아주 미세하게 존재하는 둥근 빈 공간을 찾고 있었다.

쑤욱. 어느 한 부분에서 괴물의 발가락이 허공에 잠깐 떨어졌다. 괴물은 그 부분을 필사적으로 밀었다. 걷지도, 헤엄치지도 않은지 한참이 지나 갓 태어난 아기의 살처럼 연한 발바닥으로, 날카로운 조개껍데기로 만들어진 벽을 툭툭 차고 잡아당기고 밀며 한참동안이나 씨름을 했다. 얼마나 시간이 흘렀을까, 땀을 뻘뻘 흘리던 괴물의 입가에 옅게 미소가 피어올랐다. 드디어 구멍이 뚫린 것이다.

괴물은 조심스럽게 뜨거운 숨을 내쉬며 뚫린 구멍으로 바깥을 내다보았다. 인어들은 먹고 마시고 춤추느라 정신이 없었다. 겨우 열 걸음 뒤에서 괴물이 도망치고 있는데도 아무도 눈치를 채지 못했다. 우연히라도 뒤를 돌아볼 생각을 하는 자는 아무도 없는 것 같았다. 괴물은 천천히 몸을 수그리고 머리부터 구멍 밖으로 빼냈다. 바닷물 사이를 빠르게 가르고 다니던 공기가 괴물의 몸속으로 활기차게 빨려 들어갔다. 괴물은 그 공기를 음미했다. 신선하고 쾌활한 맛이었다. 괴물은 다시 흐르는 물 속에 서 있게 된 것에 감격했다.

 괴물은 아주 천천히 다리를 빼냈다. 물이 움직이는 소리조차 내지 않기 위해 너무나 천천히 움직인 나머지 다리에 쥐가 날 것 같았다. 그러는 동안에도 인어들은 여전히 노래를 부르고 있었다. 그 시각, 아마 물 위의 어느 배는 바닷물 속에서 들려오는 그 소리를 듣느라 노를 젓는 것조차 잊고 있었을 것이다. 인어들이 괴물이 도망치는 줄도 모르고 그를 감시하는 것을 잊은 것처럼 말이다.

 드디어 발가락 하나까지 완벽하게 빼내자, 괴물은 잠시도 지체하지 않고 쏜살같이 헤엄쳐 도망쳤다. 뒤에서 누군가 자신을 잡아당기는 듯한 착각에 괴물은 뒤도 돌아보지 않고 그대로 한참을 헤엄쳐갔다. 그러나 도망쳐야 하는 급박한 상황이었다지만 너무나 오랜만에 느끼는 그 반가운 느낌들을 외면할 수는 없었다. 괴물은 정신없이 휘젓는 다리만큼이나 빠른 속도로 주변을 홀린 듯 둘러보았다. 모든 것이 십 년 전에 보았던 그대로였다. 꽃도, 풀도, 나무도, 물고기도, 집들도, 그리고 심지어 말미잘과 흰동가리도. 알록달록하던 그 말미잘은 예전에 보았던 그곳에 그대로 자리를 지키고 있었다. 말미잘의 유연한 촉수 사이로 조그마한 흰동가리가 쏙 얼굴을 내밀었다. 이번에는 저번과 다른 흰동가리였다. 괴물은 반가움의 표시로 조그맣게 지느러미를 흔들었다. 흰동가리도 자신의 지느러미를 부르르 떨고는 다시 말미잘 안으로 들어갔다. 괴물은 외면당하지 않아 기뻤다. 어쩐지 앞으로 만날 모든 것이 자신을 외면하지 않을 것만 같은 기분이었다.

 괴물은 열심히 위를 향해 올라갔다. 바닷속도 행복하고 반가웠지만 그것만으론 부족했다. 괴물은 바다는 결코 자신을 완벽하게 감싸 안을 수 없다는 것을 이미 알고 있었다. 물 밖으로 나가야 했다. 괴물의 머릿속에는 그 생각밖에 없었다. 그의 모든 신경은 한 번도 본 적조차 없는 물 밖에 집중되어 있었다.

온 바다에 울려 퍼지던 인어들이 노랫소리가 서서히 멀어져갔다. 괴물은 자신을 감싼 물이 점점 환해지고 있는 것을 느꼈다. 몸이 서서히 따뜻해져갔다. 주변을 둘러보았을 때 어느 순간 갑자기 땅이 보이지 않자 괴물은 깜짝 놀랐다. 자신의 몸이 바다 한 가운데 완전히 떠 있었던 것이다. 가까웠던 땅과 멀어져 있었고 하늘과도 여전히 멀었다. 갑자기 알 수 없는 두려움을 느낀 괴물은 다시 되돌아갈까 잠깐 생각했지만 이내 마음을 고쳐먹었다. 그는 올라가야 했다. 돌아가면 모든 게 끝이었다.

열심히 위를 향해 헤엄치면서 괴물은 자신이 점점 바닷물의 끝에 다다라가는 것을 느낄 수 있었다. 어느덧 바닷물을 뚫고 들어온 햇살에 눈이 부셨다. 괴물은 가만히 위를 올려다보았다. 그동안 보았던 어두운 푸른빛이 아닌 맑고 밝은 에메랄드빛 물방울이 괴물의 눈길에 맞춰 살랑거렸다. 괴물은 가만히 미소 지었다. 딱 한 번만 더 물을 차내면 바깥에 닿을 수 있었다.

그때였다. 청량하기 그지없던 바닷물이 갑자기 캄캄해지더니 괴물의 발 끝에 무언가 닿았다. 괴물은 놀라서 발 밑을 내려다보았다. 모래색의 해초처럼 생긴 긴 무언가를 촘촘하게 이어놓은 모습을 한 거대한 것이 자신의 발치에 닿아 있었다. 괴물은 고개를 들어올렸다. 그리고 다급하게 주위를 둘러보았다. 모래색의 물체가 서서히 괴물에게 다가왔다. 괴물은 서둘러 반대편으로 몸을 돌렸다. 그쪽도 마찬가지였다. 물체는 사방에서 괴물을 감싸오고 있었다.

괴물은 다급하게 도망쳤다. 이 물체가 결코 자신에게 친절하지 않을 거라는 것을 본능적으로 느꼈다. 괴물은 물체로부터 달아나려고 안간힘을 썼다. 그러나 웬일인지 그럴 수가 없었다. 괴물이 어느 쪽으로 도망쳐도 물체는 여전히 괴물의 곁에 그대로 있었다. 괴물은 물체에게 완벽하게 갇혀버렸다.

발버둥치는 괴물의 몸이 두둥실 떠올랐다. 괴물은 올라가지 않으려고 물체를 붙잡고 온 힘을 다해 몸부림쳤다. 그러나 물체는 괴물보다 강했다. 괴물의 몸은 어느새 물체에게 이끌려 위로 올라가고 있었다.

번쩍, 괴물의 눈에 강한 빛이 들어왔다. 괴물은 깜짝 놀라 주위를 두리번거렸다. 눈이 부셔 잠시 동안 아무것도 보이지 않았다. 그리고 바로 다음 순간, 괴물은 자신의 목을 조이는 저릿한 느낌에 소스라치게 놀라고 말았다. 그렇다. 숨이 쉬어지지 않았다. 괴물은 가슴을 들썩이며 숨을 쉬어보려고 애써 노력했지만 공기는 그의 몸속으로 들어오지 않았다. 괴물은 처음 느껴보는 통증에 다리를 오그렸다 폈다를 반복하며 고통스러워했다.

괴물의 몸이 딱딱한 곳에 닿았다. 바닥에 내려앉혀진 모양이었다. 그제서야 서서히 주변이 보이기 시작했다. 괴물은 가슴을 들썩거리며 흐릿한 눈으로 천천히 주변을 둘러보았다. 웅성거리는 소리가 귓가에 들려왔다. 자신과 몸집이 비슷해 보이는 어떤 생명체들이 괴물을 둘러싼 채 내려다보며 놀란 표정으로 자신들끼리 이야기하고 있었다. 괴물은 그들을 자세히 살펴보다가 문득 깜짝 놀랐다. 그들은 자신의 하체와 인어들의 상체를 가지고 있었다. 그제야 괴물은 왜 자신이 잘못 만들어진 존재인지 깨달았다. 자신은 인어가 아니었다. 그저 물고기와 저들이 뭉쳐진 존재일 뿐이었던 것이다.

괴물의 목에 느껴졌던 통증이 점점 온 몸으로 퍼져나갔다. 괴물은 당장이라도 가슴이 터질 것 같았다.

누군가가 말했다.

"이것 봐. 물고기와 인간이 합쳐져 있는 모습이야!"

그 사람의 목소리에는 놀라움과 공포가 뒤섞여 있었다.

또 다른 사람이 말했다.

"어휴, 징그러워라. 이거 설마 인어야?"

"원래 인어는 그 반대잖아."

"우리가 잘못 알고 있었던 걸까?"

괴물은 눈앞이 캄캄해지는 것 같았다. 이미 통증이 너무 심해 눈에 뵈는 게 없었지만, 그들의 대화만은 귀에 똑똑히 들려왔다. 괴물은 인어들이 걱정하던 일이 결국 일어나버렸다는 것을 알았다. 이미 돌이킬 수 없는 일이었다. 결국 괴물은 인어들의 세계에 파문이 일게 했다. 인어들은 괴물로 인해서 그 존재가 망가지고 말았다. 그들이 괴물을 망가뜨렸던 것처럼, 그들은 괴물로 인해서 무너지고 말았다.

'결국 나는 처음부터 이 세상에 존재해서는 안 되는 거였던 걸까?'

괴물은 가만히 눈을 감았다. 결국 세상에 그 어느 것도 그와 같은 것은 없었다. 그는 처음부터 반김을 받을 수도, 사랑을 할 수도, 우정을 나눌 수도 없는 존재였다. 어쩌면 그것을 바란 것이 그의 잘못이었을지도 모른다고, 괴물은 가만히 생각했다.

그의 눈에 주르르 눈물이 흘렀다. 고통은 이미 사라진 지 오래였다. 괴물의 몸은 하늘로 떠오를 듯 가벼웠다. 괴물은 그의 얼굴에 흐르는 그 따뜻한 액체를 닦지 않고 흐르게 두었다. 슬픔의 눈물이 아니었다. 기쁨의 눈물이었다. 괴물은 행복했다. 그는 결국 물 밖으로 나왔다. 그곳에 그와 같은 것이 존재하지는 않았지만, 그건 아무래도 좋았다. 지금 이 순간, 괴물은 자신을 옥죄던 모든 것으로부터 벗어났다. 그의 몸은 가벼웠다. 그리고 그의 마음은 더욱더 가벼웠다.

그를 둘러싼 모든 것들이 서서히 흐려져 가는 것이 느껴졌다. 떠나고 있었다. 그가 떠나는 것이 아니었다. 그것들이 떠나는 것이었다. 괴물은 그 자리에 언제까지나 그렇게 존재할 것이었다. 그는 그 자체로 암묵적인 법칙이었기에. 그리고 결코 세상으로부터 잊혀지지 않을 것이었기에.

바닷속에서 인어들의 노랫소리가 울려 퍼졌다. 인어들은 아름답게 노래했다. 그들의 목소리가 잠시 동안 온 세상에 날아올랐다.

"당신 그곳에 계시다면 나를 잊지 말아요. 그곳에서 지금껏 기다려온 나를, 언제까지나 기다릴 나를. 기억해 주세요. 난 당신의 작은 진주예요."

초록우물

아주 먼 옛날 낮고 푸른 어느 언덕에 한 작은 나라가 있었다. 그 나라는 무척이나 작았다. 너무 작아서 골짜기 위에 올라 내려다보면 온 나라가 한 눈에 다 들어올 정도였다. 꼭 아주 작고 예쁜 마을 같아 보이는 이 나라의 이름은 '수피아'였다.

수피아에는 땅딸보 왕이 살았다. 땅딸보 왕은 모기의 날갯짓 소리처럼 앵앵거리는 아주 가느다란 목소리를 가지고 있었는데, 그가 큰 소리로 명령을 내릴 때면 꼭 거위가 꽥꽥대는 것 같았다. 그럴 때면 신하들은 머리를 조아린 채 웃음을 참느라 애를 써야만 했다. 짐작하는 대로 땅딸보 왕은 그다지 위엄이 없었다. 그래서 사람들은 스스로 농사를 짓고 고기를 잡으며, 알아서 그것들을 서로 나누고, 자기들끼리 규칙을 만들고 그것을 지키면서 살아갔다. 왕은 그 모습을 보면서 모든 게 자기 덕분이라며 혼자 만족스러워했다.

수피아는 매우 평화로운 나라였다. 아침에 집집마다 비추는 깨끗하고 따뜻한 햇살처럼, 사람들은 매일 매일을 행복하게 살았다.

수피아에는 무척 다양한 사람들이 있었다. 농부, 어부, 목공, 의사, 목사, 음악가부터 귀족과 왕족까지 꼭 무지개처럼 다양한 색깔의 사람이 어우러져 살고 있었다. 매우 조그만 나라였지만 모든 역할을 골고루 나누어 맡고 있었기 때문에 그들은 전혀 부족함이 없었다.

그리고 마지막으로, 그곳에는 거지 소녀 조가 있었다.

조는 나라의 맨 가장자리 그늘진 곳에 사는 작은 소녀였다. 조는 열여섯 살이었지만 키도 작고 몸집도 작아서 꼭 열두 살처럼 보였다. 어깨에 닿는 적갈색의 짧은 머리카락에 엷은 회색 눈동자, 얇고 붉은 끼가 도는 입술과 창백하고 주근깨가 조금 돋은 피부를 가진 이 소녀는 마치 붉은빛과 푸른빛이 얽혀 있는 익다 만 산딸기 같았다. 조는 말을 하는 법이 거의 없었다. 언제나 가만히 미소 짓는 얼굴로 지그시 바라보다가 가끔 조용하고 부드러운 목소리로 입을 열곤 했다. 그 목소리는 꼭 아주 부드럽고 따뜻한 갓 짜낸 우유 같았다. 깡마르고 하얀 조는 꼭 우유 같은 소녀였다.

조의 부모님은 보잘 것 없는 사람이었다. 그들은 항상 해도 뜨지 않은 새벽에 일터에 나가 달이 하늘 높이 뜬 한밤중에야 집에 돌아왔지만 언제나 돈이 부족했다. 그들의 일터는 대개 남의 밭이나 논, 혹은 배였다. 한 마디로 그들은 거지였다.

그들의 집은 매우 초라하고 볼품없었다. 나라에서 가장 구석지고 그늘진 곳에 있는 조의 집은 축축한 판자를 녹이 슨 못으로 대충 이어붙인 벽과 마른 풀을 얼기설기 엮어 얹은 지붕, 그리고 잡초가 무성히 자라 있는 좁은 마당으로 이루어져 있었다. 그마저도 너무나 좁아 조와 조의 부모님이 다닥다닥 붙어 눕고 나면 개미 한 마리조차 들어올 자리가 없을 정도였다. 조의 집 식량창고는 언제나 바닥을 보이지 않는 법이 없었다. 접시에 떨어진 빵부스러기 하나까지 싹싹 긁어먹어도 언제나 조금 아쉬웠다. 하지만 살아가는 것에는 아무런 지장이 없었다. 만족할 수 있을 만큼 풍족하진 않았지만 그들은 행복했고, 조는 자기의 집이 좋았다. 조는 자기 집 마당에 자라 있는 잡꽃들을 좋아했다.

수피아에는 거지가 딱 조의 집, 한 가족밖에 없었다. 워낙 작은 나라이다 보니 그럴 만도 했다. 사람들은 나라의 유일한 거지인 조 가족을 못마땅해 하고 이상하게 쳐다보았다. 별 다른 이유는 없었다. 그저 조 가족이 자기들보다 가진 것이 없었고, 초라했으며, 그런 사람들이 단 하나밖에 없다는 것이 다였다. 사람들은 조 가족이 이상하고 특이하다고 생각했다.

그래서인지 조에게는 친구가 없었다. 어느 아이도 조와 놀려고 하지 않았다. 조에게 말을 거는 아이는 그날부터 놀림감이 되어서 한동안 아이들 전부에게 따돌림을 당하곤 했다. 조는 학교도 다니지 못했다. 학교에서 조를 받아주지 않거나 학교에 다니지 못할 사정이 있는 것은 아니었지만 학교 안에서 벌어지는 일들이 너무나도 심했다. 선생님은 조가 아주 작은 부분만 틀려도 아이들 모두 앞에서 창피를 주며 심하게 야단쳤고, 아이들은 아예 조에게 말을 걸려고 하지도 않았다. 그들도 이유를 물어본다면 할 말은 없었다. 그들은 그저 자신들보다 못한 조가 이유 없이 싫을 뿐이었다. 조는 그렇게 더더욱 조용한 아이가 되어갔다.

하지만 그렇다고 조가 멍청하거나 심술궂은 아이였던 것은 결코 아니었다. 조는 영리하고 마음이 깨끗한 아이였다. 학교에 가거나 친구들과 놀지 않았던 조는 언제나 시간이 많았다. 그 시간 동안 조는 자연 속을 헤매기를 좋아했다. 풀잎을 만지고 풀피리를 불다가 잔디로 둘러싸인 언덕 위에서부터 데굴데굴 구르며 내려와 숨을 헐떡거리면서 온몸에 잔디가 묻은 채로 깔깔거리며 웃기를 좋아했다. 꽃잎 속에 파묻혀 정신없이 꿀을 따는 벌을 들여다보는 것이 즐거웠으며, 시냇가에 발을 담그고 앉아 바람과 물이 부르는 노래를 듣는 것을 좋아했다. 조는 비록 학교에 다니지 않아서 산수 문제를 풀거나 시를 읽지는 못했지만, 그보다 더 아름다운 것들을 많이 알았다. 조는 다른 아이들이 모르는 것을 알고 있었다. 산들바람이 불 때면 강이 휘리릭하는 휘파람 소리를 낸다는 것을, 비스듬하게 기울어진 새 둥지 안에는 적어도 알이 세 개는 들어 있다는 것을, 새는 '짹짹'이 아니라 '찌르르 퐁' 하고 운다는 것을 다른 아이들은 몰랐다. 하지만 조는 잘 알고 있었다. 조는 자연을 닮은 아이였다. 천을 대충 기워 만든 희고 긴 옷을 입은 채로 몸 여기저기에 꽃을 꽂고 강가에서 노는 조의 모습은 꼭 조그마한 요정 같아 보였다.

그날도 어김없이, 조는 수풀가를 거닐고 있었다. 부모님은 일을 하러 나가시고 아이들도 모두 학교에 가 있는 조용하고 따뜻한 오전이었다. 조는 이 시간을 좋아했다. 오전 10시의 따스하고 고요한 날씨는 조의 마음을 언제나 행복으로 꾹꾹 눌러 채워주었다.

조는 잔가지를 피해 걸으면서 길게 드리워진 덩굴들을 손으로 톡톡 치며 조그맣게 노래를 불렀다. 풀잎처럼 싱그러운 노래였다. 조는 고개까지 까딱이며 노래를 흥얼거렸다. 어쩌면 그렇게 기분이 상쾌한지, 아침이슬로 목을 축이는 한 마리의 무당벌레가 된 것 같았다.

그때였다. 조가 짚은 나무 덩굴이 갑자기 안으로 쑥 들어가 버렸다. 그 때문에 조는 하마터면 넘어질 뻔했다. 조는 놀란 가슴을 쓸어내리며 방금 짚은 나무 덩굴을 툭툭 건드려보았다. 지금껏 덩굴 뒤에서 덩굴을 받쳐주고 있던 나무가 갑자기 사라져 있었다. 조는 얼굴을 찌푸리며 고개를 갸웃했다.

"이렇게 한 군데만 텅 비어 있을 리가 없는데……."

조는 의심스런 눈초리로 덩굴을 한참동안 바라보았다. 그러고는 결심한 듯 가느다란 팔을 뻗어 덩굴을 힘차게 걷었다.

놀라운 광경이 펼쳐졌다. 그 안에는 놀랍게도 새로운 공간이 있었다. 조는 자신도 모르게 숨을 삼켰다. 그러고는 무언가에 홀린 듯 천천히 그 공간으로 걸어 들어갔다.

그곳은 온통 이끼로 가득 둘러싸여 있었다. 땅도, 나무 기둥도, 잘려나간 그루터기에도 모두 이끼가 자라 있었다. 사방이 초록빛으로 가득했다. 무척이나 신비로운 곳이었다. 세상에 마법이 존재한다면 분명 그곳에서 탄생했을 것만 같은 느낌이 들었다. 조는 탄성을 내뱉으며 여기저기를 열심히 두리번거렸다. 조는 잔뜩 흥분해 있었다. 새로운 장소를 찾았다는 것만으로도 조에게는 무척이나 흥분되는 일이었을 텐데, 더군다나 이곳은 무척이나 기묘한 분위기를 내뿜고 있었다. 조는 새로 찾은 이 장소가 마음에 쏙 들었다.

그때 조의 눈에 이끼로 가득 둘러싸인 무언가가 들어왔다. 그것은 동그랬고 쇠와 돌로 만들어진 것처럼 보였지만 이끼에 거의 파묻혀 있어서 무엇인지는 제대로 알 수가 없었다.

조는 그것에게로 성큼성큼 걸어갔다. 그러고는 조심스럽게 그것을 덮은 이끼 위에 손을 올려놓고 그것을 살펴보기 시작했다.

그것은 아주 작은 우물이었다. 너무 크지도 너무 작지도 않은 그냥 평범한 우물이었다. 우물은 돌로 되어 있었는데 큰 돌들을 원 모양으로 쌓아놓고 빈 공간 사이사이를 작은 돌멩이로 채워 넣어 만든 것 같아 보였다. 그리고 그 옆에는 우물 안으로 던져 넣을 수 있는 도르래가 있었다. 도르래는 나무와 쇠로 만들어진 것 같았는데, 나무는 모두 썩어서 부서져 있고 쇠도 녹슬어서 매운 고춧가루를 뒤집어쓴 것처럼 시뻘겠다. 사용하지 않은 지 족히 50년은 넘어 보이는 다 망가진 우물이었다.

조는 우물을 찬찬히 뜯어보다가 이번엔 우물 안을 들여다보았다. 우물은 생각보다 굉장히 깊었다. 끝이 어디인지 짐작도 할 수 없을 정도로 물의 빛깔이 짙고 어두컴컴했다. 꼭 우주를 조금 퍼다가 우물 안에 흘려놓은 것 같았다. 그 정도로 우물은 까맣고 끝없이 깊어보였다.

조는 어딘지 모르게 웅장한 그 모습에 마음을 뺏겨버렸다. 우물 안을 한참동안 바라보던 조는 문득 그 물을 만져보고 싶다는 생각이 들었다. 물이 우물 안에 꽤 꽉 차 있어서 손을 조금만 뻗으면 손끝이 닿을 수 있을 것 같았다. 조는 우물에 매달린 채 까치발을 하고 팔을 아래로 쭉 뻗었다. 그러나 웬일인지 아무리 안간힘을 써도 물에 손이 닿지 않았다. 분명 닿을 것 같은데도 손은 여전히 허공을 헤매고 있었다. 조는 조바심이 났다. 조는 아예 우물에 대롱대롱 매달려 버렸다. 발끝이 땅에서 떨어지고, 조의 몸이 꼭 갈고리처럼 우물에 걸렸다. 조는 다시 힘껏 팔을 뻗었다. 모든 정신을 자신의 오른팔을 최대한 길게 뻗는 것에 집중하고 있는데, 바로 그때.

"어, 어어!"

조의 몸이 중심을 잃고 천천히 우물 안으로 미끄러져 내려가기 시작했다. 조는 당황해서 주위의 이끼라도 붙잡아 보려 했지만, 때는 이미 늦었다. 조의 몸은 이미 우물 속 물을 향해 빠른 속도로 곤두박질치고 있었다.

풍덩. 조의 몸이 우물 안에 빠지며 무척이나 큰 소리와 함께 사방으로 물이 튀겼다. 조는 자신의 온몸을 휘감는 얼어붙을 듯한 차가움에 정신이 번쩍 들었다. 조는 다시 밖으로 나가려고 안간힘을 썼다. 그러나 어찌된 영문인지 조의 몸은 빠르게 우물 안으로 내려가기만 할 뿐이었다. 가라앉는다기보다는 빨려 들어가는 것에 가까웠다. 조는 정신없이 물 속 깊이 빨려 들어갔다. 한참을 그렇게 빨려 들어가던 조는 눈앞에 보이는 뒤죽박죽한 모양의 도형들과 밀려드는 어지러움에 그만 기절하고 말았다.

눈을 떴을 때 조는 웬 너른 벌판에 쓰러져 있었다. 조는 깜짝 놀라서 자리에서 벌떡 일어났다. 갑자기 일어난 탓에 눈앞이 잠시 팽그르르 돌았다. 조는 도저히 이해할 수가 없었다. 분명 우물 속에 빠졌는데 눈을 떠 보았더니 풀잎 속에 누워 있다니! 조는 혹시 자기가 꿈을 꾸고 있을지도 모른다고 생각했다. 조는 조그마한 손으로 왼쪽 뺨을 힘껏 꼬집었다.

"아얏! 어라, 꿈이 아니네."

사실이었다. 조는 정말로 이 푸른 들판에 서 있었던 것이다.

조는 천천히 주위를 둘러보았다. 자신의 눈에 들어온 이 엄청난 광경에 입을 다물 수가 없었다.

그곳은 한 마디로 마법 같은 곳이었다. 자연의 신비로움을 누구보다 잘 아는 조였지만 그 순간만큼은 자연도 그처럼 아름다운 곳은 만들어내지 못할 거라는 생각이 들었다.

그곳에는 땅과 물, 하늘, 숲이 모두 다 있었다. 자연의 모든 것이 다 함께 있는 곳이었던 것이다.

조는 자신의 발목을 간질이는 싱그러운 잔디를 내려다보았다. 그 잔디는 저 멀리 반짝이는 숲까지 쭉 이어져 있었다. 꼭 커다란 에메랄드빛 카펫이 땅에 드리워져 있는 것 같았다. 풀잎 위에 내린 이슬이 보석이 뿌려진 것처럼 햇살에 반짝였다. 연둣빛 잔디 사이사이에 조그맣고 하얀 들꽃들이 자라 있었다. 조는 허리를 굽혀 발치에 자라 있는 들꽃을 쓰다듬었다. 조가 한 번도 본 적이 없는, 내려앉은 눈송이처럼 깨끗한 꽃이었다. 조는 꽃이 자신에게 미소 짓는 것을 보았다. 조는 조용히 웃었다.

조는 쭈그리고 앉은 상태에서 고개를 들어 더 먼 곳으로 눈길을 돌렸다. 싱그러운 잔디와 함께 너른 들판이 펼쳐져 있었다. 먼 곳에서 풀을 뜯고 있는 동물들이 보였다. 멀리 떨어져 있었지만 조는 동물들을 모두 또렷하게 볼 수 있었다. 우윳빛의 하얀 말들이 꿀처럼 탐스러운 금색 갈기를 바람에 흩날리고 있었다. 말은 다섯 마리쯤 되었는데 크기는 제각각이었지만 모두 똑같이 하얀 털에 금빛 갈기를 가지고 있었다. 말의 머리끝에는 엷게 빛나는 작은 뿔이 붙어 있었다. '조는 설마 유니콘일까' 하며 저도 모르게 숨을 삼켰다. 말들에게 멀리 떨어지지 않은 곳에 사슴, 양, 기린과 비슷해 보이는 동물들도 드문드문 보였다. 모두 하나같이 온순하고 조용해 보였다. 어렴풋이 말들이 푸르르 하고 숨을 내뱉는 소리가 들려왔다. 조는 자연이 그들의 고요를 지켜주고 있음을 알았다.

들판의 끝에는 커다란 숲이 있었다. 숲은 어두컴컴하지 않고 환했다. 크고 작은 나무가 마치 누가 꽃꽂이를 해놓은 것처럼 서로 조화롭게 어우러져 있었다. 나무줄기는 튼튼해 보였고 연둣빛 이파리에는 드문드문 붉은 선홍빛이 맴돌았다. 멀리서 본 숲은 매우 생기 있어 보였다. 조는 숲 속의 나무들이 아주 행복해 하고 있다는 것을 느낄 수 있었다.

숲에서 조금 떨어진 곳에는 물이 흐르고 있었다. 작은 개울에서 시작된 그 물은 아주 멀리로 굽이굽이 흘러가 폭포로 이어졌다. 폭포는 굉장히 투명했다. 조가 가까이 다가간다면 조의 얼굴이 비칠 것만 같을 정도였다. 조는 가만히 서서 쏴아아 커다란 소리를 내며 땅으로 곤두박질치는 폭포를 바라보았다. 문득 심한 갈증을 느낀 조는 천천히 걸어 폭포로 다가갔다.

폭포 가까이 다가가자 물이 떨어지는 소리가 조의 몸을 에워쌌다. 시원한 물의 기운이 느껴지자 조는 갈증이 다 날아가는 것 같았다. 조는 꼭 물 속에 있는 기분이었다.

가까이서 본 폭포는 더욱 굉장했다. 햇살에 비친 물은 눈이 부시게 반짝거렸고 드문드문 박혀 있는 바위에 부서진 물길은 하얗게 물거품을 만들어냈다. 바위는 꼭 누군가가 닦아놓은 것처럼 내려앉은 이끼조차 깨끗했고, 강직하고 늠름하게 물살을 받쳐내고 있었다. 전투적으로 떨어진 물은 폭포 아래 계곡물에 몸이 닿자마자 금방 고요해져 아래로 넘실넘실 흘러가고 있었다.

조는 물을 만지기 위해 몸을 굽혔다. 물이 어찌나 투명한지 마치 유리판처럼 물속이 환히 비쳐보였다. 물속은 물 밖만큼이나 신비로웠다. 바닥에 깔린 모난 데 없이 동그란 자갈이 물살에 맞춰 잘그락댔고, 온갖 조그만 물속 생물들이 바쁘게 움직이고 있었다. 그 중에는 조가 모르는 것들도 많았다. 물속을 열심히 들여다보던 조는 커다랗고 동그란 파란 눈을 가진 물고기와 눈을 마주쳤다. 물고기는 조를 물끄러미 바라보고 있었다. 조는 싱긋 미소를 지었다.

조는 두 손을 모아 물을 떠올렸다. 물은 먼지 하나 없이 깨끗했다. 심지어 빠져 죽은 작은 벌레조차 없었다.

물을 가만히 들여다보며, 조는 생각했다.

'이곳에는 살아 있는 것만 사는 가보구나.'

조는 혀를 내밀어 손에 뜬 물에 살짝 갖다 대 보았다. 풀잎을 스치고 바위에 부딪치며 얻었을 자연의 시원함이 조의 혀에 싸아 하고 퍼졌다. 조는 아예 입을 갖다 대고 물을 벌컥벌컥 들이켰다.

물을 입안에 가득 머금고 꿀꺽꿀꺽 삼키던 조는 뱃속을 가득히 메우는 시원함에 눈을 감고 행복해 하다가 문득 깜짝 놀라 물을 내려다보았다. 물이 달았던 것이다. 오랜 갈증 끝에 마시는 물을 흔히 달다고 표현하는 것과는 달랐다. 정말로 물이 달았다. 달콤한 복숭아인 것 같기도, 새콤한 포도인 것 같기도 했다. 어디에서도 맛 본 적 없는 싱그러운 단맛이었다.

조는 고개를 세차게 흔들었다.

'꿈일 거야. 세상에 이런 곳이 있을 리가 없어……'

조는 지금 이 순간을 믿을 수가 없었다. 세상에 이런 곳이 존재할 거라고는 단 한 번도 생각해 본 적이 없었다. 자신의 두 눈으로 모든 걸 직접 본 지금 이 순간에도 이 모든 게 사실이라고는 믿어지지 않았다.

그때였다. 조의 머리 위로 짹째굴 짹째굴 하는 소리가 울려 퍼졌다. 조는 놀라서 고개를 젖혔다. 새였다. 비둘기와 비슷한 크기의 처음 보는 새가 조의 머리 위를 날아가고 있었다. 하얀 몸통에 바닷빛 날개를 가진 그 새는 투명한 울음소리를 내면서 여유롭게 날갯짓했다. 새의 울음소리는 마치 크리스마스 트리에 다는 작은 방울이 내는 소리처럼 맑고 깨끗했다. 새는 콩콩 뛰어오르듯 명랑하게 조에게 말을 걸듯이 노래했다.

조는 가슴이 벅차올랐다. 이곳에서 처음으로 누군가가 인사를 건네준 것이다. 조는 여전히 고개를 뒤로 젖힌 채로 새에게서 눈을 떼지 않으며 자리에서 일어났다. 새소리를 듣자 갑자기 이곳이 진짜일 거라는 확신이 생겼다. 밀려오는 커다란 행복감을 느낀 조는 크게 소리 내어 웃으며 날아가는 새를 따라 달렸다.

조는 달리고 또 달렸다. 새는 조가 자신을 따라오자 속력을 내어 더욱 힘차게 날갯짓했다. 처음엔 천천히 따라가던 조도 점차 새를 따라 있는 힘껏 뜀박질을 하게 되었다. 조의 이마에 송글송글 땀이 맺혔다. 조는 달리면서 자신의 몸에 부딪치는 바람의 숨결을 느꼈다. 바람은 조의 얼굴과 목, 팔, 다리를 훑고 지나가며 부드럽게 입맞춤해 주었다. 조는 함박웃음을 지으며 커다랗게 웃었다. 몸 깊숙한 곳에서 기쁨이 솟아오르는 듯했다. 이대로 발이 땅에서 떨어지면 저 새처럼 날아갈 수 있을 것만 같았다.

조의 옆을 꽃과 나무와 동물들이 휙휙 지나쳐갔다. 하지만 조는 아무것도 보지 못했다. 그저 새만 보고 달렸다. 조의 시야에는 자신의 머리 위에서 따라오라는 듯 손짓하는 새의 파아란 날개와 그보다 더 푸른 하늘만 가득했다.

어느새 조의 숨이 서서히 거칠어지기 시작했다. 새도 그것을 알아챘는지 서서히 날갯짓의 속력을 늦췄다. 조는 자리에 멈춰 서서 무릎에 손을 얹고는 거친 숨을 내쉬었다. 새는 뾰로롱 쨱 하는 신비로운 소리로 몇 번 울더니 조의 머리 위에서 뱅글뱅글 돌며 조를 내려다보다가 곧 저 멀리로 날아가 버렸다.

그제야 조는 천천히 주위를 둘러보았다. 굉장히 멀리 달려온 것 같았다. 아까 탁 트인 들판에서 보았을 때도 보이지 않았던 곳이었다. 사방에는 한 번도 보지 못했던 크고 장엄한 나무들이 빽빽하게 서 있었으며 눈 앞에는 새카만 입을 커다랗게 쩍 벌린 동굴이 보였다. 동굴과 나무의 그늘은 기묘한 분위기를 풍기며 땅에 내려앉아 조의 작은 몸을 삼켜버렸다. 조는 땀이 식어 차가워진 몸을 부르르 떨며 땅을 힐끗 내려다보았다. 왜인지 그림자가 보랏빛으로 보이는 것 같았다.

조는 천천히 조심스럽게 발걸음을 옮겨 동굴 안을 슬쩍 들여다보았다. 울퉁불퉁한 벽이 흐릿하게나마 들여다보였지만, 너무 캄캄해서 그 이상은 보이지 않았다. 조는 보이지 않는 그 공간을 보며 서늘한 기운과 함께 아슬한 이끌림을 느꼈다. 끝없는 그 어둠에 대한 짜릿한 호기심에 사로잡힌 것이다.

조는 오돌토돌하고 뾰족뾰족하게 튀어나온 동굴의 벽을 짚으며 천천히 안으로 걸어 들어갔다. 조금 안으로 들어가자 입구로부터 들어오는 불빛과 멀어져 조는 완전히 어둠에 둘러싸였다. 조는 자신의 발 바로 앞 땅에 온 신경을 집중하고서 동굴 벽에 의지한 채로 더듬더듬 앞으로 걸어 나갔다. 동굴 안에 징그러운 뱀이나 사나운 곰이 있을지도 모른다는 생각에 순간 오싹한 기분이 들었지만, 조는 신경 쓰지 않았다. 조는 이 축축하고 비릿한 어둠이 자신을 해치지 않을 거라고 굳게 믿었다. 조는 여러 번 자연을 믿었었고, 자연은 조를 배신한 적이 단 한 번도 없었다. 그리고 이번에도 조는 동굴을 믿었다.

얼마나 걸었을까, 서서히 눈이 어둠에 적응이 되어갈 때쯤 앞에서 희미한 빛이 흘러들어왔다. 그 빛은 동굴 밖에서 흘러오는 것이었다. 조그맣지만 비실거리지 않고 쭉 뻗어 나오는 그 빛은 조에게 자신을 따라오라고 말하는 듯했다. 조는 빛을 보고는 기쁘게 미소 지었다. 어둠 속에서 내내 긴장하고 있었던 터라 죽였던 숨이 옅게 터져 나왔다. 자연을 믿기는 했지만 조는 사실 동굴 속에 빛이 사라진 순간부터 쭉 자신의 충동적인 선택으로 인해 동굴 안에 갇히지는 않을까 불안해 하고 있었다. 조는 빛이 비친 동굴 벽을 살며시 만져보고는 기쁜 마음으로 낮게 숨을 뱉었다.

조는 더 망설이지 않고 빛이 들어오는 곳을 따라 동굴 밖으로 조심스럽게 걸어 나갔다. 동굴에서 나오자마자 밝은 빛이 조의 눈동자로 곤두박질쳤다. 조의 시야가 알록달록한 색깔들로 얼룩졌다. 어둠에 익숙해져 있던 터라 갑자기 들어오는 불빛에 눈이 아팠다. 조는 얼굴을 찡그리며 자신을 향해 비치는 빛을 손바닥으로 가렸다.

잠시 후, 눈앞에 윙윙거리며 날아다니던 알록달록한 색깔들이 사라지자 조는 살며시 눈을 떴다. 시야가 밝아지면서 서서히 무언가가 보이기 시작했다. 다음 순간, 조는 저도 모르게 탄성을 내뱉었다. 조는 자신이 꿈을 꾸고 있는 건 아닌지 다시 한 번 볼을 꼬집어 봐야 했다.

동굴 안으로 들어오기 전의 세상과는 전혀 다른 세상이 눈앞에 펼쳐져 있었다. 그곳은 늪지대인 것 같기도, 연못인 것 같기도, 정글인 것 같기도 했다. 그곳의 중심에는 아주 커다란 나무가 있었다. 처음에는 나무인지 눈치채지도 못했을 정도로 무척 굵고 컸던 그 나무는 커다란 줄기가 이리저리 자라나 무척 신비로운 모습을 하고 있었다. 줄기에는 가지각색의 크기와 모양의 이파리들이 달려 있었는데 그 빛깔이 꼭 새벽하늘 같았다. 대성당처럼 거대해 보이는 나무의 기둥에는 짙은 녹색의 이끼들이 기둥을 둘러싸고 자라 있었다. 그 이끼는 꼭 누군가 일부러 수놓은 문양인 것처럼 나무에게 신비스러움을 더해 주고 있었다. 용이 몸을 비틀며 하늘로 날아오르는 듯한 형상의 두꺼운 가지 아래에는 커다란 연못이 있었다. 아주 커다랗고 깊어 보이는 연못이었는데 너무 넓어서 조는 처음에 호수인 줄 알았다. 눈을 가늘게 뜨고 자세히 보자 드디어 어둠 속에 희미하게 보이는 연못의 가장자리가 보였다. 수심이 꽤 깊은지 물의 색깔이 깜깜했고 마치 기름이 흐른 것처럼 빛에 따라 무지갯빛으로 빛나고 있었다. 하지만 기름은 아니었다. 기름은 물 위에 동동 떠 있지만, 그 연못은 물 자체가 빛났기 때문이다.

조는 꿈을 꾸듯 멍하니 연못을 바라보다가 고개를 돌려 주변을 둘러보았다. 연못과 거대한 나무 주변에는 산수유나무처럼 작고 마른 나무들이 흩어졌다 모였다 하는 형태로 자라 있었는데 꼭 공들여 만든 브로치에 달린 보석들 같았다. 나무에는 잎이 하나도 없었고 열매나 꽃도 없었지만 초라하거나 앙상해 보이지 않았다. 나무들은 은보랏빛으로 은은하게 빛이 났는데, 조는 그것이 빛을 받아서인지 원래 색깔인지 알 수 없었다.

나무 주변 낮은 수풀은 짙은 청회색을 띠고 있었는데 사이사이에 피처럼 붉은 열매가 보였다. 열매는 아주 투명해서 안에 있는 씨까지 어렴풋이 보였다. 열매가 아니라 세심하게 가공된 루비 같아 보이기도 했다.

더 놀라운 것은 그곳이 마치 달빛을 받고 있는 듯했다는 것이다. 주변이 어둡고 모든 것이 은은하게 빛나고 있었다. 그것은 그늘이 만들어낸 어둠이 아니었다. 밤만이 가지고 있는 고요하고 촉촉한 공기가 가득했다. 분명 동굴 안으로 들어가기 전 바깥은 낮이었는데, 반대편으로 나와 보니 달이 밝게 빛나는 밤으로 바뀌어 있었던 것이다. 조는 자신이 해가 질 정도로 오랫동안 동굴 안에 있었던가 생각해 보았지만 아무리 생각해도 그다지 오래 있었던 것 같지는 않았다. 분명 이상한 일이었다.

하지만 조는 그런 것쯤은 아무래도 상관없었다. 조는 이 환상적인 공간에 홀려버린 것만 같았다. 너무나 아름다운 곳이었다. 조는 그곳에 서 있는 자신이 마치 달의 여신 셀레네가 된 것만 같은 느낌을 받았다. 전체적으로 은은한 보랏빛을 띠고 있는 그곳은 자신의 보랏빛으로 모든 것을 물들일 줄 아는 것 같았다.

조는 천천히 수풀 쪽으로 다가갔다. 그리고 작은 열매를 유심히 바라보다가 조심스럽게 따 입으로 넣었다. 열매를 한 번 씹자 아삭 하는 소리와 함께 사과를 한입 베어 문 것 같은 과즙이 입 안에 퍼졌다. 조는 깜짝 놀랐다. 이 손톱만 한 열매 안에 이렇게 많은 과즙이 숨어 있었다는 것이 놀라울 따름이었다.

그때였다. 건너편 수풀 속에서 조그맣게 바스락 대는 소리가 들려왔다. 조는 깜짝 놀라 행동을 멈추었다. 다시 아무 소리도 들리지 않았다. 사방이 고요했다. 놀라서 쿵쿵대며 뛰는 조의 심장 소리가 귀에 들릴 정도였다. 한참동안 소리가 들리지 않아 조가 긴장을 늦추려고 할 때쯤, 바스락 소리가 다시 한 번 울려 퍼졌다.

조는 겁에 질려 천천히 자리에서 일어났다. 수풀은 몇 초 간격으로 바스락거렸다. 이젠 풀잎이 움직이는 것까지 보이기 시작했다. 바스락대는 소리와 풀잎의 움직임이 점점 커졌다. 조는 소리를 내지 않으려고 애쓰며 수풀로부터 뒷걸음질을 쳤다. 만약 여기서 무언가가 튀어나온다면 자신의 발치에 놓인 저 나무토막을 그것에게로 던지고 당장 동굴로 도망가야겠다고 생각하고 있었다.

그때 수풀이 마치 발작을 일으키듯 부르르 떨리더니 무언가가 불쑥 튀어나왔다.

"엄마야!"

조는 손에 쥐었던 나무토막을 놓치며 뒤로 넘어져버렸다. 조는 눈을 꼭 감았다. 이것이 제발 자기를 너무 아프게 죽이지만 않길 바랄 뿐이었다.

그러나 이상하게도 아무 일도 일어나지 않았다. 조는 손으로 얼굴을 가린 채 눈을 더 세게 꼬옥 감았다. 하지만 한참이 지나도 여전히 아무런 기척이 없었다. 조는 어리둥절해서 천천히 눈을 떴다.

가느다랗게 실눈을 뜬 조의 눈앞에 사람의 다리가 보였다. 가늘고 하얀 다리였다. 조는 눈을 동그랗게 떴다. 그리고 천천히 고개를 들어 올려 그 다리의 주인을 쳐다보았다.

조의 눈앞에 한 소년의 얼굴이 보였다. 창백하고 마른 그 소년은 조와 비슷해 보이는 키를 가지고 있었다. 소년은 백금발에 가까운 곱슬머리를 가지고 있었고 눈은 옅은 푸른색이었다. 동굴 밖 폭포에서 본 물고기의 눈 빛깔과 비슷했다. 소년의 팔다리는 상처 하나 없이 깨끗했으며 피부 또한 여자아이처럼 맑았다. 소년은 상하의가 모두 크고 헐렁해 보이는 하얀 옷을 입고 있었는데, 군데군데 풀물과 과일즙이 묻은 듯 자국이 있었다.

조는 여전히 땅에 주저앉은 채로 아무 말도 하지 못하고 소년을 물끄러미 올려다보았다. 소년도 조를 가만히 내려다보았다. 둘은 한참동안이나 조용히 서로를 바라보기만 했다.

얼마간 이어진 침묵에 그들의 주위에는 연못에 가끔 물방울이 떨어지는 소리 밖에 들리지 않았다. 조는 반쯤 멍한 상태로 놀라서 콩콩 뛰는 자신의 심장 소리를 듣고 있었다. 문득 정신을 차린 조는 황급히 자리에서 일어나 아까 놓쳤던 나무토막을 다시 손에 잡았다. 평소 험한 말 한 번 해본 적 없는 조였지만, 지금은 갑자기 튀어나온 이 소년에게 본능적으로 방어태세를 갖추었다. 믿을 수 없을 정도로 이상한 일이 벌어지는 곳이었기에 이 소년 또한 믿어서는 안 된다고 생각했다. 무엇보다 조는 놀란 가슴이 아직도 진정이 되지 않았다. 이 공간에 자기 말고 또 다른 사람이 있었다니! 조는 이 소년이 진짜 사람인지도 믿을 수 없었다.

조는 손바닥이 하얘지도록 나무토막을 꼭 쥔 채로 천천히 소년에게서 뒷걸음질 쳤다. 조가 엉거주춤한 자세로 도망칠 궁리를 하는 동안, 소년은 그저 조를 가만히 바라보고 있었다. 소년은 전혀 미동도 없이 그저 눈동자만 조를 따라 쫓을 뿐이었다. 가만히 땅을 딛고 서 있는 그의 맨발은 유난히도 하얘보였다.

그때였다. 소년이 입술을 달싹거리더니 갑자기 조에게 말을 걸었다.

"르 꼬끄 페 시소 에 므아?"

발가락을 꼼지락거리며 뒤로 물러서던 조는 깜짝 놀라 어깨를 움찔 하며 멈춰 섰다. 조는 고개를 돌려 주변을 둘러보았다. 주위에는 아무것도 없었다. 게다가 소년의 눈길은 곧게 뻗어 조를 향하고 있었다.

조는 어깨를 움츠리며 손가락으로 자신을 가리키면서 물었다.

"나…… 나 말이야?"

"알레모, 르 꼬끄 페 시소 에 므아?"

소년이 다시 물었다. 조는 당황했다. 소년이 쓰는 말은 조가 한 번도 들어본 적이 없었던 말이었다.

조는 천천히 나무토막을 바닥에 내려놓으며 긴장된 목소리로 말했다.

"저, 미안하지만, 난 네가 하는 말을 몰라."

"이페 슈츠페?"

소년은 눈을 동그랗게 뜨고 여전히 아까 하던 말로 이야기했다. 조의 말을 이해하지 못하는 것 같았다. 조는 대체 무슨 일이 벌어지고 있는 것인지 곰곰이 생각해 보았다. 그리고 이 소년에게 의사를 전달하려면 말로는 안 되겠다는 결론을 내렸다. 조는 커다란 몸짓으로 손가락을 들어 자신을 한 번 가리킨 뒤, 소년을 한 번 가리키고, 입을 달싹이는 시늉을 한 후 고개를 세차게 가로저어보였다.

소년은 조의 행동을 보고 고개를 살짝 옆으로 기울인 채 잠시 생각을 했다. 그러더니 알았다는 듯한 표정을 지으며 웃어보였다. 조는 소년의 미소에 자신이 약간 움찔하는 것을 느꼈다. 아까부터 아무런 변화 없는 차가운 표정으로 자신을 바라보고 있어서 표정을 지을 줄 모르는 건지도 모른다고 생각했기 때문이다.

소년이 미소 지으며 말했다.

"미안해. 난 네가 당연히 이곳 말을 알거라고 생각했어."

조는 깜짝 놀랐다. 소년이 너무나 자연스럽게 조와 같은 말을 사용했기 때문이었다.

'우리말을 못 하는 게 아니었어?'

"이곳 말이라고?"

조가 어리둥절해서 되물었다. 조는 이곳에서 말을 하는 생명체를 하나도 보지 못했기 때문에 소년에 말에 의아해할 수밖에 없었다.

소년이 고개를 끄덕이며 대답했다.

"그래, 작은 사람들이 쓰는 말 말이야. 저 건너편 숲속에 사는 사람들. 못 봤니?"

"응, 못 봤어."

조가 대답했다. 조는 건너편에 숲이 있는 줄도 몰랐다.

소년이 신기하다는 듯 조를 바라보며 말했다.

"너 여기 온 지 얼마 안 된 모양이구나."

조는 고개를 끄덕였다.

조의 말을 들은 소년의 눈빛이 반짝반짝 빛났다. 소년은 조의 말에 굉장히 흥미로워하는 것 같았다.

소년이 약간 흥분한 목소리로 물었다.

"어디서 온 거야? 어떻게 여기에 오게 된 거니?"

조는 사실대로 말해도 될지 잠시 고민했다. 아직 이 소년에 대한 경계심이 풀릴 정도로 소년이 믿음직하지 않았기 때문이었다. 조는 머뭇거리며 소년을 찬찬히 살펴보았다. 여전히 어딘지 이상한 구석이 있었지만 소년의 눈빛은 매우 맑았고, 단순한 호기심 외에 아무런 다른 의도를 가지고 있는 것 같지 않았다. 조는 결국 모든 걸 이야기해 주기로 했다.

"난 숲속을 걷고 있다가 우물을 하나 발견했어. 그리고 우물 물을 만져보려고 하다가 우물에 빠져서 정신을 잃었는데 눈을 떠 보니 이곳에 와 있었어. 그리고 들판을 보았지……."

조는 자기가 어떻게 해서 이곳에 오게 되었으며 무엇을 보았는지 상세하게 설명해 주었다. 설명을 하면서 조는 그때 느꼈던 황홀감이 되살아나 자신도 모르게 행복한 표정을 지었다. 이야기를 하는 내내 조는 꼭 머릿속에 있는 것을 이야기하는 것이 아니라 자기가 보고 있는 것을 묘사하는 것 같아 보였다. 소년은 조의 말을 처음부터 끝까지 집중해서 주의 깊게 들었다.

"…… 그렇게 해서 널 만나게 된 거야."

조가 이야기를 끝마치자 소년은 가만히 몇 번 고개를 끄덕였다. 그러더니 갑자기 진지한 표정으로 조에게 물었다.

"그렇다면 넌 이곳이 보이는 거구나?"

"그렇지……."

조는 살짝 긴장하여 말끝을 흐려 대답했다. 소년은 그런 조의 모습을 보고 피식 웃더니 손을 내밀며 말했다.

"그럼 너도 나와 같은 아이겠구나. 다행이야. 만나서 반가워. 내 이름은 이안이야. 네 이름은 뭐니?"

"내 이름은 조야. 나도 반가워."

조는 쭈뼛거리며 소년이 내민 손을 엉거주춤하게 잡았다가 뗐다. 소년은 조를 보고 미소 지었다.

소년이 밝은 목소리로 조에게 말했다.

"너 지금 배고프겠구나. 나랑 같이 가자. 내가 먹을 것이 있는 곳을 알아."

소년의 친절한 말투에 조는 하마터면 덜컥 따라나설 뻔했다. 그러나 곧 정신을 차리고 잠시 머뭇거리며 고민했다. 조에게 이렇게 친절하게 말을 건 사람은 소년이 처음이었다. 하지만 조는 반갑기보다는 왜인지 어색하고 마음이 놓이지 않았다.

"어서."

소년이 조를 바라보며 말했다. 조는 자신에게 내민 소년의 크고 하얀 손을 보았다. 조는 소년의 손을 잡았다.

소년은 여태껏 본 중에 가장 환한 미소를 지었다.

소년이 말했다.

"가자, 내가 좋은 곳을 알아."

소년은 조의 손을 잡고 씩씩하게 한참을 걸어갔다. 걸어가는 동안 조는 개울도 지나치고, 수풀도 지나치고, 땅과 하늘 말곤 아무것도 보이지 않는 곳도 지나쳤다. 조는 허기가 지고 다리와 소년이 꼭 쥔 손이 아팠지만 소년이 너무 빠르게 걸어가서 잠시 쉬어가고 싶다고 말할 수가 없었다. 신기하게도 소년은 하나도 지친 것 같지 않았다.

조는 소년을 따라 걸으며 가만히 하늘을 올려다보았다. 하늘의 별이 아까보다 옅어진 것 같았다. 사실 조는 아까부터 하늘의 어둠이 점점 가시고 있다는 것을 느끼고 있었다. 해가 뜨고 있는 것 같다는 생각을 멈출 수 없었지만, 설마 밤새도록 걷지는 않았을 거라는 생각에 아무 말도 하지 않고 있었다. 하지만 지금 하늘의 빛깔은 누가 보아도 해가 뜨기 직전의 새벽이었다.

조는 소년이 잡은 손을 빼려고 살짝 힘을 주며 말했다.

"이안, 날이 밝는 것 같아."

"맞아, 이곳에서는 날이 밝지."

"잠깐만 이안, 멈춰 봐. 우린 밤새도록 걸은 거라고."

태연한 소년의 대답에 조는 약간 짜증스럽게 대답했다. 그제야 소년은 걸음을 멈추고 조를 돌아보았다. 소년이 지치고 피곤해 보이는 조의 얼굴을 이상하다는 듯 바라보며 물었다.

"밤새도록이라고 했니?"

"그래, 밤새도록."

조는 소년을 똑바로 쳐다보며 대답했다.

소년의 표정은 마치 자기는 아무것도 몰랐다는 듯했다. 아니, 정확히 말하면, 지금도 아무것도 모르고 있는 것 같았다.

소년은 조를 가만히 쳐다보더니 물었다.

"그게 뭔데?"

"뭐라고?"

조는 기가 찼다. 이 남자아이는 사람의 몸을 하고 분명히 사람의 말을 쓰면서 자신에게 밤새도록이 무엇이냐고 묻고 있었던 것이다.

조는 이해가 되지 않는다는 표정으로 대답했다.

"밤이 가고 해가 뜨는 것 말이야. 하늘을 봐. 밝아졌잖아."

조의 말에 소년이 여전히 어리둥절한 표정으로 말했다.

"하늘은 변하는 게 아니야. 장소마다 색깔이 다 다른 것뿐이지. 아까 있었던 곳은 하늘이 어두운 곳이었고, 이곳은 하늘이 밝은 곳이잖아. 해는 뜨는 게 아니야, 조. 언제나 하늘에 걸려 있잖아."

조는 잠시 멍해졌다. 이 이상하면서도 신비로운 장소는 심지어 하늘조차 믿을 수가 없었다! 조는 잠시 어버버 거리다가 가까스로 정신을 차리고 소년에게 물었다.

"그, 그럼 해가 지지 않는다면 시간이 얼마나 흘렀는지는 어떻게 알 수 있는 거야?"

소년이 대답했다.

"시간은 흐르지 않아. 우리에게서 멀어질 뿐이지. 하지만 곧 다시 돌아올 거야."

소년은 싱긋 웃더니 다시 조의 손을 잡고 걸어갔다. 조는 소년의 뒤통수를 멍하니 바라보았다. 대화를 나누는 동안 내내 같은 밝기로 반짝이던 별들은 그들이 걷기 시작하자마자 걸어가는 그들의 머리 위에서 서서히 사라져갔다.

얼마나 더 걸었을까, 해가 그들의 눈앞에 빼꼼 얼굴을 내밀었을 때쯤 소년이 갑자기 우뚝 멈춰 섰다. 낮은 나무들이 자라 있는 숲이 있는 곳이었다. 소년은 주변을 두리번두리번 거리더니 무언가를 발견한 듯 갑자기 환한 미소를 지었다. 그러더니 조를 향해 몸을 돌리고서 당부하듯 말했다.

"여기서 잠깐만 기다려."

조는 고개를 끄덕였다. 소년은 조에게 살짝 웃어주더니 숲 속으로 후다닥 달려 사라졌다.

조는 바닥에 털썩 주저앉았다. 이미 지칠 대로 지쳤던 조는 이제 거의 아무런 생각이 없었다. 소년에 대한 경계심도 사라진 지 오래였다. 조는 사실 열매들은 이곳의 모든 곳에 널려 있는데 대체 왜 여기까지 와서 먹을 것을 구해야 하는지 아직도 이해가 되지 않았다.

잠시 후, 누군가 숨 가쁘게 달려오는 소리에 조는 뒤를 돌아보았다. 고개를 돌려보니 소년이 양팔에 한아름 과일을 들고 있었다. 모양도, 크기도, 색깔도 가지각색이었다. 어떤 과일은 까맸고, 어떤 과일은 점박이가 있었다. 심지어 말린 대추처럼 쪼그라든 모양도 있었다.

소년이 조의 앞에 과일을 조심스럽게 내려놓으며 말했다.

"자, 먹어. 먹으면 배가 부를 거야."

조는 고개를 끄덕이며 과일을 하나하나 살펴보았다. 그러고는 가장 크고 빨간 손톱 모양의 과일을 집어 들고 한 입 크게 베어 물었다. 과즙의 짙은 새콤함이 입안에 퍼지고 혀에 부드러운 과육이 닿자 그제야 살 것 같았다.

어느새 조의 옆에 쭈그리고 앉아 조가 정신없이 과일을 먹는 모습을 빤히 쳐다보던 소년이 갑자기 조에게 물었다.

"그건 배가 부르지?"

조는 소년을 한 번 힐끗 쳐다보고는 당연하다는 듯 고개를 끄덕였다. 입안에 과일이 잔뜩 들어 있어 대답을 할 수가 없었다.

소년은 자신의 질문에 대한 조의 성의 없는 대답을 신경 쓰지 않는 듯 혼자 이어서 말했다.

"처음에 이걸 찾느라 굉장히 고생했었거든. 뭘 먹어도 배가 부르지 않은 거야. 그래서 진짜 음식을 찾으려고 걷고 걷고 또 걸었지. 겨우 찾아낸 게 이것들이었어. 아마 더 있을 텐데 그건 나도 아직 못 찾았어."

조는 입에 과일을 가득 문 채로 소년의 이야기를 들었다. 가만히 생각해 보니 자신이 이곳에 온 뒤 무언가를 분명 먹었음에도 아무것도 먹지 않았던 느낌이었던 것 같다는 생각이 들었다.

조는 입 안에 든 것을 꿀꺽 삼키며 물었다.

"먹어도 배가 부르지 않다면 그건 열매가 아닌 거니?"

소년이 곰곰이 생각하더니 대답했다.

"열매이긴 하지만 음식이 아니라 장식품인 거지. 나무에게 그랬듯이 네 뱃속을 그저 장식만 시키는 거야."

조는 고개를 가만히 끄덕였다. 소년이 살며시 미소 지었다.

조는 정신없이 과일을 먹어치웠다. 너무나 허기지고 지쳐 있었기 때문이다. 얼마간 아무 말도 없이 먹기만 하던 조가 어느 정도 배를 채우자, 소년이 말했다.

"이제 집으로 갈까?"

"어디 말이야?"

조가 되물었다.

"내 집. 이제 너와 나의 집이지."

소년이 바지를 툭툭 털며 자리에서 일어났다. 조는 그런 소년을 가만히 올려다보다가 그가 내민 손을 잡고 일어섰다. 서로 눈이 마주치자 둘은 웃음을 터뜨렸다.

둘은 함께 나란히 걸어갔다. 왔던 길을 되돌아가자 하늘이 다시 조금씩 어두워졌다. 달도 살며시 고개를 내밀고 별들도 하나 둘 불을 켜기 시작했다. 조는 환해지는 별을 보기 위해 걸음을 멈추지 않으면서 정말 신기하고 아름다운 광경이라고 생각했다.

가만히 하늘을 보며 걸으면서 이런저런 생각을 하던 조는 문득 이 아이는 어떻게 이곳에 오게 된 것일까 하는 궁금증이 들었다. 하는 말을 보아선 원래 이곳에서 살던 아이 같지는 않았다.

조는 잠시 머뭇거리다가 조용한 목소리로 물었다.

"저…… 너는 어쩌다 여기 오게 되었니?"

"나? 나 말이야?"

소년이 조금 놀란 듯한 표정으로 되물었다. 조가 그것을 물으리라곤 생각하지 못했던 것 같았다.

조는 살며시 고개를 끄덕였다.

소년은 하늘로 눈길을 돌리면서 생각에 잠긴 한숨을 내쉬었다. 잠깐 골똘히 생각하던 소년은 아까보다 좀 더 차분해진 목소리로 입을 열었다.

"나도 분명 어디에선가 왔어. 그렇지만 기억이 나지 않아. 얼마 전까진 조금이나마 기억나는 게 있었는데, 이제는 내가 왜, 어디서 왔는지 전혀 알 수가 없어. 아마 여기서 살면 살수록 다른 곳에서의 기억을 점점 잃어가는 것 같아."

"아…… 그렇구나."

조는 왜인지 미안한 기분이 들어 눈길을 땅으로 돌렸다. 말없이 나란히 걷고 있는데, 계속 조용히 걷기만 하던 소년이 갑자기 덧붙여 말했다.

"하지만 딱 하나 기억나는 건 있어."

"뭔데?"

"나는 침대에 누워서 잔 적이 없어."

조는 소년을 쳐다보았다. 소년은 아무것도 아니라는 듯 어깨를 으쓱했다.

"침대에서 못 자도 불편한 건 없었어. 침대든 바닥이든 내가 꿈속에서 날아다니는 걸 방해진 못하니까."

"알아. 나도 마찬가지야."

조가 대답했다. 조 또한 그것이 어떤 것인지 아주 잘 알고 있었다. 잠자리는 조의 꿈에 결코 훼방을 놓지 못했다.

둘은 잠시 서로를 빤히 쳐다보았다.

잠시 뒤, 소년이 싱긋 웃으며 대답했다.

"알아, 이미 알고 있었어."

소년이 조를 데려간 곳은 그가 처음 튀어나왔던 그 수풀 너머였다. 놀랍게도 수풀 너머에는 또 새로운 공간이 펼쳐져 있었는데, 연못이 있는 곳보다 따뜻하고 달이 밝았다. 소년은 그곳에 있는 한 커다란 나무 위에 나뭇잎과 나뭇가지를 얽어 만든 동그란 새둥지 같은 집에서 살고 있었다.

소년이 나무 위로 먼저 올라가 조가 올라올 수 있도록 팔을 잡아주었다. 조는 커다란 나무줄기를 잡으려고 애쓰면서 이렇게 큰 나무라면 아마 적어도 천 년은 살았을 거라고 생각했다.

조가 겨우 나무에 기어올라 숨을 돌리자 소년은 조에게 더 안쪽으로 들어오라고 손짓했다. 그러더니 허공을 향해 위로 뻗고 있던 나뭇가지를 끌어내려 주위를 가렸다.

조가 놀라서 물었다.

"그렇게 하면 나무가 아프지 않아?"

소년이 대답했다.

"아니야. 나무는 움직이는 걸 좋아하거든."

조는 나뭇가지로 완벽하게 가려진 사방을 둘러보았다. 방금까지 달빛이 환히 비추던 집이 그 대신 금방 아늑하고 따뜻한 분위기로 바뀌어 있었다. 조는 갑자기 피곤이 몰려오는 것을 느꼈다.

조가 입을 가리고 하품하는 것을 본 소년이 말했다.

"피곤하겠구나. 어서 자자. 곧 무언가가 나타날 거야."

조가 졸린 눈을 비비며 물었다.

"뭐가 말이야?"

"나도 몰라. 나중에 이야기해 줄게."

소년이 잠에 반쯤 젖은 목소리로 자리에 누우며 말했다.

잠시 뒤 조의 옆에서 낮고 규칙적인 숨소리가 들려왔다. 조는 잠이 든 소년의 모습을 힐끗 쳐다보고는 자신도 조심스럽게 몸을 뉘였다. 달과 별이 수다 떠는 소리를 들으면서 몽롱함 속으로 빠져 들어가며, 조는 이곳이 아주 이상하지만 아름다운 곳이라는 생각을 했다.

눈을 감자마자 잠이 들었던 조가 잠에서 깨어났을 때는 이미 소년이 먼저 일어나 나뭇가지를 위로 젖혀놓은 후였다.

조는 잠이 덜 깬 눈을 비비며 일어나 아직 캄캄한 하늘을 올려다보았다. 분명 푹 잤는데도 아직 밤인 것을 보고 이상하다고 생각하던 조는 다음 순간 소년이 해주었던 이야기가 기억났다.

'아, 맞아. 이곳엔 낮과 밤이 없었지.'

조는 잠을 자기 전의 시간을 어제라고 불러야 할까 오늘이라고 불러야 할까 고민하다가 혼자 슬쩍 웃었다. 한 번도 해본 적 없는 고민을 하고 있는 지금 이 순간이 우습고 재미있었다.

조가 나무 위에서 무릎을 팔로 감싸 안고 달을 바라보고 있는데, 누군가 나무를 타고 올라오고 있는 것이 어렴풋이 보였다. 조는 손으로 가지를 짚고 아래를 내려다보았다. 소년이 팔에 커다란 꽃 몇 송이를 든 채로 나무를 올라오고 있었다. 꽃은 암술이 무척 노랗고 길었으며 까만 점들이 찍혀 있는 자줏빛 꽃잎은 소년의 얼굴만큼이나 컸다. 꽃자루는 무척 억세 보여서 꺾기가 쉽지 않았을 것 같았다.

"잘 잤니?"

능숙하게 나무 위로 올라온 소년이 조에게 물었다.

"응, 덕분에 아주 편하게 잤어."

"다행이네."

소년이 조를 보며 웃었다.

소년은 들고 왔던 커다란 꽃을 위쪽 가지에 걸쳐두더니 꽃잎 두 개를 따와서 하나를 조에게 건네주었다. 조는 어리둥절해서 꽃잎을 받아들었다.

"이게 뭐니?"

조가 물었다.

"오늘 우리의 첫 번째 식사야."

소년이 대답했다. 소년은 말을 마치자마자 꽃잎을 여러 번 반듯하게 접더니 한 입 크게 베어 물었다. 소년이 베어 문 꽃잎에서 달콤쌉싸름한 향이 풍겨져 나왔다.

조는 소년이 먹는 모습을 한참동안이나 유심히 지켜보았다. 그리고 소년이 한 것과 똑같이 꽃잎을 접은 후 한 귀퉁이를 살짝 뜯어 조심스럽게 입에 넣었다. 꽃잎이 혀에 닿자마자 눈처럼 사르르 녹아내리더니 톡 쏘는 단맛이 입안에 맴돌았다. 조는 꽃잎을 내려다보며 굉장히 매력 있는 맛이라고 생각했다.

기대감 가득한 눈빛으로 조가 먹는 모습을 쳐다보던 소년이 조에게 물었다.

"어때? 맛있지?"

조는 살짝 웃음 지으며 대답했다.

"무지무지 맛있어."

소년이 크게 소리 내어 웃었다. 조도 함께 따라 웃었다. 둘은 마주보고 웃으며 커다란 꽃잎을 남김없이 먹어치웠다.

손가락에 남아 있는 단향까지 빨아먹고 나자 둘은 자리에 나란히 누워 달빛을 손에 쥐어다가 공중에 그림을 그렸다. 둘은 달빛으로 함께 뛰어놀기도 하고 서로에게 이야기를 들려주기도 했다. 조가 막 작고 앙증맞은 꽃의 꽃잎을 그리고 있을 때, 소년이 조에게 말했다.

"조, 우리 꽃 보러 갈래?"

조는 그림을 그리다말고 소년의 얼굴을 쳐다보았다. 소년이 빙그레 웃었다.

"가자, 내가 보여줄게."

둘은 손을 잡고 나무에서 훌쩍 뛰어내렸다. 깔깔대며 달리는 둘의 웃음소리가 별빛에 닿자 별이 아주 잠깐 더 환히 빛났다.

소년은 조의 손을 잡고 이곳저곳을 돌아다녔다. 우선 둘은 저녁하늘 아래에 있는 꽃밭에 갔다. 그곳에는 수많은 꽃들이 저마다의 향기를 내뿜으며 자라 있었는데, 그중에는 조와 소년이 먹었던 꽃도 있었다. 소년은 꽃을 하나하나 가리키며 어떤 향이 나고 어떤 맛이 나는지, 무엇을 좋아하고 무엇을 싫어하는지 설명해 주었다. 꽃들은 하나같이 특이했다. 어떤 꽃은 연두색 꽃잎에 빨간 줄기와 잎을 가지고 있었는데 꽃잎을 씹으면 물이 나오고 줄기를 씹으면 과일 맛이 난다고 했다. 또 어떤 꽃은 노란색과 검은색이 뒤섞여 꼭 꿀벌 같아 보였는데 우습게도 꿀 냄새를 맡으면 시들어버린다고도 했다. 조는 소년이 설명해 주는 꽃의 향을 모두 맡아보고 꽃잎을 쓰다듬어보면서 매우 신나 했다. 조는 새로운 친구들을 만나는 것이 기뻤다.

다음에 소년은 조를 데리고 양떼 숲으로 갔다. 그곳은 한낮이었는데 서쪽에서 계속해서 산뜻한 바람이 불어왔다. 황금색 잔디가 펼쳐진 그곳에는 수많은 양들이 풀을 뜯고 있었는데 양들의 털도 잔디처럼 황금색이었다. 양들은 조를 보더니 메에에 하고 간드러지게 울며 살갑게 다가와 조의 다리에 머리를 부볐다. 조는 양들의 목을 감싸 안아주면서 털이 무척 보드랍고 포근하다고 느꼈다. 엄마 품에 안긴 것 같은 기분이었다.

조가 문득 부모님 생각에 우울한 기색을 보이자, 소년은 이번에는 조를 청보리 밭으로 데리고 갔다. 그곳의 청보리는 여느 청보리보다 훨씬 윤기가 돌고 색깔도 푸르렀다. 청포도 빛깔의 물결을 일며 청보리가 바람에 일렁이는 동안, 소년은 풀을 뜯어다가 조에게 풀피리를 부는 법을 알려주었다. 풀피리라면 조도 자신 있었지만 그 풀에서는 풀피리에서 나는 것이라곤 믿어지지 않는 맑고 명랑한 소리가 났다. 조는 풀피리를 불면서 자신에게 날아온 잠자리를 열심히 바라보았다. 꼬리가 파랬던 그 잠자리는 반갑다고 환영하는 것처럼 조의 앞에서 꼬리를 흔들고 날개를 파닥였다. 조는 예쁜 풀피리 소리로 화답했다.

소년은 조의 손을 잡고 다니며 조에게 그곳에 있는 자신이 아는 모든 장소를 보여주었다. 시원한 물에 발도 담그게 해주었으며 맛있는 것은 모두 먹게 해주었다. 심지어 '작은 사람들'이 있는 곳으로 데려가 그들과 만나 그들의 말을 배우게 해주기도 했다. 조는 자신이 이 아름다운 자연 속에 존재한다는 사실에 믿어지지 않아 하면서도 무척이나 행복해 했다. 여태껏 자연은 조의 유일한 친구였는데, 지금 조의 옆에는 또 다른 친구가 하나 더 있었다. 조에게는 친구들과 보내는 그 시간의 순간순간이 모두 아름다웠다.

소년은 조에게 무척이나 친절했다. 처음 만났던 때부터 조에게 살가웠던 그는 단 한순간도 얼굴에서 웃음을 지우는 법이 없었다. 소년은 언제나 조에게 많은 것을 주었고 그것에 대한 대가는 단 한 번도 바라지 않았다. 소년은 항상 조를 두고 '좋은 아이'라고 말해 주었고, 조의 곁에서 한시도 떠나려고 하지 않았다. 조는 소년 또한 오래도록 혼자이던 이곳에 친구가 생겨 기쁜 모양이라고 생각했다.

함께 이곳저곳을 구경한 그날 후로, 소년과 조는 언제나 함께했다. 둘은 이제 서로에게 둘도 없는 친구가 되었다. 많은 시간을 함께하며 조는 소년 또한 자신처럼 자연을 사랑한다는 것을 알았고 소년은 조 또한 자신처럼 세상 모든 것과 친구가 될 줄 안다는 것을 알았다. 신기하리만큼 서로 닮은 점이 많았던 둘은 얼마 가지 않아 서로에게 없어서는 안 되는 존재가 되었고, 모든 비밀을 다 털어놓을 만큼 서로를 믿게 되었다. 조는 태어나서 단짝을 처음 가져 보았다. 그건 소년도 마찬가지였다.

매일 밤 둘은 잠자리에 들기 전 나무로 만든 잔에 물과 달빛을 받아 마셨다. 그리고 서로 마주보며 웃음을 지었다. 달빛은 둘의 웃음이 예쁠수록 더 짙고 찬란해졌다. 달빛이 짙어질수록 둘의 우정 또한 깊어졌다. 그리고 둘의 우정이 깊어질수록 조는 점점 자신이 본래 살던 곳에 대한 생각을 잊어갔다.

한편, 수피아에서는 벤자민이라는 남자아이가 조를 찾고 있었다. 조의 가족을 빼면 수피아에서 유일하게 조가 사라졌다는 것을 알아챈 사람이었다. 벤자민은 조가 사라진 날부터 매일 매일을 조가 어디로 갔는지 찾아 헤매고 있었다.

벤자민은 수피아 귀족 중 세 번째로 잘 사는 집의 둘째 아들이었다. 가장 잘 사는 집도 아니면서 벤자민의 부모님은 자신들의 재산을 썩 자랑스러워했다. 그리고 자신들의 두 아들 중 한 명이 그 재산을 더욱 반짝반짝하게 빛내주길 바랐다.

벤자민의 형은 그 바램을 제대로 이뤄주고 있었다. 형은 어떻게 하는지 매번 창고에서 돈을 쥐꼬리만큼 가지고 나가 며칠 새에 몇 십 배로 불려오곤 했는데, 벤자민은 형이 대체 무슨 일을 하는지 알 길이 전혀 없었다. 그저 벌어온 돈을 부모님 앞에서 꺼내놓는 형의 올라간 입꼬리를 보며 야비한 짓을 했을 거라고 짐작할 뿐이었다.

그런 형에 반해 벤자민은 한없이 순한 아이였다. 나쁘게 말하면 멍청했다고도 할 수 있겠다. 학교에서 벤자민은 언제나 아주 간단한 셈도 할 줄 몰라 쩔쩔 매고 걸핏하면 자기 이름도 실수로 잘못 쓰곤 했다. 선생님은 아무 말도 하지 않았지만, 벤자민은 그것이 자기 집의 돈 때문이라는 것을 알고 있었다. 그런 생각을 하면 벤자민은 반 친구들 앞에서 문제를 잘못 풀어 엉뚱한 답이 나왔을 때보다 더 얼굴이 화끈거리곤 했다.

벤자민은 영리하지는 않지만 여리고 순한 아이였다. 자기보다 힘들어 보이는 친구를 보면 안쓰러워서 참지 못했다. 실천하진 못하더라도 어떻게든 뭐라도 해주고 싶어 하는 것이 그의 천성이었다. 그리고 조는 그에게 그런 친구들 중 하나였다.

벤자민은 학교도 나오지 않고 숲과 물을 찾아다니는 조를 아주 오랫동안 관찰해왔다. 벤자민은 조를 결코 다른 아이들처럼 나쁘게 생각하지 않았다. 처음에 벤자민은 조에게 친구가 되어주어야겠다고 생각했다. 그러나 세심한 성격이 아니었던 벤자민은 다른 아이들의 눈을 피해서 다가갈 수 있는 방법을 생각해내지 못했고, 조와 이야기를 나눌 기회도 번번이 놓쳤다. 결국 벤자민은 매일 매일을 그저 조를 지켜보기만 하며 보내야 했다.

벤자민은 조가 자주 가는 곳이 어디인지 알고 있었다. 조가 다니는 강가와 숲, 언덕은 벤자민도 아주 잘 알았다. 어찌나 하나하나 주의 깊게 지켜보았는지 나중에는 조가 그곳에서 주로 하는 일이 무엇이며 무엇을 가장 좋아하는지까지 모두 줄줄 꿰게 되었다. 그렇게 될 때까지 조의 눈에 단 한 번도 들키지 않은 것이 놀라울 따름이었다. 그 점에 대해서는 벤자민 자신도 놀라워했다.

그러던 어느 날, 여느 때처럼 학교를 마치고 조를 찾아 강가로 내려온 벤자민은 평소 같으면 그 시간에 분명히 있어야 할 조가 강가에 없는 것을 발견하고 당황했다. 벤자민은 처음에는 그저 조금 의아하게 생각했다. 오늘은 조가 다른 곳으로 갔나보다고 생각한 벤자민은 아쉬워하며 그냥 발걸음을 돌렸다.

하지만 다음 날에도, 그 다음 날에도 조가 나타나지 않자 벤자민은 점점 이상하다고 생각하기 시작했다. 벤자민이 아는 조는 절대 그렇게 오랜 시간 동안 자연 없이 지낼 수 있는 아이가 아니었다. 분명 다른 장소를 찾았거나 그렇지 않으면 위험에 빠진 것이 틀림없었다. 안 그래도 마을사람들이 며칠 동안 어느 곳에서도 조를 보지 못했다고 서로 이야기하는 것을 들었던 벤자민은 그

길로 조를 찾아 나서기로 했다.

그 후로 며칠 동안 벤자민은 학교가 끝나면 바로 숲이나 강가로 향해 조를 찾아다녔다. 처음에는 조가 자주 머물던 곳을 위주로 찾아보았지만 그래도 찾을 수 없자 벤자민은 이제 처음 보는 장소까지도 샅샅이 뒤지기 시작했다. 조가 자연 속에서 길을 잃을 아이는 아니었지만 그래도 혹시나 처음 보는 곳에서 길을 잃고 빠져나오지 못했을지도 모른다는 생각에 이곳저곳 할 것 없이 모두 찾아보았다. 그런 벤자민을 본 몇몇 사람들은 벤자민을 두고 '애가 어딘가 모자라다' 며 혀를 끌끌 차댔다.

그렇게 이곳저곳을 뒤지고 다니던 어느 날, 벤자민은 자신이 조가 자주 다니던 장소 중 딱 한 곳을 잊고 있었다는 것을 기억했다. 그곳은 숲속 오솔길이었는데, 말만 오솔길이었지 사실 나무와 나무 사이에 좁다랗게 나 있는 공간에 조가 지나치게 예쁜 이름을 붙여 준 것이었다. 실제로는 그냥 거의 산길이나 다름없었다.

벤자민은 그 길을 떠올리자 조그만 조가 그 사이를 뛰어다니는 것을 보고 자신이 위험하다며 걱정했었던 것이 생각났다. 벤자민은 조가 그곳에 있을 거라고 거의 확신했고, 당장 오솔길로 가 보기로 했다.

오솔길은 벤자민이 가기에는 상당히 좁은 길이었다. 통통하고 둔했던 벤자민은 나뭇가지에 긁히지 않기 위해 몸을 이리저리 비틀며 열심히 나뭇잎을 헤쳐 나갔다. 하지만 가엾게도 그리 날렵하지 못했던 벤자민은 몇 번이나 통통한 팔을 가시에 긁히고 말았다. 그래도 벤자민은 포기하지 않았다. 왜인지는 자기 자신조차도 알 수 없었지만, 벤자민은 조를 찾지 않으면 안 될 것 같은, 이유를 알 수 없는 책임감에 가득 차 있었다.

얼마쯤 좁은 길을 따라 걷자 벤자민은 점점 지쳐서 헉헉 대기 시작했다. 점차 속도를 줄여가던 벤자민은 나중에는 급기야 나무 줄기에 몸을 지탱하며 앞으로 걸어 나갔다. 손으로 한 나무를 짚었다가 또 다른 나무를 짚으려고 몸을 움직이는 것이 그냥 걷는 것보다 훨씬 체력소모가 클 것 같았지만 그렇게 하지 않고서는 걷기나 너무나 힘들었다.

그때였다. 온몸의 무게를 나무에 싣고서 오징어처럼 흐느적대며 걸어가던 벤자민이 나무를 짚으려고 뻗은 손이 갑자기 허공에 떨어졌다. 놀란 벤자민은 허우적대다가 중심을 잃고 바닥에 엎어지고 말았다. 그것은 나무 줄기가 아니라 덩굴이 늘어뜨려져 있는 것이었다. 벤자민은 엉덩방아를 찧은 채로 그 모습을 보며 덩굴이 나무를 가린 줄 착각했던 자신의 어리석음에 한탄했다.

하지만 벤자민은 넘어지는 것에는 익숙했다. 벤자민은 자리에서 벌떡 일어나 손을 탈탈 털었다. 그러고는 자기가 넘어진 곳의 주위를 둘러보았다.

벤자민은 넘어질 때 까진 팔꿈치를 문지르며 주위를 찬찬히 살펴보았다. 그때 벤자민의 눈에 무언가가 들어왔다. 흐리멍덩하던 벤자민의 눈이 순간 휘둥그레졌다. 벤자민의 눈에 비친 것은 바로 우물이었다. 마침 목이 무척이나 말랐던 벤자민의 눈에 그 작은 우물은 꼭 사막에서 발견한 신성한 오아시스처럼 보였다. 무척이나 낡았고 심지어 썩은 부분도 있는 것 같아 보이는 우물이었지만 벤자민은 상관하지 않았다. 물 생각에 반쯤 이성을 놓은 벤자민은 쏜살같이 우물로 달려갔다.

벤자민은 물을 마시기 위해 우물 안으로 손을 뻗었다. 두레박이 다 망가져 쓸 수가 없었기 때문이었다. 벤자민은 우물 물이 꽤 가까이에서 찰랑이는 것을 보며 두레박 없이도 물을 마실 수 있겠다고 생각했다. 하지만 이상하게도 아무리 손을 뻗어도 물은 벤자민의 손에 닿지 않았다. 벤자민은 조바심이 났다. 서둘러 물을 마시고 싶은 마음에 마음이 급해진 벤자민은 급기야 우물에 매달려 두 팔을 모두 우물 안으로 뻗었다.

벤자민은 물에 너무 정신이 팔려 있어 자신의 통통한 배가 자신을 마치 눈썰매처럼 우물 안으로 미끄러져 내려가도록 만들고 있다는 사실을 미처 눈치채지 못했다. 벤자민이 낑낑대며 팔을 안쪽으로 뻗으면 뻗을수록 벤자민의 동글동글한 몸은 점점 더 우물 안으로 미끄러져가고 있었다.

드디어 조금만 손을 뻗으면 물을 마실 수 있다고 생각한 바로 그때, 벤자민의 짧은 다리가 순식간에 허공으로 쑥 솟아오르더니 벤자민의 머리가 엄청난 소리를 내며 우물에 거꾸로 처박혔다. 벤자민은 놀라서 물 밖으로 나가려고 허우적거렸지만 우물은 꼭 배수구가 달린 것처럼 세차고 거친 물살로 벤자민을 아래로, 아래로 빨아들였다. 벤자민은 코와 입으로 들어오는 물에 정신이 혼미해졌다. 위로 올라가려고 계속해서 애쓰며 발버둥치던 벤자민은 결국 거센 물살에 정신을 잃고 말았다.

쿵! 몸이 어딘가에 부딪치는 강한 충격에 벤자민은 정신이 돌아왔다. 벤자민은 자리에 누운 채로 팔을 뻗어 땅을 만져보았다. 차갑고 축축하며 매끈한 감촉으로 보아 잔디인 것 같았다. 벤자민은 뻐근한 몸을 일으켜 앉으며 서서히 눈을 떴다.

눈을 뜬 벤자민은 그만 소스라치게 놀라고 말았다. 그는 자리에서 벌떡 일어나서는 발을 동동 굴렀다. 눈을 비벼 보았다가 꼭 감았다가 다시 커다랗게 떠 보았다가를 반복하며 안절부절 못하는 그의 모습은 제정신이 아닌 것 같아 보였다. 그는 자신의 눈을 손바닥으로 꼭 누르며 두려움에 가득 찬 비명을 질렀다. 그렇다. 벤자민의 눈이 보이지 않았던 것이다.

벤자민은 손으로 자신의 눈과 얼굴, 머리, 팔, 다리를 마구 툭툭 치며 숨을 헐떡였다. 태어나서 처음 겪어보는 두려움에 벤자민의 몸은 미친 사람처럼 덜덜 떨렸다. 벤자민은 더듬거리며 자신의 얼굴을 만졌다. 분명히 자신의 껍데기는 세상에 존재하고 있었다. 오직 시력만 감쪽같이 벤자민에게서 사라져 버린 것이다.

벤자민은 몸을 떨며 땅에 손을 대고 천천히 더듬거리며 기어갔다. 우물 안으로 떨어져 이렇게 되었으니 서둘러 우물 밖으로 나가야 한다고 생각했던 것이다. 벤자민은 미친 듯이 손을 더듬거려 어딘가에 있을 우물 벽면을 찾았다.

그때였다. 멀리에서 조용히 풀을 뜯고 있던 뿔 달린 말 무리가 벤자민을 발견했다. 말 무리는 처음에는 긴가민가한 듯 벤자민에게로 다가갈까 말까 망설이는 듯 보였다. 그때 말 한 마리가 무언가를 발견한 듯 벤자민 쪽을 보며 사납게 마구 울어댔다. 그러자 다른 말들도 하나 둘 그 말을 따라 잔뜩 화가 난 소리로 울부짖듯 히히힝 하고 울었다. 말들은 곧 미친 듯이 울어대며 흙먼지를 마구 날리면서 벤자민에게로 전력질주하기 시작했다.

눈물을 줄줄 흘리며 손을 더듬거리던 벤자민은 갑자기 어디에선가 들려오는 마치 용의 것 같은 울음소리와 땅이 울리는 커다란 진동에 놀라 땅에서 손을 뗐다. 그는 본능적으로 고개를 들어 주위를 두리번거렸지만 아무것도 보이지가 않았다. 벤자민은 당황해 자리에서 벌떡 일어나 슬금슬금 뒷걸음질치기 시작했다.

갑자기 세찬 바람이 불기 시작했다. 바늘처럼 따가운 바람이 벤자민의 몸을 훑고 지나가며 이미 앞이 보이지 않는 그의 눈을 찔렀다. 벤자민은 눈을 손으로 가렸다. 멀리에서 물이 마구 철썩이는 소리가 들려왔다. 폭포가 일렁이고 있었다. 하늘에서 햇빛이 순식간에 사라졌다. 화창하던 날씨가 점점 험악하고 괴기하게 변해갔다.

그때 들판에 있던 다른 동물들이 말들이 달리는 모습을 발견했다. 그들은 말들이 달려가고 있는 곳으로 눈길을 돌리더니 얼마간 뚫어져라 바라보았다. 그러더니 마치 전염되기라도 한 것처럼 곧이어 말들과 똑같이 미친 듯이 흥분을 하여 벤자민에게로 달려들기 시작했다. 곧 수십 마리의 동물들이 벤자민에게로 돌진했다. 이제 벤자민은 마치 지진이 난 것처럼 울려대는 땅의 진동에 제대로 서 있을 수조차 없었다.

동물들과 벤자민의 거리가 점점 가까워졌다. 앞이 보이지 않았던 벤자민도 그것을 느낄 수 있었다. 벤자민은 피할 곳이 없다는 것을 깨닫고 당황해서 우왕좌왕했다. 그러나 동물들은 속도를 늦추지 않았다. 오직 목표물만을 바라본 채로 여전히 전속력을 다해 달려갔다. 그들은 이성을 잃고 싸워대는 미친 병사들 같았다. 그들의 눈빛은 붉은빛으로 얼룩져 눈에 보이는 것 말고는 아무것도 보지 못했다.

"으아악!"

잠시 후 벤자민의 처절한 비명이 들판에 울려 퍼졌다. 벤자민이 비명을 지르는 와중에도 동물들의 말발굽 소리는 사그라들지 않았다.

한편, 그 시각 조는 소년과 함께 나무 그늘 아래에 앉아 서로에게 재미난 이야기를 들려주고 있었다. 때마침 소년이 조에게 이곳에 살던 굉장히 재치 있는 나무에 대한 이야기를 해주고 있던 참이었다. 해질녘 귤빛 하늘 아래서 나무 그늘 아래 앉아 둘은 마주 보고 장난치며 깔깔 웃었다. 선선한 바람이 기분 좋게 불어와 조의 목덜미를 간질였다. 조는 소리 내어 웃었다. 조가 웃는 것을 보고 기분이 좋아진 소년도 조의 얼굴을 보며 웃었다.

그때였다. 큰소리로 웃던 조에게 어디에선가 고통스러운 비명소리가 들려왔다. 조는 깜짝 놀라 웃는 것을 뚝 멈추었다. 조는 소년을 쳐다보았다. 둘은 온몸이 경직된 채로 서로를 한참동안 바라보았다. 소년의 얼굴은 무척이나 불안해보였다.

조가 조용한 소리로 숨죽여 물었다.

"이안, 저게 무슨 소리야?"

조는 겁에 질린 눈빛으로 소년을 바라보았다. 소년이 다시 여유롭게 웃으며 아무것도 아니라고 이야기해 주길 바라는 표정이었다.

하지만 소년은 아무 말도 하지 않았다. 그저 원래보다 더 창백해진 얼굴에 공포심만 가득 띄워놓았을 뿐이었다.

비명소리가 또다시 들렸다. 이번에는 아까보다 더 끔찍했다.

조는 자리에서 벌떡 일어났다. 조가 다급하게 다시 물었다.

"이안, 저게 무슨 소리냐니까? 어떤 동물이 내는 소리지?"

소년은 바닥에 제멋대로 뭉개버렸던 시선을 들어 힘겨운 표정으로 조를 바라보았다. 창백한 소년의 얼굴에 떠오른 표정은 정말이지 끔찍했다. 일그러진 소년의 눈빛이 그가 지금 해야 하는 말을 얼마나 하고 싶지 않은지 말하고 있었다. 조는 소년의 그런 눈빛을 마주 보았다.

소년은 결국 고개를 떨구었다. 소년이 조그만 소리로 말했다.

"동물이 아니야, 조."

"그게 무슨 말이야?"

조의 눈빛에 절망감이 떠올랐다. 그녀의 눈동자에서 희망이 사라졌다.

소년이 한 자 한 자 눌러 대답했다.

"저건, 사람이 내는 소리라고."

"조, 대체 왜 그러는 거야? 왜 가 보고 싶어 하는 거지?"

소년이 조의 팔을 붙잡고 이해할 수 없다는 듯 물었다. 조는 자신을 붙잡은 소년의 손을 믿을 수 없다는 듯 쳐다보며 대답했다.

"사람이 비명을 지르잖아. 당연히 가 봐야 하는 거지."

"네가 간다고 해서 구해줄 수도 없어."

"그걸 네가 어떻게 알아?"

조가 화난 목소리로 맞받아쳤다. 조는 지금 자신을 말리는 소년의 행동을 이해할 수 없었다. 조금은 실망스럽기까지 했다. 이 아름다운 곳에 또 다른 사람이 들어왔는데 그가 비명을 지르고 있었다. 그렇다면 일이 잘못되어도 크게 잘못된 것이 틀림없었다. 어떻게든 가서 도와주어야 했다. 소년이 자신을 도와주었던 것처럼, 그렇게 해야 마땅한 것이었다.

하지만 지금 소년은 위험에 처한 사람에게 가지 말라며 자신을 붙잡고 있었다. 조는 순간 이 소년이 자신에게 아낌없는 도움을 주었던 그 소년이 맞는지 의심했다.

조가 말했다.

"그렇게 겁이 나면 너는 여기 있어. 난 가볼 테니까."

조는 힘껏 팔을 비틀어 소년의 손을 억지로 떼어냈다. 그러고는 소년이 채 붙잡을 새도 없이 소리가 들리는 쪽으로 온 힘을 다해 뛰어갔다.

"조, 조!"

소년은 애가 타게 조의 이름을 소리쳐 불렀지만 조는 돌아보지 조차 않았다. 나무 밑에서 발을 동동 구르던 소년은 조가 저 멀리로 달려가 점만큼 작아지자 마음이 급해졌다. 그는 결국 큰소리로 조를 부르며 조의 뒤를 따라 달려가기 시작했다.

그들의 머리 위에 새빨갛게 타오르는 하늘이 유난히 붉었다.

"세상에, 이게 무슨 일이야?"

들판에 도착한 조는 경악을 금치 않을 수 없었다. 조는 입을 손으로 틀어막으며 자신의 눈앞에 펼쳐진 광경이 사실이 아니라고 애써 부정했다.

조의 눈앞에는 힘없이 죽어 있는 남자아이가 있었다. 그는 몸을 잔뜩 웅크린 채로 눈을 꼭 감고 바닥에 누워 있었다. 그의 주변에는 아무것도 없었다. 처참하게 짓밟힌 잔디를 제외하고는 무슨 일이 있었는지 보여주는 것은 그 어느 것도 없었다. 짙은 풀즙을 뱉어낸 채 구겨지고 찢겨 바닥에 늘어져 있는 잔디는 다시는 뿌리를 뻗고 자랄 수 없을 것처럼 보였다.

조는 시체에게로 천천히 다가가 곁에 스르르 앉았다. 그러고는 죽은 소년의 얼굴을 가리고 있던 검은 머리카락을 들어올렸다. 그의 얼굴을 확인한 조는 깜짝 놀라서 외마디 비명을 질렀다. 그는 조가 아주 잘 아는 사람이었던 것이다.

"이, 이건, 벤자민이잖아! 이 애가 대체 여기에 왜 있는 거야?"

조는 황급히 자리에서 일어나려고 하다가 그만 뒤로 넘어져버렸다. 다시 일어나 자리에 앉은 조는 살며시 벤자민에게 다가가 그의 몸을 돌려 똑바로 눕혔다.

조는 벤자민의 몸을 살펴보았다. 겉으로 난 상처는 아무것도 없었다. 벤자민의 몸에서는 누군가 억지로 겁을 주거나 상처 입은 흔적을 찾을 수 없었다. 조는 자신의 앞에 누워 있는 벤자민의 얼굴을 알 수 없는 표정으로 바라보았다. 그의 얼굴은 무척 평화로워보였다. 얼핏 보면 꼭 잠자는 것처럼 보일 정도로 벤자민의 죽음은 고요했다.

그때 조의 옆에 숨을 헐떡이며 소년이 도착했다. 조는 자신의 옆에서 놀라 숨을 들이쉬는 소년을 모른 척했다. 소년은 조의 앞에 놓여 있는 시체를 보고 적잖이 당황한 것 같았다. 벤자민의 몸을 향한 소년의 눈빛이 불안하게 떨렸다.

조는 고개를 들어 놀라서 뒷걸음질 치는 소년을 원망스러운 눈빛으로 바라보았다.

"이 아이 좀 봐. 얘는 내가 아는 아이란 말이야. 그런데 이제 죽어버렸어. 내가 어떻게 해야 하겠니?"

소년은 아무 말도 하지 못했다. 그저 조에게서 몇 걸음 물러나 고개를 푹 수그릴 뿐이었다.

조는 죽은 벤자민의 손을 한 번 꼬옥 잡아주었다. 그리고는 마음속으로 좋은 곳에 가라고 기도했다. 조는 꼭 자신의 마음이 아무것도 없이 텅 비어버린 것 같다고 생각했다.

산 것만이 존재할 수 있는 이곳에서, 죽은 것은 얼마 가지 않아 공중으로 날아가 사라졌다. 결코 이곳에 남아 있을 수 없었다. 조는 그것을 알고 있었다. 조는 마지막으로 벤자민을 한 번 바라본 뒤 자리에서 일어나 물러났다. 곧 벤자민의 몸이 갈색 가루로 스르르 변하더니 가루가 작은 나비들로 변했다. 수백 마리의 갈색 나비가 하늘로 날아올랐다. 한꺼번에 날아오른 그들은 한동안 서로 뒤얽혀 날갯짓하더니 곧 사방으로 흩어져 날아갔다. 조는 슬픈 눈으로 그 나비들을 바라보았다.

마지막 나비가 시야에서 사라지자, 조는 천천히 뒤를 돌았다. 조는 땅을 바라보며 앞으로 걸었다. 이질감이 느껴지도록 맑은 하늘 아래 잔디가 웬일인지 생기 없어 보였다.

계속 조용히 뒤에서 조를 바라보고 있던 소년이 다급히 조를 쫓아갔다. 그는 서둘러 조의 앞을 가로막으며 무엇인가 말하려고 입을 달싹였다.

"조, 저기 말이야⋯⋯."

"아니, 나중에 이야기 해. 지금은 네 말을 듣고 싶지 않아."

조는 소년의 말을 자르며 냉정하게 말했다. 말을 하자 조의 머리가 먹먹하게 울렸다. 조는 혼자 생각을 정리할 시간이 필요했다. 지금으로서는 소년도, 벤자민도, 자기 자신도 이해가 되지 않았다.

소년은 조의 얼굴을 바라보았다. 조의 얼굴은 단호했고 눈빛은 무언가가 비집고 들어갈 용기를 가질 수 없을 정도로 단단해 보였다. 소년은 고개를 끄덕였다. 그는 조의 앞에서 조용히 비켜준 뒤 혼자 저 멀리로 터벅터벅 걸어갔다. 조는 그 뒷모습을 말없이 지켜보았다. 소년이 시야에서 사라져 마침내 혼자 남겨지자마자 조는 다리에 힘이 풀려 땅에 털썩 주저앉고 말았다.

조는 배가 고프고 피곤해서 더 이상 걸을 수 없을 때까지 온 길을 걸어 다니며 생각에 잠겼다. 조는 이 모든 상황을 이해하려고 노력해 보았지만 그 어떤 것도 이해할 수가 없었다. 벤자민이 대체 왜 죽은 건지조차도, 조는 도저히 알 수가 없었다.

조에게 이 공간은 아름다움과 평화 그 자체였다. 그 어떤 것도 서로를 해치거나 미워하지 않고 서로 보듬어주는 것이 이곳의 법칙인 줄 알았다. 그래서 이곳의 동물과 식물들을 더욱 사랑했고, 마음을 전부 내어주면서도 겁내지 않았다. 하지만 조는 틀렸다. 벤자민은 분명 이곳에서 죽었고, 그렇다면 이곳이 벤자민을 죽인 것이 되는 것이었다. 조는 그 무엇보다도 그 사실이 가장 슬펐다.

조가 나무에 기대어 가만히 앉았다. 조는 죽은 소년이 벤자민이라는 사실이 가장 믿기 힘들었다. 벤자민은 마을 아이들 중 조에게 가장 잘 해주었던 아이였다. 모두가 놀릴 때 벤자민은 그들 무리에 끼지 않았고, 조가 혼자 있을 때 가끔 옆에 다가와 주었다. 그것만으로도 조는 고마웠다. 자신을 미워하지 않는 것만으로도 조에게 그는 좋은 아이였다.

그런데 이 아름다운 곳에서 그런 좋은 아이가 죽었다. 조는 눈을 감고 대체 왜 이곳에서 누군가가 죽은 것인지에 대해 이해해 보려고 애썼다.

한참 생각하던 조는 느껴지는 인기척에 눈을 떴다. 멀리서 소년이 걸어오는 것이 보였다. 소년의 손에는 컵 두 개가 들려 있었다. 조는 피하지 않고 그냥 그대로 앉아 있었다. 놀랍게도 더 이상 소년이 밉지 않았다. 그저 아주 많은 것들이 묻고 싶었다.

소년은 조의 손에 컵 하나를 들려주고는 조의 옆에 앉았다. 조는 컵을 손에 꼭 쥐고 안에 든 것을 한 모금 마셨다. 따뜻한 차였다. 조는 뱃속이 따뜻해지는 것을 느끼며 컵을 내려다보았다.

얼마 동안 어색한 침묵이 이어졌다. 잠시 후, 소년이 차분한 목소리로 입을 열었다.

"조, 네가 지금 무슨 기분일지 알아. 나도 정말 안타깝다고 생각해."

조는 대답하지 않고 땅만 내려다보았다. 소년이 말했다.

"너에게 해주고 싶은 얘기가 있어. 네가 꼭 들어야 해."

조는 소년을 쳐다보았다. 소년도 조를 똑바로 쳐다보고 있었다. 조는 소년의 눈빛에서 진실됨을 보았다.

조는 이야기를 듣겠다는 뜻으로 고개를 끄덕였다.

소년은 차를 한 모금 마신 후 이야기를 시작했다.

"조, 이곳은 사실 네가 생각하는 것처럼 모두를 위한 곳이 아니야. 환영받을 수 있는 사람이 있고 그렇지 못한 사람이 있어. 너와 나는 환영받을 수 있는 사람이었던 거야. 네 친구는 그렇지 못했던 거고."

소년은 잠시 뜸을 들이더니 다시 차를 한 모금 더 마셨다. 조가 물었다.

"벤자민이랑 내가 다른 게 뭔데? 왜 난 되고 그 애는 안 되는 거야?"

조의 말에 소년이 작게 한숨을 쉬었다. 그가 이어서 말했다.

"너와 내 공통점을 생각해 봐, 조. 너랑 나는 둘 다 침대에서 자 본 적이 없다고 했었어. 우린 둘 다 가난해. 그렇기 때문에 우린 약하지. 우린 힘이 없어. 우리 둘 다 그래서 자연 속으로 도망쳐 온 거잖아."

조는 뭔가 말하고 싶어 입을 달싹거렸지만, 소년이 말을 끝낼 수 있게 아무 말도 하지 않았다.

"조, 우린 약해. 하지만 아마 네 친구는 그렇지 않았던 모양이야. 자신이 원하는 걸 가질 수 있는 힘이 있는 사람이었을 거야. 안타깝게도 이곳에선 속마음은 중요하지 않아. 사람들의 생각에 상처받을 수 있는 사람은 모들어 주지만 그렇지 않은 사람은 결코 이곳에 있을 수 없어. 그들은 이곳을 보는 것조차 허락되지 않아. 조, 이곳은 우리처럼 가난하고 차별받고 약한 사람들을 위한 곳이야. 그게 이곳의 법칙이야. 동물들은 그 법칙을 따른 것뿐이야."

"동물들이 죽였구나……."

조가 조용히 중얼거렸다. 소년은 그런 조를 슬픈 눈으로 바라보았다.

"네 친구 일은 정말 안 됐어. 내가 대신 사과할게, 조. 네가 만일 이곳에서 나가고 싶어 한다고 해도 좋아. 정말 그렇다면 내가 도와줄 수 있어."

소년은 잠시 말을 멈추었다.

"나가는 길을 알 거든."

"나가는 길을 안다고?"

조가 눈을 커다랗게 뜨고 소년을 쳐다보았다. 소년이 고개를 끄덕였다.

조가 놀라서 물었다.

"그럼 왜 지금까지 나가지 않았던 거야? 가족이나 친구들이 보고 싶었을 것 아니야."

소년이 씁쓸하게 웃으며 대답했다.

"왜냐하면, 이곳에서 나가면 다시는 들어올 수 없거든."

"뭐?"

조가 놀라서 소리쳤다. 소년은 계속해서 말을 이었다.

"나가면 다시는 들어올 수 없어. 그것 또한 이곳의 법칙이야. 이곳에 들어온 우리는 이곳으로부터 초대받았다고 할 수 있어. 거절할지 승낙할지는 우리가 결정하는 거야. 하지만 우린 그 결정에 대한 책임을 져야 해. 어느 한쪽을 선택했다면 다른 쪽은 버려야 하는 거야."

소년이 나뭇가지로 땅에 선을 그리며 말했다. 조는 천천히 컵을 들어 차를 한 모금 마셨다. 차는 이미 미지근해져 있었다.

조가 생각에 잠겨 천천히 물었다.

"그렇다면, 어느 곳을 선택하든 난 반대편은 완전히 포기해야 하는 거네?"

"맞아."

소년이 대답했다.

"넌 어느 쪽을 선택했니?"

조가 소년에게 물었다. 소년은 고개를 들어 조의 눈을 슬쩍 바라보았다.

"난 이곳을 선택했어. 다시는 그곳으로 돌아가고 싶지 않았거든. 이제야 진짜 나를 찾은 것 같았는데 그걸 잃긴 싫었어. 처음엔 가족이 보고 싶어서 후회할 때도 많았지만, 이젠 그러지 않아. 이젠 이곳이 내 집이야."

소년은 그렇게 말하며 하늘을 올려다보았다. 조는 소년을 바라보았다.

조는 손을 내밀어 소년의 손을 잡아주었다.

"내가 돌아가 버린다면 넌 외로워지겠지?"

"그렇겠지."

소년이 대답했다.

"그럼 여기 있을게."

조가 부드럽게 말했다. 소년은 깜짝 놀라 조를 쳐다보았다. 조는 살짝 미소 지었다.

소년이 그런 조를 걱정스러운 눈빛으로 바라보며 말했다.

"나 때문에 여기 남는 거라면, 그러지 마. 그러지 않아도 돼. 내가 이곳에서 외로워지는 건 내 선택에 대한 책임이야. 네가 함께 져 줄 필요는 없어."

소년은 진심으로 걱정스러운 표정이었다.

조는 소년의 어깨를 자신의 팔로 감쌌다. 그러고는 조곤조곤 이야기했다.

"이안, 난 이곳이 좋아. 나를 사랑해 주는 것들과 내가 사랑할 수 있는 것들이 있는 이곳이 좋아. 여기를 떠나면 난 아마 평생 이곳을 그리워하며 살 거야. 너처럼 나도 이젠 여기가 내 집이야."

"정말?"

"그래, 정말."

조의 말을 듣고, 소년은 그제야 안도하는 듯 보였다. 조는 어쩐지 서글픈 기분이었다. 조는 빙그레 미소 지으며 소년을 안아주었다.

둘은 꼭 껴안고서 둘의 머리위에서 지고 있는 태양을 바라보았다. 태양은 떠 있을 때보다 사라질 때 더 붉게 타오르며 세상을 온통 자신의 색깔로 물들였다. 불꽃 같은 빛이 조각조각 스러져 땅으로 내려앉았다.

평온한 표정으로 하늘을 바라보며, 소년이 말했다.

"조, 우린 강해."

"맞아, 우린 강해."

둘은 함께 미소 지었다. 둘은 서로의 손을 꼭 잡은 채 나무 그늘 아래 누웠다. 그러고는 가만히 눈을 감았다. 둘의 머릿속에는 행복한 표정으로 들판을 달리는 자신들의 내일의 모습이 보였다.

감은 눈 속에서 웃음 짓던 둘은 그 표정 그대로, 어느새 부드러운 잠에 빠져들었다. 꿈속에서 그들은 가족들을 만나는 꿈을 꾸었다. 미소 지으며 꿈꾸는 그들의 모습은 아주 행복해 보였다.

수피아에는 비가 내렸다. 하늘은 태양을 독점하고 싶다는 듯 구름 속에 해를 완전히 감추고 있었고, 빗방울은 차갑게 지붕을 때렸다. 사람들은 집안에서 창문으로 밖을 바라보며 비가 언제 그칠지 걱정스러워했다.

그러던 어느 날 밤, 비가 그쳤다. 유난히도 별이 밝던 그날 밤, 마을 사람들은 하늘에서 반짝이는 별 하나가 꼬리를 달고 땅으로 떨어지는 것을 보았다. 별은 설익은 산딸기처럼 수줍게 반짝이고 있었다. 별은 본 사람들은 별이 하늘에 붉고 커다란 꽃을 그리며 떨어졌다고 했다.

별은 누군가를 함께 데리고 떨어진 모양이었다. 별이 떨어진 뒤로, 사람들은 그 마을에서 사라졌던 한 소녀를 서서히 잊어갔다.

그 뒤로, 수피아에서 조를 본 사람은 아무도 없었다.

달이 빛나오리까

세상에는 어리석거나 기묘하고 우습지만 슬픈 이야기가 참 많습니다. 나는 지금 여러분에게 그런 이야기를 하나 들려주려고 합니다. 내 이야기가 그런지 안 그런지는 여러분이 판단하십시오. 어쨌든 난 그 이야기를 하겠습니다.

내가 사는 곳은 아주 아주 깊고 어둡고 넓은 곳에 있습니다. 그곳엔 어둠 말곤 아무것도 없습니다. 여러분은 아무것도 없는 게 어떤 건지 모르겠지만, 여하튼 그곳은 그렇습니다.

내가 사는 이곳에선 주변을 둘러보면 끝을 알 수 없을 만큼 멀리 어둠이 펼쳐져 있고, 그 사이사이 아주 작게 반짝이는 무언가가 보입니다. 그래도 다들 그것을 좋아합니다. 하지만 그 반짝이는 것이 어둠을 가시게 해줄 정도로 강력하진 않습니다. 어둠은 구멍 속처럼 새카만데, 그곳에 사는 쥐가 누구인지는 아직도 잘 모르겠습니다. 다만 그게 내가 아니라는 건 압니다. 나는 쥐가 아니니까요.

아, 내가 사는 곳이 뻥 뚫린 허공은 아닙니다. 나는 땅에 발을 딱 붙이고 삽니다. 둥둥 떠 있는 건 내가 아니라 내가 발을 붙이고 있는 이 땅입니다.

이곳에는 나 말고도 많은 것들이 삽니다. 나랑 비슷한 것도 있고, 비슷하지 않은 것도 있습니다. 움직이는 것이 있으면 움직이지 않는 것도 있고, 숨 쉬는 게 있으면 숨 쉬지 않는 것도 있습니다. 한 마디로 아주 다양합니다. 내가 제일 좋아하는 건 꽃입니다. 그건 초록색의 흔들거리는 긴 막대기에 넓적하고 얇은 화려한 천 조각 여러 개가 둥글게 달려 있는 모습인데, 아주 예쁩니다. 여러분이 사는 곳에 이런 것이 없다면 꼭 한 번 보여주고 싶을 정도입니다.

내가 사는 곳에는 나와 비슷한 것들이 여럿 살아 돌아다닙니다. 이들은 서로 비슷한 듯 다르게 생겼습니다. 모양도 다르고 색깔도 다른데 같은 말을 쓰고 같은 방식으로 삽니다. 이들은 자신들이 서로 닮았으면서도 다르다는 것을 알고 있지만, 정확히 어떤 부분이 그러한지는 잘 모릅니다. 하지만 난 압니다. 나는 누군가를 관찰하는 걸 아주 좋아하거든요. 지금부터 내가 여러분께 하나하나 소개시켜주겠습니다.

일단 빨간색 생명체가 있습니다. 이들은 말 그대로 아주 새빨간 색입니다. 태어날 때는 연한 선홍빛이다가 나이가 들수록 점점 어두운 빨강으로 변해 가는데, 한 번은 너무 오래 살아서 거의 검정색에 가까운 할머니도 봤습니다. 이들은 성격이 좀 변덕스럽습니다. 아주 따뜻하게 사랑해 주는 듯하다가도 갑자기 불같이 화를 냅니다. 열정적인 것 같다가도 갑자기 미친 듯이 싫어합니다. 이들조차도 자기들이 지금 어떤지 잘 모릅니다. 다른 생명체들은 이들과 가까이하는 걸 꺼리는 편입니다. 하지만 이들이 화를 낼까 봐 대놓고 표현하지도 못합니다.

두 번째는 노랑 생명체입니다. 이들은 정말 귀엽습니다. 몸집이 빨강 생명체의 절반밖에 되지 않습니다. 이들의 몸은 동그랗고 매끄러운데 가끔 아기들은 중심을 잃고 데굴데굴 구르기도 합니다. 그래도 날쌔서 다치지는 않습니다. 이들은 꼭 느릴 것처럼 생겼지만 빠르고, 아는 게 없을 것처럼 보이지만 꽤 똑똑합니다. 또 이들은 매우 친절합니다. 그래서 자신에게 해오는 부탁을 거절하지 못하고 다 들어주는데, 그 점 때문에 좀 힘들어합니다. 그래도 드러내지 못하고 혼자 꽁해 있다가 혼자 풀리곤 합니다. 이들은 유난히 자기들끼리만 어울리고 다른 생명체들에게 다가가지 않습니다. 싫어서인지 낯을 가려서인지는 아무도 잘 모릅니다.

다음은 초록 생명체입니다. 이들은 굉장히 활발하고 적극적입니다. 이들의 몸은 아래는 넓적하지만 위로 올라갈수록 좁아져 약간 뾰족해 보입니다. 하지만 성격은 그렇지 않습니다. 이들은 다른 이에게 굉장히 살갑게 다가가고, 도와주길 좋아합니다. 하지만 다른 생명체들은 이들을 두고 잘난 척한다며 별로 좋아하지 않습니다. 이들의 다리는 몸에 어울리지 않게 굉장히 긴데, 이는 자주 다른 생명체들의 놀림거리가 됩니다. 그들이 그 사실을 아는지 모르겠습니다. 하긴 안다면 계속 그렇게 원하지도 않는 도움을 주지는 않을 것 같긴 합니다.

그 다음은 파랑 생명체입니다. 이들은 좀 신기한 생명체입니다. 차가워 보이지만 왠지 순수해 보이고, 우울해 보이지만 희망찬 면도 있습니다. 이들은 유난히 자기들 안에서도 색깔이 다양한데, 진하고 탁한 이가 있는가 하면 물을 탄 듯 여리고 맑은 이들도 있습니다. 이들은 성격이 굉장히 조용하고 순합니다. 남에게 잘 신경 쓰지 않고 화도 잘 내지 않습니다. 그래서 다른 생명체들도 이들은 별로 신경 쓰지 않습니다. 그들은 오히려 그걸 더 좋아하는 것 같습니다. 아닐지도 모르지만 겉으로 보기엔 그렇습니다.

또 주황 생명체도 있습니다. 그들은 울퉁불퉁하고 몸집이 커서 어기적거리며 걷는데, 매사에 신경질적입니다. 짜증이 많고 항상 부루퉁해 있습니다. 이들이 짜증이 나서 쿵쾅거리고 걸을 때면 꼭 살찐 젤리가 요동치는 것 같습니다. 이들은 유난히 자신과 색깔이 다른 생명체를 싫어하는데, 그 정도가 굉장히 심합니다. 왜냐고 물으면 그들은 "너희들은 우릴 이해 못해!"라고 말합니다. 하지만 그렇게 치면 그들도 다른 이들을 이해 못하지 않습니까? 참 웃깁니다.

다음은 분홍 생명체입니다. 이들은 보송보송하고 몽글몽글하게 생겨서 매우 사랑스럽습니다. 이들은 사실 생명체들 중 가장 예쁩니다. 이들은 자기들이 어떻게 하면 사랑받을 수 있는지 압니다. 따라서 가장 사랑스럽지만 알랑거리고 살랑거리며 가식 떠는 걸 가장 잘하는 이들이기도 합니다. 순수하고 착한 척하면서 자기 밥을 꼭꼭 다 챙겨먹습니다. 가끔 눈치가 빠르거나 객관적인 시각을 가진 아이들은 이들의 진면모를 알아보고 어처구니없어 하곤 하지만, 이들은 눈 하나 깜짝 안 합니다. 어차피 나머지 수많은 이들은 자기를 좋아하니까요.

마지막은 보라 생명체입니다. 이들은 정육각형과 비슷한 모양에 구부러지지 않는 딱딱한 팔다리를 가지고 있어서 걸을 때 꼭 군인처럼 각이 잡혀 있습니다. 이들은 아는 것이 굉장히 많고 상당히 어른스럽습니다. 이들은 항상 우리가 사는 곳에 일어날 일을 가장 먼저 예측하고 어떻게 해야 할지 연구한 뒤 결론을 내립니다. 이걸 좀 알려주면 좋으련만, 이들은 얄밉게도 이 결과를 자기들끼리만 공유하고 잘 알려주지 않습니다. 하지만 어쨌든 대부분 그들의 예상은 맞아떨어졌습니다. 그러니 뭐 똑똑한 건 사실입니다.

지금까지 나의 설명을 듣고 당신은 아마 대체 어느 부분이 비슷하다는 건지 이해가 되지 않았을 겁니다. 하지만 이들은 매우 비슷합니다. 겉은 다르지만 속은 비슷하고, 속은 다르지만 겉은 비슷한 존재들입니다. 무슨 말인지 이해했을 거라 믿습니다.

이들은 모두 한 곳에 모여 삽니다. 아까 이야기했던 그 끝없는 어둠 속에는 수많은 동그랗고 커다란 것들이 둥둥 떠다닙니다. 이들은 그중 하나에 삽니다. 이들이 사는 곳은 그들 중 가장 반짝반짝 빛나는 곳입니다. 비록 가장 크진 못하지만 어느 누구에게도 뒤처지지 않을 만큼 아름답고 강렬하게 빛나는 곳이 이들이 사는 곳입니다. 또, 내가 사는 곳이기도 합니다.

이곳에는 아까 말한 꽃도 있고, 생명체들이 사는 집도, 꽃들을 모아놓는 정원도, 집과 집을 이어주는 길도 있습니다. 이것들은 모두 각자의 색깔에 맞춰 드문드문 모여 있는데, 위에서 내려다보면 아마 컵 안에 형형색색의 과일들을 넣어놓고 짓이겨 놓은 것처럼 보일 겁니다. 빛깔들은 서로 얽혀 있지만 섞여 있지 못합니다. 생명체들이 서로 잘 어우러지지 못하기 때문입니다. 아까 보았다시피 생명체들은 자기와 다른 색의 생명체에게 그다지 우호적이지 않습니다. 이유를 알 수 없는 거부감이 드나봅니다. 그래서 그들은 분명 한 공간에 살지만, 암묵적으로 자신들만의 구역을 따로 따로 나눴습니다. 빨간 생명체가 사는 곳은 온통 빨간색뿐이고, 파란 생명체가 사는 곳은 온통 파란색뿐입니다. 우린 그렇게 사는 것이 편합니다. 그리고 때론 그렇게 하는 것이 더 예뻐 보일 때도 있습니다.

이곳에선 남의 색깔을 침범하면 거의 파렴치한 취급을 당합니다. 서로 자신의 색깔 속에만 머물러야 한다는 건 모두가 말하지 않아도 아는 이곳의 규칙입니다. 누군가 자신의 공간에 초대를 했거나 그곳을 지나지 않으면 안 되는 어쩔 수 없는 상황이 아니고서는 다른 색 속에 존재해선 안 됩니다. 물론 서로 남의 색깔을 그다지 좋아하지 않거니와, 웬만해서는 그런 일이 잘 없습니다. 잘못했다간 아주 큰 파문을 불러일으킬 수 있다는 걸 모두가 알기 때문입니다.

하지만 많은 이들이 예견한 일은 어떻게든 일어나게 되어 있는 법입니다. 그것이 일어날 수밖에 없기 때문에 그들이 예견한 것인지, 아니면 그들이 예견했기 때문에 그 일이 일어난 건지는 몰라도 말입니다. 우리도 어쩌면, 그 일이 일어날 거라고 아주 오래전부터 알고 있었을 지도 모릅니다.

그 일은, 아주 작은 꽃 한 송이에서부터 시작됐습니다.

어느 아주 상쾌한 날 아침, 한 초록 생명체가 여느 때처럼 집 앞 마당으로 나와 자신이 가꾸고 있는 것들이 잘 자라고 있나 살펴보고 있었습니다. 이 초록 생명체는 자기 마당을 아주 철저하게 가꾸곤 했습니다. 마당을 좋아하기도 했지만, 옆집에 아주 극성맞은 빨강 생명체가 살았기 때문입니다. 이 빨강 생명체는 자기의 빨간 벽돌담에 아주 조금만 초록색 풀즙이 묻어도 세상을 다 폭발시켜버릴 것처럼 길길이 뛰며 화를 냈습니다. 그런 그의 모습은 마치 기름을 부어 미친 듯이 타오르는 불길 같았습니다. 초록 생명체는 빨강 생명체가 무섭진 않았지만, 굳이 그런 볼썽사나운 꼴을 보고 싶진 않았습니다. 그래서 더욱 철저히 마당을 살폈던 겁니다. 여러분도 아마 상대하기 싫을 만큼 다혈질인 이웃을 둔다면 그럴 수밖에 없을 겁니다.

초록 생명체는 느릿느릿 걸으며 정원을 구석구석 살펴보았습니다. 덧자란 풀이 없나, 꺾인 꽃이 없나 살피면서요. 그때 초록 생명체의 눈에 무언가가 들어왔습니다. 초록 생명체는 깜짝 놀라 눈을 가늘게 뜨고 그것을 자세히 들여다보았습니다. 그것은 아주 작고, 여리고, 세상에, 빨간 색이었습니다! 초록 생명체의 눈이 휘둥그레졌습니다. 그것은 아주 작은 빨간 꽃이었는데 가녀린 줄기에 용케도 꽃을 피워 자랑스럽게 내밀고 있었습니다. 초록 생명체는 잠깐 동안 서둘러 꽃을 꺾어버려야겠다고 생각했지만, 자신이 피워낸 꽃잎에 대한 꽃의 자랑스러움을 보자 그럴 수가 없었습니다. 잠시 고민하던 그는 꽃이 저절로 질 때까지 빨간 생명체에게 들키지만 않도록 하면 될 거라고 결론을 내리고, 꽃을 연두색 풀잎으로 잘 가려주었습니다. 그러고는 뿌듯한 마음으로 집 안으로 들어갔습니다.

그 날은 유난히도 바람이 많이 불었습니다. 사나운 바람은 아니었지만 평소보다 차갑다고 느껴질 만한 그런 바람이었습니다. 대부분의 생명체들은 밖으로 나갔다가 생각보다 따가운 바람에 당황해 집으로 들어가 문을 닫았습니다. 하지만 초록 생명체는 그 사실을 몰랐습니다. 따뜻한 집 안에서 콧노래를 부르며 요리를 하고 있었기 때문입니다. 이유는 알 수 없었지만 그날 따라 초록 생명체는 기분이 좋았습니다. 그래서 만약에 대한 걱정은 들지도, 하고 싶지도 않았습니다. 덕분에 초록 생명체는 자신이 겨우 풀잎으로 덮어놓은 그 기세등등한 새빨간 꽃에 대해 까맣게 잊어버리고 말았죠.

그 시각, 옆집의 빨간 생명체는 꿋꿋하게 길을 걸어가고 있었습니다. 그는 친구의 집에 다녀오는 길이었는데, 날씨가 맑길 바랐지만 오히려 날씨는 차가웠고, 그래서 꽤 짜증이 난 상태였습니다. 그러나 말했다시피 그의 성격은 아주 괴상하고 극성맞았고, 그는 자신을 짜증나게 만든 이 날씨에게 본때를 보여줘야겠다고 생각했습니다. 그래서 그는 괜한 오기에 사로잡혀 몸을 잔뜩 움츠린 후 바람에 몸이 점점 따끔따끔해져가는 것을 애써 무시하며 앞으로 걸어갔습니다. 그는 아무렇지 않은 척하려 애썼지만, 사실은 따뜻한 집 안이 무척이나 그리웠습니다. 그래서 그는 자기 생각보다 강하지 않은 자기 자신 때문에 더욱 더 짜증이 나 있는 상태였습니다.

빨강 생명체는 집이 가까워오자 더 쿵쾅거리고 걸었습니다. 자기는 이 불친절한 바람을 뚫고 친구 집에 다녀올 만큼 의리 있고 의지 있는 존재라는 걸 이웃들에게 과시하고 싶어서였을 겁니다. 하지만 이웃은커녕 쥐새끼 하나 얼굴을 비치지 않았고, 빨강 생명체는 신경질이 나서 소리를 꽥 지르고 싶은 심정이 되었습니다. 집에 들어가기 전 화풀이할 대상이 무엇이 있을까 생각하던 빨강 생명체는 문득 초록 생명체의 언제나 칠칠치 못한 정원을 생각해냈습니다. 빨강 생명체는 조심조심 걸어가 초록 생명체 집의 담장에 매달려 빼꼼 정원을 내다보았습니다.

한동안 트집 잡을 것을 아무것도 찾지 못했던 빨강 생명체는 크게 실망했습니다. 매달린 팔이 슬슬 아파오기 시작한 빨강 생명체는 이제 그만 포기하고 내려오려고 마음을 먹었습니다. 그런데 빨강 생명체가 담장에서 내려오려던 바로 그때, 귓가에 휘이잉 하는 소리가 들리더니 어디선가 바람이 불어왔습니다. 그리고 바람이 정원의 풀들을 휘저어 사그락 대는 소리가 마구 들려왔습니다. 빨강 생명체는 내려오다 말고 그 모습을 가만히 내려다보았습니다. 그때였습니다. 아까부터 부자연스럽다고 생각해 유심히 보고 있었던 풀잎 하나가 들썩 들리더니 그 아래에 불그스름한 무언가가 보였습니다! 빨강 생명체는 놀라서 눈을 동그랗게 떴습니다. 풀잎이 서너 번 들썩거리더니 휙 날아가 버리고 가려져 있던 것이 드러났습니다. 붉은 꽃이었습니다. 빨강 생명체는 누군가 뒤통수를 쾅 내려친 듯한 느낌을 받았습니다. 감히 자기 몰래 정원에서 빨강을 키우고 있었다니! 빨강 생명체는 화가 머리끝까지 났습니다.

빨강 생명체는 담장에서 곧장 뛰어내린 후 성큼성큼 대문으로 가 초록 생명체 집의 문을 마구 두드렸습니다. 초록 생명체가 나오면 면전에다 대고 마구 쏘아붙여 아무 말도 하지 못하게 만들어줄 작정이었습니다.

한편 느긋하게 자리에 앉아 반나절 동안 만든 음식을 음미하며 먹고 있던 초록 생명체는 난데없이 들려오는 시끄러운 소리에 깜짝 놀랐습니다. 초록 생명체는 놀란 토끼 눈으로 먹던 음식을 옆에 내려놓은 뒤 천천히 일어나 문을 열었습니다.

문 앞에는 안 그래도 빨간색인데 화가 나서 마치 거대한 토마토 같아 보이는 빨강 생명체가 서 있었습니다. 빨강 생명체는 잔뜩 험악한 얼굴로 말했죠.

"그쪽 정원에 있는 저 불그스름한 건 뭡니까?"

어리둥절한 표정으로 아직 입에 남아 있는 음식을 우물우물 씹으며 빨강 생명체의 말을 듣던 초록 생명체는 곰곰이 생각하다가 문득 자신이 아침에 나풀나풀한 풀떼기로 대충 덮어둔 꽃이 기억났습니다.

초록 생명체는 당황하지 않으려고 노력하며 느릿느릿 대답했습니다.

"글쎄요, 당신네 집에서 넘어온 것이 아닐까요? 난 모르겠네요. 당신 거라면 도로 가져가세요."

빨강 생명체는 어이가 없다는 표정을 지었습니다. 초록 생명체는 빨강 생명체의 눈길을 피하며 이 자가 서둘러 자기 집으로 돌아가기를 속으로 계속 빌었습니다.

빨강 생명체가 얄미운 목소리로 말했습니다.

"아아, 그래요? 내가 저걸 가져가도 된다는 말이죠?"

초록 생명체는 불안한 표정으로 눈동자를 굴렸습니다.

빨강 생명체는 그런 그를 한참동안 노려보더니 갑자기 성큼성큼 빨간 꽃에게로 다가갔습니다. 그러고는 꽃에게 손을 뻗어 한순간의 꽃의 줄기를 꺾어 버렸습니다!

초록 생명체가 "안 돼!"라고 소리쳤지만, 때는 이미 늦었습니다. 작지만 자신감에 가득 차 있었던 어린 꽃은 이제 뿌리를 잃은 채 비명을 지르는 듯 빨강 생명체의 손에 쥐여져 있었습니다.

빨강 생명체가 숨을 씩씩 들이쉬며 말했습니다.

"그쪽이 가져가라고 했으니 기꺼이 가져가도록 하죠. 앞으로 다시는 이런 빨간색이 당신네 구역에서 발견되지 않으면 좋겠군요. 그때는 꽃이 아니라 당신이 꺾일 줄 알아요!"

살벌하게 쏘아붙인 빨강 생명체는 들어올 때와 마찬가지로 쿵쿵 대며 초록 생명체의 집을 나갔습니다.

초록 생명체는 그 모습을 멍하니 바라보고만 있었죠.

하지만 빨강 생명체가 미처 눈치채지 못하고 실수한 것이 있었습니다. 바로 그가 따간 꽃의 부분에는 빨간색만 존재하는 것이 아니라는 거였죠.

여러분, 생각해 보십시오. 꽃에는 꽃잎과 줄기, 이파리만 달려 있는 것이 아닙니다. 줄기에 매달려 있는 꽃자루와 꽃잎을 받치고 있는 꽃받침, 그리고 이 둘을 이어주는 꽃대까지가 연둣빛이죠. 그리고 거기에 달려 있는 꽃은 꽃잎

뿐 아니라 암술과 수술 그리고 어쩌면 너무 조그매서 눈에 잘 보이지도 않는 벌레까지 데리고 있지 않습니까. 하지만 필요 이상으로 심하게 흥분해 있었던 빨강 생명체는 이 생각을 미처 하지 못했습니다. 그리고 이 실수는 이들이 사는 곳에 엄청난 파장을 불러일으키게 되죠.

빨강 생명체가 초록 생명체의 집에 함부로 들어가 그가 몰래 키우던 빨간 꽃을 꺾어가 버렸다는 이야기는 삽시간에 생명체들에게 퍼져나갔습니다. 생명체들 사이에서는 애초에 초록 생명체가 잘못했다는 것과 그래도 빨강 생명체가 너무했다는 것으로 의견이 갈렸습니다. 한동안 이들은 모이기만 하면 그 얘길 했고, 입에서 입으로 오르내릴수록 이야기는 점점 커지고 부풀려졌습니다.

한편 이 이야기를 누군가에게서 전해들은 한 초록 생명체는 화가 잔뜩 나 있었습니다. 그는 그 이야기를 들려준 자에게서 빨강 생명체가 초록 생명체의 따귀를 때린 후 "당신 모가지를 꺾어버리겠어!"라고 말했다는 부풀려진 이야기를 전해들은 참이었습니다. 같은 색 생명체가 그따위 모욕을 당했으니 당연히 화가 날 수밖에 없었죠. 하필 그는 초록 생명체 중에서도 나름 똑똑한 축에 속하는 생명체였습니다. 빨강 생명체의 어리석은 실수를 알아챈 그 초록 생명체는 그를 실컷 비웃으면서 빨강 생명체의 집으로 향했습니다.

초록 생명체는 무척이나 가벼운 발걸음으로 빨강 생명체의 집에 도착했습니다. 가볍게 문을 세 번 두드리자 빨강 생명체가 나왔습니다. 그는 자다 깼는지 비몽사몽하고 부루퉁한 모습으로 튀어나왔습니다.

초록 생명체가 말했습니다.

"안녕하시오?"

"안녕하십니까."

빨강 생명체가 짜증이 가득한 목소리로 웅얼거리면서 말했습니다. 그가 얼굴을 잔뜩 찡그리고 물었습니다.

"무슨 일이십니까?"

초록 생명체는 최대한 부드러운 목소리로 말했습니다.

"방해를 했다면 미안하지만,"

초록 생명체는 살짝 미소 지었습니다.

"당신이 꺾어간 그 꽃 말이오, 내가 좀 봐도 되겠소?"

빨강 생명체는 표정을 팍 찡그리더니 신경질적으로 되물었습니다.

"그건 봐서 뭐하려고 그러시죠?"

빨강 생명체는 여유롭게 대답했습니다.

"내가 찾아가야 할 것이 있어서 말이오."

빨강 생명체는 그를 찬찬히 쳐다보았습니다. 미소 짓고 있었지만 경계심을 드러내고 있었고 방어적이었습니다. 빨강 생명체는 그가 순순히 돌아가지 않을 거라는 것을 알 수 있었는데, 더군다나 그는 방금 아주 깊은 잠 속에서 좋은 꿈을 꾸고 있던 중이었습니다. 못마땅한 표정으로 초록 생명체를 바라보던 빨강 생명체는 짜증이 가득 찬 목소리로 "잠깐만 기다려요."라고 말한 후 쿵쾅대며 집 안으로 들어갔습니다.

잠시 후, 빨강 생명체는 여전히 얼굴을 잔뜩 찌푸린 채 손에 반쯤 시든 꽃 한 송이를 들고 나왔습니다. 분명 다들 아주 새빨갛다고 하던 꽃은 시들어 꽃잎이 거의 갈색에 가까워보였고, 툭 건드리면 톡 하고 떨어질 것만 같아 보였습니다. 눈을 가늘게 뜬 채 꽃을 쳐다보던 초록 생명체는 시든 꽃의 아랫부분에 쪼그라든 녹색의 꽃받침이 붙어 있는 것을 보고 씨익 웃었습니다.

그가 말했습니다.

"그 꽃에서 녹색이 보이는군요?"

빨강 생명체가 신경질을 내며 대답했습니다.

"무슨 소릴 하는 거예요? 똑바로 봐요, 빨간 꽃이잖아요!"

그 말을 들은 초록 생명체의 표정이 차갑게 변했습니다. 그는 손을 뻗어 빨강 생명체의 손에 쥐여져 있던 꽃의 꽃받침을 툭 건드렸습니다. 말라비틀어진 꽃받침이 파삭하는 소리와 함께 땅으로 나풀나풀 떨어졌습니다.

빨강 생명체의 얼굴이 시든 풀잎처럼 찌푸려졌습니다. 그가 아까보다 다소 얌전해진 말투로 물었습니다.

"뭐하는 거예요?"

초록 생명체가 대답했습니다.

"그 꽃을 완전한 빨강으로 만들어주는 중입니다."

그러고는 바닥에 떨어진 꽃받침을 주워들었습니다.

"그럼 안녕히."

예의 바르게 인사한 초록 생명체는 손에 꽃받침을 쥔 채로 유유히 걸어 나갔습니다.

빨강 생명체는 저답게 그런 그의 뒷모습을 팍 하고 째려보아주었죠.

"뭐 저런 게 다 있어."

빨강 생명체는 그의 뒷모습을 노려보며 쾅 하고 문을 닫았습니다.

그 시각, 빨강 생명체의 집을 성큼성큼 걸어 나가며, 초록 생명체는 자신이 그 꽃에서 본 것들을 떠올리며 남몰래 웃음 짓고 있었습니다.

여러분도 알다시피 세상에는 그냥 조용하게 넘어가도 될 일을 굳이 크게 벌이는 자들이 있습니다. 자기 딴에는 좋은 일이랍시고 나서는데 실은 방해만 될 뿐이죠. 그 초록 생명체는 그런 종류의 생명체였습니다. 그 일은 거기서 멈췄어도 될 일이었습니다. 아니, 거기서 멈췄어야만 했습니다. 하지만 그는 그렇게는 못하는 성격이었습니다. 자신이 본 것을 그냥 넘기지 못했죠.

초록 생명체는 그 꽃에서 수많은 색을 보았습니다. 그가 초록을 떼어냈지만 그 안에는 아직도 무척이나 많은 색이 남아 있었습니다. 다 시든 탓에 오히려 이젠 빨강을 찾기가 더 어려울 정도였습니다. 그 건방진 빨간 녀석을 골탕먹여주고 싶었던 초록 생명체는 이웃들에게 그 사실을 말하기로 마음먹었습니다.

"그거 아세요? 그 꽃에는 다른 색깔도 무척이나 많았어요."

"그 얘기 들었어? 그 빨간 꽃에 사실 다른 색이 더 많았대."

"있지, 그 빨간색 꽃이 사실 빨간색이 아니었다더라?"

"세상에, 그거 알아요? 빨간 생명체가 자기 색도 아니면서 꽃을 억지로 빼앗아갔대요!"

소문이란 원래 그런 것입니다. 발 없이 천리도 가지만 천리를 간 소문이 처음과 같은 모습일 거라곤 아무도 장담 못하죠. 발도 없는 말이 그렇게 멀리 갈 수 있는 이유는 가는 동안 주변의 것들을 먹어치워 자신을 불리기 때문입니다. 이를테면 누군가의 시기심이나 야비함, 혹은 분노 같은 것들 말입니다.

초록 생명체가 옆집 부인에게 슬쩍 흘린 말은 소문이 되어 또다시 부풀려지고 과장되어 여기저기로 퍼져나갔습니다. 이야기가 점점 멀리 갈수록 생명체들은 분노했습니다. 잠들어 있던 소중한 자기 색깔에 대한 사랑이 갑자기 불타올랐습니다. 화가 난 그들은 빨강 생명체가 훔쳐간 자기들의 색깔을 다시 되찾아와야겠다고 생각했습니다.

어느 날 아침, 그들은 모두 하나같이 화가 잔뜩 나서 참을 수 없는 표정으로 우르르 빨강 생명체의 집으로 몰려갔습니다. 그들은 미친 듯이 문을 쾅쾅쾅 두드렸습니다.

낮게 불평하며 집 밖으로 나온 빨강 생명체는 자기 앞에 서서 자신을 노려보고 있는 수많은 생명체들의 모습에 놀라서 얼어붙었습니다.

누군가가 말했습니다.

"너 그 꽃 어서 가지고 나와!"

"내가 왜요?"

빨강 생명체가 건방지게 대답하자 생명체들이 우글우글 외쳐댔습니다.

"이게 잘못을 해놓고도 뻔뻔하게!"

"어서 가지고 나오라고!"

"우리 색깔을 찾아야겠어!"

빨강 생명체는 너무 시끄러워서 귀를 꼭 막고 소리쳤습니다.

"알았어요, 알았다고요! 기다려 봐요!"

집 안으로 뛰어 들어간 빨강 생명체는 곧바로 꽃을 들고 나타났습니다.

"자, 가지고 왔어요. 대체 왜 다들 이 꽃에 그렇게 집착하는 거예요?"

꽃에 머무른 생명체들의 눈이 흥분해서 반짝였습니다. 무언가 이상하다고 생각한 빨강 생명체는 저도 모르게 뒷걸음질쳤습니다.

그때 누군가가 외쳤습니다.

"노란색이다!"

그 소리가 마치 신호탄 소리라도 되는 것처럼 문가에 서 있던 생명체들이 모두 꽃을 향해 달려들었습니다. 놀란 빨강 생명체는 뒤로 넘어져버렸습니다. 생명체들은 넘어진 그를 아랑곳하지 않고 다들 꽃을 향해 손을 뻗었습니다.

그 다음 일은 순식간에 일어났습니다. 생명체들은 서로 밀치고 때리며 자기 색깔을 떼어내겠다고 발버둥을 쳤습니다. 순식간에 암술과 수술이 떨어져나갔습니다. 노란 생명체들은 자기들끼리 더 많이 잘라내려고 다투어댔습니다. 빨간 꽃잎 속에 옅게 퍼져 있던 보랏빛 부분은 보라 생명체들이 전부 떼어가버렸습니다. 덕분에 꽃잎은 더 이상 꽃에 달려 있지도 않았습니다. 시들어서 주황빛과 갈색이 도는 이파리의 끝부분은 주황 생명체들이 가져갔습니다. 꽃은 이제 너덜너덜해져서 처음에 그것이 꽃이었다는 것조차 가늠할 수가 없었습니다.

꽃이 잔뜩 짓이겨진 채로 바닥에 쓰러지듯 떨어지자, 생명체들은 그제야 주섬주섬 자리에서 일어났습니다. 민망함에 헛기침을 하며 서로 눈치를 보던 생명체들은 곧이어 하나같이 뭐 마려운 강아지처럼 하나 둘 서둘러 그 자리를 떴습니다.

꽃에게 가득 상처를 안겨주고 그들이 떠난 자리는 한 마디로 난장판이었습니다. 빨강 생명체의 마당은 누가 보아도 패싸움을 한 듯한 모양새였습니다. 빨강 생명체는 어처구니가 없었습니다. 그는 여전히 바닥에 넘어진 채로 멍하니 꽃을 바라보다가 어이가 없다는 듯 피식 웃었습니다.

"저까짓 꽃이 뭐라고……."

빨강 생명체는 바닥에 떨어져 있는 꽃을 줍지도 않고 그대로 내버려둔 채 집으로 들어갔습니다. 꽃의 모습은 마치 구슬프게 우는 푸른 새 같았지요.

그날 꽃을 갈기갈기 찢어놓은 생명체들은 아마 집으로 돌아오는 길에 자기 손에 들고 있던 흐물흐물한 꽃 쪼가리를 알아채고 자기 자신을 무척이나 바보같이 느꼈을 것입니다. 그 쓸모없는 꽃잎 한 귀퉁이를 얻는다고 해서 달라지는 것은 아무것도 없는데, 별 것 아닌 일에 자신이 왜 흥분했는지 의문을 가졌을지도 모릅니다. 확실한 건, 그 이후로 생명체들이 색에 대한 언급을 무척이나 꺼리게 되었다는 것입니다. 이야기를 하다가 색깔에 관련된 화제가 튀어나오면 다들 하나같이 불편한 표정으로 어정쩡하게 입을 다물었습니다. 그들은 전보다 눈에 띄게 자기와 다른 색깔에 대해 불쾌해했고, 다른 색의 생명체와 말을 섞는 것을 피했습니다. 색깔 생명체들의 관계는 구멍에 맞지 않는 열쇠처럼 점점 더 불편하게 끼릭대고 있었습니다.

이제 색깔 생명체들은 다른 색깔을 마주보는 것조차 어색해 했습니다. 부끄러움 때문이었을 수도, 분노 때문이었을 수도, 어쩌면 둘 다였을지도 모르죠. 그들은 처음엔 다른 생명체를 마주 보는 것에 굉장한 민망함을 느꼈습니다. 볼품없고 하잘것없는 고작 꽃 한 송이에 미친 듯이 열을 올리고 달려든 자기 자신이 자꾸만 떠올랐기 때문입니다. 그때 자기가 밀친 다른 이의 손과 밟아버린 발, 그리고 내가 가져갈 거라며 험한 말을 나오는 대로 내뱉어댔던 입은 그들의 사이에 서로 넘을 수 없는 금을 그어 놓았습니다. 그들은 자신의 모습을 부끄러워했고, 나아가 서로의 모습을 부끄러워했습니다.

부끄러움에서 시작된 그 어색한 관계는 점점 그들의 사이를 얼려갔습니다. 처음엔 이성을 잃은 자신의 모습을 창피하게 생각했던 생명체들은 점점 자신의 그러한 모습을 본 다른 이에게 짜증을 느꼈고, 나중에는 심지어 그때 옆에 있었던 다른 생명체들 때문에 자신까지 선동되어 부끄러운 짓을 하게 되었다고 생각하게 되었습니다. 그리고 애초에 원인이 되었던 색깔의 차이, 그리고 그들의 차이를 못마땅하게 생각하게 되었죠. 길을 걷다 서로 다른 색깔과 마주치기만 해도 금방 표정을 굳히는 생명체들이 함께 어우러져 살 수 있을 리 없었습니다. 그들은 점점 예민해져갔고, 결국 서로 함께 살지 못할 지경에까지 이르게 되었습니다.

하늘이 유난히 까맣던 어느 날, 생명체들은 그 일이 있은 후 처음으로 한 자리에 모였습니다. 어느 누구도 모인 이유를 공개적으로 밝히지 않았지만 모든 생명체가 그 이유를 알고 있었죠. 생명체들은 서로 눈치를 힐끔힐끔 쳐다보며 무슨 일이 일어날까 두리번거리기만 했습니다.

그때 그 자리에서조차 자기 색깔끼리 모여 웅웅대고 있는 생명체들의 앞으로, 한 젊고 당당해 보이는 보라 생명체가 나섰습니다. 그가 앞으로 나가자 수많은 시선이 그에게로 쏠렸습니다. 순간 장내가 조용해졌습니다. 모두가 그를 쳐다보자 마침내 그가 입을 열었습니다.

"우리가 오늘 이 자리에 모인 이유는 더 이상 우리 생명체들이 한 공간에 살 수 없게 되었기 때문입니다."

그가 진지하고 엄숙한 목소리로 말했습니다. 생명체들 또한 그러한 기분이 되어 모두가 숨죽여 그를 바라보았지요.

그가 다시 입을 열었습니다.

"우리는 더 이상 이곳에 함께 살 수 없습니다. 서로가 서로를 불편하게 만들고, 서로가 서로에게 피해가 되는 이 상황은 어느 누구에게도 도움이 되지 못합니다."

그는 잠시 말을 멈추고 생명체들을 쭈욱 둘러보았습니다. 그의 말을 듣던 생명체들이 침을 꼴깍 삼켰습니다.

"그렇기 때문에 우리는 이곳에 딱 한 색깔의 생명체만이 머물도록 해야 한다고 결정을 내렸습니다. 나머지 생명체들은 이곳을 떠나야만 할 것입니다."

생명체들이 웅성대기 시작했습니다. 보라 생명체의 단호한 표정에 다들 말은 못하고 무슨 말이라도 해보라는 듯 서로 쳐다보기만 했습니다. 모두 굉장히 당황한 표정이었습니다.

"이곳에 존재하는 것들의 색깔 중 자신의 색깔이 가장 많은 생명체가 이곳에 남게 될 것입니다. 모두 자신의 색깔을 최대한 많이 찾아오시기 바랍니다. 하늘에 빛이 열두 개 비치는 날, 다시 모두 모여 누구의 색깔이 가장 많은지 세어보도록 하겠습니다. 결과가 나오면 가장 많은 색의 생명체를 제외한 나머지는 결과에 순응하며 그날부로 바로 이곳을 떠날 것입니다. 이상입니다."

충격으로 멍해진 표정의 생명체들을 바라보며 차갑고 딱딱하기 그지없는 표정과 말투로 말을 마친 보라 생명체가 나설 때와 똑같이 기운찬 발걸음으로 사라졌습니다. 생명체들은 모두 혼란에 빠져 그를 멍하니 바라보기만 했습니다. 거짓말처럼 들리는 이야기를 아무렇지도 않게 하고 사라진 그를 향한 생명체들의 눈빛은 하나같이 당혹스러움으로 가득 차 있었죠.

모두가 모인 그 날, 다른 대화가 오고갔다면 그들의 이야기는 아마도 완전히 달라졌을 겁니다. 아예 갈라서버리자고 말하는 대신 서로 악수를 하고, 서로의 색깔에 대해 화합적인 생각들을 나누었다면 아직 그들은 함께 살고 있을지도 모릅니다. 그러나 누구의 의견인지는 모르지만 그들은 전혀 다른 방향을 택했고, 누가 왜 어떻게 해낸 생각인지도 모르면서 생명체들은 그 말에 곧이 곧대로 따랐습니다. 놀라울 정도로 어느 누구도 이의를 제기하지 않았고, 당황스러우리만큼 뜬금없이 등장한 그 의견은 매우 순조롭게 실행에 옮겨지게 되었죠.

그 날 이후로 생명체들은 하나같이 색깔을 찾는 일에 열중했습니다. 조그만 것도 그냥 지나치지 못하고 혹여나 자기 색깔이 있을까 하고 다시 한 번 돌아보는 것이 습관이 되었고, 조금만 색이 혼합되어 애매해도 자기들 색으로 인정해 주지 않을까 봐 걱정하는 것이 생활화되었습니다. 서로를 불편하게만 생각했던 그들이 이제 서로를 견제했습니다. 네가 떠나지 않으면 내가 떠나야 하는 살벌한 이야기가 그들이 사는 곳에 그림자처럼 내려앉았습니다. 그들에게 색깔은 이제 더 이상 아름다움이 아니라, 그저 나를 살게 만들어줄 도구에 불과했습니다. 세상이 흑백이어도 만일 내 색이 검정이라면 상관없었습니다. 오히려 좋았습니다. 그들에게 이미 세상은 자신의 색을 제외하고는 전부 무채색으로 비쳐보였습니다. 어쩌면 실제로도 그랬을지도 모르죠. 어차피 이미 그들에게 다른 색은 있어도 그만, 없어도 그만인 존재였으니까요. 자신의 색을 찾는 것에 모든 정신을 쏟아부은 채 걷는 생명체들의 눈은 초점 없이 벌겋게 물들어 마치 새빨갛게 피어오른 꽃 같아 보였습니다. 마치 그때 초록생명체의 정원에 피어 있던, 바로 그 꽃처럼 말입니다.

이제 생명체들이 사는 거리에는 마치 저승사자가 다니는 길처럼 맹목적인 붉은 눈길만이 떠다녔습니다. 웃음도, 춤도, 노래도, 그 어느 것도 없었죠. 어느 순간부터 그들은 자신들이 전에 왜 마주보며 웃었었는지도 잊어버리고 말았습니다.

그리고 어느 날, 마침내 하늘에 빛 열두 개가 떠올랐습니다. 매일같이 하늘을 보며 빛의 개수를 확인했던 생명체들은 모두 하나 둘 기다렸다는 듯 광장에 모였습니다. 그동안 자신의 색을 열심히도 적어 내려갔던 장부를 품에 꼭 감싸안고서 말입니다. 개미떼처럼 우글우글 모인 생명체들 사이로 긴장감이 맴돌았습니다. 서로의 장부를 흘끗흘끗 쳐다보며 그들은 생각했습니다.

'저 녀석이 나보다 더 많이 썼으면 어쩌지.'

서로 같은 생각을 하고 있는 그들의 눈길이 허공 여기저기서 부딪혔다 튕겨 나갔습니다. 그들이 함께하는 마지막 밤, 밤공기는 얼음처럼 꽝꽝 얼어붙어 그들의 눈길이 마주치는 것조차 허락하지 않았습니다. 그리고 그 공기를 얼린 장본인은 바로 생명체들이었습니다.

잠시 뒤, 어수선한 분위기 속에서 한 늙은 노랑 생명체가 앞으로 걸어 나왔습니다. 그곳에서 가장 나이가 많은 생명체였습니다. 보는 이마저 조마조마할 정도로 비틀거리는 걸음걸이로 걸어 나온 그가 걸걸한 목소리로 말했습니다.

"모든 장부를 나에게 내주십시오."

생명체들은 침을 꼴깍 삼켰습니다.

곧이어 그의 발치에 장부들이 하나하나 쌓여가기 시작했습니다. 장부는 쌓여서 문턱이 되고 담장이 되더니 마침내 거대한 장벽이 되었습니다. 생명체들은 모두 입을 떡 벌리고 장부가 쌓이는 것을 지켜보았습니다.

모든 장부가 걷히자, 늙은 생명체가 다시 입을 열었습니다.

"지금부터 집계를 시작하도록 하죠. 서기는 잘 받아 적도록 하시고, 모인 모든 분들도 잘 듣도록 하세요. 오늘 이 장부의 결과에 따라 이곳에 남을 생명체가 결정됩니다. 누군가에게는 마지막 밤이 될 수도 있겠군요."

말을 마친 그가 가까이에 있는 첫 번째 장부를 집어 들었습니다.

"시작하죠."

장부 읽기는 꽤 오랜 시간 동안 계속되었습니다. 사물들의 이름이 한없이 길게 이어지고 그 개수를 센 후 새 장부를 집어 드는 일이 끊임없이 반복되었습니다. 그 오랜 시간 동안 생명체들은 모두 한 마디도 하지 않고 숨죽여 그 모습을 지켜보았습니다. 어느 누구도 떠들거나 부스럭거리지 않았습니다. 수많은 눈동자가 장부를 집어드는 늙은 생명체의 손을 따라 아무 말 없이 움직이는 모습을 하늘의 빛 열두 개가 지켜보고 있는 가운데, 야속하게도 거대한 장벽은 서서히 허물어져 길다란 숫자들로 바뀌고 있었죠.

그리고 드디어 마지막 장부의 차례였습니다. 생명체들은 눈을 꼭 감았습니다. 이곳에 남을 자가 누구인지 결정되는 순간이었습니다. 이미 결과를 알 수 있었지만, 그들은 아무 말 않고 조용히 늙은 생명체의 말을 기다렸습니다.

"이제 모든 통계를 마치고 결과가 나왔습니다."

늙은 생명체가 일관된 말투로 느리게 말했습니다.

"이곳에 남을 생명체는 바로…… 노랑 생명체입니다."

그의 말이 입 밖으로 나오자마자 여기저기서 탄식하는 소리가 들려왔습니다. 참았던 숨을 내뱉듯 '아' 하고 터져 나온 그 소리는 아쉬움의 뜻도, 기쁨의 뜻도 아니었습니다. 그것은 오히려 허무함에 가까웠습니다. 이제 모든 것이 다 끝났다는, 허무함 말입니다.

늙은 생명체가 말했습니다.

"통계 결과 이곳에는 노란색을 가진 것들이 가장 많다는 것이 증명되었습니다. 따라서 이곳에는 노란 생명체만 남고 다른 생명체는 모두 떠나야 합니다. 시간을 지체하지 말고 오늘 당장 떠나주시기 바랍니다. 지금 이 순간부터 이곳은 노란 생명체의 보금자리입니다."

말을 마친 늙은 생명체는 등장할 때와 마찬가지로 아슬아슬한 걸음걸이로 강단에서 내려와 사라졌습니다. 생명체들은 그 모습을 가만히 바라보다가 서로를 쳐다보았습니다. 아무 말도 하지 않았지만 알 수 있었습니다. 지금 무엇이 옳은 것인지, 그들 자신이 가장 잘 알았지요.

마지막이란 말은 마치 세상이 무너질 듯 들리지만, 막상 마주해보면 실은 생각했던 것보다 훨씬 그 크기가 작을 때가 많습니다. 그들이 마지막으로 함께하던 그 날, 생명체들은 의외로 담담했습니다. 모두 아무 말 없이 집으로 돌아가 짐을 챙기고, 머물렀던 곳에서 자신들의 흔적을 지웠습니다. 떠나는 자도, 남는 자도 서로에게 그 어떠한 말도 남기지 않았습니다. 그들이 선택한 것이었고, 그들이 만든 결과였습니다. 하늘에 뜬 빛이 유난히 쓸쓸해 보이던 그날, 다섯 색깔의 생명체들은 그렇게 그 공간을 떠났습니다.

그들이 떠나고 난 후 노랑만이 남은 행성의 모습은 전과 크게 다르지 않았습니다. 생명체들은 전과 똑같이 먹고, 자고, 움직이고, 생각하고, 이야기하고, 울거나 웃었습니다. 전과 똑같이 꽃이 피고 풀이 돋았으며 하늘의 빛은 같은 주기로 개수를 하나하나 더해가다가 자취를 감추기를 반복했습니다. 그건 떠나간 생명체들도 마찬가지였습니다. 그들은 새로운 행성을 찾았습니다. 전에 살던 곳만큼 크지는 않지만 그들에게 꼭 맞는 그곳에서, 그들은 각자의 삶을 꾸리고 다시 전처럼 살아갔습니다. 모든 것이 금방 제자리를 찾았습니다. 그들이 살던 곳이 커다랗고 둥근 하나에서 여섯 개로 나누어졌다는 것만 빼면 말입니다.

그런데 참 이상합니다. 생명체들이 떠나면서 갈라진 것은 그들뿐만이 아니었던 모양입니다. 다섯 색깔의 생명체가 떠난 후, 밝고 커다랗던 그 행성은 서서히 그 영롱함을 잃더니 결국 희미하게 아른거리는 빛만이 남게 되었습니다. 더 이상 밤하늘의 빛들을 모두 가릴 정도로 센 빛을 뿜어내지 못했습니다. 대신에 떠난 생명체들이 찾은 새 행성들은 전보다 더 밝은 빛을 가지게 되었습니다. 어쩌면 빛나던 것은 행성이 아니라 생명체들 그 자신이었을지도 모르지요. 그렇게 끝없이 어둡던 그 광활한 공간에는 커다랗게 반짝이던 하나의 빛 덩이 대신, 은은하게 빛을 흘리는 여섯 개의 빛 구슬들이 생겨났습니다.

그래도 가장 크고 많은 생명체들이 살았던 탓에 노란 행성이 개중에 가장 밝았는데, 이것이 인간들의 눈에 띄면서 붙여진 이름이 바로 달입니다. 낮에는 그보다 밝은 빛에 가려 보이지 않지만, 그 빛이 사라지면 하늘에서 가장 밝게 빛나며 한때 가장 빛나던 행성이었던 것을 뽐내듯 자기 빛을 멀리멀리 흘려보냅니다. 지금도 이 행성은 노오랗게 밤하늘을 물들여 밤마다 하늘에 커다란 개나리 한 송이를 피어올린다고 합니다.

지금도 그들은 각자의 행성에서 각자의 삶을 살며 그의 색깔을 옅게나마 빛내고 있다고 합니다. 가끔 하늘에서 형형색색의 빛이 보인다면, 조그맣게 손흔들어주십시오. 색깔 생명체들이 하늘에서, 모두가 함께였던 때를 기억하는 중일 테니까요.

이것이 바로 달이 해보다 밝게 빛나지 않는 이유입니다.

그런데 내가 구굴까요? 당신 생각은 어떠신가요?

책을 묶으며

꿈꾸는 여행자.

이 글을 모으고 있는 지금도 머릿속에서 그 노래 가락이 맴을 돕니다. 법적으로 어른이 된 지 20년이 넘어가는 저도 잘 몰랐던 박은옥의 노래를 이 아이는 어떻게 알았을까요. 아이들의 세계는 참 알다가도 모를 일입니다. '요즘 애들은……'이라는 약간의 비하섞인 말 자체가 아이들에 대한 이해가 부재된 무지에서 온 말입니다. 이렇게 감수성이 뛰어나고 세상에 대한 이해가 탁월한 아이들에게는 더욱 그렇습니다.

아이들의 글을 읽는 내내 자신을 되돌아보았습니다. 무지개의 아름다움이 얼룩으로 변하는 찰나의 시간. 나의 눈은 어떤가?

끊임없이 자신을 살피고 주변을 향해 사고하는 이 아이들의 자세를 배워야겠습니다. 그리고 세상을 따뜻하게 안아주어야겠습니다.

깊고 넓은 생각 동아리 아이들과 책쓰기를 하는 저는 선물을 받은 교사입니다. 이런 경이로운 경험은 흔치 않으니 말입니다.

고맙습니다. 그리고 사랑합니다.

2016. 11. 이경옥